ERIN KELLISON

Zwielichtlande

Schattentochter

ERIN KELLISON

Zwielichtlande

SCHATTENTOCHTER

Roman

Ins Deutsche übertragen von Babette Schröder

LYX EGMONT

Die Originalausgabe erschien 2010
unter dem Titel »Shadow Bound« bei LEISURE BOOKS®.
Published by Dorchester Publishing Co. Inc., New York, NY

Deutschsprachige Erstausgabe August 2011 bei LYX
verlegt durch EGMONT Verlagsgesellschaften mbH,
Gertrudenstraße 30–36, 50667 Köln

1. Auflage
Redaktion: Jochen Dilling
Satz: Greiner & Reichel, Köln
Druck: GGP Media GmbH, Pößneck
ISBN 978-3-8025-8471-8
www.egmont-lyx.de

Für Matt
Von ganzem Herzen
Meiner großen Liebe

Prolog

Ein Lichtstrahl in tiefer Dunkelheit.

Der Meister aus dem Reich des Todes zog den Umhang schützend vor das Gesicht, damit ihn das intensive Leuchten nicht so stark blendete. *Vergeblich.* Denn die Frau war in seinem Kopf und glänzte wie flüssiges Gold. Das Feuer ihrer Seele drang heiß durch die Schleier, die die Welt der Sterblichen von den Zwielichtlanden trennte, und strich sanft über seine Haut. Sie, die Sonne, war mächtig genug, selbst ihm zuzusetzen.

Von seinem dunklen Versteck aus spähte er in ihr Zimmer. Das Bett gemacht, das Kopfkissen unberührt. Er war zu früh erschienen, um auf den wilden Wellen ihrer Träume zu reiten und ihre nagenden Schmerzen und Sorgen zu lindern, damit sie sich ausruhen konnte. So hatte er es seit ihrer Kindheit getan. Dass das Inventar des Krankenzimmers unbenutzt in eine Ecke gepfercht stand, gefiel ihm. Volle Sauerstoffflaschen warteten neben Maschinen, die mit aufgerollten Kabeln untätig vor sich hinsummten.

Mit dem Pinsel in der Hand saß sie auf einem Stuhl vor ihrer Staffelei und musterte ein tiefes dunkles Dreieck, das der Schein der Nachttischlampe herausschnitt. Während sie in seine Schattenwelt blickte, betrachtete er staunend die ihre. Auf die vor ihr stehende Leinwand hatte sie eine Märchenlandschaft gemalt: Satte Hügel, gesäumt von einem dunklen Wald, leuchteten im Licht der Sterne. Dahinter erstreckte sich das weite graue Meer.

Ihr Herz verkrampfte sich, und je näher ihre Zeit rückte, desto durchlässiger wurden die Schleier zwischen ihnen. Ebenso sehr wie er sich freute, als ihr plötzlicher Schmerz in ihm widerhallte, wehrte er sich dagegen, etwas von *ihr* zu spüren.

Sie rang nach Luft, ihre Hände fielen auf die Knie herab. Die Spitze des Pinsels hinterließ einen grünen Farbfleck auf dem Rock ihres Kleides. Als sie die Zähne zusammenbiss und ihr Herz zurück in einen gleichmäßigen Rhythmus zwang, bewunderte er ihre Stärke. Seltsam, dass sie ihr Talent dazu nutzte, ein Bild von den Zwielichtlanden zu malen, wo sie doch so am Leben hing.

Er schlich weiter in die grauen Schattierungen ihres Zimmers, bis er ihren Geruch wahrnahm – den klaren Geruch, der auf ihrer Haut tanzte und in ihren Haaren hing, den Moschusgeruch der Farbe an ihren Fingern, die sich nie ganz abwusch, und etwas Intensives, Rätselhaftes, das nach Frau roch und nach Sterblichkeit.

Er spürte, wie sie all ihre Energie zusammennahm, spürte ihre grimmige, von Verzweiflung durchzogene Entschlossenheit, mit der sie ihr junges Herz antrieb, so lange weiterzuschlagen, bis sie etwas Bleibendes für die Nachwelt geschaffen hatte. Während sie ihre Welt subtil und zugleich einschneidend veränderte, strömten ihre Gefühle über ihn wie ein wilder Fluss, aber er war nicht in der Lage, ihre Gedanken zu entschlüsseln, die Grundelemente ihres Geistes, ihres inneren Antriebs und ihrer Kreativität. Das war Schönheit und Kraft der Sterblichkeit. Wenn sie nur wüsste …

Sie riss sich zusammen. Hob den Pinsel hoch, führte die Spitze zur Leinwand, hielt inne und neigte den Kopf zur Seite.

»Bist du da?« Ihre Stimme war kaum mehr als ein Flüstern.

Ihre Schwester befand sich im Nebenraum, außer Hörweite, und starrte auf ein silbrig leuchtendes Fenster, in dem sich Lichter bewegten und aus dem Gelächter schallte.

»Ich weiß, dass du da bist«, sagte sie, wandte den Blick dabei jedoch nicht von ihrem Gemälde ab. Der Pinsel setzte sich erneut in Bewegung. »Du kannst genauso gut herauskommen und ausnahmsweise mit mir sprechen.«

Aha. Sie sucht nach mir. Endlich ist es so weit, aber irgendwie ist es noch zu früh. In seiner Brust loderte eine kleine Flamme, doch er zwang sich, wieder in die Dunkelheit zurückzuweichen, und zog den Umhang fester um seine Schultern.

Sie seufzte. »Ich wollte dir keine Angst machen.«

Wieder hielt sie inne und sah sich im Zimmer um, ihr Blick fiel auf diese Ecke und jenen leeren Stuhl, streifte ihn und spähte nur noch neugieriger in die tiefe Dunkelheit auf der anderen Seite.

Sie lachte kurz und ironisch auf. »Dass *du* Angst vor *mir* haben könntest, ist originell. Das dürfte eine Premiere sein.«

Allerdings. Die meisten fürchteten sich allein bei dem Gedanken an ihn. Nicht aber sie.

»Nach all der Zeit, die wir miteinander verbracht haben – nun, nicht wirklich *zusammen*, aber du weißt schon, was ich meine –, wünsche ich mir, einmal mit dir sprechen zu können. Andererseits nehme ich an, dass es nicht mehr lange dauert, bis wir uns ohnehin begegnen. Dann haben wir genügend Zeit.«

Das stimmt nicht. Sie würde nur kurz in den Zwielichtlanden verweilen, bevor sie weiter in die nächste Welt reiste. Die Zwielichtlande bildeten nur den Übergang. Sie konnte dort nicht lange bleiben, egal, wie sehr er versuchte, ihre Überfahrt hinauszuzögern. Und das würde er. Er konnte sie nicht einfach verglühen lassen wie eine flackernde Kerze, die das Ende des Dochts erreicht hatte. Nicht dieses strahlende Licht.

Die Dunkelheit lastete schwer auf seinem Rücken, und es reizte ihn, seinen Umhang abzuwerfen. Sie spürte seine Anwesenheit bereits. Und ihr Bild bewies, dass sie die Zwielichtlande schon sehr deutlich sehen konnte.

Was sollte schon passieren? Wenn er sie nicht lange in den Zwielichtlanden halten konnte, durfte er sich hier vielleicht einen Augenblick stehlen. *Jetzt*.

Er zerriss einen dünnen Schleier, den letzten, der noch vor ihrem Übergang in die andere Welt lag, und trat aus den Zwielichtlanden in das schwach erleuchtete Zimmer. Die Gerüche der sterblichen Welt umfingen ihn. Es waren zu viele, als dass er einzelne erkennen konnte. Bis auf ihren. Mit einem einzigen Atemzug nahm er sie in sich auf.

Schließlich erblickte sie ihn. Der Pinsel fiel zu Boden. Ihre bereits blasse Haut wurde kreidebleich. Ihre Lider flatterten wie Schmetterlingsflügel, blau umrandetes Indigo mit einem geschwungenen schwarzen Rand.

»Ruhig«, sagte er und machte mit der Hand eine beschwichtigende Geste, um ihren Schock und ihre Überraschung zu lindern, die ihr den Atem raubten.

Als sie seiner Gegenwart gewahr wurde, füllten sich ihre Augen mit Tränen, während ihr Verstand zugleich die Gestalt des Todesboten nach dem Bild formte, das sie tief in ihrer Seele von ihm bewahrte. Sein Wesen blieb immer dasselbe; er war für immer und ewig der letzte Bote. Der letzte Gast. Der Kapitän des kleinen Bootes, das sie von der Welt der Sterblichen über die Gewässer der Zwielichtlande fuhr und sie an der Küste dahinter absetzte.

Aber in welcher *Gestalt* er erschien, das blieb ihrer Vorstellung überlassen. Wenn Sterbliche nur wüssten, welche Macht sie besaßen, könnten sie die drei Welten mit einem einzigen Gedanken umgestalten. Vielleicht würden sie es eines Tages tun.

Was sah sie, als sie ihm schließlich ihren Blick zuwandte? Einen Furcht einflößenden Albtraum, eine groteske, unvorstellbar alte Gestalt? Das geschah ziemlich häufig. Diejenigen, die sich vor der dunklen Reise fürchteten, machten aus dem Äther eine Horrorvorstellung und aus ihm eine Horrorgestalt.

Nein. Sie fürchtete sich nicht vor der Zeit oder dem Tod. Sie zitterte nicht, als er sich ihr näherte. Als er vortrat, um ihr Gemälde zu betrachten

Ein paar Sachen hatte sie falsch eingeschätzt: Der dunkle Wald war noch dunkler, pechschwarz, tiefschwarz wie klägliche Angst. Sie hatte auch die Rauchsäule vergessen, die in der Mitte aus dem Feuer der Wut aufstieg. Aber *er* war da. Er hockte im Vordergrund, eine von grauem Wind umhüllte Gestalt. Von einem stürmischen Wind. Eine Gestalt, die angriff oder abwehrte, eine Kraft aus sich selbst heraus. Das hatte sie genau begriffen, aber sein Gesicht hatte sie nicht gemalt.

Was hatte sie gesehen? Die Frage beschäftigte ihn.

»Habe ich dich gut getroffen?« Die Angst trieb ihre Stimme in die Höhe.

Er wandte ihr seinen Blick zu. »Ja.«

Sie atmete tief ein und beruhigte sich. »Was ist hinter dem Meer?«

Darüber sann er selbst häufig nach. »Das weiß ich nicht. Ich komme nie dorthin.«

»Aber ich.«

Es war keine Frage gewesen, dennoch nickte er bestätigend.

Sie wischte sich mit dem Handrücken die Tränen fort. Dann streckte sie ihm eine leicht zitternde Hand entgegen. »Ich bin Kathleen O'Brien. Schön, dass wir uns endlich persönlich kennenlernen.«

Aha, ein Freund. Ein Gefährte. Das war gut. Er wusste nicht, ob er es ertragen hätte, wenn sie sich vor ihm fürchtete. Wenn sie in ihm ein Monster sähe.

Er kannte das Ritual, war über Jahrtausende hinweg sein Zeuge gewesen, aber immer noch staunte er, als er ihre Hand ergriff und Zwielicht ihre sterbliche Haut berührte. Sie fühlte sich warm und zart an und war trotz ihrer Zerbrechlichkeit stark wie die Gezeiten. Er spürte in ihren Fingerspitzen ihren Herzschlag, was ein fremdes Gefühl in ihm auslöste. *Seltsam.*

Sie atmete vorsichtig ein. »Und wie heißt du?«

Er hatte über die Jahre hinweg viele Namen erhalten, aber die lehnte er alle ab. Er wollte nicht, dass sie *diese* Namen mit ihren Lippen formte. »Ich habe keinen Namen.«

»Jeder hat einen Namen.«

»Dann habe ich ihn vergessen. Such einen für mich aus. Ich schwöre, ich werde ihn nicht wieder vergessen.« Er lieferte sich ihr aus und wartete, dass sie seiner Seele einen Namen gab, war gespannt, wie er wohl klingen würde.

Ein schwaches Lächeln erschien auf ihrem Gesicht, und ihre Erheiterung vertrieb ihr letztes Unwohlsein. Allein deshalb hatte es sich gelohnt, die Grenze zu überschreiten, komme was da wolle.

»Für mich bist du der Schattenmann. Für … nun, für immer.«

»Dann bin ich der Schattenmann für immer.«

Sie hielt seine Hand. Und er die ihre. Sie waren fest verankert, und doch trieben sie dahin. Im Geiste verwandt, aber aus unterschiedlichen Welten.

Ihre strahlende Seele verfinsterte sich. »Ist meine Zeit gekommen?«

»Nein. Noch nicht.« Mit seinem Geist strich er prüfend über den glänzenden Schleier. Die Membrane war zwar dünn, aber ein Sterblicher konnte sie noch nicht durchdringen. »Ich glaube, heute noch nicht.«

Als sie die Stirn runzelte, bildeten sich Falten zwischen ihren Brauen. »Ich weiß nicht, ob ich schon bereit bin zu gehen, aber ich bin es leid zu warten.«

Er lächelte schwach. Alle Sterblichen waren ungeduldig. Für sie hatte alles einen Anfang und ein Ende, als stünden in der Landschaft des Lebens feste Meilensteine. Dieser Umstand bewirkte, dass sie ständig auf das nächste Ereignis warteten. Nicht so in den Zwielichtlanden, wo sich alles zwischen allem erstreckte und die Bewohner die Zeit in ihre Mitternachtsmusik woben.

»Weißt du, wann?«

»Nein. Das weiß niemand. Würdest du es denn wirklich wissen wollen?«

Sie blickte zu ihm auf und sah ihn mit angespannter Miene an.

»Nein. Und doch. Ja. Ich will es wissen … oder *verstehen*. Ich bin mein ganzes Leben lang krank gewesen. Wozu leben, wenn man nie wirklich leben kann? Ich will …« Ihre Stimme erstarb. Sie holte noch einmal tief Luft. »Wahrscheinlich will ich nur begreifen, warum.«

Durch ihren Körper, ihren Arm hinunter und über ihre Fingerspitzen strömte Verzweiflung und Einsamkeit in seine Hand. Es war kaum zu ertragen. Und ganz sicher konnte er es nicht einfach so hinnehmen.

»Schönheit hat keinen Grund. Sie ist einfach da.« Das war ein schwacher Trost, wie er wusste. »Vielleicht wirst du in der nächsten Welt eine bessere Antwort finden.« Er deutete mit der Hand auf den Horizont auf ihrem Bild. »In der Welt hinter dem Meer.«

»Und du kannst nicht dorthin?«

»Nein. Nur du. Todesboten ist der Zutritt verboten.«

»Das soll es also gewesen sein.« Sie drehte sich wieder zu ihm herum, in ihren Augen schimmerte frischer Schmerz. »Das ist die ganze Zeit, die mir bleibt?«

Er antwortete mit einem Nicken, aber langsam, zögerlich. Er wusste nicht genau, was sie meinte, deshalb konnte er nicht völlig zustimmen. Nicht bei diesem seltsamen Leuchten in ihren Augen. Nicht bei dieser seltsamen Sehnsucht, die aus ihr in ihn hinüberströmte, nicht bei diesem samtweichen Verlangen, das sich in seinem Körper bildete.

»Berühr mich«, sagte sie plötzlich. »Ich meine – willst du mich berühren?«

Doch kein Freund. Oder zumindest nicht nur ein Freund. *Was hatte sie gesehen?*

Sie waren nur einen Hauch voneinander entfernt. »Ich will etwas Echtes spüren, solange ich noch kann. Du bist mein ganzes Leben lang da gewesen und hast gewartet. Unsichtbar. Ich hatte gehofft, dass wir … dass du und ich …« Sie senkte den Blick und schüttelte verzweifelt den Kopf.

Du und ich. Ja. Mehr war nicht nötig; mit diesen wenigen Worten hatte sie eine Wahrheit ausgesprochen, die auf beiden Seiten des Schleiers Kraft besaß.

Er spürte, wie ihr Entschluss sich festigte. Langsam hob sie den Kopf und begegnete seinem Blick. »Bitte berühr mich.«

Nein. Indem er sich überhaupt in diesem Zimmer aufhielt und mit ihr sprach, verstieß er bereits gegen die Gesetze der Zwielichtlande. Das würde Konsequenzen haben. Aber ihr Herz schlug in seinem Kopf und vertrieb seine Bedenken. Verlangen erwachte in seiner Brust. Blind tastete er mit dem Geist nach der Kälte des Schattens. Er hätte nicht herkommen dürfen; die Gesetze der Zwielichtlande existierten nicht ohne Grund. Das war ihm jetzt klar.

»Schattenmann.«

Bei dem Klang seines Namens hielt er abrupt inne.

Sie ließ ihn los, streckte ihre Hand nach seinem Gesicht aus und tastete sich in seine dunkle Kapuze vor. Als sie seine Wange berührte, zuckte ihre Hand gerade so weit zurück, dass sie mit ihren Fingerspitzen seine Lippen streifte.

»Ich kann das nicht«, sagte er. Er musste sich sofort aus ihrer Reichweite entfernen und die Schatten aus dem Reich des Todes fest um seine Schultern ziehen. Er durfte nie mehr herkommen. Er würde ihr in den Zwielichtlanden begegnen, vielleicht schon bald. Das musste reichen.

Dennoch schmiegte er sein Gesicht in ihre Hand, und ihre weiche Haut ließ seinen restlichen Widerstand schmelzen. Ihr sterblicher Wille war stärker als alles, was er aufbringen konnte.

Er konnte nicht den genauen Augenblick benennen, in dem er schwach geworden war. Vielleicht, als er aus dem Schatten herausgetreten war. Oder als er Luft geholt hatte, um das erste Wort zu formen, *Ruhig*. Oder Jahre zuvor, als er hergekommen war, um sie von seinem dunklen Versteck aus zu beobachten, obwohl er dazu keinen Auftrag hatte.

»Schattenmann?«

Aber als er nun den Kopf neigte und zum ersten Mal ihre Lippen berührte, war er verloren. Der dunkle Most ihrer Lippen schmeckte köstlicher als irgendetwas in irgendeiner Welt oder zwischen irgendwelchen Welten. Nur einmal ausgiebig naschen, nur einmal, dann würde er gehen.

Durch die Verbindung, die sie zwischen sich gebildet hatten, schlug ihr Herz kräftig. Alles andere als schwach. Vielleicht konnte sie durch seine Berührung ewig leben.

Er wich zurück. Als er sie nicht mehr spürte, fühlte er sich augenblicklich vollkommen leer. »Es gibt Gesetze, und tief in deinem Inneren weißt auch du ganz bestimmt, dass man nicht gegen sie verstoßen darf.«

»Das ist mir egal. Ich bin viel zu lange vernünftig gewesen.«

Nur eine Sterbliche konnte so mutig sein. Sie wusste, dass ein Ende nahte und damit ein neuer Anfang. Aber für einen Unsterblichen waren die Konsequenzen einfach und unendlich. Sie hatte keine Ahnung.

»Du hast es selbst gesagt«, beharrte sie. »Es wird nicht heute geschehen. Vielleicht morgen oder übermorgen, aber mir bleibt noch das *Jetzt*. Verstehst du das?«

»Kathleen …« Sein Protest erstarb auf seinen Lippen. Noch nie zuvor hatte er ihren Namen ausgesprochen.

»Mein ganzes Leben lang bist du an meiner Seite gewesen, hast das Schlimmste besser und die schrecklichsten Augenblicke erträglicher gemacht. Wieso? Du musst mich lieben.«

»Das tue ich.« *Vollkommener Irrsinn.*

Sie schwieg, hielt die Luft an und wartete, dass er ihr ein Zeichen der Hoffnung gab. Wartete auf *ihn*. Unfassbar.

Wie hielten Sterbliche das aus? Nach einem einzigen Wimpernschlag von ihr konnte er es nicht länger ertragen. Um bei ihr, bei Kathleen zu liegen, nur einmal Licht in die Dunkelheit zu bringen, würde er alles riskieren. Keine Strafe konnte ihn davon abhalten, seinem Verlangen nachzugeben. Es gab keine Pein, die er nicht bereits erlitten hatte, als er in den dunklen Ecken ihres Zimmers ausgeharrt hatte.

Wenn die Anspannung in seiner Mitte, die ihn drängte, sie zu berühren, seinen Körper mit ihrem zu verschmelzen, das war, was die Menschen als Leidenschaft bezeichneten, war er dazu durchaus in der Lage. Er konnte sich in sie ergießen. Einen wundervollen Moment geben und nehmen.

Und *ja!* – jetzt begriff er – die Zeit *war* knapp. Ihre Ungeduld war ansteckend. Er befand sich zwar erst seit wenigen Augenblicken hier, aber schon nagte sie stetig an ihm und kribbelte in seinen Fingerspitzen.

Er legte eine Hand auf den baumwollenen Rock direkt unter ihrer Taille. Er fühlte sich griffig an, ganz anders als die Seidenstoffe auf seiner Seite der Grenze, die nur unzulänglich Fall und Funktion der Kleidung der Sterblichen nachahmten. Dieser Stoff hier besaß Gewicht, den seltsamen Zauber von Masse. Trotz seiner Leichtigkeit war einige Anstrengung vonnöten, um den Rock nach oben zu ziehen. Durch seine überraschende Geste geriet die Luft in Bewegung und wehte den süßen, rätselhaften Geruch ihrer Haut zu ihm. Dazu wäre er ohne seine Gestalt, das Geschenk dieses Körpers, nicht in der Lage gewesen.

Kathleen. Ihre Macht war wirklich beeindruckend. Gefährlich. *Du lädst mich ein. Hier bin ich. Du gibst mir eine Gestalt, und für kurze Zeit kann ich die Luft der Sterblichen atmen. Du bittest mich, dich zu lieben, mein Lichtblick, und lässt damit zugleich den tiefsten Wunsch desjenigen wahr werden, der dir diesen Traum erfüllt.*

Als er ihr Kleid hochschob, bebte sie, hob jedoch die Arme, damit er es leicht über ihren Kopf streifen konnte. Die Haut darunter war von reinem Weiß. Sie hatte so wenig Sonne gesehen. Er warf seinen dunklen Umhang ab, der sich wie Rauch von seinem Körper hob. Zum ersten Mal entblößte er vollkommen seine dunkle Haut aus den Zwielichtlanden.

Sie öffnete die Lippen, fasste den Gedanken, der in ihrem Geist aufblitzte, jedoch nicht in Worte.

Was hatte sie gesehen? Hatte sie am Ende doch Angst vor ihm?

Er folgte ihrem Blick und sah an sich hinunter.

Sie hatte aus ihm einen Mann gemacht. Einen starken und gut gebauten, der erregt war und begehrte, wenn so etwas möglich war. Er wusste nicht, wie groß ihre Lust war und wie stark die seine. Es spielte keine Rolle. Irgendeine sterbliche Magie versetzte ihn in die Lage, sie zu lieben. Das war alles, was zählte.

»Du bist schön«, sagte sie und errötete.

Er musste lächeln. Wenn sie wüsste, dass sie ihn nach ihren Vorstellungen geformt hatte.

Er strich ihren Arm hinauf, bis zu der empfindlichen Haut in ihrer Armbeuge. Ein Regenbogen an Emotionen durchströmte sie und hallte in ihm wider. So hatte sie noch niemand berührt. Nur er. Nur dieser Mann.

»Meine Schwester …«, hob sie an.

»… schläft, und das wird sie für den Rest der Nacht.«

Sie biss sich auf die Unterlippe, woraufhin das Rot noch intensiver wurde. Ein berauschendes Rot. Sie ergriff seine Hände und zog ihn zum Bett. Dann entledigte sie sich mit einem Hüftschwung ihrer restlichen Kleider.

Nach diesem Wagnis bebte sie noch stärker. Er wollte auf

keinen Fall, dass Angst zwischen ihnen herrschte. Seine Existenz war bereits viel zu sehr davon bestimmt. Er sehnte sich nur nach Licht. Nur nach Kathleen. Er bedeckte ihren Körper mit seinem und stützte sich auf beiden Seiten ihres Kopfes mit den Ellenbogen ab. Mit dem Daumen wischte er die Tränen fort, die sich in ihren Augen sammelten und ihre Wangen hinunterliefen. Nass und wundervoll.

»Ganz ruhig«, sagte er wieder.

In ihr bildete sich eine stechende Angst, die ihn durchbohrte. »Kannst du mir zeigen, wie man das macht? Ich weiß nicht …«

Er lächelte. »Ich auch nicht.«

»Dann machen wir einfach …«, begann sie.

»… Liebe miteinander.« Bevor ihre Angst überhandnehmen konnte, beugte er sich vor und küsste sie wieder. Er wusste nicht um die Feinheiten des Aktes, aber das schien nicht wichtig zu sein. Er schwelgte warm und sinnlich in ihrem Mund, der sich ihm willig öffnete.

Ihre Finger strichen durch die Haare in seinem Nacken, und sie fasste Mut.

Sie hob ihr Kinn seinem Kuss entgegen, schlang ein Bein um seinen Körper und glitt damit von seiner Hüfte bis hinunter zu seiner Wade. Er erschauderte. Daraufhin lachte sie leise und heiser an seinem Mund. Lebendig.

Er ließ sich in die süße Mulde ihres Körpers sinken, umfing sie mit seinen Händen und brachte jeden Nerv zum Schwingen. Er nahm eine ihrer Knospen in den Mund und saugte daran wie ein Baby. Er war zum Leben erwacht, für sie, für sich selbst und schließlich für diese Welt. Sie griff fest in seinen Haarschopf, damit er nicht aufhörte.

Nicht nötig. Er konnte sich nicht rühren, selbst wenn er wollte. *Nun, vielleicht um sich um die andere Brust zu kümmern.* Und die Mulde an ihrem Hals und ihren flachen Bauch. Tiefer konnte er nicht mehr denken, dort lösten sich seine Gedanken in Gefühle auf. Ihre Hände spielten locker mit seinen Haaren, während er sich zu ihr hinunterbeugte.

Sie bogen sich einander entgegen, Becken an Becken, und im nächsten Augenblick war er in ihr. Beide spürten einen Schmerz, seiner ein Echo des ihrigen, der sich jedoch bald in einer Welle intensiver Lust verlor, von Sinnenfreude überspült.

In seiner Brust bildete sich ein Pochen und sank von dort hinunter, dorthin, wo sein Verstand machtlos war. Dorthin, wo er nichts als rätselhafte, brennende Lust spürte. Begierig war zu geben. Es war ein archaischer Rhythmus, selbst älter als er, der sich mit der Melodie ihres Seufzens verband. Ihre Lust gab den Takt für seine vor, sie erregte und leitete ihn, bis sein Körper Stoß um Stoß auf ihren reagierte.

Er bewegte sich wie der Ozean, getrieben von inneren und äußeren Kräften, von dem Mond und den Sternen und dem weiten dunklen Weltraum, von einer namenlosen Kraft, die die Menschen irgendwie kannten und er trotz all der Weisheit seines Alters nicht.

Er erforschte das sanfte Heben und Senken ihrer Hüften, das Schwellen ihrer Brüste. Er ergoss sich über ihren Körper wie ein Fluss, dessen Damm gebrochen war. Er strebte danach, ihren Körper ganz und gar zu durchdringen und zu erregen.

Es war eine gebende Kraft, und als der Sturm vorüber war, wusste er, dass er einen kleinen Teil von sich in ihr zurückgelassen hatte. Dennoch fehlte ihm nichts. Wenn überhaupt, war er gewachsen, denn er hatte etwas Lustvolles, Wundervolles erfahren. Nur ein einziger Gedanke brannte in ihm: Kathleen.

Er legte sich auf den Rücken und zog sie in seine Arme: Sie schmiegte sich an seine Seite und legte ihr Bein locker um seines. Die Luft war von dem Geruch ihrer Lust erfüllt.

Aber aus den finsteren Ecken des Raumes sickerte ein Schatten, um nach ihm zu greifen, ihn festzuhalten, ihn zurück über die Grenze zu holen. Kein Wunder, dass diese Welt in ihm ein Monster sah. Die tiefen Schatten – sein Ort der Macht – schienen jetzt *ihn* zu bedrohen.

Etwas Feuchtes, Kaltes, Schwarzes glitt um seinen Knöchel. Mit seinem Geist stieß er den Schatten kräftig zurück. Doch er ließ sich nicht abschütteln und schob sich weiter sein Bein hinauf.

Ihm und seiner Geliebten, die sanft auf dem Nachklang ihrer Lust trieben, blieb nur noch wenig Zeit.

Aber sie waren nicht allein. Etwas war zum Leben erwacht und flackerte vor seinem geistigen Auge. Er griff zwischen ihre Körper und suchte nach der Ursache.

Da. Ein aufkeimender Funke.

»Irgendetwas geschieht hier drinnen.« Er strich über ihren Unterleib.

Sie bekam runde Augen, hob den Kopf und blickte prüfend auf ihren nackten Bauch, dann sah sie ihn an. »Was meinst du?«

»Ich weiß es nicht. Vielleicht ein Leben. Ich kenne mich damit nicht besonders gut aus.« Ein schwarzer Streifen wand sich sein anderes Bein hinauf. Er konnte spüren, wie er sich langsam auflöste. Es war so gut wie unmöglich, seine Gestalt länger in der Welt der Sterblichen zu halten. »Halt still, ich versuche es aufzuhalten. Mir bleibt nicht mehr viel Zeit.«

»Nein«, flüsterte sie und legte die Hand schützend auf die Stelle. »Nein.« Sie machte sich von ihm los, glitt aus dem Bett und stand am Rand der bedrohlichen Dunkelheit.

Er streckte die Hand nach ihr aus. »Ich weiß nicht, was es ist. Was daraus wird.« Ein Funke konnte sich in ein Feuer verwandeln, und ein Feuer konnte die Natur verändern. Als sie nicht von ihrem Entschluss abwich, fügte er hinzu. »Ich weiß nicht, ob es existieren *darf.*«

»Wieso sollte es dann da sein?«

»Indem ich hier bin, verstoße ich gegen das Gesetz. Und erst recht, wenn ich so mit dir zusammen bin. Das sind unzählige Verstöße, doch das ist mir egal. Aber das … das könnte die erste Folge sein.« Der Gedanke schnürte ihm die Kehle zu: Wenn er für die Konsequenzen seiner Übertretung geradestehen musste, war das eine Sache, aber die Vorstellung, dass seine geliebte Kathleen sie ganz allein auf sich nehmen sollte, erschien ihm unerträglich. Das musste er verhindern.

»Nein«, erklärte sie.

Die sich ausbreitende Dunkelheit schwärzte seinen Körper. Keine *Zeit*. »Kathleen, du kannst nicht wissen, was das ist. Oder wie hoch der Preis dafür ist.«

»Das ist mir egal. Es gehört uns. Dir und mir«, entgegnete sie. Sie ergriff seine ausgestreckte Hand und legte sie auf ihren Unterleib.

Er konnte den Funken jetzt auslöschen, und es wäre vorbei. Aber ihr Herz setzte aus und hielt ihn davon ab. Ihre Augen füllten sich mit neuer Hoffnung, unendlich kostbarer Hoffnung, und sie lächelte unter Schmerzen.

»Du verstehst das nicht«, sagte er. Aber er hatte nicht die Zeit, sie zu überzeugen. Es würde etwas Schreckliches geschehen. Sie musste einen hohen Preis für ihr Glück bezahlen. Mit diesem schimmernden Funken würde zugleich etwas Finsteres entstehen. Er hätte nicht kommen dürfen, konnte es aber auch nicht bereuen.

»Doch. Mehr als du.« Sie drückte seinen Handrücken. »Es entsteht etwas. Etwas aus uns.«

Nie hatten ihre Augen mehr gestrahlt, und er konnte sich nicht überwinden, dieses Strahlen zu trüben. Er versuchte es auf andere Weise. »Wahrscheinlich bleibt dir nicht die Zeit, das bis zum Ende durchzustehen.«

»Doch, das werde ich.«

Ihre Überzeugung verunsicherte ihn. »Kathleen, selbst jetzt ist dein Herz schwach.«

Sie sah ihm in die Augen, während sie tief und kontrolliert einatmete. »Ich brauche nur neun Monate. Neun Monate sind nichts. Man erzählt mir seit Jahren, dass ich nur noch sechs hätte.«

»Kathleen, Liebes.« Seine Stimme klang rau, beinahe brach sie. Er zog sie an sich und sah ihr in die Augen. »Keiner von uns weiß, wie viel Zeit dir noch bleibt. Es ist besser, es jetzt zu beenden. Vielleicht bin ich morgen früh wieder bei dir.«

»Das bist du nicht.«

»Das liegt nicht in meiner Macht, Kathleen.« Genauso wenig wie er aufhalten konnte, was da zusammen mit dem von ihr so gepriesenen Leben entstand. Er streichelte zum letzten Mal ihren Arm.

»Du hast dich über die Gesetze hinweggesetzt. Jetzt lass mich dasselbe tun.«

»Kathleen …« Er konnte nicht aufhören, ihren Namen auszusprechen, *wollte* nicht aufhören, ihn laut auszusprechen, während er fühlte, wie er sich in der eisigen Dunkelheit auflöste. Sein Körper verschwand in dem Helldunkel, das in den Zwielichtlanden herrschte, während seine Sinne aus der Schattenwelt nach der Sterblichkeit griffen.

Nach dem Funken. Nach dem Glück, das in ihr wuchs.

Und ja, in den Ecken des Raumes hing ein feiner Film aus schwarzer Spucke, der sich auf der Welt ausbreiten und zu einer grausamen Horrorvision anwachsen würde, die es mit ihrem Wunder aufnehmen konnte.

Einer unvorstellbar grausamen Horrorvision. *Kathleen!*

1

Sechsundzwanzig Jahre später …

Adam Thorne übernahm die Nachtschicht in Jacobs Zelle.

Durch den Jetlag war er ohnehin überdreht, sein Biorhythmus schwebte noch irgendwo über dem Atlantik. In Korea, wo er die vergangenen drei Wochen einer Spur in dem Rätsel um Mount Inwangsan nachgegangen war, hatte er sich bestens gefühlt. Aber in den Appalachen von West Virginia, in einem Betonloch unter dem Segue-Institut, wusste sein Körper nicht, ob gerade Nacht, Tag oder eine seltsame Zeitzone dazwischen herrschte.

Während er versuchte, sich auf die Tasten neben der ersten Sicherheitstür zu konzentrieren, rieb er sich das Gesicht. Durch seine Augen schossen heiße Blitze, und nachdem er sich vierundzwanzig Stunden nicht rasiert hatte, fühlte sich seine Haut rau an. Ein Röhrchen mit Tabletten versprach, ihn acht Stunden auszuschalten, aber der Schlaf würde bestenfalls unzureichend sein, wenn er nicht zuerst nach Jacob sah. Seine Zeit absaß, allerdings auf der anderen Seite der Gefängnistür.

Adam gab den Sicherheitscode ein. Als er die stahlverstärkte Tür aufschob, nahm er einen schwachen Verwesungsgeruch wahr. Er runzelte die Stirn und machte sich bereit. Mit einem Kopfnicken schickte er den Wachmann fort und fragte sich, wie der Mann diesen ständigen Gestank ertrug.

Während er sich an der Hauptsicherheitskonsole anmeldete, sah Adam Jacob kurz auf dem Videomonitor: Er lag auf der Seite und hatte die Arme um den nackten Bauch geschlungen, als wollte er sich vor der Kälte schützen oder sich auf einmal keusch geben. Er war einst Mitglied im Vorstand von *Thorne Industries* gewesen. Jetzt hielt man ihn wie ein Labortier in einer weißen, sterilen Zelle gefangen. Blass und abgemagert wirkte er nur insofern Furcht einflößend, als dass kein Mensch je so eingesperrt und ausgehungert werden sollte, wie man es in den vergangenen sechs Jahren mit ihm getan hatte. Andererseits glaubte Adam nicht, dass Jacob überhaupt noch ein Mensch war.

Adam ließ einen Stapel Akten auf die Konsole vor sich fallen. Bevor er schlief, konnte er genauso gut noch etwas erledigen.

Er wunderte sich immer, dass so wenig Fortschritt so viel Arbeit produzieren konnte. Er nahm die erste Aktenmappe in die Hand und öffnete sie. Eine detaillierte Tabelle mit Zahlen verschwamm vor seinen Augen. *Die Kalkulation kann warten*. Er schloss die Akte und tauschte sie gegen eine andere aus. Darin befand sich ein Stapel Papiere, so dick, dass er mit einem Gummiband zusammengehalten werden musste. Obenauf klebte ein Notizzettel.

Ich dachte, das könnte dich interessieren. – C.

Celia Eubanks war eine Forschungskollegin an der Johns-Hopkins-Universität und eine alte Freundin der Familie. Er konzentrierte sich auf den Text des Dokumentes mit dem Titel *Eine Untersuchung häufig auftretender Muster bei Nahtoderfahrungen* von Talia Kathleen O'Brien.

Nahtod. *Das* würde ihm nicht gut bekommen.

Ein schlurfendes Geräusch drang aus den Lautsprechern in der Konsole. Jacob bewegte sich in seiner Zelle.

»He, Adam. Schön, dass du wieder da bist.« Die Stimme, die kristallklar auf den Monitor übertragen wurde, klang gleichgültig und vertraut.

Adam ignorierte Jacob. Um herauszufinden, inwiefern und wie stark seine Wahrnehmung von menschlichen Werten abwich, hatten sie anfangs herauszufinden versucht, woher er wusste, wer sich hinter den fußdicken, stahlverstärkten Zellenwänden befand, aber Jacob hatte sie durchschaut und angefangen, ihre Daten zu manipulieren.

Adam blätterte durch die dreihundertsechzehn Seiten von Ms Talia O'Briens Dissertation. Sie waren eng bedruckt und wurden lediglich von ein oder zwei Diagrammen unterbrochen. Schwierig zu lesen. Sie hätte eine größere Schrift wählen sollen. So wäre er vermutlich erblindet, bevor er die Arbeit überhaupt bis zum Ende durchgelesen hatte.

»Du könntest mir ruhig antworten. Unsere Mutter hat dir bessere Manieren beigebracht«, sagte Jacob in dem üblichen herablassenden Ton.

Mom würde um uns beide weinen.

Adam zwang sich, seine Aufmerksamkeit von Jacob auf das erste Kapitel zu lenken, den Abschnitt, in dem Ms O'Brien ihre Theorie und Analysemethode vorstellte. Ihre Art zu denken, die ungewöhnliche Perspektive ihrer Untersuchung, gefiel ihm. Sie ging nicht davon aus, dass es Nahtoderfahrungen wirklich gab, behauptete aber auch nicht, dass sie falsch wären. Sie nahm eine Position außerhalb der Geschichten ein und suchte nach gemeinsamen Vorstellungen, nach wiederkehrenden Mustern. Denn sie wollte nicht den Tod an sich analysieren, sondern die Vorstellung, die die Lebenden von ihm hatten. Der Tod als Konzept, als Idee, die von einem unbewussten Kampf mit der Sterblichkeit herrührte.

»Adam, ich bin so hungrig, dass ich überhaupt nicht mehr denken kann. Ich könnte vielleicht etwas Suppe probieren. Oder ein belegtes Brot. Was meinst du? Nur ein kleiner Bissen, damit ich weiter durchhalte.«

Du willst kein Brot, Jacob. Du weißt noch nicht einmal mehr, was man damit macht. Du hast es nur auf die Person abgesehen, die es dir bringt, selbst wenn es dein eigener Bruder ist.

Aber jedes Gespräch mit diesem Wesen, das Gesicht und Gedächtnis seines älteren Bruders besaß, war zwecklos. Was immer er seit seiner *Veränderung* von sich gab, er verdrehte die Tatsachen und kannte nur ein Ziel: dass Adam litt. Daran würde sich nichts ändern.

Adam konzentrierte sich auf die Untersuchung. Im zweiten Kapitel ging es um den Umgang der Autorin mit ihren Probanden. Es war ihr gelungen, Personen sehr unterschiedlichen Alters zu rekrutieren – sehr lobenswert. Sie hatte einige Erfahrungsberichte transkribiert und im Anhang angefügt. Eine mühsame Arbeit.

Das Leben nach dem Tod.

Adam runzelte die Stirn. Diesen Ansatz hatte er noch nicht verfolgt; vielleicht war es an der Zeit, damit anzufangen. Und diese – er blätterte zur Titelseite – *Talia O'Brien* näherte sich dem Thema aus einem eindeutig objektiven Blickwinkel. Er musste sie überprüfen und herausfinden, ob keine Bedenken bestanden, sie in das Team von Segue zu holen.

»Gott, Adam, ich weiß nicht, wieso du so gemein bist. Ich will doch nur ein belegtes Brot. Du könntest mir wenigstens antworten. Antworte mir, verdammt!«

Adam blätterte durch die Dissertation, vorbei an ihrer Analyse zu den Schlussfolgerungen. Irgendetwas erregte seine Aufmerksamkeit, sein Magen krampfte sich zusammen. Er blätterte zurück. *Da.* Auf Seite 69 unten, Fußnote 3b. Eine Probandin behauptete, einem Individuum namens Schattenmann begegnet zu sein.

Die Erinnerung an einen euphorischen Jacob stieg in ihm auf, der vor langer Zeit mit leuchtenden Augen, wildem Blick und schriller Stimme gekreischt hatte: »Mich kriegt der Schattenmann nicht!«

Jacobs Gesicht war voll Blut gewesen, und zu seinen Füßen hatte der schlaffe Körper seines Vaters gelegen.

Adam bekämpfte den Schmerz, den die Erinnerung in ihm auslöste, schob das Bild zurück in eine kleine Kiste in seinem Kopf und schloss sie fest zu.

Er blinzelte heftig, um wieder normal sehen zu können und sich von der Hitze zu befreien, die ihm auf einmal den Schweiß auf die Haut getrieben hatte. Er zwang sich, tief durchzuatmen.

In den zurückliegenden Jahren hatte er ausgiebig überall nach dem Namen »Schattenmann« gesucht, hatte versucht, Jacob zu befragen und ihn zu provozieren, aber nichts erreicht. Überhaupt nichts.

Bis jetzt.

Adams Herz schlug bis in seinen Hals. *Schattenmann*. Ms O'Briens Probandin hatte sich mit ihm unterhalten, und der Schattenmann hatte sie vor dem Tod gerettet und zurück ins Leben geholt.

Ich fasse es nicht. Der Schattenmann.

Ein seltsames Gefühl kroch in ihm hoch, legte sich schwer auf seinen Brustkorb und surrte in seinem Kopf.

Nahtoderfahrungen. Darauf hätte er früher kommen müssen. Unglaublich, dass ihm das nicht eingefallen war. Dabei hatte er Wiccas, Schamanen und Heilige zurate gezogen.

Adam holte sein Mobiltelefon aus der Tasche. »Custo. Suche Ms Talia O'Brien. Doktorandin. Nein, vermutlich hat sie inzwischen schon ihren Doktortitel, von der …« Er blätterte zur Titelseite. »… Universität Maryland. Ich nehme an, sie hat ein Angebot erhalten und unterrichtet irgendwo. Ihr Fachgebiet ist – verdammt, sie hat sich beinahe mit allem beschäftigt –, aber versuch es mit Soziologie, Anthropologie, vielleicht Psychiatrie.

Finde so viel wie möglich über sie heraus. Nimm dir, was du dazu brauchst.«

»Ich kümmere mich sofort darum. Interessierst du dich aus einem bestimmten Grund für sie?«

»In erster Linie, weil ihre Arbeit überragend ist. Du musst ihre Dissertation lesen. Wenn möglich noch heute Abend. Ich lege eine Kopie auf deinen Schreibtisch. Lass mich wissen, wenn du sie gefunden hast.« Adam musste zum Flugzeug. Eine seltsame Energie strömte durch seine Adern.

»Muss gut sein. So begeistert hast du dich nicht mehr angehört seit … nun, seit Jahren.«

»Das wird dir genauso gehen. Lies alle Fußnoten, dann wirst du schon sehen.« Adam beendete das Telefonat und bückte sich, um die Akten aufzuheben. Die Kalkulation musste er mitnehmen.

»Talia O'Brien.« Jacob sprach den Namen gedehnt aus. »Hört sich irgendwie verklemmt an, Bruder. Ist eher mein Typ.«

Adam blickte auf den Monitor. Jacob war aufgestanden und starrte streitlustig in die Kamera.

»Ich wüsste, was ich mit ihr mache«, sagte Jacob grinsend. Mit einer übertriebenen Geste, die Lust signalisieren sollte oder Hunger oder beides, strich er mit der Zunge über seine Zähne.

»Aber ich habe sie zuerst gefunden«, murmelte Adam und wandte sich ab. Er klingelte nach dem Wachmann.

Der Raum hinter ihm bebte. Adam kannte das Geräusch: Jacob trat gegen die Zellentür. *Gott hilf, dass die verstärkte Stahltür hält*. Es folgte ein unmenschliches Kreischen. Nach sechs Jahren richteten sich noch immer Adams Nackenhaare auf. Keine Kugel und kein Schwert konnte dieses Monster aufhalten.

Talia O'Brien.

Vielleicht konnte sie ihm helfen, seinen Bruder zu töten.

2

Talia ließ den Stoff der Seidenbluse für das Vorstellungsgespräch mit einem verzückten Seufzer durch ihre Finger gleiten, aber sie hatte keine Zeit herumzutrödeln. Ihr Blick zuckte zu dem Wecker auf ihrem Nachttisch: 16:12 Uhr. In etwas weniger als drei Stunden ging ihr Flug, und sie hatte erst die Hälfte der Sachen von ihrer Vorbereitungsliste gestrichen.

Weiße Bluse, ja.

Aus der Nachbarwohnung drang gedämpftes Männerlachen in ihr Schlafzimmer. Dienstagnachmittag. Jeden Augenblick würden die Kerle mit ihrer Bandprobe loslegen. Wie auf Kommando wummerte vorwurfsvoll eine Bassgitarre herüber, *bu, dop, bu, dop-do.* Eines der Gemälde mit den Märchenlandschaften ihrer Mutter vibrierte in seinem Rahmen. Genauso wie ihre Zähne.

Nun, das musste sie nicht mehr lange ertragen.

Talia ließ die Bluse über das Kostüm für das Vorstellungsgespräch gleiten, um es an dem Kleiderhaken in ihrem brandneuen Koffer zu befestigen. Allein der Anblick der Kleidung ließ ihr Herz höher schlagen. Zusammen mit den Schuhen, der Strumpfhose, dem Slip und den zwei aufeinander abgestimmten Blusen hatte sie das Ensemble beinahe einen Monatslohn gekostet. Im Ausverkauf. Aber sie bereute die Ausgabe kein bisschen, nicht wenn sie die Assistenzprofessur an der Universität von Berkeley bekam.

Bitte, lieber Gott, lass mich diese Stelle bekommen. Seit Talia die Einladung zu dem Vorstellungsgespräch nach Berkeley erhalten hatte, ging ihr dieses stille Gebet ununterbrochen im

Kopf herum, und ihr Herz schlug so heftig, dass es ihr beinahe aus der Brust sprang. *Bitte, bitte, bitte, lieber Gott. Tu mir nur diesen einen kleinen Gefallen …*

»Klopf, klopf.«

Talia drehte sich zur Tür herum und fand sich ihrer Mitbewohnerin Melanie gegenüber.

Oh verdammt. Was jetzt? Eine Auseinandersetzung kurz vor ihrer Abreise war das Letzte, was Talia gebrauchen konnte. Die Anspannung kroch ihr Rückgrat hinauf, während die elektrische Gitarre nebenan eine schnelle Abfolge schriller Töne jaulte.

Von ihrer glatt zur Seite gekämmten Frisur bis zu ihren hohen Absätzen schaffte es Melanie, mit ihrem Studentenbudget großstädtisch und raffiniert zu wirken. Sie hatte bereits Stellenangebote erhalten, obwohl sie bis zu ihrem Wirtschaftsabschluss noch ein Semester vor sich hatte. Sie hob eine perfekt gezupfte Augenbraue, während sie mit einer Hand eine dicke Tafel Godiva-Haselnussschokolade in die Höhe hielt. Eine himmlische, in goldene Folie verpackte, schwere, sinnliche Sünde.

»Friedensangebot«, schrie Melanie über den Bandlärm hinweg.

»Danke.« Talia nahm vorsichtig die Tafel entgegen, um nicht Melanies Haut zu berühren und von ihren negativen Emotionen überschwemmt zu werden. Talia zwang ein Lächeln auf ihr Gesicht. Sie hoffte, dass es natürlicher wirkte als es sich anfühlte. Von dem Augenblick an, als Talia vor acht Monaten hier eingezogen war, hatte Melanie herumgezickt. Aber die Miete und die Lage waren zu gut gewesen, um noch einmal umzuziehen.

»Damit du nach dem Vorstellungsgespräch etwas zum Feiern hast«, stellte Melanie klar. »Ich hätte dir gratulieren müssen, nachdem du deine Doktorarbeit verteidigt hattest. Das war nicht nett von mir. Tut mir leid. Ich wünsche dir wirklich nur das Allerbeste. Also … herzlichen Glückwunsch, *Dr.* O'Brien.«

Bei *Glückwunsch* verstummte die Musik. Das geschriene *Doktor*, das anschließend folgte, wirkte sich wundersam auf Talias Stimmung aus. Auf einmal konnte sie alles verzeihen. Sie würde für ihre ganze Arbeit belohnt werden. Nicht mit Geld, nicht in den eher esoterischen Sozialwissenschaften. Aber bald – *bitte, lieber Gott* – würde sie eine großartige Stelle an einer renommierten Universität innehaben.

Vorlesungen, Veröffentlichungen, Förderungen. Herrje.

Und ihre eigene Wohnung, obwohl die Mietpreise in der Nähe des Campus in astronomischen Höhen lagen. Trotz Melanies plötzlichem Bemühen wollte sie keine Mitbewohner mehr haben, aber vielleicht Freunde. Wer weiß? Wenn sie sehr, sehr gut war, konnte sie vielleicht ein richtiges Leben führen. Sie würde womöglich sogar als *normal* durchgehen. Okay, jetzt ging ihre Fantasie mit ihr durch. Sagen wir unauffällig.

»Wieso brechen wir sie nicht an und machen die Friedenserklärung amtlich?«, schlug Talia vor. Nur ein Stück würde ihre Nerven erheblich beruhigen.

»Nein. Die ist für nach dem Gespräch.« Melanie winkte abwehrend in Richtung Tafel und zog sich über die Schwelle zurück.

Na gut. Verschwisterung vorbei. Aber es war nett. Ein gutes Ende.

Talia steckte die Schokolade in ihr Handgepäck. Um nichts auf der Welt würde diese köstliche Tafel die Wartezeit am Flughafen überleben und schon gar nicht bis morgen Abend, bis das Vorstellungsgespräch in Berkely, das Studentenpanel und die Besichtigung des Campus endlich vorbei waren.

Ein erneutes Pochen erschütterte die Wohnung. Talia runzelte die Stirn. Das ausdauernde Klopfen stammte nicht von der Band nebenan. Dazu war es nicht nervig genug, aber es war nah.

»Das kommt von der Wohnungstür«, stellte Melanie fest. »Ich gehe schon. Pack du deinen Koffer fertig.«

»Danke noch mal. Das ist wirklich süß von dir.« Aber Melanie war bereits gegangen. Da sich das Semester dem Abschluss näherte, war es vermutlich ihr letztes Gespräch.

Talia wandte sich wieder ihrer Liste zu. *Weiße Bluse, ja.* Kostümjacke …

Vereinzelte Wortfetzen drangen aus dem Flur zu ihr herüber. Eine unbekannte Frauenstimme dominierte, aber ein tiefes Brummen deutete daraufhin, dass auch ein Mann dabei war. Talia hielt den Kopf schräg und lauschte.

»Was sagten Sie noch? Wie ist Ihr Name?« Wenn Melanie verärgert war, klang ihre Stimme sehr hart. Das konnte sie gut.

Talia trat vor und spähte den Flur hinunter. Melanie packte die Klinke und versuchte, ihnen die Tür vor der Nase zuzuschlagen, was selbst für ihre Verhältnisse extrem unfreundlich war. Ihr Körper war in Alarmbereitschaft, und sie versuchte die Tür mit dem Fuß zuzuhalten.

Irgendetwas stimmte nicht.

»Nun, sie ist nicht da. Wegen des Bandlärms arbeitet sie dienstagnachmittags immer in der Bibliothek, aber ich richte ihr aus, dass Sie da waren.«

Talia hielt sich im Hintergrund und wartete einen Augenblick. Sie hatte keinen Grund, die Lüge zu verderben. Wer auch immer es war, sollte schleunigst wieder gehen.

Wieder sprach die Frau, wurde jedoch von dem plötzlichen Aufkreischen schräger Musik unterbrochen. Talia strengte sich an, konnte jedoch kein einziges Wort verstehen. Die Band hörte genauso abrupt wieder auf, das Schlagzeug endete mit einem halbherzigen *Klatsch-Ratsch-Tapp.*

»Nein, Sie können nicht hereinkommen«, zischte Melanie. »Ich habe Ihnen doch gesagt, dass sie nicht da ist.«

Als sie ein lautes Krachen am Eingang der Wohnung vernahm,

erschrak Talia heftig. Sie ließ ihren Notizblock fallen und rannte den Flur hinunter.

Die Eingangstür stand offen. Melanie lag mitten im Raum auf dem Boden und richtete sich mühevoll auf. Der Mann und die Frau betraten gerade die Wohnung. Mit einem Fußtritt schloss er die Tür und lehnte sich dagegen, während sie sich im Raum umsah und die verkniffenen Lippen zu einem unfreundlichen Lächeln verzog.

Talia fröstelte.

Melanie sah vom Boden zu ihr hoch. »Sie wollen zu Talia.«

»Sie ist nicht hier«, wiederholte Talia. Melanies ängstlicher Blick und ihre weit aufgerissenen Augen, die sonst so selbstsicher wirkten, erfüllten Talia mit unendlicher Dankbarkeit, und zugleich war ihr mulmig. Ihre Mitbewohnerin hätte ebenso gut einfach mit dem Finger auf sie zeigen können und fertig. Aber andererseits ließ Melanie sich nicht von jedem einschüchtern.

Melanie stand auf, straffte ihren Rücken und zog die Augen zusammen.

Talia las die Frage in dem Gesicht ihrer Mitbewohnerin – *Kennst du die?* – und antwortete mit einem kaum merklichen Kopfschütteln, *nein.*

Talia hatte keine Ahnung, wer diese Leute waren. Sie waren jung, vermutlich Mitte zwanzig. Die Frau war groß und schlank, hatte volles dunkles Haar und einen üppigen Busen, jedoch einen unglücklich vorstehenden Unterkiefer. Der Kerl, der an der Tür lehnte, war klein und breit und betonte seine Figur durch eine Bügelfaltenhose und ein enges Polohemd. Er wirkte aus der Mode gekommen, wie ein Nachrichtensprecher aus den Achtzigern. Die zwei passten nicht zueinander. Abgesehen von ihren ausdruckslosen Augen und den strengen Linien um ihre Münder bildeten sie ein ungleiches Paar.

»Wir können warten«, erklärte die Frau und schien sich in der Wohnung wohlzufühlen.

Eine Gänsehaut lief über Talias Kopfhaut und weiter ihren Rücken hinunter. Sie schluckte. »Was möchten Sie denn eigentlich von ihr?«

»Wir sind ihre Fahrer. Sie hat heute Abend ein Rendezvous«, erwiderte die Frau.

Talia hatte keine Verabredungen. Nicht jetzt, nie. Kerle merkten sofort, dass sie anders war, und hielten sich von ihr fern. Und der Gedanke, sich körperlich auf jemanden einzulassen, von jemandem berührt zu werden … *Nein*. Bücher waren ihre einzigen Freunde.

Die große schlanke Frau trat auf sie zu, beugte sich vor, um Talias Gesicht zu untersuchen, und zog sich wieder zurück. Sie verströmte einen überaus fauligen Geruch. Ihr Blick war berechnend, gemein und forschend.

Instinktiv wich Talia in die Dunkelheit zurück. Die Schatten legten sich wie Seidenschleier um ihren Körper, kalt, aber beruhigend. Der Raum verfinsterte sich. Andere mochten es für eine Täuschung des Lichts halten oder für eine gedimmte Glühbirne, aber sie wusste es besser. Sie bemühte sich, ihre Angst zu kontrollieren und die sich sammelnden Schatten zurückzustoßen. Es war lange her, dass sie die Kontrolle verloren hatte. Mit einiger Anstrengung schüttelte sie das Dunkel von sich.

Das beste Versteck war immer in aller Öffentlichkeit.

»Ich glaube, Sie sind hier falsch«, sagte Melanie. »Ich bin ihre Mitbewohnerin und weiß ganz sicher, dass sie jetzt mit niemandem ein Rendezvous hat.«

»Talia O'Brien, sechsundzwanzig Jahre alt, Doktor der Anthropologie. Mutter: Kathleen O'Brien. Sie ist bei Talias Geburt gestorben. Es kam zu Komplikationen, die von einem Herzfehler herrührten. Sie wurde von ihrer Tante Margaret aufgezogen, die ebenfalls verschieden ist«, zitierte der gedrungene Mann.

In Talia stiegen Schuldgefühle wegen ihrer Mutter und Trauer über den Verlust ihrer Tante Maggie auf. Tante Maggie war bei einem Autounfall gestorben, während Talia gegen ihren Willen wieder gesund geworden und langsam ins Leben zurückgekehrt war, sodass sie mit fünfzehn Jahren schließlich ganz allein zurechtkommen musste.

Der Lärm der Band schraubte sich erneut in ohrenbetäubende Sphären hoch.

Im Gedenken an Tante Maggie schluckte Talia ihre Angst hinunter und zwang sich, die Musik zu übertönen. »Soll das etwa ein Streich sein? Das ist nicht lustig.«

Die große Frau lächelte ihr über ihre Schulter hinweg zu. »Nein, kein Streich.« Sie hob eine gezupfte Braue. »Wissen Sie, Sie haben sehr ungewöhnliche Augen.«

Talia kam sich vor wie ein Insekt unter dem Mikroskop. Sie hasste es, wenn Leute Bemerkungen über ihr Aussehen machten, insbesondere über ihre Augen. *Exotisch*, hatte Tante Maggie einmal gesagt. Aber *exotisch* war sehr wohlwollend ausgedrückt. *Seltsam* traf es wohl eher. Sie standen an den Seiten etwas zu schräg nach oben. Und sie hatten die Angewohnheit, entsprechend ihrer Stimmung die Farbe zu wechseln. Jetzt waren sie genauso dunkel wie ihr Schatten.

Die Frau sah sie noch einmal prüfend an. »Was sagten Sie, wie Sie heißen?«

Ich habe nichts gesagt.

Aus dem Augenwinkel sah Talia, wie Mel nach dem Telefon griff. »Mir reicht's«, verkündete sie laut. »Wenn das irgendein dummer Streich ist …«

Talia wusste, dass es das nicht war. Ihre schlimmste Befürchtung wurde wahr. Diese schrecklichen Leute wussten, dass sie anders war, und sie würden alles kaputt machen. Sie würde nie einen Ort für sich finden. Keine Universität. Nichts. Nicht einmal, wenn sie nur ihre Nase in Büchern vergraben und niemanden stören wollte.

Talia sah Melanies Finger 9-1-1 drücken. Es war lächerlich, nach Hilfe zu rufen. Die kreischenden Sirenen konnten nicht rechtzeitig hier sein. Alles jenseits der Wohnungstür war Welten zu weit entfernt.

Innerhalb eines Wimpernschlags war der breite Mann bei Mel. Er schlug ihr das Telefon aus der Hand, fing den Hörer auf und legte ihn zurück auf die Gabel. Seine andere Hand schoss nach vorn und schloss sich fest um Melanies Hals.

Sein Mund formte die Worte: »Kommt nicht infrage«, aber seine Stimme ging in dem Lärm unter.

Melanie trat um sich und fuchtelte mit den Armen, während ihr Gesicht rot anlief.

Oh, nein. Oh, bitte … Talia stürzte vor und schrie über den ansteigenden Bandlärm hinweg. »Lassen Sie sie los. Ich bin Talia O'Brien.« Sie klammerte sich an das Handgelenk des Mannes, um ihn von Melanies Hals wegzuzerren. Eine heftige Übelkeit stieg in ihr hoch, als würde sich ihr Magen mit heißem Teer füllen. Der Mann fühlte sich widerlich, böse und gemein an.

Talia drehte den Kopf zu seiner Partnerin herum. »Sagen Sie ihm, dass er aufhören soll.«

Die Frau lächelte herablassend. »Ms O'Brien. Es ist mir eine Ehre, Ihnen zu dienen. Mein Meister bittet Sie um Vergebung und freut sich darauf, Sie persönlich kennenzulernen.« Sie wandte sich an ihren Begleiter. »Bring das zu Ende, Grady. Wir müssen los.«

Grady hob Melanie vom Boden hoch.

»Aufhören!« Der Raum verdunkelte sich, aber Talia konnte nichts tun. »Lassen Sie sie runter!« Melanies Gesichtsfarbe war inzwischen beinahe dunkelrot. »Bitte lassen Sie sie los. Ich werde tun, was immer Sie wollen.«

»Das werden Sie sowieso«, erwiderte die Frau. »Grady ist hungrig. Wenn er jetzt nichts zu essen bekommt, wird er mich den ganzen Rückweg nerven, damit ich für einen kleinen menschlichen Imbiss anhalte. Das ertrage ich nicht.«

Melanies Augen flackerten, als erlebte sie bei vollem Bewusstsein eine Tiefschlafphase.

Talia hing sich an Gradys ausgestreckten Arm und versuchte, ihn mit ihrem Gewicht herunterzudrücken. Er rührte sich nicht und lächelte lediglich über ihren Versuch. Sie trat nach ihm. Er schien aus Fleisch und Blut zu bestehen, fühlte sich aber an wie ein Stein.

Die Frau packte Talias Schulter und riss überraschend kräftig daran, sodass Talia zurücktaumelte.

»Sie können ihm nichts anhaben«, erklärte die Frau. »Der Versuch ist zwecklos.«

Talia wischte sich die Tränen der Verzweiflung weg, die ihren Blick verschleierten. *Bitte mach, dass das ein Albtraum ist.*

Dann öffnete Grady den Mund. Weiter und weiter. Absolut nicht menschlich. Er bleckte die Zähne, alle scharf und spitz und seltsam lang, und zog Melanie an sich. Er stülpte seinen Mund über ihren.

Schockiert hielt Talia die Luft an und erstarrte. Sie spürte ein Ziehen in der Magengegend. Ein Sog, der an Leben und Seele zerrte. Nicht an ihrer, die behaglich in ihrem Körper ruhte. *Melanies* Sein wurde herausgerissen und ihr Geist derart geschändet, dass Talia den Schmerz in ihrem Kopf und ihrem Herzen spürte.

Als Talia schrie, breitete sich vollkommene Dunkelheit aus.

Sie hatte jedoch schon immer auch in der Dunkelheit alles erkennen können. Durch die Schatten wirkten die Farben intensiver, und die Formen erhielten eine zusätzliche Dimension. Die vollkommene Dunkelheit brachte eine sinnliche Welt zum Vorschein, so verführerisch und zugleich einschüchternd, wie man es sich nur in den schillerndsten Fantasien vorstellen konnte.

Sie konnte also alles sehen.

Ihren Schrei begleitete eine seltsame Energie, die brennend ihren Hals hinaufkroch, um die Welt zu zerreißen. Diese Energie zerrte an den dunklen Schatten und riss ihren Schutzumhang in Fetzen, die sich wie im Sturm eines wütenden Windes in heftig zitternde Rauchwölkchen auflösten. Aus dem Wind, mitten aus dem Höllensturm, erhob sich eine Gestalt mit gruseligen, entschlossen funkelnden Augen – die Inkarnation der Dunkelheit. Das konnte nur der Tod sein, der herzlose Teufel, der ihr Mutter und Tante genommen hatte. Er hatte die Gestalt eines Mannes und schien in völlige Abwesenheit von Licht gehüllt zu sein, sodass er für sie leicht zu erkennen war. Er ergriff eine blitzende gebogene Klinge. Schon wirbelte er die Sense durch die Luft und ließ sie nach unten sausen.

Die Klinge war erbarmungslos. Das Metall schnitt mit Leichtigkeit durch das Paar, das in der grausamen Fratze eines Kusses erstarrt war. Grady fiel wie eine trockene, knochenlose Materie in sich zusammen. Eine Hülle. Melanie sackte nach unten. Sie sank mit weit geöffneten Augen und überraschtem Blick auf die Knie nieder und stürzte dann zur Seite, wobei sie lautstark die Luft ausstieß.

Talia taumelte zurück und schrie doppelt so laut.

Mit dem nächsten Schwung traf die Sense die Frau quer über dem Bauch. Sie kippte wie eine Vogelscheuche um. Bei dem Verwesungsgeruch, der augenblicklich von beiden Leichen aufstieg, als wären sie bereits lange tot, krampfte sich Talias Magen vor Übelkeit zusammen.

Schließlich drehte sich der Tod zu ihr um. Sein schwarz verhüllter Körper wogte in einem Meer stürmischer Schatten. Die

Sense lugte an der Seite heraus und fing Licht, wo keines sein durfte. Der Tod griff nach ihr. Seine dunkle Hand streichelte ihre Wange.

Talias Schrei erstarb in ihrem Hals. Erstickte. Löste sich in einem Wimmern auf.

Und der schwarz verhüllte Albtraum ebenfalls.

Talia schlang die Arme um ihren Körper, ihre Angst tauchte den Raum in Dunkelheit, aber sie konnte nicht aufhören zu zittern. Eine tektonische Verschiebung in ihrem tiefsten Inneren löste erdbebenähnliche Stöße aus. Sie konnte sich kaum auf den Beinen halten und stützte sich mit einer Hand an der Wand ab, während das irre Heavy-Metal-Gekreische aus der Nachbarwohnung das weiße Rauschen zum Ausdruck brachte, das in ihr herrschte.

Die Wohnungstür knarrte. Endlich Hilfe? Viel zu spät?

Die Silhouette eines Mannes schob die Tür auf und stieß auf Widerstand. Eine der Leichen lag im Weg. Er drückte fester gegen die Tür, und als diese sich nicht bewegen ließ, stieg er einfach über das Hindernis hinweg. »Robin? Grady?«

Nun, wohl doch keine Hilfe.

Talia atmete weder ein noch aus. Offenbar war er einer von denen. Von den Monstern mit den Bärenzähnen.

Er tastete an der Wand nach dem Lichtschalter. Es war zwar eine Lampe eingeschaltet, aber Talia hielt mit aller Macht die Dunkelheit darüber. Sie biss sich auf die Lippen.

Egal, was passierte, sie würde nicht schreien. Nie wieder. Sie würde nicht zulassen, dass … der andere Teufel in die Welt herüberkam.

Der Mann, groß, mit dunkler Haut und schwarzen langen Haaren, drang weiter in den Raum vor.

»Robin?« Er ließ die Tür offen stehen.

Talia entdeckte ihre Tasche auf einem Stuhl auf der anderen Seite des Raumes. Unerreichbar. Darin befanden sich Geld, ihr Ausweis und das Flugticket. Nicht, dass sie noch nach Berkeley fahren wollte. Der Traum war zusammen mit Melanie gestorben.

Stattdessen schlich sie leise zur Tür und aus der Wohnung hinaus. Dann floh sie durch den Betonflur, der zur Außentreppe des Hauses führte.

»Hurensohn!« Explosionsartig drang der Schrei hinter ihr aus der Wohnung.

Sie hatte die Dunkelheit mit sich genommen. Der Mann hatte gerade … alles entdeckt.

Immer zwei oder drei Stufen auf einmal nehmend hastete sie die Treppe zum Parkplatz hinunter, von ihrer Haut stieg eine schwarze Rauchwolke auf.

Vor dem Gebäude wartete mit laufendem Motor ein Mann am Steuer eines dunklen Geländewagens. Sie wandte sich von ihm ab und versteckte sich hinter einer niedrigen Mauer, die den Parkplatz des Gebäudes umgab.

Die Stufen tönten metallisch, als jemand mit schnellen Schritten die Treppe hinunterlief.

Das musste er sein. Sie versuchte, ihr rasendes Herz zu beruhigen, indem sie die Luft anhielt.

In der Nähe surrte ein elektrischer Fensterheber.

»Hast du das Mädchen gesehen?«, fragte ein Mann, nur sechs Fuß von ihr entfernt.

»Nein. Niemanden«, erwiderte ein anderer Mann, gedehnt und matt.

»Da oben hat ein verdammtes Gemetzel stattgefunden. Grady und Robin sind tot.« Seine Stimme war rau vor Wut und Fassungslosigkeit.

Talia hockte in ihrem Betonversteck. Ihr Kopf pochte im Takt mit dem Blut in ihren Adern, und die Erinnerung an das Jaulen der Musik saß ihr noch in den Gliedern.

»Das ist nicht möglich.«

»Sie sind *tot*«, beharrte der Mann.

»Aber Er hat versprochen …«

»Ich weiß, was *Er* versprochen hat, und ich weiß, was ich gesehen habe.« Seine Worte überschlugen sich. »Sie sind tot, und das Mädchen ist weg. Ich schwöre, dass sie noch da war, als ich gekommen bin, aber ich konnte überhaupt nichts sehen. Sie muss sich hier irgendwo verstecken.«

»Wenn Grady und Robin tot sind, will ich nichts mit ihr zu tun haben. Ich will *leben*.«

»Du Schwachkopf. Was mit denen da oben geschehen ist, ist nichts im Vergleich zu dem, was Er mit uns anstellt, wenn wir mit leeren Händen zurückkommen. Steig aus dem verdammten Wagen und hilf mir suchen. Sie ist nur ein Mädchen, und wir werden nicht ohne sie zurückfahren.«

In ihrem Rücken hörte Talia das Treiben vom Campus, Studenten arbeiteten an ihrer glorreichen Zukunft und knüpften Kontakte fürs Leben. Einsam und mit leerem Herzen ließ sie die Hand einen Augenblick auf der Mauer ruhen, dann floh sie allein in den Wald.

Der Schattenmann kämpft mit den Schleiern der Dunkelheit, die ihn gegen seinen Willen zurück in die Zwielichtlande zwingen wollen. Die geisterhaften Tentakel aus Schatten halten ihn grob fest, bringen ihn zum Schweigen und rauben ihm jegliche Kraft, die er bräuchte, um noch einmal die Grenze zu überschreiten. Sie reicht noch nicht einmal mehr für ein warnendes Wort.

Er brüllt in den Sturm, aber in den Zwielichtlanden ist man taub für seine Klagen.

Seine Tochter.

Die Unsterblichen haben sie gefunden.

Das ist die Strafe für das Vergehen mit ihrer Mutter: Er muss die Jagd, vielleicht sogar die Vernichtung seiner Tochter mit ansehen, damit er lernt, nie wieder gegen die Gesetze der Zwielichtlande zu verstoßen. So rächen sich die Sünden des Vaters an seinem Kind.

In seinen Gedanken kann er sie sehen. Sie umhüllt sich zum Schutz mit Schatten, ein Beweis, dass sie aus dem Reich des Todes stammt. Sie flieht jegliche Berührung mit der anderen Welt, aber sie kann sich nicht in Sicherheit bringen. Das lässt die Sterblichkeit ihrer Mutter nicht zu. Sie ist zu diesem Zwischendasein verdammt.

Lauf, Kind, lauf. Und wenn die Unsterblichen dich erneut finden, schrei, und ich komme.

Ich werde es spüren.

3

»Jetzt nicht«, sagte Adam leise. Es war nur für Custos Ohren bestimmt.

Sie durchquerten die Halle der FBI-Außenstelle in Phoenix, meldeten sich bei dem diensthabenden Wachmann ab und traten hinaus in die teuflische Hitze. Gespickt mit Kaktusblättern und Palmzweigen schmorte die Stadt bei Rekordtemperaturen in einem Ofen aus Beton und Blei. Das gleißende Sonnenlicht brannte auf den rot gedeckten Dächern, und Adam hob die Hand, um sein Gesicht vor der Sonne zu schützen. Sie schritten auf den Mietwagen zu. Custo nahm auf dem Fahrersitz Platz.

Adam öffnete die Beifahrertür und verbrannte sich dabei die Finger – *verdammt heiß* –, glitt hinein und stellte das Gebläse der Klimaanlage auf arktische Temperaturen ein. Custo blickte zu ihm hinüber. In dem gedämpften Licht wirkten seine grünen Augen durchscheinend, seine kurzen dunkelblonden Haare waren schweißnass und standen wie Stacheln von seinem Kopf ab.

»Wie ist es gelaufen?«, wollte Adam wissen und zog dabei eine Wasserflasche aus dem Sechserpack zu seinen Füßen. Während Adam ihren neuesten Informanten befragt hatte, war Custo die wenig beneidenswerte Aufgabe zugefallen, die örtlichen Agenten in Sachen Geisterergreifung und -festsetzung auf den neuesten Stand zu bringen.

»Die lokalen FBI-Agenten sind skeptisch, aber informiert.« Custo lenkte den Wagen aus der Parklücke. »Anscheinend hat Homeland Security einen Bericht über das Geisterphänomen veröffentlicht, allerdings ohne ins Detail zu gehen. Die Außenstelle in Phoenix überprüft die Verbrechen der Gegend nun anhand der Faktoren, die ich aus Segue mitgebracht habe. Und bei dir?«

Adam verlieh seiner Verzweiflung mit einem Schulterzucken Ausdruck. »Der Junge behauptet, eine Frau zu kennen, auf die Talias Beschreibung passt. Er sagt, sie würde sich mit der Straßenbande an der Universität herumtreiben und wäre möglicherweise süchtig oder eine Prostituierte.«

Custos Blick verfinsterte sich. »Etwa noch eine Sackgasse?«

»Ich weiß es nicht. Der Kerl sagt, man würde die Frau nie ohne Buch sehen. Außerdem hätte sie immer in der Universitätsbibliothek herumgehangen, bis man sie hinausgeworfen habe. Er sagt, sie sei sehr redegewandt, und man könne sie für eine Studentin halten.« Adam veränderte seine Haltung. Der übermäßige Stress und die Anspannung machten ihn derart nervös, dass sich sein Körper trotz der Hitze nach einem langen Lauf sehnte. Mit grimmiger Entschlossenheit unterdrückte er seine Energie. Eins nach dem anderen.

»Er ist sicher, dass er sie gesehen hat, nur eben eine drogenabhängige Version von ihr.« Adam starrte aus dem Fenster. Der tiefblaue Himmel wurde blasser, je weiter die Sonne nach Westen glitt. Die Nacht brach herein. Ein weiterer verlorener Tag.

Zwei Monate waren seit dem Verschwinden von Talia O'Brien und ihrer Mitbewohnerin Melanie Prader vergangen. Die Familie Prader hatte überall auf dem Campus der Universität von Maryland Fotos von Melanie aufgehängt und es sogar zu einem Beitrag in den Fernsehnachrichten gebracht, in dem die Mutter des Mädchens vor der fetten Schlagzeile *Haben Sie Melanie gesehen?* inständig um Hilfe flehte.

Trotz all seiner Möglichkeiten hatte Adam kaum mehr erreicht. Er fahndete über den Campus hinaus im gesamten Bundesstaat, dann landesweit nach Talia und Melanie. Er suchte in öffentlichen Anstalten nach ihr, bei Sekten und in Kreisen organisierter Kriminalität, verlangte Gefälligkeiten und regte den Informationsfluss mit Barmitteln an. Auch das Internet bezog er mit ein, seine Leute trugen sich in Freundschaftslisten sowie öffentliche und private Foren ein. Verwirrende Foren.

Daraufhin war er mit Hinweisen überschüttet worden:

»Mit der scharfen Braut mit den kurzen Haaren habe ich in einer Bar in Chicago angebändelt …«

»Die Frau mit den langen Haaren sieht genauso aus wie die Vorschullehrerin von dem Kind meiner Schwester …«

»Das blonde Mädel wohnt im Keller einer Campusbibliothek. Für fünfzig Mäuse verrate ich, in welcher …«

Noch eine Sackgasse? Das konnte er nicht ertragen. Nach sechs Jahren Suche war Talia O'Brien die erste Person, die den Namen »Schattenmann« in einem Kontext benutzte, der seinem Bruder helfen konnte. Wenn sie noch lebte, würde er sie finden.

Adam zwang sich, im Präsens zu sprechen. »Talia O'Brien ist zuverlässig, solide und vertrauenswürdig. Berechenbar. Sie ist ihr ganzes Leben lang zur Schule gegangen. Ich wette, sie fühlt sich in der Nähe eines Campus am wohlsten. Wenn ein junger Kerl sie gesehen hat, haben das auch andere getan. Ich höre mich um.«

»Hätte sie sich im Winter für Arizona entschieden, wenn es hier angenehm warm ist, hätte ich das ja verstanden, aber wieso im Sommer bei dieser teuflischen Hitze?« Custo fädelte sich auf einer Schnellstraße mit der Nummer 101 ein. Der Verkehr glitt zügig über die Fahrbahn, die in dem gleißenden Licht beinahe weiß wirkte, wabernde Hitzewellen stiegen von ihr auf.

»Wenn sie hier ist, hat das einen Grund.«

Adam *kannte* Talia, er hatte sie genauso gründlich studiert wie sie die Gegenstände ihrer Forschung. Als Erstes hatte er Kontakt zur Universität aufgenommen, um an ihre Arbeit zu kommen. Ihre Schriften waren einfallsreich und zeichneten sich durch eine verquere Logik aus. Sie belegte ihre Behauptungen jedoch mit einer Fülle von Daten. Ihr Leben war geordnet und mit Studienzeiten und Kursen verplant, alle eingetragen in den Kalender für das laufende Semester, das sie dann nicht mehr bis zum Ende besucht hatte. Ihre Bücher waren sogar mit farbigen Aufklebern versehen. Zwei Tage hatte er gebraucht, um ihr System zu entschlüsseln, was ziemlich frustrierend gewesen war. Talia O'Brien mochte Kontrolle. Er bezweifelte stark, dass sie eine drogenabhängige Prostituierte war. Es entsprach einfach nicht ihrem Charakter, sich im Chaos zu verlieren.

Am University Drive verließen sie den Freeway und fuhren eine von Palmen gesäumte Straße am Rand des Campusgeländes hinunter. Zwei Jugendliche hingen in einem Schattenrechteck herum, das die untergehende Sonne hinter einem Gebäude bildete.

Custo drosselte die Geschwindigkeit und hielt an. Mit Talias Bild in der Hand sprang Adam aus dem Wagen. Augenblicklich trieb ihm die Hitze den Schweiß auf die Haut und trocknete ihn von innen aus.

Einer der Jugendlichen schüttelte den Kopf. Der Blick des anderen zuckte hoch zu dem Foto und zurück auf sein I-Phone. »Die kenne ich nicht.«

Vier Blocks weiter hatte sich eine größere Gruppe auf dem Parkplatz eines alten Supermarktes versammelt. Dunkelhäutige kleine Kerle, die die Schirme ihrer Baselballkappen tief ins Gesicht gezogen hatten.

»*No la vi.*« Die habe ich nicht gesehen.

Eine weitere Gruppe – ältere Jugendliche, zwischen denen ein paar Studenten abhingen – traf sich auf dem Parkplatz vor einem alten Einkaufszentrum. Ihre Aufmerksamkeit galt einem jungen Mann, einem Weißen mit Rastalocken. Er hielt auf einer hohen Betonmauer Hof, die den Parkplatz von den angrenzenden Geschäften trennte.

Adam versuchte es zunächst bei einem Jugendlichen von vielleicht fünfzehn Jahren. Er zeigte ihm Talias Bild.

»Nee. Die kenn ich nicht.« Krachend ließ der Junge sein Skateboard auf den Boden fallen. Auf seinem T-Shirt hatten sich weiße Schweißränder gebildet.

Adams dunkelgrünes Polohemd klebte feucht an seinem Rücken. Er hielt eine Zwanzigdollarnote hoch. »Weißt du, wo sie sich herumtreiben könnte?«

»Bist du ihr alter Herr?« Der Junge taxierte ihn, er klang viel zu zynisch und zu reif für sein Alter.

»Ihr Bruder«, korrigierte Adam. Die Beziehung zu seinem *Bruder* war die wichtigste in seinem Leben. Es tat ihm gut, sich bei jeder Gelegenheit daran zu erinnern.

Der Junge schnappte sich den Zwanzigdollarschein. »Vielleicht hängt sie unter der Überführung zwischen Dobson und Granite Reef ab, aber ich glaube nicht, dass sie jetzt da ist. Es wird dunkel.«

»Oi!«, schrie der Mann mit den Rastalocken von der Mauer.

Adam ignorierte ihn und wandte sich an die Gruppe. »Ich will nur meine Schwester nach Hause holen. Damit sie die nötige Hilfe erhält. Ich würde jeden Preis bezahlen, um sie wiederzufinden.«

Der Junge blickte abwartend zu Rastalocke.

»Weißt du, was das heißt?« Adam ließ nicht locker. »Das ist so viel, dass jeder von euch ein bequemes Leben führen könnte.«

Kommt schon, raus mit der Sprache.

Die Gruppe zögerte, noch waren sie nicht wirklich interessiert. Selbst in Adams eigenen Ohren hörte sich sein Versprechen, einen großen Geldbetrag zu zahlen, unglaubwürdig an, dabei hatte er jedes Wort ernst gemeint. Wer immer ihm half,

Talia O'Brien zu finden, hatte ausgesorgt. Allem Anschein nach hatten diese Jungs hier nichts zu verlieren.

Rastalocke sprang von der Mauer und schlenderte auf Adam zu. Dreckige Jeans. Schwarzes Schlabber-T-Shirt. Flip-Flops. Um das dünne Handgelenk trug er eine geflochtene Kordel aus Hanf.

Er blickte auf das Bild. »Ja, die kenne ich.«

»Wo ist sie? Ich brauche genaue Angaben.« Adam wollte hier nicht seine Zeit verschwenden. Vielleicht verstand die Polizei mehr vom universitären Untergrundleben. Von Rumtreibern. Von verlassenen Gebäuden.

Rastalocke blickte zu den Bäumen hinüber, hinter denen jetzt die Sonne unterging, und runzelte die Stirn. »Komm morgen wieder. Nach Sonnenuntergang wagen sich die Tierchen raus. Ich muss meine Leute reinbringen.«

Adam horchte auf. »Die Tierchen?«

»Dämonen. Das Ende der Welt ist gekommen, Mann, aber keiner außer uns rafft das. Das Ende der Welt.« Er deutete auf den feuerroten Schein, der sich am Horizont ausbreitete. »Die Sonne geht hier schnell unter, und dann kommen die Tierchen raus. Hast du nie vom Süßen Trunk gehört?«

»Nein.«

»Das ist eine Band, Mann. In ihren Songs erzählen sie, wie es sein wird. Wie es abläuft. Das Ende der Welt. Das Ende des Todes. Es kommt mit dem Sonnenuntergang. Hör zu: *Dämonen wandeln, Dämonen fressen. Rauben den Menschen, was sie brauchen. Hilf uns kämpfen. Brich den Fluch. Zuerst muss die Menschheit zerschmettern den Tod.*«

»Das verstehe ich nicht«, erwiderte Adam, aber der Text trieb ihm einen Schauder über den erhitzten Rücken und erinnerte ihn irgendwie an Jacob.

Rastalocke hielt den Kopf schief. »Dann musst du das Geld

wohl geerbt haben, denn ich habe es so deutlich wie möglich formuliert, und du verstehst es trotzdem nicht. Die Sonne geht unter. Wenn deine Schwester nur halbwegs bei Verstand ist, sucht sie irgendwo Schutz. Ansonsten wird sie von den Dämonen gefressen.«

»Wo könnte das sein?« Adam zückte eine Hundertdollarnote und hielt sie hoch.

Rastalocke verzog missbilligend das Gesicht und winkte ab. »Das ist das Ende der Welt, Mann. Was soll ich denn mit dem Lappen da? Oder irgendeiner von uns?«

»Es bringt euch von der Straße.« *Sag mir einfach, wo.*

»Ich kann mich selbst von der Straße bringen. Ich bin *freiwillig* hier. Ich bin *hier*, weil das hier *echt* ist. Du und dein schickes Hemd, ihr seid Mist, Mann. Du lebst in der Dunkelheit; du weißt es nur nicht.«

Am liebsten wäre Adam dem Punk an die Gurgel gegangen, aber er behielt die Kontrolle über sich und sagte mit beherrschter Stimme: »Ich will es ja verstehen. Hilf mir, es zu begreifen, damit ich sie finden kann.«

»Wenn sie in der Gegend ist, hält sie sich in einem Gebäude auf. Oder sollte es zumindest tun. Tally liebt die Gefahr. Sie traut niemandem. Ich habe ihr einen Platz in meiner Familie angeboten, aber das wollte sie nicht. Ich weiß nicht, wo sie jetzt ist.«

Adams Brust brannte, ein Gefühl, das er nicht einordnen konnte, brachte ihn um seine Fassung. Er blickte hinunter auf das Foto in seiner Hand. »Ich habe ihren Namen gar nicht erwähnt.«

»Nun, ich habe dir doch gesagt, dass ich sie kenne. Hast du mir etwa nicht geglaubt?« Rastalocke grinste und forderte seine Leute mit ausgebreiteten Armen auf, sich auf Adams Kosten zu amüsieren. Auf sein Zeichen hin taten sie es.

Solange er an Informationen kam, war Adam das egal.

»Vielleicht glaubst du mir ja jetzt, was ich dir über Dämonen und Nächte erzählt habe«, fuhr Rastalocke fort.

Adam glaubte ihm. »Wo könnte sie sein?« *Bitte*.

Rastalocke seufzte. »Versuch es beim Priester, Mann. Nördlich von Santa Maria. Im Berghang.«

»Priester?« Adams Herz hämmerte, aber er behielt die Kontrolle, indem er tief einatmete und die aufkeimende Hoffnung unterdrückte.

»Das sind Straßennamen, Mann. Weißt du, was eine Straße ist?«

Nur Jacob sprach in diesem herablassenden Ton mit ihm, aber Adam war zu dankbar, um sich darüber zu ärgern.

»Ich verstehe, dass ihr mein Geld nicht wollt.« Adam hielt inne und korrigierte sich. »Dass ihr euch nicht für mein Geld *entscheidet*. Aber es ist alles, was ich euch bieten kann. Das und meinen Dank.« Er zückte seine Brieftasche, zog die gesamten Banknoten aus der ledernen Mappe, griff ein paar Visitenkarten – die persönlichen mit seiner Mobilnummer – und streckte sie ihnen entgegen. Rastalocke rührte keinen Finger. Adam ließ alles auf den Boden fallen.

»Wenn ich irgendetwas für euch tun kann, ruft mich an. Wenn ihr mir etwas sagen wollt. Wenn ihr in Schwierigkeiten seid.« Er hob den Blick und sah die Jugendlichen an. »Das gilt für jeden von euch. Wenn eure Dämonen das sind, was ich als Geister bezeichne, werdet ihr meine Hilfe brauchen. Geht jetzt hinein.«

Adam lief zurück zum Wagen, sein Körper vibrierte vor Aufregung. Er blickte über die Schulter zurück zu dem glühenden Schein der untergehenden Sonne, dann wandte er sich zu Custo um.

Custo musste den aufgeregten Ausdruck in seinem Gesicht bemerkt haben. »Sie lebt«, folgerte er.

»Er hat von sich aus von Tally gesprochen.« Adam konnte kaum reden, so laut surrte es in seinen Ohren.

»Wo?«

»Priester und Santa Maria.«

»Eine Kirche?« Custo tippte schnell in das Navigationssystem des Mietwagens.

»Straßennamen, Mann.«

⁂

Talia sah verschwommene schwarze Punkte. Wenn sie den Blick nach links richtete, glitten die Punkte nach links. Richtete sie ihn nach rechts, glitten die Punkte dorthin. Egal, wie sehr sie sich bemühte, sie schaffte es nicht, einen der Punkte zu fixieren. Ein nerviges Spiel. Wie früher bei diesem Kinderspiel, bei dem man versuchen musste, den Ball zu fangen, den sich zwei andere zuwarfen. Nur noch frustrierender, weil dieser Zeitvertreib – denn das war der einzige Sinn – das intensive Pochen hinter ihren Augen noch verstärkte. Widerlich.

Sie machte einen Augenblick Pause und konzentrierte den Blick auf das seelenverschlingende Monster am Eingang der Gasse. Talia saß am anderen Ende in einer Falle aus Betonmauern und Bürgersteig. Der riesige brutale Kerl blockierte den Weg von der Gasse mit den Mülleimern zu ihrem Wohnblock. Er wartete dort auf sie, wie bereits in Denver und dann in Las Vegas. Jedes Mal hatte er sie gefunden.

Aber dieses Mal hatte sie ihn zuerst entdeckt und war deshalb lieber in eine unbekannte Gasse abgebogen, anstatt durch das Tor zu gehen, das zu der ungepflegten Rasenfläche in der Mitte des Wohnblocks führte. Dort hatten ein paar junge Mädchen Stühle für ein Sonnenbad aufgestellt. Zu dumm, dass sie sich die Haut ruinierten und ihr dadurch den Fluchtweg versperrten

Doch sie durfte das Monster nicht zu jungen Leuten führen, die vor Lebenslust nur so strotzten. Nicht nach Melanie. Deshalb die Gasse.

Seit eineinhalb Tagen saß sie hier fest und roch schon genauso widerlich wie der Müll. Nur gut, dass ihr Schattenschild mehr als nur Licht abschirmte, sonst hätte das Monster sie gleich am ersten Tag entdeckt. Durch den dunklen Umhang war sie kaum wahrzunehmen; nicht nur ihre Gestalt, auch Geruch und Geräusche verschwanden unter seinen Falten. Bis auf ihren Puls war sie ein unsichtbarer Geist.

Talia hob ihre schwere, geschwollene Zunge an den Gaumen, um zu schlucken. Ein frustrierender Reflex, denn sie hatte nichts als klebrige, zähe Spucke zu verarbeiten, und die Bewegung brannte in den Lungen.

Eineinhalb Tage. Früher oder später musste etwas passieren.

Auf Händen und Knien kroch Talia über den heißen Asphalt zu einer schlaffen gelben Matratze, die an der Mauer der Gasse lehnte. Schon von dieser kleinen Anstrengung raste ihr Herz, und das Pochen in ihrem Kopf wurde noch heftiger. Aber das war es wert. Ihre seltsamen Schatten fielen in dem Licht der untergehenden Sonne nicht auf und gaben ihr Gelegenheit, sich an der muffigen, aber weichen Matratze etwas auszuruhen.

Kaum hatte sie den Kopf gegen das Polster gelehnt, drehte sich die Welt um sie herum und verschwamm vor ihren Augen, ihre Ohren sausten, und Bewusstlosigkeit überkam sie. Sie wehrte sich dagegen. Blinzelte heftig. Schüttelte den Kopf. Und zwang sich, sich auf die Welt zu konzentrieren. Ihr Blick zuckte zu dem Monster.

Der Mann hatte sich von der Mauer abgestoßen und sich umgedreht, damit er ganz in die Gasse hineinsehen konnte, wobei er die Nase in die Luft reckte und mit suchendem Blick Witterung aufnahm.

Talia fixierte den Mann, der sie gewittert haben musste, mit weit aufgerissenen, trockenen Augen und griff nach ihren Schatten. Sie schlang die dunklen Schleier fest um sich, damit der Schutzschild nicht noch einmal verrutschen konnte.

Nicht ausruhen. Kopf hoch.

Das Monster schritt die gesamte Gasse ab und blieb an dem Durchgang zu dem Wohnblock stehen. Es hob erneut die Nase, dann bewegte es sich weiter auf die Ecke zu. Es riss die Matratze von der Wand und schwenkte sie über Talia hin und her. Sein Hosenbein streifte ihre Wange.

Sie hielt die Luft an. Wenn sie sterben musste, brauchte sie ohnehin keinen Sauerstoff mehr. Atmen und sterben. Nicht Atmen und vielleicht sterben. Jede Entscheidung fiel wesentlich leichter, wenn man an ihr das logische Denken übte.

Die Matratze kippte um und fiel auf die Seite, während das Monster an ihr vorbei zu seinem Posten am Ende der Gasse zurückging.

Talia hielt sich mühsam aufrecht, die schwarzen Punkte vor ihren Augen wuchsen und verschleierten ihren Blick. Ihr Kopf dröhnte, und ihr wurde übel.

Okay, atmen. Ein. Aus. Noch einmal.

Sie konnte sich nicht länger auf den Beinen halten. Die Schwerkraft, die Müdigkeit und die letzten Fetzen des flamingofarbenen Sonnenuntergangs zwangen sie auf den Boden. Sie hielt die Augen geöffnet.

Nur noch ein bisschen durchhalten. Atme.

Adam und Custo hielten an einer stark befahrenen Kreuzung. Autos mit grellen Scheinwerfern, aus deren geöffneten Fenstern Musik dröhnte, rauschten an ihnen vorbei. Langsam senkte sich die Dämmerung über die Wüste, und in die Abgase mischte sich der süße Duft nachts blühender Pflanzen. Custo hielt am Straßenrand. Adam sprang aus dem Wagen, während Custo mit konzentrierter Miene in sein Mobiltelefon lauschte und auf einen detaillierten Polizeibericht über die Gegend wartete.

Adam musterte die Anlage der Kreuzung. Energie, Angst und Anspannung, die sich den ganzen Tag über in ihm aufgestaut hatten, wichen dem sicheren Gefühl, dass sie irgendwo hier war. In seiner Brust loderte ein Feuer.

Im Norden drängten sich kleine einstöckige Häuser gegen hohe Wände aus Schlackenbeton. Die Gebäude endeten abrupt und machten etwas Platz, das wie eine Ansammlung alter Lagerräume wirkte. An der anderen Ecke stand eine verlotterte Tankstelle. Im Osten befand sich ein vier- oder fünfstöckiges Bürogebäude. Dahinter ein Wohnblock. An der Seite des Hauses prangte in großen Lettern der Schriftzug BERGHANG.

Das ist ein Wohnblock, Mann. Rastalocke war ein arroganter Mistkerl.

Adam lotste Custo mit einer Geste in Richtung Eingang. »Such du den zuständigen Wachmann.«

Custo nickte und lief im Laufschritt über den aufgesprungenen Bürgersteig auf den Haupteingang des Gebäudekomplexes zu.

Adam wählte einen hinteren Zugang, denn er wollte noch rasch das Gelände überprüfen, bevor das letzte Tageslicht verschwunden war. Es stellte sich heraus, dass das eine große Gebäude in Wahrheit aus vier einzelnen Häusern bestand. Sie waren um eine vertrocknete Rasenfläche herum angeordnet, die er mit großen Schritten passierte. Zu seiner Linken rauschte der Verkehr, die Autos rasten mit unverminderter Geschwindigkeit über die Kreuzung. Zu seiner Rechten lag hinter einem verrosteten, quietschenden Tor eine dunkle Gasse.

»Ist da jemand?« Einen Augenblick hielt er die Luft an, sein Herz hämmerte laut dröhnend in seinem Kopf. Nichts. Er musste nachsehen, aber er wünschte, er hätte eine Waffe mitgenommen. Das Gerede von den gefräßigen Dämonen machte ihn nervös.

Adam tastete sich in der Dunkelheit voran. »Hallo?«

»Leise«, zischte jemand.

Langsam gewöhnten sich Adams Augen an die Dunkelheit; sie wandelte sich in ein dichtes Grau. Eine junge, schmutzige Frau saß zusammengesunken zwischen dem Müll auf dem Boden der Gasse. Ihr weißes Gesicht schien nur aus Augen zu bestehen.

Zwei Monate hatte er nach ihr gesucht, hatte auf Bildern ihr Gesicht studiert, damit er sie sogleich erkannte, wenn er sie fand. Ihm war jede Linie ihres Gesichtes vertraut. Es gab kein Vertun. Diese schräg stehenden glasartigen Augen. Der Schwung ihres Kinns. Die gerade, schmale Nase. Das war Talia O'Brien.

Das Monster glitt vorwärts und war mit einem Schritt bei seiner Beute, einem Mann, der die Gasse hinunterschlich, um ihr zu helfen.

Der gute Samariter würde sterben. Seit Melanies Tod hatte Talia das mehrfach miterleben müssen: diese unmenschliche Kraft, diese gemeinen Zähne, der Kuss. Dann das finstere, widerliche Ziehen, wenn das Monster dem Menschen den Lebensgeist herausriss.

Sie durfte das nicht zulassen, vor allem nicht jetzt, wo alles zu Ende ging.

In Talia regte sich etwas, aber nicht etwa ihr lethargischer Körper, sondern etwas tiefer in ihrem Inneren. Mit letzter Kraft warf sie einen rettenden Schleier aus, mit dem sie die Gestalt des Mannes verhüllte und ihn so vor dem Monster verbarg. Sie schützte ihn mit ihrem Umhang.

Ihre Schatten umfingen ihn, und sie erkannte seine Gestalt. Dunkle, kurz geschnittene Haare. Wache helle Augen in einem hageren Gesicht. Gut trainierter Körper, groß und kräftig. Flacher Bauch, lässige Hose mit Gürtel. Das Polohemd saß perfekt über dem muskulösen Brustkorb und seinen Schultern.

Außerdem konnte sie tief unter ihren Schleiern in das Innere des Mannes sehen. Er leuchtete von innen heraus. Vor Entschlossenheit und Willenskraft. Das Licht erfüllte jede Zelle seines Körpers mit pulsierendem Leben und intelligenter Kraft.

Mit *Geist*. In Talia erwachte Ehrfurcht und schnürte ihr die Kehle zu. Er war so schön. Zu schön, um von dem grauenhaften Wesen verschlungen zu werden.

Talia schluckte schwer und wagte einen neuen Versuch. »*Bitte*, seien Sie still.«

»Talia O'Brien?«

Die Verzweiflung schnürte ihr die Luft ab. Wenn er nicht mithalf, konnte sie ihn nicht retten. Ihre Schatten allein reichten nicht.

Talia konzentrierte sich auf ihren Körper. Sie legte die Hände flach auf den Asphalt und stemmte sich hoch. Ihr war schwindelig; die Welt schwankte gefährlich aus ihrer Achse. Sie stellte einen Fuß auf, holte tief Luft, schüttelte sich und stürzte sich nach vorn.

Adam versuchte es noch einmal. »Talia?«

Er trat vor und streckte in einer universell verständlichen Friedensgeste die Arme zur Seite aus. Er wollte sie nicht ängstigen.

Talia stürzte aus der Hocke nach vorn. Noch bevor er vor

Überraschung nach Luft schnappen konnte, hielt sie ihm mit ihrer heißen Hand den Mund zu.

»Sie müssen jetzt still sein.« Ihre Stimme klang rau und eindringlich, war kaum zu verstehen.

Wieder versank die Gasse in Dunkelheit. Er blinzelte heftig, aber sein Blick wurde nicht klarer. Er konnte nichts erkennen. Seine Sinneswahrnehmung schien plötzlich eingeschränkt, nur den Druck ihrer Hand auf seinem Mund spürte er deutlich.

Sie drängte sich gegen ihn, und er ließ sich von ihr zurückstoßen. Er stolperte über den Müll in der Gasse, worauf seltsam verzerrt ein metallisches Geräusch ertönte. Dann stieß er gegen eine harte Fläche, die Mauer eines Gebäudes. Er hob das Kinn, um sich vorsichtig und ohne Gewalt von ihr zu lösen. Aber sie hielt ihn weiter fest und presste die Hand auf seinen Mund.

Ganz in der Nähe hallten Schritte auf dem Asphalt. Ein oder zwei Leute kamen auf sie zu. Noch ein Schritt, schwer, mit einem Echo. Vermutlich war es doch nur eine Person. Wahrscheinlich ein Mann.

Adam legte den Arm um Talias Taille. Nur ganz leicht und sanft berührte er ihren Rücken. Sie war klein und viel zu dünn. Die Hitze ihres Körpers strahlte so intensiv durch ihre Kleidung, als würde er einen Lichtstrahl halten. Sie verströmte einen strengen, intensiven, aber weiblichen Geruch. Wahrscheinlich hatte sie seit Tagen nicht mehr geduscht.

Er zog sie nicht an sich, aber um dem anderen Mann klarzumachen, dass sie ihm gehörte, umschlang er sie deutlich besitzergreifend. Jetzt, wo er sie gefunden hatte, würde er sie auf gar keinen Fall wieder gehen lassen.

»Komm, Kitty, komm, mein Kätzchen.« Die Singsangstimme des Mannes verdoppelte sich, und seine Worte hallten bedrohlich von den Gebäuden wider.

Als Adam begriff, dass Talia versucht hatte, ihn zu warnen,

krampfte sich sein Magen zusammen. Der Mann war ein Geist. Ein hungriger Jäger.

Er brauchte eine verdammte Waffe.

Kalter Hass wandelte sich in Entschlossenheit und verdrängte alle Gefühle, die ihn jetzt nur ablenkten. Es war nicht der Moment, ängstlich oder panisch zu sein. Er musste handeln.

Heftig riss er Talia an sich und legte schützend einen kräftigen Arm um ihre Taille. Mit der freien Hand suchte er ihr Handgelenk und zwang sie, sein Gesicht loszulassen.

Sie wehrte sich, aber es kostete ihn nicht viel Anstrengung, ihren Arm nach unten zu drücken.

Mit dem Mund nah an ihrem Ohr flüsterte er: »Bleiben Sie hinter mir. Wenn Sie wegrennen, kann ich Sie nicht schützen.«

Im Dunklen konnte er sie auch nicht besonders gut beschützen. Wieso griff der Geist nicht an? Die Dunkelheit hätte Jacob nicht eine Sekunde abgehalten.

»Er ist ein Monster.« Ihre Worte strichen sanft über sein Kinn.

»Ich weiß«, murmelte er. »Ich lasse nicht zu, dass er Ihnen etwas tut. Wir müssen nur irgendwie zu meinem Wagen kommen.«

Adam drehte sie so, dass er schützend vor ihr stand und sie mit seinem Körper gegen die Wand drückte. Mit Talia in seinem Rücken wandte er sich der Dunkelheit zu.

Direkt neben ihnen krachte Glas auf den Asphalt.

Langsam ging Adam in die Hocke, bis er den groben Beton unter den Fingerspitzen spürte. Er tastete sich mit der Handfläche vorsichtig nach vorn, bis er mit den Fingern auf einen Gegenstand stieß. Dann strich er mit der Hand an dem heißen Metallstück entlang und identifizierte es als vernietetes Rohr.

»Miezekatze«, rief der Geist. »Hier entkommst du mir nicht.«

Mit dem Rohr in der Hand richtete Adam sich auf. Er konnte den Geist nicht lange aufhalten. Nicht allein. Wo zum Teufel war Custo, wenn er ihn brauchte? Egal. Adam würde jetzt nicht versagen. Nicht, wenn er so kurz davorstand, an Informationen zu kommen.

»Er kann Sie nicht sehen. Nutzen Sie die Dunkelheit«, flüsterte Talia hinter ihm.

Ihr Vorschlag ergab keinen Sinn. Es sei denn, dieser Geist hatte einen Defekt. Die Sinne von Geistern waren viel schärfer als die der Menschen. Die Frau wusste nicht, womit sie es zu tun hatte.

Adam machte sich bereit. Er musste nur an dem Geist vorbei auf die Straße gelangen. Einen Angriff in der Öffentlichkeit würde der Geist nicht wagen, denn dadurch riskierte er, entdeckt zu werden. Straße und Licht. Custo und der Wagen bedeuteten Sicherheit.

Er tastete hinter sich nach Talia, ergriff ihre Hand und signalisierte ihr *Bleib bei mir*. Als er zur Seite trat, zog er sie mit sich, aber sie blieb an der Wand stehen.

Das war kein guter Augenblick, sich zu widersetzen. Nun gut, dann eben mit Gewalt. Adam ließ ihre Hand los und umfasste stattdessen ihre Taille. Wenn es sein musste, würde er sie mit sich schleifen.

Dann wurde die Gasse auf einmal von Licht erhellt, und ihr Körper sackte bewusstlos gegen ihn.

Der Geist stand zehn Fuß von ihnen entfernt; kräftig gebaut und aggressiv bewegte er sich übertrieben geziert. Er war blass und durchscheinend und wirkte verzückt, als würde er sich bereits auf seine Nahrung freuen.

Adam ließ Talia auf dem Boden in sich zusammensacken und holte das Rohr hervor.

Der Geist wirbelte zu ihm herum und kreischte laut und hoch wie ein altes Weib. Dann stürzte er sich nach vorn.

Adam schwang herum und versetzte ihm einen kräftigen Schlag.

Allerdings zu tief. Er erwischte den Geist mit dem Rohr am Kinn. Der Aufprall überraschte ihn zwar, setzte ihn aber nicht außer Gefecht.

Der Geist holte mit dem Arm Schwung und hämmerte gegen Adams Brust.

Adam wurde zurückgeschleudert und donnerte über Talias schlaffem Körper gegen die Wand. Als die gesamte Luft mit einem einzigen Stoß aus seinem Körper gepresst wurde, kreischten seine Lungen. Die heftigen Schmerzen sorgten dafür, dass ihm für einen Augenblick der Atem stockte. Adam fiel auf Talia, rollte zur Seite ab und sprang auf die Füße. Er umklammerte das Rohr. Holte erneut Schwung. Hämmerte das Metall krachend auf den Nasenrücken des Geistes und taumelte zurück, um Talia zu schützen.

Das zertrümmerte Gesicht des Geistes blutete, die Augen waren tief in die Höhlen gesunken, die Pupillen verdreht. Bis zur Heilung der Wunden konnte er nichts sehen.

Mach schon. Befahl Adam sich selbst. Er ließ sich auf alle viere nieder, umklammerte mit beiden Händen das Rohr und hockte sich schützend über Talia.

Der Geist holte blind aus und traf die Mauer dort, wo Adam bis gerade gestanden hatte, Putz rieselte auf seinen Rücken herab.

Adam umklammerte seine Waffe, holte mit dem ganzen Körper Schwung, fuhr herum und stieß dem Geist das Rohr in den Bauch. Das Metall bohrte sich tief in den Körper und blieb an den Rippen hängen. Es fühlte sich widerlich an.

Das Monster kreischte erneut. Es erwischte Adam an Gürtel und Kragen und hievte ihn von Talia herunter. Das Polohemd riss unter Adams Gewicht und hinterließ dabei eine brennende Spur an seinem Hals. Der Gürtel hielt. Der Geist wirbelte ihn daran durch die Luft und schleuderte ihn quer durch die Gasse, bis er mit dem Kopf zuerst gegen die Wand krachte.

Blinder Schmerz erschütterte Adams Nacken und schoss durch seinen Kiefer. Seine Ohren sausten, salziges Blut floss in seinen Mund. Aber der Haufen, auf dem er landete, war weich. Wieder lag er auf Talia.

Adam stützte sich an der Mauer ab, trat mit einem Bein nach hinten aus und brachte den Geist aus dem Gleichgewicht.

Zwei laute Schüsse hallten durch die Nacht.

Custo. Endlich.

Geister körperlich außer Gefecht setzen zu wollen, war absurd. Sie waren zu stark und erholten sich zu schnell, als dass man sie töten konnte. Das hatte Adam durch Jacob vor langer Zeit schmerzlich lernen müssen. Zumindest würden ihn die Kugeln aber einen Augenblick irritieren.

Der Geist krachte rückwärts in zwei hohe Plastikmülltonnen. Er ruderte mit den Armen, riss einen Deckel herunter und schleuderte ihn gegen die Mauer, von der er abprallte.

»Ich bringe sie zum Wagen«, rief Adam. Sein Kopf pochte. Zähe, warme Flüssigkeit tropfte in sein rechtes Auge.

Custo antwortete, indem er dem Geist zwei weitere Kugeln in den Körper jagte. Das Monster zuckte noch.

Adam hob Talia hoch auf seine Arme und bog um die Ecke des Gebäudes. Eine bunte Menschenmenge starrte in die Gasse. Mehr als einer der Schaulustigen hatte sein Telefon aufgeklappt. Um Hilfe zu rufen oder den Kampf auf Video festzuhalten?

Adam konnte jetzt nicht darüber nachdenken, was geschah, wenn die Entdeckung des Geistes eine Panikwelle auslöste. Alles, was zählte, war Talia.

Der Wagen stand hinter den Gaffern an der Straße. Mit der Schulter bahnte sich Adam einen Weg durch die Menge und humpelte auf das Fahrzeug zu. Er verlagerte Talias Gewicht auf eine Seite, um die Hintertür zu öffnen, dann legte er sie behutsam auf die Rückbank.

»Halten Sie sich von der Gasse fern«, schrie Custo den Menschen zu. Er raste durch die Menge, während Adam hinten über Talia hinwegkletterte – *vorsichtig jetzt* – und die Tür zuschlug.

Custo nahm auf dem Fahrersitz Platz, stieß den Schlüssel in das Zündschloss und raste von der Kreuzung.

»Wie schlecht steht es um sie?«, fragte Custo.

Mit dem Hemdsärmel wischte sich Adam das Blut von der Stirn. Die Wunde brannte, aber das war ihm egal. »Ich weiß es nicht. Der Geist hat sie nicht berührt, aber sie ist verbrannt. Sie hat mindestens einen Hitzschlag.«

»Krankenhaus?«

Adam tastete an Talias Hals nach ihrem Puls. Er betrachtete ihre blonden Haare, die jetzt in gräulich braunen Strähnen herunterhingen, und ihr schmales, verschmutztes Gesicht. Sie hatte ganz offensichtlich die Hölle durchgemacht und sich nicht den Gesetzeshütern anvertraut. Bestimmt gab es dafür Gründe. Diese Frau war ganz eindeutig vernünftig.

Zwei Monate war sie verschwunden gewesen. Wahrscheinlich hatte man sie zwei Monate lang gejagt.

Im Rückspiegel glitten die roten und blauen Lichter der Polizei über Custos Gesicht.

Es war besser, sicherer, sie zurück nach Segue zu bringen. Ein Glücksspiel, klar, aber sie hatte schon so lange überlebt, sie musste nur noch ein bisschen durchhalten.

»Zum Flughafen«, entschied Adam. »Wir werden sehen, was wir vor dem Start für sie tun können. Aber wir dürfen keine Zeit verschwenden. Dieser Geist ist sicher nicht der einzige.«

4

Als Talia erwachte, wurde sie von gleißendem Licht geblendet. Unerbittliche Hände stießen sie in eine Wanne mit kaltem Wasser, in dem unsichtbare eisige Messer aufragten. Sie wehrte sich, aber die Hände ließen nicht von ihr ab; die Messer bohrten sich nur noch tiefer in ihre Muskeln.

Sie erschauderte, heftige Zuckungen schüttelten ihren Körper, ihr Herz galoppierte wie ein wildes Pferd, und sie sank noch tiefer in das Wasser.

Über ihr tauchte ein Kopf auf, um den die Deckenlampe eine Art Heiligenschein bildete.

»Dr. O'Brien«, sagte eine tiefe Männerstimme. »Sie haben einen Hitzschlag. Wir versuchen, ihre Körpertemperatur zu senken.«

Hitzschlag? Das war eine Lüge. Sie fror.

Sie machte sich klein und kniff die Augen zusammen, wodurch sich das Pochen in ihrem Schädel verstärkte. *In der Dunkelheit können sie dich nicht finden.* Sie biss die Zähne zusammen, doch sie klapperten in ihrem Kopf weiter. *Bitte, lass nicht zu, dass sie mich finden.*

Ihr Körper wurde von Krämpfen gequält, in den Waden, im Kreuz. Ihre Kleidung klebte schwer auf ihrer Haut. Ein Geräusch hallte durch den Raum. Ein Schrei wuchs zu einem Kreischen an. Sie biss sich auf die Lippen – keine Schreie, kein dunkler Teufel – und klammerte sich an den Arm, der sie festhielt.

»Patty sagt, dass sie heftige Krämpfe bekommen wird und wir

ihre Beine und Waden massieren sollen«, erklärte eine andere männliche Stimme.

»Dann komm her und halte sie, damit ich sie massieren kann«, erwiderte die erste.

Eine männliche Gestalt hockte sich neben sie.

Ihr Magen verkrampfte sich; sie würgte, spürte, wie sie abrupt nach oben gerissen wurde und übergab sich über den Wannenrand.

»Verdammt«, fluchte der zweite Mann.

Sie betteten sie zurück in das Wasser. Ein stahlharter Männerarm legte sich über ihre Brust, während jemand erbarmungslos ihre Wadenmuskeln knetete. Es tat weh. Schmerzte. Hände glitten ihre Schenkel hinauf.

Fremde Hände an ihrem Körper. *Nein!* Wieder trat sie um sich. Ein Schwung Wasser schwappte über sie hinweg.

»Beruhigen Sie sich, Dr. O'Brien. Sie kommen wieder in Ordnung. Sie müssen etwas trinken. Würden Sie das für mich tun?« Das war wieder die erste Stimme.

Etwas berührte ihre Lippen. Ein Strohhalm. Sie hatte das Gefühl, ihn mit ihrer dicken Zunge nicht beherrschen zu können. Ein Schwall sauersüße Flüssigkeit floss in ihren Mund und mischte sich mit der Säure des Erbrochenen. Sie würgte und hustete.

»So ist es gut. Noch ein bisschen mehr.«

Sie versuchte es, aber sie zitterte zu stark.

»Mehr«, befahl die Stimme nicht mehr ganz so freundlich.

Am liebsten hätte sie geweint, aber sie gehorchte und trank einen großen Schluck.

»Überprüfe ihre Temperatur«, sagte der andere Mann. »Wir müssen aufpassen, dass sie nicht zu schnell abkühlt. Das wäre nicht gut.«

Eine Hand legte sich auf ihre Stirn. Sie ruhte dort lange genug, damit sie deutlich die große Kraft ihres Besitzers spüren konnte. Die Hand verschwand wieder. »Fühlt sich immer noch heiß an, aber durch das Eiswasser sind meine Hände so kalt, dass ich mich vielleicht täusche. Hat Patty gesagt, wie lange wir sie in der Wanne lassen sollen?«

»Bis ihre Temperatur gesunken ist.«

Eine andere Hand legte sich auf ihren Kopf, zu leicht und zu kurz, als dass sie etwas spüren konnte. »Ich glaube, es ist besser.«

»Okay. Holen wir sie raus und ziehen ihr die Sachen aus. Wir brauchen etwas, in das wir sie einwickeln können. Nichts Schweres. Zieh das Laken vom Bett ab.«

Der erste Mann griff unter ihre Arme und zog sie aus dem Wasser, bis sie triefend vor der Wanne stand. In ihrer Kleidung. *Seltsam.* Er kniete vor ihr, öffnete den Knopf ihrer abgeschnittenen Jeans, zog sie herunter und verlagerte ihr Gewicht, sodass sie sie abstreifen konnte. Bei ihrem Slip zögerte er, streifte ihn dann aber auch hinunter.

Wie demütigend, aber sie zitterte zu sehr, um irgendetwas dagegen unternehmen zu können. Sie wandte den Blick von ihm ab und nahm ein kleines, spartanisch und praktisch eingerichtetes Schlafzimmer wahr. Es roch wie in einer Garage.

»Eine Schere«, rief der Mann, der sie auszog.

Plötzlich löste sich ein Schluchzer aus ihrer Brust. Sie kippte nach vorn und stützte sich mit den Händen auf den Schultern des Mannes ab.

Ein warmer Arm legte sich um ihre Taille, um sie zu stützen. Seine Hand lag heiß auf ihrer Haut, sie konnte seine Kraft und Entschlossenheit spüren. Bei der Berührung erinnerte sie sich daran, dass eben dieser Arm sie in der Dunkelheit gegen die Hauswand geschoben und sich schützend vor sie gestellt hatte. Das Monster hatte keine drei Schritte entfernt gestanden …

Eine Schere zerschnitt ihr T-Shirt. Ihren BH zerteilten sie

ebenfalls, was überflüssig war, denn schließlich befand sich der Verschluss an ihrem Rücken. Eine Hand schob den nassen Stoff wie ein Jackett von ihren Schultern.

Ein weißes Laken blähte sich auf und wehte einen eiskalten Luftstoß um ihre Schultern, dann wickelten sie sie hinein. Der Mann hob sie hoch und setzte sie sanft auf einem harten Stuhl ab.

»Trinken Sie«, sagte er.

Sie gehorchte. Aber ihr Magen rebellierte gegen die saure Flüssigkeit.

»Hast du ein Thermometer gefunden?«, fragte er über seine Schulter hinweg.

»Nein. So etwas gehört nicht zum Inventar eines Erste-Hilfe-Kastens.«

Wieder legte sich die Hand schwer auf ihre Stirn. »Ist das Flugzeug bereit zum Start?«

»Ja. Das sollte es sein«, entgegnete der andere. »Der Arzt kommt in ein paar Minuten.«

Flugzeug? Der Strohhalm stieß gegen ihre Oberlippe.

»Trinken Sie«, befahl der Mann erneut.

Sie sog etwas Flüssigkeit in ihren Mund.

»Was ist das?« Ihr Hals fühle sich rau an, ihre Stimme klang kratzig. Das Sprechen kostete sie große Anstrengung.

Der Mann hockte sich zu ihren Füßen nieder. Seine Augen, graublau wie der Ozean, blickten entschlossen und selbstsicher unter dunklen Brauen hervor, die er konzentriert zusammengezogen hatte. Unter seinen kurzen dunklen Haaren zeigte sich auf der Stirn eine böse Schürfwunde, auf der sich Schorf gebildet hatte. Er war leicht gebräunt, und um seine Augen zeichneten sich kleine Fältchen ab, allerdings keine Lachfalten. Die gleichmäßigen Gesichtszüge waren attraktiv, aber seine ernste Miene wirkte angespannt vor Sorge, Angst und Anstrengung.

»Es ist nur Wasser mit Zucker.« Seine tiefe Stimme klang jetzt wieder freundlich, warm und beruhigend.

»Ein Sportgetränk mit Limonengeschmack«, ergänzte der andere.

»Talia, ich bin Adam Thorne. Das ist mein Freund Custo Santovari. Wir haben lange nach Ihnen gesucht.«

Eine Millionen Fragen waberten durch ihren wirren Kopf. Sie schmerzten beinahe so stark wie ihr Körper. Aber eine beschäftigte sie mehr als alle anderen und lohnte die Anstrengung, sie in Worte zu fassen.

»Bin ich verrückt?«

Er lächelte. »Nein. Die Welt ist verrückt geworden, aber Sie sind vollkommen normal. Sie waren sehr tapfer, wie Sie den Geistern so lange entkommen sind. Jetzt befinden Sie sich in Sicherheit. Ich werde nicht zulassen, dass Ihnen etwas geschieht.«

Adam bückte sich und hob sie hoch. Er drückte ihren Körper an seine Brust, wobei ihr Arm etwas unangenehm zwischen ihnen eingeklemmt war. Er roch gut, sein Kinn verströmte einen schwachen Zitrusduft, überdeckt von den Strapazen eines langen Tages.

Dort, wo er mit seiner nassen Kleidung ihre Hüfte berührte, breitete sich Feuchtigkeit aus.

Es ging durch einen schmalen Korridor. Unter ihnen Betonboden. Über ihnen längliche Leuchtstoffröhren. Dann hinaus in die Nacht über ein Rollfeld zu einem kleinen Flugzeug, vor dem eine weiße Treppe ausgefahren war, als erwartete man den Präsidenten oder heimkehrende Urlauber.

Ohne anzuhalten lief Adam mit kraftvollen Schritten die Stufen hinauf. Sie spürte, wie sein Herz unter ihrem Gewicht hämmerte. Er trug sie hinein, schob sich an einer breiten Wand vorbei und durch eine Tür hindurch, um sie auf einem bequemen Ledersessel abzusetzen.

Ihr war heiß, Schweiß kribbelte auf ihrer Kopfhaut, und sie bekam nur schwer Luft. Eine Flugbegleiterin, die sie bis dahin nicht bemerkt hatte, stellte ein Getränk neben ihr ab. Die Kabine drehte und neigte sich gleichzeitig.

Adam führte das Glas an ihre Lippen. »Ganz ruhig.«

Kühle Flüssigkeit floss in ihren Mund, lief ihre Kehle hinunter und tropfte an ihrem Kinn herab. Die Farben in der Kabine verblassten, es wurde dämmerig. Erneut legten sich die Schatten über sie und nahmen sie in Besitz.

»Wo bleibt der verdammte Arzt?«, schrie Adam.

Sie streckte blind die Hand aus, um sich irgendwo festzuhalten, und versuchte verzweifelt zu verhindern, ohnmächtig zu werden. Sie stieß gegen Adam, der in dem tosenden Sturm aus Schatten für sie ein kräftiger Anker war. Ganz tief in den dichten dunklen Schleiern glühten rote Augen. Schwarzer Wind. Dort im Verborgenen lauerte der Teufel.

Adam beobachtete, wie Talias Körper von heftigem Zittern erschüttert wurde, ihre Iris verschwand hinter den sich weitenden Pupillen, und ihre Augen wurden vollkommen schwarz.

Er ließ das Glas fallen, das er an ihren Mund gehalten hatte, kniete zwischen den Scherben nieder und hielt ihre Hände, mit denen sie sich ungeschickt gegen Angriffe wehrte, die nur in ihrer Fantasie stattfanden. In der Kabine wurde es dunkel, die Beleuchtung wirkte gedämpft, während das Geräusch des Motors sich zu einem Zischen steigerte und dann wieder losröhrte.

Mist. Bitte nur ein Notfall zur gleichen Zeit.

Adam kämpfte sich durch die Dunkelheit, um Talias Handgelenke zu packen, damit sie sich nicht selbst verletzte. Die Lampen flackerten wieder auf. Gut.

In der Hoffnung, dass ihr Zustand sich stabilisierte, blickte er hinunter in ihre Augen. »Gleich kommt Hilfe. Sie kommen wieder in Ordnung. Bleiben Sie bei mir, Talia. Halten Sie durch.«

Ihr Zittern ließ nach, und sie atmete stoßweise. Unter seinen Fingern spürte er, wie ihr Puls raste. Wieder glühte ihre Haut.

Hinter ihm wurde die Tür des Flugzeugs zugeschlagen und der Sicherheitsbügel davorgeschoben. Adam blickte über seine Schulter nach hinten. Custo eilte mit einem kleinen asiatischen Mann heran, bepackt mit zwei Taschen, auf denen ein rotes Kreuz prangte. Eine Frau mittleren Alters, die eine weitere Tasche trug, begleitete ihn.

»Sie hatte gerade eine Art Anfall«, informierte Adam die Frau.

Talia bebte erneut, aber er hielt sie fest. Er sah, wie sich ihre Lider schlossen. Und – *verdammt* – wieder flackerte das Licht im Flugzeug und erlosch, während der Motor aufheulte.

»Doktor!«, bellte Adam, dann sagte er mit ruhigerer Stimme: »Alles ist gut, Talia. Halten Sie durch. Es ist Hilfe da.«

Aber die Hilfe kam nicht. Die Kabine des Flugzeugs blieb dunkel, während Talia unkontrolliert in ihrem Sitz zitterte. Adams Herz schlug heftig bei dem vergeblichen Versuch, die Kontrolle zu behalten und sie zu trösten.

»Custo!« Keine Antwort. Adam konnte in der Dunkelheit nichts erkennen. Wo zum Teufel blieb der Arzt? Wo zum Teufel war Custo?

Adam hoffte, dass er ein neues Flugzeug besorgte. Das hier war ganz offensichtlich nicht abflugbereit.

Talias Zittern ließ nach, bis nur noch leichtes Schluchzen ihre Brust erschütterte. Adam fühlte ihre heiße Wange und strich die wirren Haarsträhnen aus ihrem Gesicht. Ihr Kinn bebte unter seinen Fingerspitzen, während sie weinte, ohne Tränen zu vergießen.

Adam verstand. Es würde eine ganze Weile dauern, bis Talia

sich von der ständigen Angst vor der Verfolgung durch die Geister und ihrem derzeitigen körperlichen Zustand erholt hatte.

»Bei mir sind Sie sicher, Talia. Ruhen Sie sich aus. Alles wird gut.« *Hoffe ich.*

Langsam gewöhnten sich Adams Augen an die Dunkelheit, sodass er die Umrisse ihres Gesichtes erkennen konnte. Ihre Haut leuchtete in der Dunkelheit. Regelrecht geisterhaft. Verstörend. Der Blick aus ihren ungewöhnlich schräg stehenden Augen suchte seinen, und sie schien sich zu entspannen. In der Kabine wurde es heller.

Ihre Gesichtszüge und ihr Teint waren überaus kontrastreich. Er fand die Kombination interessant, aber seltsam. Sie erinnerte ihn an Jacob, auf eine irgendwie übersinnliche Art perfekt und dann auch wieder nicht. Doch dass das Licht parallel zu ihren Krämpfen kam und ging, irritierte ihn. War das Zufall?

Die Schwester und der Arzt eilten herbei und ließen ihre Taschen auf den Boden fallen. Adam wich zurück, damit sie Platz zum Arbeiten hatten. Seine Knie schmerzten von den Scherben.

Nein. Ein Zusammenhang zwischen Talias wiederkehrendem Bewusstsein und der Veränderung, die in ihrer Umgebung vor sich ging, diesem Wechsel von Dunkel zu Hell, ließ sich nicht leugnen. Das Gleiche war in der Gasse passiert, als die Dunkelheit die Sterne, die Straßenlaternen, selbst das Licht in den Fenstern der Wohnungen über ihnen ausgelöscht hatte. Was hatte sie noch gesagt, als der Geist auf sie zugekommen war? *Nutzen Sie die Dunkelheit.*

Der Geist hatte nicht angegriffen, bis Talia das Bewusstsein verloren und die Dunkelheit sich aufgelöst hatte.

Talia sah Adam aus ihren ungewöhnlichen Augen an und suchte nach einem aufmunternden Zeichen. Er zwang sich zu lächeln und nickte: *Jetzt kommst du wieder in Ordnung.*

Als Adam aus dem Fenster blickte, stellte er überrascht fest, dass das Flugzeug in der Dunkelheit ohne Zwischenfall gestartet war. Adam ließ sich in einen Sitz auf der anderen Seite des Ganges, gegenüber von Talia und dem Arzt, fallen und dachte über die Ereignisse nach.

Talia hatte nicht die Umgebung, sondern nur seine Wahrnehmung der Umgebung verändert. Sie hatte ebenso die Wahrnehmung des Geistes in der Gasse beeinflusst.

Wie praktisch. Kein Wunder, dass die Geister so erpicht darauf waren, sie zu finden.

Was auch immer vor sich ging, es geschah in ihrer unmittelbaren Umgebung. Das Flugzeug und der Kapitän waren nicht davon betroffen gewesen, der Start war ganz normal verlaufen.

»Hast du dich auch zu Tode erschrocken?« Custo legte eine Hand in seinen Nacken.

»Ich glaube, es ist alles okay«, erwiderte Adam. »Das hat irgendetwas mit Talia zu tun.«

»Du machst Witze.« Custo ließ sich auf den gegenüberliegenden Sitz fallen.

Adam dachte laut nach. »Die Dunkelheit. Die seltsamen Geräusche. Durch irgendetwas löst sie das aus. Ich habe angenommen, die Geister wären hinter ihr her, weil sie den Schattenmann in ihrer Arbeit erwähnt hat, aber vielleicht steckt viel mehr dahinter. Sie ist nicht normal.«

»Ein Geist?« Custos Blick zuckte zu Talia, die auf dem Rücken lag.

Adam musterte ihr weißes Gesicht, die tiefen Ringe unter ihren Augen.

»Nein. Ihre Reaktion auf die extreme Hitze scheint ganz normal zu sein. Ehrlich gesagt, weiß ich nicht, was sie ist. Vielleicht haben wir hier ein wirksames Mittel gegen die Geister gefunden.«

Diese Aussicht löste in ihm zugleich Begeisterung und Zurückhaltung aus, als hätte er inmitten des Großstadtdschungels einen seltsamen Schmetterling entdeckt. Er senkte den Blick zum Boden. Er brauchte Zeit, um die Geschehnisse zu überdenken. Um all seine bisherigen Schlussfolgerungen zu vergessen und sich neuen Erkenntnissen zu öffnen.

Er holte tief Luft. »Aber wir sollten keine voreiligen Schlüsse ziehen. Ich will alle zur Verfügung stehenden Informationen über sie. Wir befragen Freunde, Professoren und Nachbarn. Ich will ihre Geburtsurkunde, Arztberichte, Zeugnisse. Einfach alles.«

»Wir haben schon einiges an Material von der Vermisstenanzeige. Ich bohre noch einmal tiefer nach«, erwiderte Custo. »Und Herrgott noch mal, lass dich bloß auch von dem Arzt untersuchen, wenn er mit Talia fertig ist. Du siehst fürchterlich aus.«

Grau. Die perfekte Farbe. Ein bisschen Dunkelheit, ein bisschen Licht. Hier fühlte Talia sich wohl.

Der Wind flüsterte weiche S-Laute, die keinen Sinn ergaben. » … sie ist stabil. Soll süß schlummern …«

Talia öffnete die Augen. Sie lag in einem ihr unbekannten Doppelbett, über ihrer Brust eine Bettdecke, darauf ihre Arme. Die Wände um sie herum waren in einem schlichten hellen Gelbton gestrichen. Am Fußende stand ein leerer Tisch. Keine Fenster.

Sie blickte hinunter auf die Umrisse ihres Körpers. Er wirkte fremd, ein länglicher, flacher Hügel unter einer leichten Decke. Über einen durchsichtigen Schlauch war sie mit einem Beutel voll Flüssigkeit verbunden, den sie aus den Augenwinkeln wahrnahm.

Piep. Ihre Augen zuckten in Richtung des Geräusches. *Piep*. Über eine Art Bildschirm tanzte eine Linie mit Höhen und Tiefen. *Piep*.

Ein Herzschlag. Das war wenigstens etwas.

Sie bewegte ihre Beine, streckte die Zehen und zog ein Knie nach oben. Ihre Gelenke schmerzten, und ein Kribbeln sagte ihr, dass sie auf die Toilette musste.

Sie bewegte ihre Hüften.

Da war etwas zwischen ihren Beinen. Es brannte.

Ihr Magen verkrampfte sich, und sie schob eine Hand unter die Decke, um dem nachzugehen.

Kein Slip. Eine schmale Röhre. *Oh Gott*.

»Hallo?«, rief sie. »Ist da jemand?«

Sie hielt den Atem an und lauschte. Dann versuchte sie es noch einmal. »Hallo?«

Abrupt ging die Tür auf, und eine Frau in einem Arztkittel trat mit einem strahlenden Lächeln herein. Sie war um die fünfzig, klein und etwas rundlich und hatte die braunen Haare zu einem praktischen Kurzhaarschnitt frisiert. »Ja, ebenfalls hallo, Talia. Ich bin Dr. Riggs. Patty Riggs.«

Dr. Riggs lüftete die Decke am Fußende des Bettes und hielt einen Plastikbeutel in die Höhe, der zur Hälfte mit hellgelber Flüssigkeit gefüllt war. »Braves Mädchen.«

Ihr Blick ruhte auf dem Herzüberwachungsmonitor, dann sah sie Talia in die Augen. »Hervorragend. Es geht Ihnen viel besser. Wie fühlen Sie sich?«

»Ich? … Verwirrt?«

Dr. Riggs strahlte noch mehr. »Sie hatten eine Hyperthermie. Einen Hitzschlag. Damit ist nicht zu spaßen. So etwas kann sehr gefährlich werden. Nierenversagen. Herzinfarkt. Als Sie bei mir ankamen, waren Sie in ziemlich schlechter Verfassung, aber jetzt machen Sie hervorragende Fortschritte. Sie werden vermutlich noch ein paar Nachwirkungen spüren, etwas verwirrt sein oder sehr empfindlich auf Temperaturen reagieren. Um die Verwirrung kümmern wir uns. Ist Ihnen zu heiß oder zu kalt?«

»Nein …« Talia hatte dringendere Sorgen. »Wo bin ich?«

»Im Segue-Institut. Das ist eine Forschungseinrichtung.«

»Was mache ich hier?«

»Sie sind zu Forschungszwecken hier. Adam kann Ihnen das besser erklären. Ich sage ihm Bescheid, dann kümmere ich mich um Ihren Katheder.« Dr. Riggs lächelte strahlend und verließ das Zimmer.

Talia erstarrte. Sie war zu Forschungszwecken hier. Sie konnten sie piesacken, bis sie herausfanden, wie sie funktionierte.

Sie können mich wie eine Ratte in ein Labyrinth stecken. Dann hätten sie mich ebenso gut in der Gasse lassen können. Die Ratten dort waren wenigstens frei.

Draußen knallte und polterte es, dann schwang die Tür erneut auf. Dr. Riggs schob einen Metallwagen herein und stellte ihn neben dem Bett ab. »Adam wird gleich hier sein. Erlösen wir Sie von dem Katheder, damit sie es bequemer haben. Ich bin sicher, Sie haben sich eine Menge zu erzählen.«

Dr. Riggs schlug die Decke zurück und hockte sich tief vor sie, was ihr peinlich war. »Können Sie Ihr Bein aufstellen? Noch ein bisschen mehr?«

Blieb ihr etwas anderes übrig?

»Es ist vielleicht ein bisschen unangenehm, aber es ist gleich vorbei.« Dr. Riggs trug Handschuhe, sodass Talia weder ihre Gefühle noch ihre Persönlichkeit durch die Berührung spüren konnte. Frustrierend.

Talia hielt die Luft an. Ein brennendes Stechen durchfuhr sie.

»Das war's«, erklärte Dr. Riggs und stand auf. »Die Kanüle

behalten Sie noch, bis die Infusion durch ist, dann holen wir Sie aus dem Bett und bewegen uns ein bisschen.«

Talia nickte. Der Fußboden unter ihren Füßen erschien ihr eisig, ihre Glieder waren steif und schmerzten, aber sie stemmte sich hoch, wobei Dr. Riggs sie am Ellbogen stützte, und schlurfte in Richtung Tür. Das Krankenhaushemd stand hinten offen, aber ihr fehlte ein dritter Arm, um es zuzuhalten. Ein kalter Hauch kroch von unten ihren Körper hinauf.

Dr. Riggs griff in das untere Fach des Wagens und holte einen Bademantel hervor, den Talia bislang nicht bemerkt hatte. Sie half ihr in den rechten Ärmel. »Solange Sie noch die Infusion haben, wickeln wir das hier um Ihre linke Seite.«

Talia humpelte durch die Tür in ein … riesiges, komfortables Labor. Oder so etwas Ähnliches. Auf der einen Seite sah es wie ein normales Labor aus: An der Wand standen blitzblanke Stahltresen, die im rechten Winkel in die Mitte des Raumes hineinragten. Unterschiedlichste Maschinen rangen miteinander um Platz. Kleinere Geräte, Mikroskope, Computer, es war alles vorhanden.

Die andere Seite des Raumes wurde von einer geblümten Sofaecke mit Kissen und einem dazu passenden Sessel beherrscht. Ein bunter Teppich mit einem abstrakten blauroten Muster bedeckte den Boden, auf dem ein langer Couchtisch mit Rollen ruhte. Neben einem leeren Kaffeebecher, einem Teller mit Krümeln und seltsamen Ausdrucken mit mikroskopisch kleinen Zahlenkolonnen stand ein gerahmtes Foto, das einen kleinen weißen Hund darstellte.

»Setzen Sie sich in den Sessel«, dirigierte Dr. Riggs.

Wenig später wurde Talia in die weichen Polster gedrückt. Dr. Riggs griff nach unten und half ihr, die Füße auf den Tisch zu legen.

»Geht es?«

»Ich bin *noch* verwirrter.« Zur Bestätigung ließ Talia den Blick durch den Raum gleiten.

Dr. Riggs lachte. »Das ist mein persönliches Labor. Wir haben hier in Segue alle unseren individuellen Arbeitsplatz, an dem wir zum einen über alles verfügen, was wir für unsere Arbeit benötigen, und den wir zugleich unseren persönlichen Bedürfnissen entsprechend gestalten können.«

Während sie auf dem Sofa Platz nahm, deutete sie auf das Hundefoto. »Der Hübsche ist oben in meiner Wohnung. Früher hat er mit mir im Labor gespielt, aber nach einem kleinen Unfall vor zwei Monaten wurde er verbannt.«

Wohnung? Oben?

Auf der anderen Seite des Labors glitten zwei Türen auseinander, und Adam trat ein. Er hatte den Schritt eines Mannes, der weiß, was er will. Adam trug eine dunkle Freizeithose und ein blaues Button-down-Hemd mit offenem Kragen. Er war größer, als Talia ihn in Erinnerung hatte, und hatte sich rasiert, auf seiner Stirn prangte aber immer noch die verschorfte Wunde. Die Augen waren noch dieselben. Augen, die sie an das Meer erinnerten.

Talia versuchte aufzustehen. Ohne ihn wäre sie verloren gewesen.

Er winkte ab. »Bitte, bleiben Sie sitzen, Dr. O'Brien.«

Sie ließ sich zurück in die Polster sinken, aber innerlich war sie auf der Hut.

»Ich bin draußen«, sagte Dr. Riggs und sah Adam bedeutungsvoll in die Augen. Der Blickwechsel beunruhigte Talia.

Adam nahm auf dem Sofa Platz, lehnte sich zurück und stützte sich mit dem Arm auf einem Kissen ab. Seine Haltung wirkte zwar entspannt, aber unter der Oberfläche surrte seine sorgsam beherrschte Energie. Sein kühler, durchdringender Blick strafte seine Haltung Lügen. Etwas an diesem Mann sagte Talia, dass er nur selten entspannt war.

»Wie fühlen Sie sich?«, fragte er.

Das ist nicht wichtig. »Wo bin ich?«

»Sie sind im Segue-Institut. Ich habe es vor etwas mehr als sechs Jahren gegründet, um das Phänomen der Geister zu untersuchen.«

Geister. »War das in der Gasse ein Geist?« Es fühlte sich merkwürdig an, das Wort auszusprechen, aber gleichzeitig auch beruhigend. Erdend. Es war gut, endlich einen Namen für die Seelensauger zu haben, die sie seit … sie wusste überhaupt nicht wie lange, verfolgt hatten. Noch etwas, wofür sie Adam dankbar sein sollte.

»Ja. Das war ein Geist. Er war einmal ein normaler Mensch, aber etwas – und wir wissen nicht, was – hat seine Körperkraft, seine Sinneswahrnehmung und seine Regenerationsfähigkeit derart verstärkt, dass er unsterblich geworden ist.«

»Und was machen sie …?« Das Bild von Gradys krankem Kuss und der fuchtelnden Melanie tauchte gegen Talias Willen vor ihrem inneren Auge auf.

Adams Blick verfinsterte sich. »Sie ernähren sich von der Lebensenergie der Menschen.«

Talia schüttelte den Kopf und erinnerte sich an den Widerhall von Melanies Ich, als es aus ihren Eingeweiden gerissen wurde. »Sie müssen sich von mehr als nur davon ernähren.« Sie wusste genau, dass das, wovon sie sich ernährten, etwas viel Spezielleres als »menschliche Energie« war.

Adam runzelte die Stirn und schien sich innerlich zurückzuziehen. »Vielleicht. Soweit wir wissen, stärkt sie diese Nahrung nicht körperlich. Wir glauben, dass dieser Akt sie erdet. Dass sie dadurch die Menschen irgendwie verstehen.«

Talia schluckte heftig. »Und ich?«

Er lächelte, doch das Lächeln erreichte nicht seine Augen. »Sie haben eine sehr interessante Dissertation geschrieben. Sie wurde am 26. April von der anthropologischen Abteilung online gestellt, zwei Tage, nachdem Sie Ihre Doktorarbeit verteidigt hatten.«

So hatte sie die Frage nicht gemeint, sondern wissen wollen, *Was haben Sie mit mir vor?* – aber sie ließ ihn weiterreden. »Und?«

»Sie haben einige provokante … Thesen über die Verbindung zwischen Leben und Tod aufgestellt. Ich wollte Ihnen anbieten, hier zu arbeiten und Ihre Forschungen fortzusetzen, aber Sie waren verschwunden.«

»Das verstehe ich nicht. Was hat meine Dissertation mit Geistern zu tun?«

»Das Segue-Institut wurde gegründet, um eine Methode zu finden, mit der man Geister töten kann. Wir versuchen, auf dem Weg dorthin noch ein paar andere Dinge zu lernen, aber nur, wenn sie unserem obersten Ziel dienen. Zu unserem Team gehören Mediziner, Gelehrte, Parapsychologen … und wie ich hoffe, jetzt auch eine Expertin für Nahtoderfahrungen.«

Ich. »Aber wieso das ganze Tamtam? Es gibt andere Leute, die sich auf dem Gebiet besser auskennen als ich. Sie hätten mich nicht in einer Gasse aufstöbern müssen …« Oder sich bei einem Angriff schützend vor mich stellen.

Adam hob eine Hand, um sie zu unterbrechen. »Ich habe Nachforschungen angestellt. Von einer Handvoll Leuten, die sich mit Nahtoderfahrungen beschäftigen, sind Sie die Einzige, die einen objektiven Standpunkt einnimmt. Die meisten anderen wollen beweisen, dass es ein Leben nach dem Tod gibt. Segue hat nichts mit Spirituellem oder mit Religion zu tun. Ich will etwas über die Gesetze und Kräfte lernen, die an der Schwelle zum Tod walten, und wissen, ob Sie davon ausgehen, dass Ausnahmen von diesen Regeln existieren.«

Trotzdem … Es musste noch einen anderen Grund geben,

wieso er sie ausgewählt hatte. Andere waren ebenso gut zur unvoreingenommenen Forschung fähig.

»Wieso ich?«

Adam nahm eine entschlossene Haltung ein, beugte sich zu ihr vor, wobei sein Hemd sich über den breiten Schultern spannte, und stützte sich mit den Ellbogen auf den Knien ab. Er verschränkte die Finger; ein paar Knöchel waren aufgeschürft und geschwollen.

Er beobachtete sie, musterte sie. Taxierte sie. »Einer Ihrer Probanden hat einen Schattenmann erwähnt, ein Individuum, über das ich gern mehr erfahren würde.«

Panik wallte in ihr hoch, und sie bemühte sich, nicht die Beherrschung zu verlieren.

Der Schattenmann. Ihr Vater. Der dunkle und wunderschöne Mann, dem sie nur einmal, mit fünfzehn Jahren, direkt nach dem Autounfall, begegnet war. Die Nahtoderfahrung, der Auslöser für ihre Arbeit. Ihr Vater, das Rätsel ihres Lebens, war gekommen, um sie auf ihrer Reise zu begrüßen. Sie hatte seine schräg stehenden Augen gesehen und mit erschreckender Sicherheit gewusst, dass sie ihm glich, was immer er auch war. Es spielte keine Rolle, solange sie mit ihrer Andersartigkeit nicht mehr allein war. Als die Sanitäter sie zurück ins Leben geholt hatten, waren sie voneinander losgerissen worden.

Sie hätte ihren Vater jetzt gern einiges gefragt. Er wüsste, wieso die Geister sie verfolgten. Er könnte ihr erklären, warum sie seltsame Fähigkeiten besaß, über die niemand anders verfügte. Und er könnte sie vor dem Teufel beschützen, der aus ihrem Schrei erwuchs.

Nichts von alledem würde sie Adam gegenüber erwähnen. Sie schuldete ihm Dank, aber nicht sich selbst. Adams Äußerungen über ihre Dissertation und Nahtoderfahrungen waren nichts als Gerede. Wenn Adam über den Schattenmann forschen wollte, der nicht von dieser Welt stammte, konnte er das nur tun, indem er sie untersuchte. Sie würde hier vielleicht über Nahtoderfahrungen forschen, aber sie wäre dennoch eine kleine weiße Ratte.

»Ich habe alles hier, was Sie brauchen, Ihre Bücher und Daten. Da wir nicht wussten, ob wir Sie jemals finden, haben wir alles durchgesehen.«

Sie hätten sowieso alles durchgesehen. Sie saß zwar ganz ruhig da, aber der Druck in ihrer Brust verstärkte sich, und ihr Herz schlug schneller.

»Obwohl Sie detaillierte Aufzeichnungen, Aussagen und Transkriptionen von all ihren anderen Probanden haben, findet sich nirgends ein Bezug zum Schattenmann.« Er blickte sie an. »Wer ist dieser Proband?«

Talia schwieg, starrte ihm ebenfalls in die Augen und konzentrierte sich darauf, langsam ein- und auszuatmen. Wenn er schon so viel wusste, würde sie ihm ganz bestimmt nicht noch mehr erzählen.

Für einen Augenblick ließ er den Kopf sinken. Als er ihn wieder hob, sah Adam sie mit angespanntem Ausdruck an. »Okay, stellen wir die Frage einen Augenblick zurück. Probieren Sie es aus. Richten Sie sich in Ihrem eigenen Labor ein und gehen Ihre Untersuchungen durch. Es gibt noch etwas anderes. Eigentlich hatte ich vor zu warten, bis Sie wieder ganz auf dem Posten sind, bevor ich mit Ihnen darüber spreche, aber ich will gleich mit offenen Karten spielen. Ihre Laborwerte weisen interessante Ergebnisse auf. Sie sind verrückt, stimmen aber merkwürdigerweise mit ähnlichen Tests überein, die nach dem beinahe tödlichen Unfall vor zehn Jahren gemacht worden sind, damals aber ignoriert wurden.«

Labortests. Natürlich. Labortests logen nicht. Labortests förderten Abnormitäten zutage. Hatte Tante Maggie sie nicht vor Jahren schon vor Ärzten gewarnt?

»Und Sie verfügen über einen Reflex. Ich glaube, dass er durch Angst ausgelöst wird. Er wirkt sich auf Ihre unmittelbare Umgebung aus. Wie ein Chamäleon, das mit einem Baum verschmilzt, nur umgekehrt.« Er lächelte und neigte den Kopf zur Seite. Als wenn irgendetwas davon sie beruhigte. »Der Flug von Arizona hierher war ziemlich aufregend. Ich nehme an, dass Ihre spezielle Begabung Ihnen sehr geholfen hat, den Geistern so lange zu entkommen.« Wieder hielt er inne, dann durchbohrte er sie mit seinem Blick. »Was sind Sie?«

Sollte er tatsächlich eine Antwort erwarten, würde er sie nicht bekommen. Er schälte die Haut von ihrem Körper, um ihren zitternden Kern dem eisigen Raum auszusetzen.

Er seufzte schwer und entspannte sich etwas. »Dr. O'Brien, ich beschäftige mich jetzt schon eine ganze Weile mit diesen Sachen. Ich habe einige ungewöhnliche Vorgänge gesehen und will Ihnen nichts Böses. Sie haben mich in der Gasse genauso gerettet wie ich Sie. Ich glaube, wenn Sie es zuließen, könnten wir ein gutes Team sein.«

Ein gutes Team. Wem versuchte er, etwas vormachen? Er wollte in ihren Kopf sehen. Sie erforschen.

»Das Angebot einer Stelle hier in Segue steht. Sie hätten Ihr eigenes Büro, wo immer Sie wollen. Oben gibt es drei Wohnungen. Sie können sich eine davon aussuchen. Im Westflügel spukt es. Wenn Ihnen Ihr Schlaf heilig ist, sollten Sie sich also lieber für eine im Ostflügel entscheiden, obwohl die zum Parkplatz hinausgehen.«

Spuken?

»Ich möchte noch sagen, dass die Angestellten hier sehr freundlich sind – Dr. Riggs ist ein Schatz –, aber der Gegenstand unserer Untersuchungen einige interessante Typen anzieht. Nehmen Sie nur nichts persönlich, bis Sie sie wirklich kennen, und selbst dann …« Schulterzuckend hob er eine Hand und stand auf.

»Dr. Riggs wird Sie wahrscheinlich am späten Nachmittag aus ihrer Fürsorge entlassen.«

Und was dann?

»Ich komme wieder vorbei, um Ihre Fragen zu beantworten, Sie herumzuführen und Ihnen bei der Auswahl der Wohnung behilflich zu sein. Bis dahin ruhen Sie sich etwas aus.«

Adam starrte einen Augenblick auf sie herunter und wartete. »Bis später, dann«, sagte er und wandte sich zur Tür.

Er hatte bereits den Raum durchquert, als Talia endlich eine wichtige Frage einfiel.

»Warten Sie«, rief sie.

Er drehte sich erwartungsvoll zu ihr um.

»Was, wenn ich nicht bleiben will? Was, wenn ich mich der Gefahr durch die Geister aussetzen will?« Wenn dieser neugierige Mistkerl »mit offenen Karten spielen« wollte, sollte er diese letzte auch aufdecken.

Er sah ihr fest in die Augen. »Ich denke, das wäre für beide Seiten nicht von Vorteil.«

5

Das war ja richtig gut gelaufen.

Man nehme eine traumatisierte, kranke Frau, erzähle ihr, man wisse, dass sie nicht normal sei, fordere sie auf, sich seinem Team anzuschließen, und gebe ihr dann zu verstehen, dass sie sowieso keine andere Wahl hatte. Hervorragende Arbeit.

Adam lehnte sich vor Pattys Labor an die Wand und kniff sich in den Nasenrücken. Das war wohl eher ziemlich daneben.

Er sah Talia vor sich, wie sie mit der Infusion in ihrem Arm in den unförmigen dicken Bademantel gewickelt war und ihr blasses, erschrockenes Gesicht bei jedem seiner Worte noch weißer wurde. Diese weißblonden Haare, die schwarzen Augen, es gab so wenig Farbe an ihr. Lediglich ihre Lippen schimmerten zart rosa.

Es war in vielfacher Hinsicht sinnvoller, wenn sie in Segue blieb und hier arbeitete. Das musste eine intelligente Frau wie sie eigentlich schnell begreifen. Es sei denn, sie war krank und vor allem verängstigt.

»Hast du geschlafen?«

Patty. Adam ließ seinen Arm sinken und drehte sich in die Richtung, aus der ihre Stimme kam.

Die Hände in die Seiten gestemmt stand Patty vor der Tür zu ihrem Labor, tippte mit einem ihrer flachen Halbschuhe auf den Boden und verzog den Mund wie eine besorgte Mutter. Die grauen Haare, die sich in ihrem braunen Schopf immer stärker durchsetzten, waren am Ansatz deutlich zu erkennen. Er wusste, dass sie das furchtbar fand, aber nichts dagegen tun konnte. Sie musste ihre Fahrt zum einzigen Friseursalon von Middleton, den sie alle acht Wochen mit ihrem Besuch beehrte, diesmal verschieben, bis Talias Zustand sich stabilisiert und sie sich eingelebt hatte. Nicht, dass Patty überhaupt darum gebeten hätte, fahren zu dürfen.

»Ja, danke.« Irgendwann in seinem Leben hatte er schon einmal geschlafen. Er wollte jetzt nicht mit ihr darüber reden. Der Tag war so schon die Hölle.

»Sie wirkte erschöpft.« Er deutete mit dem Kopf auf Pattys Labor und wechselte das Thema.

»Sie müsste tot sein. Sie wird nicht so schnell auf die Beine kommen wie wir – oder sie – es gern hätten. Die Folgen eines Hitzschlags können ziemlich langwierig sein. Bei ihrer ungewöhnlichen Konstitution weiß ich schlichtweg nicht, was wir zu erwarten haben.«

»Sie ist beunruhigt, weil sie nicht einfach gehen kann«, sagte er und bereitete Patty darauf vor, dass sie es mit einer schwierigen Patientin zu tun hatte.

»Ehrlich gesagt finde ich das auch beunruhigend. Ich möchte ihr nichts vormachen, Adam. Das passt mir ganz und gar nicht.« Patty schüttelte den Kopf und hob die Brauen, als wolle sie fragen, *Was hast du mit ihr vor?*

»Ich kann sie nicht einfach gehen lassen und riskieren, dass sie umgebracht wird, wenn ich durch sie womöglich die Informationen erhalte, die wir, die die Welt dringend braucht. Ich hatte ursprünglich vor, sie in unser Team zu holen, und genau das werde ich jetzt auch tun. Ich bin immer noch davon überzeugt, dass ihre Forschungen über Nahtoderfahrungen uns alle weiterbringen. Sie muss nicht wissen, dass wir vor allem sie erforschen.«

Patty wurde wütend und schüttelte erneut den Kopf.

Adam hob beschwichtigend die Hand, damit sie ihn ausreden ließ. »Ich weiß, dass das nur die halbe Wahrheit ist, aber mehr wird sie nicht erfahren. Diese Frau hat es geschafft, den Geistern zwei Monate lang zu entkommen. Wir stehen vor einem Krieg mit den Geistern. Wenn wir nicht jede Chance nutzen, mehr über sie zu erfahren, haben wir nichts gegen sie in der Hand. Uns bleibt keine Zeit mehr.«

»Das ist nicht richtig.« Patty sah ihm in die Augen, als wenn sie ihn mit diesem Vorwurf von seinem Plan abhalten könnte.

»Was daran, Patty? Mach einfach deine Tests. Die hättest du wegen ihres Hitzschlags sowieso durchgeführt.«

»Nicht alle«, widersprach sie, »und die anderen habe ich gemacht, damit sie wieder gesund wird, und nicht, um sie zu erforschen. Ihre *Einwilligung*, Adam, die macht mir Sorge. Die sollte auch dir Sorgen bereiten.«

Adam hatte Kopfschmerzen. »Nenn mir eine Alternative. Ich weiß, was auf uns zukommt, und du weißt es genauso. Wie sollen wir gegen eine Armee von Geistern kämpfen?«

»Trotzdem ist es nicht richtig.« Sie zuckte hilflos mit den Schultern.

»Wirst du deine Tests durchführen oder nicht?« Adam hatte weder die Zeit noch die Geduld, sich hier noch länger aufzuhalten.

»Und wenn ich mich weigere?«

Adam legte eine Hand auf ihre Schulter und gab seiner Stimme einen freundlichen Klang. »Dann finde ich jemand anders, der es tut. Ich sollte mir ohnehin jemand anders suchen. Ich kann es mir nicht leisten, dass du mich im Stich lässt. Nicht jetzt.«

Sie beugte sich vor. »Nein, ich mache es. Schließlich bin ich die Einzige, die dir ab und an die Stirn bietet. Außer mir setzt sich keiner für sie ein. Ich werde nicht zulassen, dass du sie zu deiner Gefangenen machst. Das verspreche ich dir.«

»Hör zu, das ist momentan alles etwas viel für Talia. Vielleicht will sie bald gar nicht mehr weg. Ich komme heute Nachmit tag zurück, zeige ihr alles und überzeuge sie zu bleiben, indem ich ihr gerade so viel von der Wahrheit zumute, wie sie vertragen kann.« Er hatte nicht im Entferntesten die Möglichkeit in Betracht gezogen, dass Talia gehen könnte, nicht nachdem sie die Hölle durchgemacht hatte, andernfalls wäre er auf ihre Frage vorbereitet gewesen. Hätte die Sache etwas heruntergespielt.

Adam fasste sich mit einer Hand in den Nacken, um die Muskeln zu lockern, die seinen Schädel mit eisernem Griff umklammerten.

Aber so lange machte er die Frauen wütend … »Ich will noch einmal Jacobs schnellen Heilungsprozess untersuchen.«

Pattys Augen funkelten. »Zwing mich nicht zu so etwas. Egal, was aus diesem armen Mann geworden ist, ich werde ihm nicht vorsätzlich wehtun. *Keine Verletzungen.* Da ist für mich Schluss.« Patty zog nachdrücklich einen unsichtbaren Strich zwischen ihnen.

»Er ist ein kaltblütiger Killer, und du weißt ganz genau, was das Ziel dieser Einrichtung ist.«

Pattys Gesicht lief rot an. »Ich war bei Jacobs Taufe dabei. Ich habe miterlebt, wie er seinen Abschluss in Harvard gemacht hat. Deine Mutter hat sich damals ein Taschentuch von mir geliehen. Ich werde ihm nicht mit Absicht Schmerz zufügen, ehe wir ihn betäuben können. Und selbst dann ist *mein* Ziel, dass er dabei so ruhig wie möglich bleibt.«

Der Streit bezog sich auf eine Situation vor sechs Jahren, als die Familie in Jacobs irritierenden neuen Lebensstil »eingegriffen« hatte. Dr. Patricia Riggs, Moms Freundin aus Kindertagen und Hausärztin der Familie Thorne, war da, um sie diskret zu unterstützen. Niemand bezweifelte, dass ihre Diagnose von Jacobs Zustand in der Familie bleiben würde. War er geisteskrank? Drogenabhängig? Sie wären glücklich gewesen.

Patty war dabei gewesen, als Jacob Mom »küsste«, wurde Zeuge, wie sehr Jacob sich verändert hatte. Sie hatte ebenfalls gesehen, was dann folgte. Adam war nicht gerade stolz darauf. Ungeachtet des Risikos für sie selbst hielt sie die Freundschaft immer noch in Ehren.

Ach, zum Teufel. Sie hatte es verdient, dass er sie lobte anstatt sie anzugiften.

Adam stieß verzweifelt die Luft aus und mäßigte seinen Ton. »Du bist weich, Tante Pat. Das warst du schon immer.«

Das *Tante Pat* bewirkte, dass Pattys Nase rot anlief und sie heftig gegen die Tränen anblinzelte. Pat hatte keine eigene Familie, nur diese verdammten Thorne-Brüder.

»Ich muss zurück und Dr. O'Brien wieder ins Bett bringen«, sagte sie mit hoher, brüchiger Stimme.

»Okay. Ich komme später vorbei. Sagen wir gegen zwei?«

»Das ist gut. Versuch die Besichtigung kurz zu machen. Sie wird sicher schnell müde.«

Adam nickte und bog bei Pattys Labor um die Ecke zu seinem eigenen Büro. Er gab den Code ein und ging hinein. Ein Blick auf den Monitor verriet ihm, dass sich Jacob innerhalb der letzten Stunde an die andere Zellenwand zurückgezogen hatte, wo er gelangweilt den Kopf hängen ließ. Was gut war.

Dann musterte er sorgfältig seinen Schreibtisch. Die Akten, die Spuren zu Talia O'Briens Aufenthaltsort enthielten, konnten geschreddert werden. Sicherheitsberichte mussten durchgesehen werden. Da war das Budget. Die Korrespondenz mit einem halben Dutzend Außendienstmitarbeitern. Und er musste den aktuellen Stand der globalen Geisterüberwachung prüfen, um über den Zuwachs an Geistern, ihre Bewegung, ihre Versorgungskette und ihren Besitz auf dem Laufenden zu sein.

Die Geister organisierten sich. Sie hatten sich sogar einen netten, unschuldig klingenden Namen gegeben. Das Kollektiv.

Das Budget konnte warten. Das Kollektiv nicht. Adam tippte auf die Konsole auf seinem Schreibtisch. Auf einem topmodernen Bildschirm, der darüber an der Decke befestigt war, erschien ein dreidimensionales Bild der Welt. Unterschiedlich starke rote Linien, die wie Adern aussahen, vollzogen die Bewegungen der Geister innerhalb der USA nach. In den größeren Städten, wo ihr Fressen durch die Konzentration an Kriminalität nicht so auffiel, war das Blut geronnen.

Adam ließ ein Programm laufen, das die Wachstumsrate ermittelte. Der Computer prognostizierte anhand alarmierender Striche eine rasante Entwicklung, die Adam den Atem stocken ließ. Innerhalb – *was?* – eines *Jahres* würde das Kollektiv in jeder größeren amerikanischen Stadt zu beträchtlicher Stärke angewachsen sein. Man würde die Geister nur mithilfe eines Krieges ausrotten können.

Adam lehnte sich in seinem Stuhl zurück. Ob er wollte oder nicht, er durfte Dr. O'Brien unter keinen Umständen gehen lassen.

»Schöner Ausblick mit Spuk oder ruhiges Wohnen ohne Aussicht?«, fragte Adam, während er Talias Rollstuhl aus Pattys Büro hinausschob.

Bei seiner Ankunft war Talia missmutig und schweigsam gewesen. Sie trug eine Chino, eine rosa Bluse mit einem abgerundeten Kragen und Hausschuhe. Die Sachen hatten einen biederen Schnitt und wirkten konservativ, weshalb Adam annahm, dass Patty sie ihrem Geschmack entsprechend ausgewählt und über Nacht bestellt hatte, während Talia sich erholte. Die Schuhe hatten vermutlich nicht gepasst, doch Adam fragte nicht danach, denn er wollte keinen Ärger hervorrufen. Niemand außer Patty hatte Talia dazu bringen können, sich in den Rollstuhl zu setzen, sodass sie um Punkt zwei Uhr abfahrbereit war, wobei sich ihr Widerwillen in jeder Geste ausdrückte.

»Das ist nicht Ihr Ernst«, erwiderte Talia.

»Bei Ihren Studien haben Sie doch sicher auch die Existenz von Geistern in Betracht gezogen.« Er hielt vor dem Aufzug am Ende des Flurs. Die silbernen Türen glitten auseinander und brachten Reste eines antiken Eisenkäfigs zum Vorschein, ein Hinweis auf den Ursprung des Gebäudes. Wenn Talia die Eisengitter seltsam fand, sagte sie es nicht.

»Das habe ich nicht gemeint«, erklärte sie. »Sie können nicht ernsthaft annehmen, dass ich mir freiwillig eine Gefängniszelle aussuche und Ihnen noch dabei helfe, mich hier gegen meinen Willen festzuhalten. Diese ganze ›Tour‹ ist eine Farce.«

»Sie sind keine Gefangene, Sie sind ein Mitglied unseres Teams.«

»Ich kündige.«

»Ich werde über Ihre Kündigung nachdenken, wenn Sie in der Lage sind, auf zwei Beinen zu stehen, ohne grün anzulaufen.« Die Lüge klang überzeugend, sogar freundlich, schließlich war Adam geübt.

Sie fuhren ein Stockwerk nach oben und gelangten in eine mit Marmor geflieste Halle, beherrscht von einem beeindruckenden Kronleuchter. Wie eine Sternschnuppe hing er vor einer Wand aus Mahagoni.

Adam blieb stehen, öffnete mithilfe eines Codes eine Glastür und schob sie auf eine geschwungene weiße Terrasse hinaus, die sich um die Ostseite des Gebäudes wand.

Vor dem Gebäude lagen verwilderte Rasenflächen, die sich bis in eine Baumreihe hinein erstreckten. Das natürliche, sanft geschwungene Grün traf dort auf einen dichten Tannenwald, weiter östlich spickten Weymouthskiefern den Gebirgskamm von Knob Ridge. Die feuchte und schwüle Luft hier draußen klebte an Adams Haut und Kleidung.

Talia drehte den Kopf und sah über ihre Schulter zurück. Adam folgte ihrem Blick. Das Gebäude erstreckte sich über mehrere Etagen und besaß zwei identische Seitenflügel, die jeweils von Terrassen umgeben waren. Protzige Stufen führten zu den von weißen Säulen gesäumten Eingängen.

»Okay, also noch einmal: Wo sind wir?«, fragte Talia schließlich.

Adam grinste. »In den Bergen von West Virginia. Segue agiert vom ehemaligen *Fulton Hotel* aus, einer Art Ferienanlage für die oberen Zehntausend aus der Zeit der Jahrhundertwende.«

Ihr Blick glitt von dem Gebäude zu ihm. »Die Sorte von Ort, die sie im Reisekanal vorstellen? Damen in weißen Kleidern, die auf dem Rasen Krocket spielen?«

»So in der Art. Zumindest bis zu der spanischen Grippeepidemie im Jahr 1918. Das Hotel stand vor dem finanziellen Ruin. Die nahe gelegene Höhlenanlage war anscheinend doch keine so große Attraktion, wie Theodore Fulton gedacht hatte. Als die Grippewelle das Hotel erreichte, wurde Fulton ebenfalls krank und starb kurz darauf. Seine Söhne gaben den Laden auf. Das Haus ging durch verschiedene Hände, bis es in den Besitz meiner Familie kam.«

Talia erhob sich aus dem Rollstuhl und trat langsam an den Rand der Terrasse. Adam folgte ihr wachsam.

»Wo es sich mit den Bedürfnissen von Segue vereinbaren ließ, habe ich versucht, die Überreste des Hotels wiederherzustellen. Den Kronleuchter in der Halle haben wir in einem Lagerraum im Keller gefunden, wo die Räuber und Vandalen, die das zwischenzeitlich leer stehende Gebäude plünderten, ihn übersehen haben müssen. Es war ein bisschen Arbeit, aber das hier kommt dem ursprünglichen Zustand ziemlich nahe.

»Es ist sehr …«, hob sie an.

Er trat an die Brüstung und musterte Talia von der Seite. Ihre weiße Haut leuchtete vor dem grünen Hintergrund. Die Nachmittagssonne tauchte ihre aschfahle Haut in ein zartes Rosa und einen Ton, der an goldfarbenen Marmor erinnerte. Ein paar blonde Haarsträhnen wehten von ihrer Schulter in ihr Gesicht und flatterten in der leichten Brise.

» … abgelegen«, beendete Talia den Satz.

Ein hübsches Profil.

Sie wandte ihm ihre schwarzen Katzenaugen zu und begegnete seinem Blick.

Sie sah ihn auf eine verstörende Art herausfordernd an.

Zeit, zum Thema zu kommen. Adam holte tief Luft. »Ich habe angefangen, mich mit Nahtoderfahrungen zu beschäftigen, und mich dabei an der umfangreichen Bibliografie am Ende Ihrer Arbeit orientiert.«

Sie wandte den Blick wieder ab und lehnte sich gegen die Balustrade, ihre gesamte Neugier und ihr Interesse wichen plötzlich einem harten Gesichtsausdruck.

»Nach allem, was ich gelesen habe, kommt es bei Nahtoderfahrungen häufig zu Begegnungen mit bereits verstorbenen Familienmitgliedern, manchmal auch mit Freunden, jedenfalls immer mit jemandem, zu dem die entsprechende Person eine enge Verbindung hatte.«

Talia schwieg und hielt den Blick in die Ferne gerichtet.

Er beobachtete jede ihrer Bewegungen und wartete angespannt auf eine Reaktion. »Ich verstehe nicht, wie der Schattenmann in das Nahtodszenario passt, es sei denn, es ist der Deckname einer Person, die weiß, wo die Bedrohung durch die Geister ihren Ursprung hat.« Ganz beiläufig stellte er seine Theorie vor: »Vielleicht handelt es sich um einen Geist, so einen wie der, der in Segue haust?«

Ihre Miene blieb unverändert.

Adam ließ nicht locker. »Das wäre gut vorstellbar. Jim Remy, unser Parapsychologe, ist verliebt in Segues Lady Amunsdale. Seit er einmal kurz ihre Schönheit gesehen hat, ist er wie besessen hinter ihr her. Ist der Schattenmann ein Geist? Jemand, der bereits gestorben ist, aber unsere Fragen beantworten kann?«

Wenn das der Fall war, mussten sie ihre Vorgehensweise drastisch dem Okkulten annähern. Ihm fehlte nur eine Bestätigung, ein Hinweis, irgendetwas, das ihm die Richtung wies.

Die Muskeln in Talias Gesicht spannten sich, aber sie beherrschte sich. »Ich werde Ihre Fragen nicht beantworten. Ich bin Ihnen dankbar, dass Sie mich in der Gasse gerettet und sich um meine medizinische Versorgung gekümmert haben. Wenn das möglich ist, möchte ich gern in die nächste Stadt gefahren werden. Von dort komme ich dann allein weiter.«

»Das geht leider nicht«, entgegnete Adam. Er musste nur die Augen schließen, schon sah er wieder die computergenerierten Vorhersagen über die wachsende Geisterpopulation vor sich. In Wahrheit gab es an dem Thema nichts mehr zu diskutieren. Die Zeit war knapp. Er brauchte Informationen über den Schattenmann.

Ihr Kopf fuhr zu ihm herum. »Lassen Sie uns eines klarstellen – ich *bin* hier Ihre Gefangene.«

Nein, Gefangene wurden im Keller gehalten. Vielleicht wurde es Zeit, dass sie den Unterschied kennenlernte. Ihre neue Behausung konnte warten, jetzt hatte er ein anderes Ziel.

Sie ist noch nicht so weit, warnte ihn eine innere Stimme.

Das ist keiner von uns, erwiderte eine härtere.

»Ich möchte Sie mit jemandem bekannt machen. Ich glaube, das wird Ihre Meinung beeinflussen.« Adam deutete auf den Rollstuhl.

Kühl nahm sie ihren Platz ein und verschränkte demonstrativ

die Arme vor der Brust. Er schob sie zurück ins Haus zum Fahrstuhl, gab den Code ein, wobei er ihr mit seinem Rücken den Blick versperrte, und drückte Untergeschoss J. Für Jacob.

Der Aufzug sauste zischend nach unten, und die Türen öffneten sich zu dem Vorraum von Jacobs Zelle. Zwei Sicherheitsbeamte standen am Eingang Wache, Ben und Thomas. Beide hatten kräftige breite Schultern, einen stämmigen Nacken und muskulöse Beine, die schnellen Reflexen gehorchten. Bis auf ihre Gesichtszüge und die Hautfarbe – der eine war schwarz, der andere olivfarben – hätten sie aus demselben Genpool stammen können.

Es waren zwei starke, gewiefte und durchtrainierte Männer nötig, um einen Geist in Schach zu halten.

»Ich will nicht hier sein. Ich will, dass Sie wissen, dass das gegen meinen Willen geschieht«, erklärte Talia mit bebender Stimme und umklammerte die Lehne des Rollstuhls.

Während das Sicherheitssystem für Adam ganz normal war, musste es auf Talia ziemlich einschüchternd wirken. Adam hatte persönlich die Wachmänner ausgewählt, hatte über dem Grundriss von Jacobs Zelle gebrütet und das Sicherheitsprogramm optimiert. Die Sicherheitsbeamten und die mit Codes gesicherten Türen waren kein simples Sicherheitssystem, sie waren ein Schutz gegen die Geister. Je eher sie sich daran gewöhnte, desto besser.

»Ich will auch nicht hier sein.« Als er Jacobs Stimme hörte, lief ein Kribbeln über Adams Haut, und seine Brust brannte, aber die Schonzeit war vorbei. Was er von ihr verlangte, musste er auch sich selbst abverlangen.

Adam nickte den Wachmännern zu und öffnete mit einem Code die Tür zum Vorraum von Jacobs Zelle. Er schob Talias Rollstuhl hinein und fuhr sie vor die Hauptkonsole, eine weiße, geschwungene Arbeitsplatte mit Überwachungsmonitoren, Bedienungspult, Computer und Lautsprechern.

Adam tippte auf einen Bildschirm, der den vorderen Bereich und die Mitte der Zelle zeigte. »Das ist Jacob.« Er schluckte heftig. »Mein Bruder.«

Jacob stand geschmeidig auf, seine anmutige und geschickte Art, sich zu bewegen, stand im Widerspruch zu seinem Charakter. Weiß und sauber trat er vor seine Lieblingskamera, wobei seine Genitalien zwischen den Beinen baumelten.

»Bringst du mir einen kleinen Leckerbissen, Adam?«

Talia wich von der Konsole zurück. Sie drückte sich aus dem Stuhl hoch und flüchtete an die rückwärtige Wand.

Adam konnte es ihr nicht verübeln. Er versuchte noch nicht einmal mehr so zu tun, als wäre Jacob ein Mensch.

»Er ist ein Geist«, sagte sie.

Der Raum verdunkelte sich deutlich. Talia löste sich in einem ungleichmäßigen Schleier aus Schatten auf. Der Bildschirm zeigte, dass Jacob weiterhin lächelte. Entweder war er vollkommen unbeeindruckt von der Dunkelheit auf der anderen Seite der Zellenwand oder nahm sie nicht wahr.

Der Wachmann griff nach seiner Waffe, aber Adam winkte ab. »Bleiben Sie in Bereitschaft, aber unternehmen Sie nichts ohne meine Anweisung.«

Adam kannte den Vorgang schon vom Rückflug aus Arizona.

»Riecht nach Frau, Adam. Hast du endlich ein Mädchen gefunden?«

»Talia. Dr. O'Brien. Jacob kann nicht heraus. Sie sind sicher.« Adam sprach mit ruhiger, fester Stimme. »Sie haben meine Sicherheitsvorkehrungen gesehen. Jede ist durch drei weitere Systeme gesichert. Ich habe an alles gedacht, das schwöre ich Ihnen.«

»Sie können hier leben und arbeiten? Mit *dem* da in Ihrem Keller?« Sie klang atemlos und aufgeregt.

»Das können Sie auch.« Er ging langsam auf sie zu.

Der Trick bestand darin, sich ihr nicht von vorne zu nähern. Er musste ihre Haut mit seiner Haut berühren und sie dann hinausbringen.

»Adam«, sang Jacob und machte alles noch schlimmer. »Überlass sie mir. Ich weiß, wie man mit ihr umgehen muss. Mir schwebt da etwas ganz Besonderes vor.«

Adam fasste sie an den Schultern und drehte ihren Körper zu sich herum. Er ließ die Hände über den Kragen zu ihrem Hals gleiten und weiter hinauf, legte seine Hände auf ihre Wangen und berührte ihre Haut.

Auf einmal konnte er klarer sehen, und seine Sinne schärften sich. Ihre Haut fühlte sich an wie gespannte Seide. Im Kontrast zu den Halbschatten wirkten ihre hellen Haare und die blasse Haut geradezu überirdisch.

Er sah in ihre dunklen Augen, überzeugte sich, dass sie seinen Blick erwiderte und ihm ihre ganze Aufmerksamkeit sicher war. Allerdings hatte er nicht mit der körperlichen Anziehungskraft gerechnet. Er sehnte sich danach, sie näher an sich zu ziehen, mit seinem Körper ihre zarte Gestalt zu bedecken. Sie zu schützen.

Sie war bereits so schwach. Könnte er ihr das alles hier ersparen, er würde es tun. Aber ihm blieb keine andere Wahl.

Sie schüttelte bereits den Kopf. »Bitte lassen Sie mich los. Ich will das nicht fühlen …«

»Angst? Es ist ganz normal, Angst zu haben. Lassen Sie sich nicht von der Angst überwältigen.«

Talia sah ihn abweisend an. »Meine Angst hat mich am Leben erhalten.«

»Nein. Ihre Angst hat nur das Unausweichliche hinausgezögert.« Das war die harte Wahrheit. »Sie wären in dieser Gasse gestorben.« Selbst wenn es ihr gelungen wäre, sich weiterhin vor dem Geist zu verstecken, hätten ein paar weitere Stunden in der Hitze gereicht, um sie zu toten.

»Na und? Haben Sie deshalb jetzt ein Anrecht auf mein Leben?« Ihr Puls raste unter seinen Fingerspitzen. Patty würde ihn umbringen.

Er sprach mit fester, ruhiger Stimme und klang vernünftig. Er wusste, dass er sie vor allem über die Vernunft erreichen konnte. »Ich möchte, dass Sie mir zuhören. Befreien Sie sich von Ihrer Angst, und sehen Sie sich genau an, wovor Sie sich fürchten.«

»Ach, komm schon, Adam.« Jacob grinste anzüglich in die Kamera. »Du hast meinen Geburtstag vergessen. Nur ein kleiner Kuchen?«

»Sehen Sie genau hin, Talia. Er ist dort drinnen gefangen. Seit Jahren ausgehungert und wütend darüber. Und mit Ihrer Hilfe können wir einen Weg finden, ihn unschädlich zu machen.«

»Aber erst muss sie mich *bumsen*, ja?«, höhnte Jacob.

»Talia, Sie können nirgendwo anders hin. Die Geister haben sich von einer Küste zur anderen im ganzen Land ausgebreitet. Ich weiß nicht, wo Sie sich verstecken wollen. Hier könnten Sie zumindest darüber forschen …«

» … so wie Sie mich erforschen wollen?«

Das hatte gesessen. Kluge Frau. Aber wenn er das zugab, hatte er sie verloren.

Talia bebte unter Adams Händen. »Ich weiß nicht, was Sie sich von mir erhoffen.«

»Der Nahtod, Talia. Der Schattenmann.« Er strich wieder mit dem Daumen über ihre Wange. Er musste es tun. Wenn sie es zugelassen hätte, hätte er sie in seine Arme geschlossen.

Jacob gab ein hohes, schrilles Kreischen von sich. Er trommelte gegen die Zellenwand.

Bei diesem Geräusch setze Adams Herz aus, aber er verlor nicht die Beherrschung. Die Zelle war sicher. Sie hielt allem stand. »Sehen Sie, Talia? Mein Bruder hat vor einer Sache Angst, nur vor einer Sache. Um ihn zu erschrecken, muss ich lediglich seinen Namen aussprechen. Als ich das erste Mal versucht habe, ihn umzubringen …«, die grausame Erinnerung tauchte aus dem fest verschlossenen Bereich in Adams Kopf auf, »… hat er gesagt … nein, er hat *gehöhnt*, dass der Schattenmann ihn nicht kriegen könnte.« An dem Tag war eine Menge Blut geflossen. Und der Geruch … Adam schob die Erinnerung beiseite und konzentrierte sich darauf, wie es sich anfühlte, Talia zu halten. Konzentrierte sich auf die Hoffnung, dem Leid ein Ende zu bereiten. »Wer ist der Proband, der dem Schattenmann begegnet ist?«

Jacob jaulte in einem hohen mitleiderregenden Ton.

Talia schluchzte. »Ich will da nicht mitmachen.«

»Ich schwöre, dass ich auf Sie aufpasse«, flehte Adam. »Sagen Sie mir nur, was Sie wissen, damit wir herausfinden, wie man die Geister töten kann.«

»Ich habe gesehen, was der mit Melanie gemacht hat.«

»Und ich habe gesehen, was Jacob mit meinen Eltern gemacht hat.« Die Erinnerung holte ihn ein. Der Schmerz über ihren Verlust und das wachsende Entsetzen darüber, zu was Jacob geworden war.

»Bitte, ich will das nicht fühlen.« Talia stöhnte und wand sich, um sich von ihm zu lösen, aber er ließ sie nicht los. Sie musste begreifen.

»Jacob hat zuerst …« Adam verstummte. Der Schmerz raubte ihm den Atem. Er holte tief Luft. Atmete ein und aus und zwang sich, das zu tun, was eigentlich automatisch funktionieren sollte. Genau wie früher.

Adam hob erneut an. »Er hat sich zuerst meine Mom gegriffen. Und bevor wir überhaupt verstanden, was vor sich ging, hatte er sie bereits umgebracht. Als Jacob auf meinen Vater losging, griff ich den Schürhaken. Aber es war zu spät.«

Talia wimmerte.

»Doch als er auf mich losging, zielte ich damit auf seine Augen. Ich hatte Glück. Auch Geister brauchen Augen, um zu sehen. Nachdem ich ihm das Augenlicht genommen hatte, habe ich ihn auf unserem Grundstück in einen Betonkeller gesperrt – und dann auf ihn geschossen.«

Erneut ergriff die panische Angst jener Zeit Adam und krampfte seinen Magen zusammen. Das erste Mal, dass er die Waffe auf seinen Bruder gerichtet hatte, der plötzliche Knall, das rauchende Loch direkt links von der Mitte in Jacobs Stirn. Wenn Adam sich in einem Schatten hätte verstecken können, hätte er das vermutlich auch gern getan.

»Ich kann Jacob noch immer hören. *Der Schattenmann kriegt mich nicht*. Er hat unsere Eltern getötet, und es war für ihn nur ein Spiel.«

»Das muss grausam gewesen sein. Sie haben sie geliebt«, sagte sie mit bekümmerter Miene. Sie wehrte sich nicht mehr und senkte stattdessen den Kopf, sodass ihre Stirn sein Kinn berührte. »Der Schmerz über ihren Verlust bleibt für immer, stimmt's? Er ist immer da, bei allem, was Sie tun. Sie machen immer weiter. Für sie.«

Jetzt hatte sie ihn also verstanden. »Ich muss. Ich kann nicht aufhören, bis es vorbei ist. Bis Jacob tot ist.«

»Aber das ist nicht mein Kampf.«

Sie verlangte nach der Wahrheit und sollte sie erfahren. »Es ist unser aller Kampf. Der Kampf der ganzen Welt. Das wissen die meisten nur noch nicht. Abgesehen davon ist ein Wissenschaftler doch immer auf der Suche nach Antworten. Wenn das für Ihr Forschungsgebiet nicht *der* Fall überhaupt ist, weiß ich es auch nicht.«

Verzweifelt ließ er die Arme sinken. Sie lehnte sich mit dem Rücken gegen die Wand und versank in Schatten.

»Wieso haben Sie keine Angst vor mir?«, fragte sie. »Ich könnte genauso grausam sein wie Jacob dort drinnen.«

Aha, das war ihre ständige Angst. Sie hatte genauso viel Angst vor sich selbst wie vor Jacob. Allein deshalb war sie nicht bedrohlich. Jacob liebte sein inneres Monster und genoss es.

Adam seufzte. »Das glaube ich nicht. Sie haben genauso viel Angst vor den Geistern wie ich. Sie haben versucht, mir in der Gasse das Leben zu retten. Sie waren nett zu Patty trotz ihrer Wut auf mich. Und hier stehen wir in meiner ganz persönlichen Hölle, und Sie finden es genauso furchtbar wie ich. Ich glaube, Sie sind nicht gefährlich. Außerdem schätze ich, dass wir einiges gemeinsam haben.«

»Ich weiß nicht, was ich tun kann, um Ihnen zu helfen.«

»Lassen Sie uns den Schattenmann suchen«, drängte Adam. »Er hat Antworten für uns beide.«

Jacob kreischte; Adam schöpfte Hoffnung. Zumindest lag der Schlüssel direkt vor ihm.

In der Dunkelheit tastete er nach Talia und stieß genau dort gegen ihre Halsbeuge und ihr Kinn, wo er sie zurückgelassen hatte. Die Schatten wichen aus seinem Sichtfeld. Tränen liefen über Talias gerötete Wangen. Er musste sie zurück ins Bett bringen, und zwar schnell.

»Hören Sie auf ihn. Hören Sie auf Jacob.«

Sein Bruder jaulte rhythmisch, es war ein leises, gruseliges Geräusch.

»Gemeinsam können wir die Geister aufhalten. Zuallererst meinen Bruder. Lösen Sie sich aus den Schatten, sehen Sie in sein Gesicht.«

»Ich will das nicht. Überhaupt nicht.«

»Ich auch nicht. Wenn das alles vorbei ist, gönnen wir uns einen schönen langen Urlaub. An irgendeinem weit entfernten Ort.«

Ihre schwarzen Augen füllten sich mit Tränen. Ein Augenblick verstrich.

»Ich würde für mein Leben gern die Pyramiden sehen«, sagte sie erschöpft mit belegter Stimme.

»Ägypten. Ja.«

»Vielleicht die Chinesische Mauer.« Eine dicke Träne lief ihre Wange hinunter.

Adam lachte und wischte sie fort. »Und China.«

»Den Eiffelturm?« Sie hob einen Mundwinkel, und noch mehr Tränen liefen ihre Wangen hinunter.

»Paris. An Silvester, wenn die ganze Stadt strahlt«, versprach er. »Kommen Sie raus, Talia.«

Die Schatten lösten sich auf. Jacobs Schreien wurde lauter. Talias Blick glitt zu dem Bildschirm, sie starrte auf Jacobs unmenschlichen Kiefer, der besser zu einem Hai oder Piranha oder einer Schlange mit Reißzähnen gepasst hätte.

Der Wachmann klammerte sich verzweifelt an den Tresen, Schweiß lief an seiner Schläfe hinunter.

Talia zitterte und hatte die großen dunklen Augen in ihrem geisterhaften Gesicht weit aufgerissen. »Wo fangen wir an?«

6

Talia entschied sich für die Wohnung im Westflügel, Spuk mit Aussicht. Sie hatte es zwei Monate lang geschafft, den Geistern zu entkommen. Da würde sie damit auch zurechtkommen.

Sie schloss sich in ihrer neuen Behausung ein, denn das Gefühl, dass etwas Übernatürliches geschehen würde, überlief ihren Körper wie das Krabbeln von Spinnen auf ihrer Haut. Sie litt Höllenqualen, wartete mit angehaltenem Atem und zuckte bei jedem Geräusch zusammen (die verdammte Lüftung ratterte jedes Mal, wenn die Klimaanlage ansprang), bis die Erschöpfung Talia schließlich übermannte.

Als sie am Morgen erwachte, brannte die Nachttischlampe über ihrem Kopf. Auf Talias Stirn hatte sich ein Schweißfilm gebildet, ebenso im Nacken unter ihren dichten Haaren, die sie unbedingt mit einem Gummiband zusammenbinden musste. Sie schälte sich aus den zerwühlten Laken und tappte blind aus dem Raum.

Während sie schlaftrunken durch das Zimmer wankte, dröhnte ein *Ha!* in ihr Bewusstsein. Geister, na sicher. Der Mann hatte eindeutig zu viel Zeit mit seinem Bruder verbracht. Bei dem Treffen, bei dem sie heute Nachmittag den anderen Teammitgliedern vorgestellt werden sollte, würde sie ihm das sagen. Der Gedanke trieb ein zufriedenes Kribbeln durch ihren Körper.

Das Wohnzimmer wirkte im Licht des anbrechenden Tages schon viel freundlicher. Ein dunkelrotes rechteckiges Sofa stand gegenüber von einem breiten Flachbildfernseher, der an der Wand über dem Kamin angebracht war. Zwei Holzscheite lagen in einem geflochtenen Korb auf dem Boden, als wenn ihr nicht so schon heiß genug gewesen wäre. Auf beiden Seiten standen hohe Bücherregale, so gut wie leer. Allerdings hatte jemand, der offenbar schwarzen Humor besaß, das Buch *Shining* dort gelassen, damit es ihr in der ersten Nacht in dem spukenden Hotel Gesellschaft leistete. Sehr witzig.

An der Eingangstür ertönte ein Summer.

Talia lief zur Tür, wobei sie mit der Hand ihre Haare ordnete und das T-Shirt über die Trainingshose zog, in der sie geschlafen hatte. Sie wünschte, sie wäre als Allererstes ins Badezimmer gegangen. Nun war es zu spät.

Sie spähte durch den Spion in der Tür. Das Gesicht einer Frau tauchte in ihrem Blickfeld auf.

Talia öffnete die Tür und verschränkte die Arme, um zu kaschieren, dass sie keinen BH trug.

»Guten Morgen«, sagte die Frau. »Ich bin Gillian Powell. Ich gehöre zu den Ärztinnen im Team.« Sie streckte ihr einen Stapel Kleidung in Blau- und Lilatönen mit einem Schuss aufsehenerregenden Pinks entgegen, der von einem Paar Sportschuhen gekrönt wurde.

Ein Gefühl von Angst sammelte sich in Talias leerem Magen. *Die sind hoffentlich nicht für mich.*

»Freut mich, Sie kennenzulernen«, erwiderte sie. »Ich bin Talia O'Brien.«

»Ich weiß. Ich bin so froh, dass Sie hier sind«, erklärte Gillian. »Segue ist ein solcher Männerverein. Wir haben Vera im Labor und Priya in der Forschung und natürlich Mama Pat, aber das sind auch schon alle.«

Gillian war vermutlich Mitte vierzig und kämpfte offenbar mit jedem Jahr. Kompakte Figur mit großer Oberweite. Ihr Gesicht war sehr sorgfältig und perfekt geschminkt, wobei sie so viel Make-up aufgetragen hatte, dass man ihre natürliche Hautfarbe darunter nicht mehr erkennen konnte.

Gillian ging an Talia vorbei, um die Kleidung auf dem Sofa abzuladen. »Adam hat mich gebeten, Sie heute Morgen für das Geistertraining auszustatten.« Sie machte ein sauertöpfisches Gesicht. »Schön für Sie.«

Ja. Ganz toll. Talia hatte gehofft, dass sie den Morgen für sich hätte, bevor am Nachmittag die große Vorstellungsrunde auf sie zukam. Aber so viel Glück war ihr ganz offensichtlich nicht beschieden.

»Ich glaube, ich habe alles, was Sie brauchen.« Gillian blickte auf Talias vergleichsweise kleine Brüste. »Die Größe sollte passen … zumindest so einigermaßen.«

Talia räusperte sich. »Was genau bedeutet denn Geistertraining?«

»Das sind die Grundregeln der Verteidigung. Wir müssen alle einmal im Monat trainieren, aber wir geben ein ziemlich jämmerliches Bild ab. Die meisten von uns gehören ins Haus, in einen Kittel.«

Talias Magen knurrte. »Was ist mit dem Frühstück? Ich hatte noch keine Gelegenheit einzukaufen.«

»Machen Sie sich keine Sorgen. Marcie, die Köchin hier in Segue, ist großartig. Sagen Sie ihr einfach, was Sie mögen, und Sie bekommen es. So müssen Sie sich auch nicht um den Abwasch kümmern. Wir gehen auf dem Weg nach unten dort vorbei.«

»Trainieren Sie heute auch?« Talia griff nach der Kleidung. Das schrille Pink passte *nicht* zu ihr.

»Nein. Sie Glückspilz haben eine Ménage à trois mit Adam und Spencer.«

Na, großartig. Die Angst in ihrem Magen wuchs. »Ich ziehe mich um.«

Adam und ein anderer Mann, vermutlich Spencer, boxten gegeneinander, als Gilian sie hinaus zu einer duftenden Rasenfläche neben dem verwilderten Garten führte, in dem es überall summte. Die Luft war schwül, die Sonne fiel durch die Bäume.

Talia blieb abrupt stehen. Adam konnte unmöglich von ihr erwarten, *so* zu kämpfen.

Die Männer schützten ihre Knöchel mit schmalen schwarzen Polstern. Beide trugen einen engen Helm. Adam, dessen dunkler Haarschopf hinten unter dem Kopfschutz hervorlugte, hatte schwarze Trainingshosen und ein T-Shirt an. Die kurzen Ärmel spannten sich über seinen Armmuskeln, der Stoff saß eng über der gut trainierten Brust und lief konisch auf seine schmale Taille zu. Die Hose verbarg den durchtrainierten Körper unter weichem, locker fallendem Stoff. Talia ließ ihren Blick ebenso überrascht wie beeindruckt einen Moment auf seiner Gestalt verweilen, bis ihr bewusst wurde, was sie tat, und ihr die plötzliche Erkenntnis eine Hitzewelle durch den soeben noch fröstelnden Körper trieb.

Der andere Mann, Spencer, vollführte eine Kehrtwende und trat nach Adams Bauch. Er war ebenfalls schwarz gekleidet, betonte jedoch durch diagonale Silberstreifen den Maschenlauf und die breiten Oberschenkel.

Adam fing das ausgestreckte Bein ab, drehte sich um und warf Spencer auf den Boden. Spencer landete auf dem Rücken, rollte zur Seite und sprang wieder auf die Füße. Nur, um gleich darauf durch einen seitlichen Schlag von Adam wieder nach unten geworfen zu werden.

Wunderbar. Sie mussten beide den schwarzen Gurt in was auch immer sie da taten haben. Gillian feuerte sie an.

»Es reicht«, rief Adam atemlos und bedeutete Spencer, den Kampf einzustellen. Adam löste den Verschluss unter seinem Kinn und zog den Schutzhelm von den verschwitzten Haaren. Sein Gesicht war gerötet, seine Brust hob und senkte sich schwer – er war der kräftigste Mann, den Talia je gesehen hatte. Sein Anblick bestätigte ihr, zusammen mit dem, was sie über seinen Charakter wusste, das Offensichtliche: Adam war ein gefährlicher Mann.

Sie wünschte sich, dass ihr jemand einen Eimer mit eiskaltem Wasser über den Kopf schütten würde. Sie konnte nicht so gut wie Gillian eine Show abziehen und sich selbst Luft zufächern. Talia blickte auf die Bäume, den Garten und ihre geliehenen Turnschuhe. Überallhin, nur nicht zu Adam.

Spencer stand auf, nahm ebenfalls seinen Helm ab, unter dem nun ein dunkelblonder Haarschopf zum Vorschein kam. Wenn er lächelte, zog er einen Mundwinkel stärker nach oben als den anderen, was ihm einen frechen Ausdruck verlieh.

Mit gekräuselter Stirn kam Adam näher und musterte Talia von oben bis unten. Seine Nähe wirkte auf vielfältige Weise beunruhigend auf sie. Selbst der Geruch seines Schweißes verwirrte sie, denn sie empfand ihn nicht als unangenehm. Ganz im Gegenteil, sie fragte sich, wie wohl der glänzende Film in seinem Nacken schmeckte …

»Haben Sie gut geschlafen?«, fragte Adam. »Irgendwelche Störungen?«

»Nichts«, erwiderte Talia und sammelte sich. »Danke übrigens für den netten Lesestoff, den Sie mir zur Verfügung gestellt haben.«

Adam runzelte die Stirn; dann erschien ein Grinsen auf seinem Gesicht. Ihr Herz machte einen Sprung.

»Der Stephen King«, sagte er lachend. »Dafür können Sie sich bei Jim Remy bedanken. Er hat mir sechzig Exemplare aufgehalst und ein Buch in jedes Zimmer gestellt. Das gehört alles zum Willkommenspaket von Segue. Wie fühlen Sie sich heute?«

Talia zuckte mit den Schultern. »Okay. Mir ist ein bisschen heiß und kalt.«

Sein Blick wurde analytisch. Forschend. Wenn er sie auf diese Art anblickte, sah er ihr zu viel. »Davor hat Pat uns gewarnt. Es wird eine Weile dauern, bis Sie wieder ganz gesund sind. Sagen Sie mir Bescheid, wenn Sie sich nicht wohlfühlen.«

»Mir geht es gut.« Sie versuchte, strahlend zu lächeln, so, dass sich jede weitere Frage erübrigte und sie die empfindlichen Nerven in ihrem Bauch schützte.

»Na gut«, gab sich Adam zufrieden. »Ich möchte Sie Spencer Benedict vorstellen, unserem Verbindungsmann zur Initiative zur Bekämpfung des Übernatürlichen, einer Abteilung im amerikanischen Verteidigungsministerium. Er ist hier, um die Kommunikation zwischen Segue und dem IBÜ zu lenken und zu erleichtern.« Er sprach es *Ibü* aus.

Talia hatte sich nach einem Eimer mit kaltem Wasser gesehnt, da war er.

Die Regierung? Wenn es so viele Geister dort draußen gab wie Adam behauptete, war es sinnvoll, mit der Regierung zu kooperieren. Wenn sie zusammenarbeiteten, bedeutete das, dass sie ein gemeinsames Ziel hatten, nämlich den Ursprung der Geister zu finden und zu verstehen, wie man sie heilen oder zerstören konnte. Vom Kopf her leuchtete ihr das ein, dennoch kroch weiterhin Angst über ihren Körper. Was dachte das Ibü wohl über sie?

Talia trat auf ihn zu und streckte ihm die Hand entgegen, wie es jeder normale Mensch tun würde. Es war wichtig, normal zu wirken. »Freut mich, Sie kennenzulernen.«

Ihr Blick zuckte fragend zu Adam. *Weiß er es?*

Adam schüttelte kaum merklich den Kopf.

Spencer nahm ihre Hand und drückte sie. »Ebenso.«

Talia spürte flüchtig Neugierde, gemischt mit abklingender Wut und scharfem Konkurrenzdruck. Offenbar verlor Spencer nicht gern gegen Adam, insbesondere nicht, wenn es weibliche Zeugen gab.

Adams Gefühlsstärke ließ etwas nach. »Na dann. Erste Lektion. Geisterabwehr 101. Spencer, ich glaube, wir sind hier fertig. Danke für das Training; ich hatte es nötig.«

»Brauchst du nicht jemanden, der den Geist spielt?« Spencer zwinkerte Talia zu. Es war ein guter Vorwand, aber Talia wusste es besser. Spencer suchte eine weitere Gelegenheit, um anzugeben.

»Wir machen heute nicht viel. Dr. O'Brien ist noch nicht wieder ganz gesund.«

»Bist du sicher? Ich könnte in der Nähe bleiben …« Spencer betrachtete Talia genauer. Sie wich einen Schritt zurück.

»Wir kommen zurecht. Danke.« Adam klang entschieden.

»Du könntest die fünfzig Dollar holen, die du mir noch vom Pokern in der letzten Woche schuldest«, schlug Gillian Spencer vor. Sie klang sarkastisch, machte mit dem Körper jedoch verführerische Bewegungen, was bei ihren Kurven nicht schwer war. Talia kam sich dagegen ungelenk und schlaksig vor.

»Wieso sollte ich das tun?«, fragte Spencer und legte seinen verschwitzten Arm um Gillians Schultern. »Dann würdest du ja aufhören, mir damit auf den Wecker zu fallen.«

»Weil du ansonsten einen Tritt in den Hintern bekommst«, gab Gillian zurück.

»Leere Versprechungen«, erwiderte Spencer. Die zwei schlenderten langsam über die Wiese zurück in Richtung Segue.

»Spencer ist heute Morgen gekommen«, sagte Adam, als die beiden das Gebäude erreichten. »Abgesehen von Ihrer Dissertation und der Erwähnung des Schattenmanns weiß er nichts über Sie. Aber er ist schlau, also seien Sie ihm gegenüber auf der Hut. Wenn er von Ihren Fähigkeiten erfährt, fühlt er sich vermutlich verpflichtet, seine Vorgesetzten zu informieren.«

Talia schluckte. Ihre Knie fühlten sich auf einmal ganz schwach an. Jetzt, wo sie wieder gesund war, konnte sie weglaufen. Sich verstecken. Sie würde nicht noch einmal dieselben Fehler begehen. Sie konnte zu …

»Talia«, fuhr Adam fort, »wenn Spencer von Ihren Fähigkeiten erfährt, gebe ich Ihnen mein Wort, dass ich jeden Augenblick für Sie da bin und aufpasse, dass Ihnen nichts geschieht. Ich bin ein guter Verbündeter. Sie können auf meine Unterstützung zählen.«

Adam sagte das voller Überzeugung, und Talia wusste, er meinte es gut. Aber sie musste daran denken, wie er an seine Grenzen gegangen war, als er ihr Jacob gezeigt hatte. Er wollte für sie da sein, aber sie wusste, dass der Mann sich überforderte. Er konnte sich nicht um alles kümmern, nicht überall sein. Er war nur ein Mensch.

»Kommen Sie«, sagte er und ging in Richtung Wald. Während sie durch das hohe Gras liefen, fing Adam an zu reden, wobei der vertrauliche Klang seiner Stimme einem autoritären Tonfall wich. »Jeder Angestellte von Segue muss die Grundregeln der Geisterverteidigung lernen. Das meiste wissen Sie schon. Man kann einen Geist nicht töten; man kann ihn nur so lange außer Gefecht setzen, wie er braucht, um sich zu erholen. Ein Geist ist immer schneller und stärker als ein Mensch, also sollte man nicht versuchen, ihn direkt anzugreifen. Außer Ihnen ist es jedem anderen unmöglich, sich vor einem Geist zu verstecken, denn die Sinneswahrnehmung eines Geistes ist unserer deutlich überlegen.«

Blieb einem nur übrig, wie der Teufel davonzurennen. Lange Grashalme peitschten gegen ihre Knöchel und brannten. Talia hielt sich hinter Adam, um zu vermeiden, dass er sie zufällig berührte. Wenn seine Gefühle sich mit ihren mischten, brachte sie das durcheinander, sodass sie nicht mehr klar denken konnte. Es fiel ihr ohnehin schon schwer genug, sich zu konzentrieren.

»Am einfachsten kann man einen Geist mit einer Schusswaffe lahmlegen. Da Geister keinen Schmerz empfinden und ein großes Durchhaltevermögen besitzen, setzen Kopfschüsse sie eher außer Gefecht als Schusswunden am Körper«, fuhr Adam fort. »Sie erhalten ein Waffentraining, auf der anderen Seite des Gebäudes befindet sich ein Schießstand. Es gibt aber auch Gelegenheiten, bei denen man keine Waffe bei sich trägt.«

Talia blickte in Adams Gesicht und betrachtete die gelbliche Beule an seiner Schläfe. In der Gasse hatte er keine Waffe dabeigehabt und war gerade noch mit dem Leben davongekommen.

»Es hört sich vielleicht widersinnig an, aber suchen Sie nach größeren Menschenansammlungen. Geister scheuen die Öffentlichkeit.« Adam hielt einen großen Ast zur Seite und bedeutete Talia, ihm in die kühle Gesellschaft der Bäume zu folgen.

»Aber wieso führen wir die Geister dann nicht vor? Stoßen sie in die Öffentlichkeit. Drängen sie in die Defensive.« Damit zur Abwechslung *sie* sich im Schatten verstecken mussten.

Adams Blick verfinsterte sich. Der Ast schnellte hinter ihm zurück. »Um eine Massenpanik auszulösen? Das wäre ein gefundenes Fressen für die Geister. Wir könnten uns nicht mehr darauf konzentrieren, so viel wie möglich über sie herauszufinden, sondern wären mit Rettung und Eingrenzung beschäftigt.«

»Trotzdem. Öffentliche Aufmerksamkeit …«

»… macht eine ohnehin schwierige Situation nur noch komplizierter. Das ist zum jetzigen Zeitpunkt keine Option. Es ist schon schlimm genug.« Adam blieb auf einer großen Lichtung im Kreis hoher Bäume stehen. Duftende Kiefernzweige mit dichten Nadeln spendeten Schatten.

Talia blieb stehen, verschränkte die Arme und grub dabei ihre Fingernägel in die Haut an ihren Ellbogen. Das tat weh, aber es hielt sie davon ab, ihn wegen seiner irrsinnigen Haltung anzuschreien. Für den Mann kam es nicht einmal infrage, die

Öffentlichkeit zu informieren, obwohl man durch diese vorausschauende Aktion Leben retten konnte.

»Mit körperlichem Training werde ich Sie heute nicht belasten«, erklärte Adam, »aber wir müssen Ihren Angstreflex untersuchen und feststellen, wie weit er geht und welche Möglichkeiten er birgt. Hier sollte man uns von Segue aus nicht sehen können. Ich hätte eigentlich mit Ihnen drinnen in den Trainingsräumen gearbeitet, aber die kann man heimlich überwachen. Solange Spencer hier ist, gehe ich lieber auf Nummer sicher.«

Sicher würde sie erst sein, wenn sie weit, weit weg von hier wäre. Weit weg von Spencer, weit weg von Jacob und weit weg von Adam und seiner entnervenden Art, ihr unter die Haut zu gehen.

»Fangen wir mit Ihrem Angstreflex an. Wie Ihre Angst …«

Sie war eingeschnappt. »Können Sie aufhören, es so zu nennen? *Meine Angst?* Was zum Teufel soll das? Das hört sich an, als wäre ich ein armseliges Etwas, was ich zwar tatsächlich *bin*, aber das müssen Sie mir ja nicht bei jeder Gelegenheit unter die Nase reiben.« Talia blickte über ihre Schulter zurück. Niemand war zu sehen. Segue, dieser weiße Klotz, blitzte zwischen den Bäumen auf. Es war niemand in der Nähe, der ihnen zuhören konnte. »Und außerdem ist das Wort nicht korrekt. Es handelt sich ja nicht um einen Reflex, und er wird auch nicht durch Angst ausgelöst. Nur, weil Sie meine Fähigkeit erlebt haben, als ich Angst hatte, heißt das nicht, dass sie durch meine Angst ausgelöst wird. Sie stellen eine zufällige Verbindung her, wo es keine gibt. Das ist ziemlich unlogisch, wirklich.«

Adams Mund zuckte, gerade hatte er noch so streng getan, jetzt rang er um Fassung. Als wenn das lustig wäre.

Er konnte sich die Mühe sparen.

»Wenn es nicht durch Angst ausgelöst wird, was ist es dann? Wie funktioniert es?«

»Ich weiß es nicht«, erwiderte Talia. Die Dunkelheit kam nicht von innen, nicht wie ihre Gefühle. Sie griff nach den dünnen, seidenen Schleiern. Oder – bewegte sich in sie hinein, aber ohne einen Schritt zu tun. *Zwischen* zwei Orten existiert ein Ort, den die Geister nicht erreichen konnten.

Aber das ergab keinen Sinn. Das klang vollkommen lächerlich.

»Wie verändern Sie Ihre Umgebung? Wie geben Sie den Befehl dazu?« Adam trat vor und strich mit der Rückseite seiner Finger über ihre Wange. »Wie kommt es, dass sich auch meine Wahrnehmung verändert, wenn ich Sie in diesem Augenblick anfasse?«

Adams Berührung kam so plötzlich und unerwartet, dass Talia keine Zeit hatte, ihr auszuweichen oder sich auf die Gefühle vorzubereiten, die sie in ihr auslösten. Wie ein Stromstoß spürte sie durch den Kontakt sein Interesse. Seine enorme Kraft konzentrierte sich ganz auf sie. Bereits in Jacobs Zelle hatte sie zwischen seinem quälenden Geständnis eine seltsame intime Neugierde gespürt. Aber jetzt, hier allein mit ihm unter freiem Himmel, wirkte das Gefühl fordernder und – was sie vor allem verstörte – so, als würde er sie begehren.

Talia wich zurück. Wenn er so nah bei ihr stand, konnte sie ihre Gefühle nicht beherrschen. Nicht, wenn sich seine Gefühle mit ihren eigenen mischten. Musste er sie so bedrängen, so viele Fragen stellen? Konnte er ihr nicht etwas Raum zum Atmen lassen?

»Können Sie das vorsätzlich herbeiführen?« Er ließ die Hand sinken.

Seine Fragen verlangten nach Antworten. Er hatte ihr einen Einblick in sein Innenleben gewährt. Jetzt war sie an der Reihe. Tante Maggs wäre schockiert darüber, dass sie kurz davor stand, ihr Versprechen aus Kindertagen zu brechen, nie jemandem von ihrer Fähigkeit zu erzählen. Tut mir leid, Maggs – schlimmer kann es sowieso nicht mehr werden. Sie war entdeckt worden, und jetzt musste sie lernen, wie sie sich retten konnte.

»Ich …« Verdammt. Sie hatte noch nie zuvor darüber gesprochen. Sie erinnerte sich daran, was Adam durchgemacht hatte, sammelte innerlich Mut und versuchte es noch einmal. »Für mich haben die Schatten eine bestimmte Konsistenz … Sie bestehen aus einem festen Material. Ich kann sie fühlen. Auch jetzt.«

Sie waren überall um sie herum – in den dunklen Flecken unter den Bäumen, in dem Licht, das durch die Äste fiel, den Umrissen ihrer beider Körper auf dem Boden. Wenn sie wollte, konnte sie nach der Dunkelheit greifen, unter ihren schützenden Schirm kriechen und das Leben von einem sicheren Ort aus betrachten.

»Wie fühlt es sich an?«, fragte Adam sanfter.

Talia seufzte. »Sicher. Und kühl.« Und einsam.

»Können wir es gemeinsam probieren? Jedes Mal, wenn ich es erlebt habe, waren Sie in einer Notlage. Ich würde mich gern … einfach ein bisschen umsehen.« Er streckte ihr eine Hand entgegen. Sein Gesichtsausdruck war neutral, beinahe geschäftsmäßig, sie traute ihm nicht.

Talia blickte auf seine ausgestreckte Hand, dann in sein Gesicht. Sie wollte ihn nicht berühren, wollte nicht wieder seine Gefühle in sich spüren.

»Kommen Sie.« Er lockte mit dem Finger. »Wir haben es schon einmal getan. Lassen wir uns Zeit und machen es uns nett. Ganz ruhig.«

Sie hatte schon so lange Angst. Es war längst an der Zeit, etwas Neues auszuprobieren. Talia machte sich auf das Schlimmste gefasst und griff seine Hand.

Gefühle schwappten über sie hinweg. Erleichterung. Beeindruckende Kontrolle. Und Neugierde, in die sich, ja, eindeutig erotisches Begehren mischte; erregende Strudel strömten heiß durch ihre Adern und sammelten sich in ihrem Bauch. Talia schluckte heftig, wehrte sich gegen das Gefühl und versuchte nachzudenken. Ganz sicher fühlte er sich nicht von *ihr* erregt, so viel war klar. Vielleicht machte ihn die Vorfreude auf ihren Trick mit dem Schatten an. Oder der Kampf mit Spencer. Alles, aber nicht sie.

Wenn sie dieses Gefühl beiseiteschob, bemerkte sie etwas Dunkleres in ihm, etwas Unangenehmes, sogar Giftiges, das sie nicht benennen konnte und auch nicht wollte.

»Sobald Sie bereit sind«, sagte Adam.

Das war krank. Sie war sicher, dass sie es bereuen würde. Die Angst raubte ihr den Atem, ihre Haut spannte, aber sie zog sanft an den Schatten.

Sie hörte, wie Adam die Luft anhielt, als sie die Schatten um ihre Körper schlang und sich ein dunkler Film über den sonnigen Tag legte. Mehrere Schichten von Schleiern schmiegten sich sinnlich um ihre Körper. Die Bäume, die Weide dahinter, das riesige Gebäude von Segue – alles war da, wirkte aber zerbrechlich. Als wenn ein Windstoß reichte, um alles aufzulösen.

Adams Hand lag warm in ihrer. Er erfüllte sie mit seinem Staunen, und das war das Schönste daran. Denn es brachte ihr selbst aufs Neue die Schönheit der Schatten zu Bewusstsein.

»Noch etwas mehr«, bat er.

Talia griff erneut nach den Schatten, und der Tag versank in der Dämmerung. Die strahlend gelbe Sonne wurde in ein dunkles Violett getaucht. Auf einmal bestand die Welt aus unzähligen Violett-, Blau- und Schwarzstufen. Die Geräusche wurden in die Länge gezogen, das Zwitschern der Vögel und das Zirpen der Grillen verwandelten sich in der Dunkelheit zu hohen, unheimlichen Tönen. Die Schatten legten sich um ihre Schultern und glitten himmlisch sanft über ihre Haut.

Adams Erstaunen verwandelte sich in Ehrfurcht, und seine Aufregung wuchs.

Talia blickte ihn an, um zu sehen, ob sich seine Gefühle auf seinem Gesicht abzeichneten.

Er sah zu ihr hinunter, wollte etwas sagen, hielt jedoch stattdessen inne und starrte sie an. Das Gefühl kehrte zurück, erst spürte sie es nur zart hinter der Verwunderung über seine Entdeckung, dann brach es wie eine Sturmflut über sie herein. Verlangen.

Dann musste er sie doch begehren.

Sie hätte sich gern von ihm losgerissen, aber sein Blick hielt sie gefangen. Er musterte ihren Mund und zwang sich, wieder nach oben zu sehen.

Sie zitterte, in ihrem tiefsten Inneren bildete sich eine Spannung, und Adams Griff wurde fester. Er zog sie an sich. Sie taumelte, ließ aber zu, dass er sie umarmte und sie in seinen Armen herumdrehte, sodass sie mit ihrem bebenden Rücken an seiner Brust lehnte, wobei er unablässig ihre Hand hielt. Er fühlte sich so gut an, dass sie einfach stehen blieb und zitternd darauf wartete, was er als Nächstes tat.

»Hat dieser Ort einen Namen?« Seine leise Stimme strich über ihr Ohr, sein Atem streichelte ihre Haare.

Verwirrende Gefühle schwirrten durch ihren Kopf. »Segue?«

»Das ist nicht Segue. Nicht mehr. Das ist …«

Oh. »Dazwischen. Schatten.«

Seine Lippen streiften ihren Hals, Verlangen strömte über ihre Verbindung zu ihr. Sie hätte sich leicht darin verlieren können. Und sie wollte sich verlieren, wollte erleben, was seine Berührung versprach.

Er veränderte leicht seine Haltung und hob den Kopf, um den Blick noch einmal über das Tal schweifen zu lassen. Sie drehte ihr Gesicht, um seine Körperwärme zu spüren, die sich so viel angenehmer anfühlte als die Kälte der Dunkelheit.

Aber dann nahm sie wieder ganz schwach dieses andere, dunk

le Gefühl bei ihm wahr, das sich heimtückisch in sein Verlangen mischte.

»Was würde passieren, wenn …« Seine Worte gingen in einer Welle der Lust unter.

»Ja?«, erwiderte sie, selbst voller Verlangen.

»… wenn jemand hier stirbt? Weißt du das?«

Talia erstarrte. Sie versuchte sich aus seinem Griff zu lösen. »Ich weiß nicht, was Sie meinen.«

Er hielt sie fest. »Jacob. Wenn ich ihn hier umbringen würde, würde er dann tot bleiben?«

Das dunkle Gefühl wurde alles beherrschend und sammelte sich in ihr. Klebrig, tödlich, wie ein Gift und veränderte seine anderen Gefühle. Jetzt erkannte sie es.

»Lassen Sie mich los.« Sie wehrte sich mit mehr Kraft.

Adam ließ sie nicht los. »Wir haben doch gerade erst angefangen …«

Das Verderben sickerte durch seinen gesamten Körper und vergiftete seine Kraft und seine Emotionen.

»… wir sind aber schon fertig«, erwiderte Talia. Sie riss sich von ihm los, nahm die Dunkelheit mit sich, rannte zurück durch den Wald und überließ Adam seinem Dämon, der Wut.

Adam begleitete eine schweigsame Talia zum Konferenzraum. Verstohlen musterte er sie. Sie trug wieder Pattys Sachen und wirkte beherrscht, der Inbegriff von Professionalität. Aber die Art, wie sie ihr Notizbuch an ihre Brust presste, verriet ihm, dass sie wütend war. Selbst mit dieser Miene sah sie hinreißend und verführerisch aus und ließ ihn ernsthaft an seiner Überzeugung »keine Intimitäten mit Angestellten« zweifeln. Galt das auch für Talia in ihren Schatten? Sie war eine Göttin. Zu schade, dass sie entschlossen schien, sich von ihm fernzuhalten. Was passierte hier?

Er fand, dass die Erforschung ihrer Schattengabe einen durchschlagenden Erfolg darstellte. Bei der erstbesten Gelegenheit wollte er mehr darüber erfahren. Seit sie ihm eröffnet hatte, was in der Dunkelheit geschah, gingen ihm die Möglichkeiten, die darin für die Forschung oder für Jacob lagen, nicht mehr aus dem Kopf. Was für ein Geschöpf war zu so etwas fähig?

Sie blieben vor der Tür zum zweiten Tanzsaal des *Fulton Hotels* stehen. Er hielt sie weit für sie auf. Sie ging seitlich hindurch, denn sie wollte jede zufällige Berührung vermeiden. Okay, sie war ziemlich wütend.

Als er mit Talia auf den langen Besprechungstisch aus Mahagoni zukam, verstummte die gesamte Mannschaft von Segue, siebzehn Personen inklusive Custo und Spencer. Alle, bis auf Jim und Armand, die ihre hitzige Auseinandersetzung keine Sekunde unterbrachen.

»Die Herren …«, sagte Adam, um sie zum Schweigen zu bringen.

Einladend rückte er einen Stuhl neben seinem eigenen vom Tisch ab, aber Talia ging an ihm vorbei und wählte einen Platz in der Mitte.

Vielleicht waren seine Anspielungen auf ihre Angst und seine Fragen etwas zu forsch und direkt gewesen. Aber, verdammt, sie musste doch von allen am besten verstehen, wie bedrohlich die Geister waren.

Er würde noch einmal mit ihr sprechen. Später.

Adam hob die Hände und wandte sich an die Gruppe. »Ich bitte euch alle, unser neues Teammitglied, Dr. Talia O'Brien, herzlich willkommen zu heißen. Ich fühle mich geehrt und bin überaus erfreut, dass sie hier bei uns ist. Die meisten von euch haben ihre Dissertation gelesen und eine Idee davon bekommen, was eine Nahtoderfahrung ausmacht. Wer sie noch nicht gelesen hat, holt das bitte nach.«

Augenblicklich setzte sich Armand auf seinem Stuhl nach vorn und sah erst Jim, dann Talia an. »Ich möchte festhalten, dass ich nichts mit diesem Hokuspokus, diesem Leben-nach-dem-Tod-Mist zu tun habe. Ich bin Wissenschaftler. Es gibt kühle Stellen, klar. Aber die Geisterfrage ist keine metaphysische, sondern eine biologische. Wenn du Jac… einen Geist umbringen willst, dann musst du eine Möglichkeit finden, seine Fähigkeit zur Zellregeneration zu verändern.«

Jim schüttelte den Kopf. »Wie kann Jacob sich regenerieren, wenn er nicht isst?«

Armand presste die Lippen zusammen. »Ich hoffe, das erklärt meine Forschung.«

Gillian hob ihren Stift. »Vielleicht sollten wir uns auf die Krankheit konzentrieren, die die Transformation ursprünglich ausgelöst hat …«

»Ich sage euch, wieso er regeneriert«, unterbrach Jim. »Er ernährt sich von den Seelen anderer. Das ist ganz offensichtlich.«

Adam ließ die Diskussion eskalieren. Talias Blick zuckte zwischen den Männern hin und her, die Stirn in konzentrierte Falten gelegt.

»So etwas wie eine Seele gibt es nicht«, schoss Armand zurück. »Du denkst dir Sachen aus, um deine Pseudountersuchung zu rechtfertigen.«

»Aber wenn wir uns die ursprüngliche Krankheit ansehen«, insistierte Gillian, »finden wir vielleicht den Virus oder die Komponente, die zuständig ist für …«

Jims große Ohren färbten sich rot. »Und wie erklärst du dir dann Lady Amundsdale? Nachdem du sie gesehen hast, kannst du doch nicht die Existenz von Geistern leugnen.«

Verzweifelt ließ Gillian den Stift auf den Tisch sinken. Jedes

Mal, wenn Jim auf das weibliche Gespenst zu sprechen kam, war mit ihm nichts mehr anzufangen. Parapsychologen genossen im Allgemeinen wenig Achtung. Alles hatte damit angefangen, dass er berufsbedingt die Existenz von Gespenstern verteidigt hatte, aber inzwischen war daraus tiefe Zuneigung erwachsen. Jim war besessen und diesem weißen Rock vom ersten Jahr an hinterhergejagt.

Armand kniff die Augen zusammen. »Lady Amunsdale verfügt über keinen festen Körper, den ich erforschen kann. Ich lasse gelten, dass sie existiert, aber ich beziehe sie nicht in meine Untersuchungen ein.«

Jim grinste höhnisch. »Oh, hör mit diesem Mist auf, du machst es dir zu leicht. Was ist mit Dr. O'Briens Nahtoderfahrung? Sechshundertsechs Fälle, in denen Leute ihren Körper verlassen haben und später wieder in ihn zurückgekehrt sind.«

Talia richtete sich mit großen Augen auf.

Adam zwinkerte ihr zu. Sie wandte den Blick ab, ohne ihn zu beachten.

»Was ist mit anderen Formen von außerkörperlichen Erfahrungen? Bei denen der Geist umherstreift, während der Körper weiterexistiert?« Jim Remy stieß bekräftigend seinen Zeigefinger in die Tischplatte vor sich.

Armand seufzte dramatisch. »Ich weiß, worauf du hinauswillst. Du willst auf deine Weise zu dem Schluss kommen, dass Jacob, nachdem er seine Menschlichkeit verloren hat, keine Seele mehr besitzt.«

Jim Remy stand auf. »Meine Tests beweisen, dass Jacob innerlich tot ist. Da gibt es keine Seele.«

Obwohl die Ergebnisse mehr als zwei Jahre alt waren, versetzte Jims Behauptung Adam immer noch einen Stich. Jims Tests wiesen nach, dass in der Gegenwart von Gespenstern und Menschen ein charakteristischer elektromagnetischer Wert nachgewiesen werden konnte. Nicht aber bei Geistern. Etwas fehlte ihnen, und wenn Gespenster darüber verfügten, konnte es sich nur um die *Seele* handeln. Dass Jacob sich alles andere als menschlich verhielt und ihm familiäre Bindungen und Verantwortung egal waren, sprach weiter dafür.

Adam räusperte sich, und alle Aufmerksamkeit richtete sich auf ihn. »Dr. O'Brien. Sie sind gerade Zeuge einer alten, aber grundsätzlichen Diskussion in Segue geworden. Es läuft alles auf die simple, aber erstaunlich schwierige Frage hinaus: Wie definiert man Tod?«

»Dr. Remy behauptet, dass irgendetwas Jacobs Seele geraubt hat, während sein Körper weiterlebt. Auf der anderen Seite gibt es Lady Amunsdale, das offiziell anerkannte Gespenst von Segue. Sie verfügt über keinen Körper und ist physisch kaum wahrnehmbar, besitzt aber eindeutig ein Ich. Wer von beiden ist lebendig? Wer tot?«

Der Raum versank in Schweigen. Alle Blicke waren erwartungsvoll auf sie gerichtet.

Talia befeuchtete ihre Lippen. Ihr Blick schweifte über den Tisch, aber sie wandte sich an Armand. »Äh. Nun jede Person besitzt ein Leben … und einen Tod. Wenn man sich auf das Körperliche beschränkt …«

Ungeduldig legte Armand den Kopf zur Seite.

Talia räusperte sich und positionierte ihren Stift in einem perfekten rechten Winkel neben ihrem Notizbuch. »… sind Geister lebendig und Gespenster tot. Wohingegen in metaphysischer Hinsicht das Gegenteil der Fall ist.«

»Haben wir das nicht gerade schon gesagt?«, unterbrach Armand.

»Nun, ja, aber …«, stammelte sie.

Adam rückte in seinem Stuhl nach vorn. Er wusste um ihren klaren Verstand und mochte die Art, in der sie Probleme wie ein

Gedankenpuzzle hin- und herbewegte, um dann eine offensichtliche Lösung zu nehmen und sie auf den Kopf zu stellen. Das war genau der Grund, wieso er sie im Team haben wollte. Wenn Armand einen Augenblick still wäre, käme sie zu einer neuen Lösung, da war er sicher.

»Dann fahren Sie fort«, sagte Armand übertrieben ungeduldig.

Talia zog die Augen zusammen. »Gern. Wenn Sie aufhören, mir ins Wort zu fallen.«

Adam unterdrückte ein Lächeln. Das fing gut an.

Sie holte tief Luft. »Wenn eine Person ihr Leben verlieren kann, kann sie vielleicht genauso ihren Tod verlieren.«

Armand verdrehte die Augen. »Sie sind genauso schlimm wie Jim Remy. Das ist doch bloß eine verdrehte romantische Metapher.«

»Ist eine Metapher nicht lediglich ein Weg, etwas auf neue Art zu betrachten?«, erwiderte sie. »Geht es hier nicht darum, die Dinge aus einer anderen Perspektive wahrzunehmen?«

»Na gut. Wieso sollte eine Person ihren Tod verlieren?«

»Die Menschen haben schon immer versucht, sich vom Tod zu befreien«, argumentierte sie. »Ganze Industrien leben von dem Wunsch, jung und gesund zu bleiben. Vor die Wahl gestellt, würden die meisten Leute ihren Tod abgeben und nicht mehr an ihn denken.«

Talias Aussagen waren sehr simpel, aber sie trieben Adam einen kalten Schauer über den Rücken. War die Antwort so einfach?

Adam blickte sich im Raum um und las in den Gesichtern seiner Mitarbeiter, dass sie verstanden. Talia blickte ihn an und schluckte ihren Ärger hinunter, an seine Stelle trat Mitleid.

Unsterblich. Für immer jung. Für immer stark. Für immer schön.

Rastalockes gruseliger Liedtext fiel ihm wieder ein. *Zuerst muss die menschliche Rasse zerschmettern den Tod.*

Adam lehnte sich auf seinem Stuhl zurück. Menschen, die ihr Leben opferten, waren Helden oder Märtyrer. Was, wenn Menschen ihren Tod opfern konnten? War so etwas möglich? Und zu was wurden sie dadurch?

Adam wusste, dass sich die Antwort in einer Zelle im Keller von Segue befand.

Jacob litt unter keiner Krankheit, er war von keinem Dämon besessen. Es war viel schlimmer, so schlimm, dass Adam den Gedanken bislang noch nicht einmal zugelassen hatte. Jacob war aus freien Stücken zum Monster geworden.

Talia beobachtete, wie sich Adams Haltung veränderte. Sein Blick wurde schärfer, und er errötete. Die Linie seines Kiefers trat deutlicher hervor. Er umklammerte die Tischkante derart fest mit den Händen, dass seine Knöchel weiß hervortraten. Wenn sie ihn jetzt berührte, würde sie wieder überall in ihm diese dunkle Leidenschaft spüren. Er kannte nur ein Ziel. Zu töten.

»Spielt es tatsächlich eine Rolle, ob es Jacobs Entscheidung war oder nicht?«, nörgelte Armand.

Adam schlug einmal heftig mit der Faust auf den Tisch und schritt aus dem Raum. Talia wusste genau, wohin er ging. Auch sie hatte ihre Familie verloren, und wenn sie Antworten finden oder einen Verrat aufdecken könnte, wäre sie nicht aufzuhalten. Adam wollte Antworten finden; er war auf dem Weg zu Jacobs Zelle. Sie war froh, dass sie bei dem bevorstehenden Gespräch nicht dabei sein musste.

Custo erhob sich ebenfalls. »Ich glaube, für heute sind wir fertig. Ich danke euch allen für eure Teilnahme. Das war …« – er wandte sich an Talia – »sehr interessant.« Dann ging er um den Tisch herum und folgte Adam.

Im Raum brach eine Diskussion los.

Jims schrille Stimme stach aus dem allgemeinen Tumult hervor. »Für das, was für dich wie Aberglaube aussieht, gibt es womöglich eine wissenschaftliche Grundlage, Armand. Nimm die indischen Fakire, die ihre Herzfrequenz kontrollieren können …«

»Gerade mal eine Woche hier, und schon mischt sie alle auf.«

Talia wandte sich der Stimme neben ihrem Ohr zu. Spencer.

»Das war nur so ein Gedanke.« Talia griff ihr Notizbuch und den Stift und huschte um den Stuhl herum. Sie wollte gehen und selbst über ihre Idee nachdenken. Wollte nachvollziehen, wie sie zu diesem Schluss gekommen war. Die Konsequenzen in einem Diagramm festhalten. Einen Weg finden, wie sie Adam helfen konnte.

»Sie haben einen Nerv getroffen«, sagte Spencer, während er ihr folgte. »Haben Sie etwas dagegen, wenn ich Sie zu Ihrem Büro begleite?«

Sie wich vor ihm zurück. Für heute hatte sie genug Hautkontakt gehabt. »Ich… ich wollte eigentlich gerade zurück zu meiner Wohnung gehen. Ich bin erschöpft. Leider komme ich erst sehr langsam wieder auf die Beine. Etwas später vielleicht.«

Besorgt zog er die Brauen zusammen. »Dann begleite ich Sie dorthin.«

»Oh nein. Das ist nicht nötig.« Verstand der Mann nicht, wenn man sich entschuldigte?

»Bitte. Wir können uns auf dem Weg unterhalten.« Offensichtlich doch.

Talia deutete zur Tür. Zumindest sorgte Spencer dafür, dass die Menge ihr Platz machte.

»Dr. O'Brien!« Jim wedelte mit der Hand in Richtung Gruppe.

»Sie unterhält sich später mit euch«, rief Spencer ihm zu und nahm ihr damit die Antwort ab.

Auf dem Weg zum Fahrstuhl hielt Talia sich einen Schritt hinter Spencer, aber nachdem sie einmal eingestiegen waren, blieb ihr nichts anderes übrig, als ihm zuzuhören.

»Als Adam dem IBÜ vorschlug, Sie anzustellen, sagte er, Sie seien eine Querdenkerin. Jetzt verstehe ich, was er meinte.« Er schenkte ihr ein charmantes Lächeln. Es wäre allerdings noch charmanter gewesen, wenn er sie allein gelassen hätte.

»Ich dachte, Segue gehört Adam allein.«

Spencer nickte bedächtig mit dem Kopf, als würde er eine Kleinigkeit zugeben. »Das ganze Arrangement ist etwas kompliziert. Adam hat das Institut gegründet, finanziert es selbst und bestimmt die Forschungsrichtlinien, aber das alles tut er mit … Duldung des IBÜ. Als wir herausgefunden haben, dass Adam einen Geist gefangen und eingesperrt hat, den er nun untersucht, haben wir ihn beinahe erschossen. Um es kurz zu machen, am Ende haben wir uns darauf geeinigt, dass es ein Versäumnis war, dem eine offizielle Entschuldigung folgte. Ab jetzt pflegen wir einen aktiven Informationsaustausch.« Talia sagte nichts und wartete, während die Ziffern im Fahrstuhl von eins über zwei und drei auf vier sprangen. Diese Vereinbarung musste Adam nerven. Er schien gern die Oberhand zu behalten.

»Das ist im Interesse aller Beteiligten. Unter uns gesagt, ist das IBÜ ziemlich konservativ, was den Umgang mit Geistern angeht. Dort hätte man den Nahtod nie als eine Untersuchungsmöglichkeit in Betracht gezogen. Ich muss zugeben, dass mich die eher unkonventionellen Ideen, die hier entstehen, gelegentlich beeindrucken. Wie jetzt zum Beispiel.«

»Wie schon gesagt, es war nur so ein Gedanke.« Talia trat aus dem Fahrstuhl und ging den Flur hinunter.

»Ich frage mich: Was riskiert jemand, wenn er sich entscheidet, ein Geist zu werden?«

»Buchstäblich seine Menschlichkeit.« Das verstand er bestimmt. »Ein Blick auf Jacob genügt, denn abgesehen von seinem Äußeren qualifiziert ihn nichts als Homo sapiens. Nur in der Welt der Sagen und der Magie gibt es entsprechende Bezeichnungen für diese Wesen. Nämlich Geist.«

Talia blieb vor der Tür stehen. Sie gab ihren Code ein und nahm sich vor, ihn sofort zu ändern. Die Art, wie Spencer ihr über die Schulter sah, gefiel ihr nicht. Das Schloss sprang auf, und Talia öffnete die Tür.

Spencer hob eine Hand, um zu verhindern, dass sie wieder zufiel. »Was bedeutet eigentlich Menschlichkeit?«

Talia runzelte die Stirn. Sie hatte keine Ahnung, worauf er hinauswollte.

»Ich spiele nur den Anwalt des Teufels. Was ist Menschlichkeit? Verlieren wir sie vielleicht alle früher oder später? Ist Jims Lady Amunsdale menschlich?«

»Das kann ich wirklich nicht beurteilen.« Talia schlüpfte hinein. »Das ist sein Fachgebiet.«

»Ich glaube, Dr. O'Brien, dass die Natur des Menschen sich in ihrem Kern um Veränderung dreht. Kein anderes Wesen auf diesem Planten ist sich der Veränderung bewusst. Ist sich bewusst, dass es in das Leben eintritt oder es verlässt und in einen anderen Zustand übergeht. Von Körper zu Geist. Ihre Arbeit stützt meine These – der Tunnel, das helle Licht, die Bewegung von einem Stadium in ein anderes.« Seine Hand zuckte von links nach rechts.

»Ja. Und?«

»Vielleicht ist es nicht anders, wenn man ein Geist wird. Vielleicht ist es nur der Übergang von einem Zustand in einen anderen, mit dem einzigen Unterschied, dass man auf dieser Existenzebene verbleibt.«

Der einzige Unterschied! »Sie vergessen, dass sie sich von ihren Brüdern und Schwestern ernähren.«

»Das ist der Kreislauf des Lebens. Wir sind alle auf unsere Art Raubtiere. Wir tun alle, was wir können, um zu überleben. Lügen, betrügen, stehlen, morden. Da gibt es keinen Unterschied.« Er zeigte wieder sein schiefes Grinsen.

Das konnte nicht sein Ernst sein.

Er hatte so ein seltsames Funkeln in den Augen. »Vielleicht sind sie sogar besser.«

Talia fiel die Kinnlade herunter.

Spencer brach in Lachen aus und hob entschuldigend die Hände. »He. Ich spiele nur den Anwalt des Teufels.«

»Ja, alles klar.« Talia schlug ihm die Tür vor der Nase zu.

7

»Raus.« Die Sicherheitsbeamten sahen kurz in Adams Gesicht und verließen augenblicklich den Vorraum zu Jacobs Zelle.

Eine plötzliche Bewegung auf dem Bildschirm erregte Adams Aufmerksamkeit. Jacob war aufgestanden und fuhr sich in dem Bemühen, seine wilde Mähne unter Kontrolle zu bringen, mit den Händen durch die Haare. Dann bewegte er sein Gesicht vor die Kamera und ahmte die elegante, servile Geste eines Butlers nach. *Womit kann ich dienen*? Immer machte er sich über ihn lustig.

»Du hast dich freiwillig dazu entschlossen.« Adam ließ die Hände auf die Konsole sinken, um sich abzustützen.

»Wie meinen?« Jacob neigte den Kopf, als versuchte er zu verstehen, was Adam sagte.

Er hielt sie beide zum Narren. Damit war ab jetzt Schluss.

»Du hast dich freiwillig dazu entschieden, zu diesem Monster zu werden«, stellte Adam klar und betonte sorgfältig jede Silbe. »Dein Zustand ist keine neue Krankheit oder die überraschende Folge einer exotischen Droge, und du bist auch nicht von irgendetwas besessen. Du hast dir das *ausgesucht*. Du *willst* das.«

»Und?« Jacob blinzelte schnell, um zu demonstrieren, wie unendlich geduldig er mit Adams Dummheit war.

Und Adam fühlte sich tatsächlich dumm. Der Gedanke, dass Jacob, der Spross der Familie Thorne, dieser umsichtige Geschäftsmann und Philanthrop, sein verdammter *großer Bruder*, sich freiwillig dazu entschlossen hatte, ein Monster zu werden, war ihm nie in den Sinn gekommen. Der Mann, den Adam gekannt hatte, war geistreich, furchtlos und stolz darauf, die Verantwortung für das Erbe der Familie Thorne zu tragen. Diese Entartung war unter seiner Würde.

»Wieso?«, krächzte Adam heiser, seine Kehle wie zugeschnürt.

Jacob richtete sich auf. »Sei nicht dumm.«

»Du hast Mom und Dad umgebracht. Mit Absicht.« Wie das Blut aus einer offenen Wunde strömte frischer Schmerz durch Adams Brust.

»Hör auf zu jammern. Sie wären sowieso irgendwann gestorben.«

»Du hast sie ausgesaugt«, entgegnete Adam mit zusammengebissenen Zähnen.

»Wie ein Baby an der Brust seiner Mutter.« Jacob seufzte und grinste.

Hundert wunderbare Arten von Folter, die Adam die ganzen Jahre über lediglich aus Pflichtgefühl seiner Familie gegenüber unterdrückt hatte, nahmen jetzt in seiner Vorstellung Gestalt an.

Aus der Verzweiflung geborene Fantasien wucherten in Adams Kopf wie ein düsterer Garten voll wilder Pflanzen, denen man zu lange die Nährstoffe entzogen hatte. Schillernde Vorstellungen, wie man Jacob in eine Falle locken und ihm beibringen konnte, was ein echtes Monster war. Wie man Schmerz und Einsamkeit ins Unerträgliche steigern konnte. Handlungen, die es mit einem Seelen fressenden Geist an Grausamkeit aufnehmen konnten.

Zuallererst musste Adam herausfinden, wieso. »Dir hat es an nichts gemangelt. Du wurdest in wohlhabende Verhältnisse hineingeboren, hast die beste Erziehung genossen, hattest eine liebevolle Familie, die Möglichkeit, alles zu tun, was du dir je erträumt hast, eine Freundin, die dich geliebt hat. Zum Teufel, du hattest Pläne, hast jahrelang daran gearbeitet, *Thorne Industries* zum weltweiten Marktführer zu machen. Warum?«

Jacob zuckte mit den Schultern. »Ich habe ein besseres Angebot erhalten.«

»Was könnte besser sein als das, was du hattest?« *Du undankbarer Mistkerl.*

»Ich habe die Ewigkeit bekommen. Das …« Jacob blickte sich in seiner Zelle um und schürzte missbilligend die Lippen. »… das hier geht irgendwann vorüber. Die Welt, wie wir sie kennen, wird eines Tages nicht mehr existieren, und wenn alles fort ist, werde ich immer noch hier sein. Dann kann ich tun, was ich will, wann immer ich will. *Das* ist die Weltmacht.«

»Erzähl mir, wie du es gemacht hast.«

»Du weißt genau, dass ich das nicht tun werde.«

»Was, wenn ich mich dir anschließen will?«

Jacob schnaubte verächtlich. »Du verfügst nicht über die nötige Weitsicht. Du bist mit Jena und Michael in der Vergangenheit gefangen.«

»Das waren deine Eltern«, stieß Adam hervor.

»Siehst du, was ich meine?«

Die Wut brannte in Adams Brust, in der Wunde, die der Verlust seiner Eltern in ihm hinterlassen hatte. »Ich bringe dich um. Das schwöre ich dir. Ich finde einen Weg, diesen Unsinn mit der Unsterblichkeit rückgängig zu machen, und werde dich mit bloßen Händen in Stücke reißen.« Ihm juckte es bereits in den Fingern, *brannte* vielmehr, den Irrsinn in seinem Kopf in die Tat umzusetzen.

»Spricht man so mit seinem großen Bruder?«

Bruder? Wie konnte diese … diese *Kreatur* sich selbst als Bruder bezeichnen? Nur weil er dieselben Gene hatte? Da war Adam anderer Meinung. Nicht mehr. Geschwister konnten sich gegenseitig verstoßen. Jegliches naturbedingte Gefühl von Verbindung oder Verpflichtung war wie abgeschnitten. Das passierte ständig.

Adam schloss die Augen und lenkte seine Gefühle von dem Geist in der Zelle ab. Das war nicht sein Bruder. Er bemühte sich um kühle Gleichgültigkeit. Wollte überhaupt nichts mehr fühlen. Das war nicht sein Bruder.

Jacob lachte. Ein hohes, höhnisches Lachen. Damit goss er Öl ins Feuer und machte ihn nur noch wütender.

Adam schluckte. Er musste hier weg.

Er taumelte zur Tür, gab den Code in die Konsole ein und stolperte in den dahinterliegenden Flur.

Die Sicherheitsbeamten huschten schweigend an ihm vorbei und nahmen wieder ihren Posten ein.

An der gegenüberliegenden Wand erwartete ihn Custo mit vor der Brust verschränkten Armen.

»Wieso bist du noch hier?«, schrie Adam. »Wieso führst du nicht dein eigenes Leben, weit weg von diesem unendlichen Albtraum? Such dir eine Frau, lass dich irgendwo nieder und hab eine Horde Kinder.«

»So schlimm, hm?« Custo senkte den Blick.

»Talia hatte recht. Er hat sich freiwillig entschieden, ein Geist zu werden. Er hat es offen zugegeben, als hätte ich es schon die ganze Zeit wissen müssen. Und damit hat er recht.« Adam ballte die Hände zu Fäusten und öffnete sie wieder. Sie zitterten unkontrollierbar. Er wusste nicht, was er mit ihnen tun sollte, außer Jacob zu würgen.

»Nein, du nicht. Es entspricht nicht deinem Charakter, von einer dir nahestehenden Person anzunehmen, dass sie mit Absicht so grausam ist. Du rettest Menschen. Das ist deine Aufgabe. Das hast du immer getan.«

Ich war blind.

»Hast du es gewusst?«, fragte Adam. Hatte Custo etwa die ganze Zeit über Bescheid gewusst?

Custo stieß sich von der Wand ab und deutete auf den Fahrstuhl. »Nein, aber das ist egal. Ich bin nicht seinetwegen hier. Sondern deinetwegen. Du bist so etwas wie meine Familie für mich. Und an seiner Familie hängt man. Das hast du mir jedes Mal erklärt, wenn du mir jämmerlichem Kerl wieder einmal aus der Patsche geholfen hast.« Custo verzog den Mund. »Erinnerst du dich noch an die Geschichte mit dem Boot?«

An seiner Familie hängt man. Was zum Teufel war Familie? Adam hatte absolut keine Ahnung mehr.

»Ich wollte ein Mädchen beeindrucken«, fuhr Custo fort. »Du hast die Schuld auf dich genommen.«

»Du wärst von der Schule geflogen.« Wenn Custo gerade versuchte, ihn abzulenken, versagte er auf der ganzen Linie. Adam wollte ganz bestimmt nicht in Erinnerungen schwelgen.

»Deshalb habe ich es unter anderem getan. Wenn ich geflogen wäre, hätte meine Familie mir vielleicht Beachtung geschenkt.« Custo war mit neun Jahren in ein Internat geschickt worden. Er erhielt keinen Besuch. Hatte keinen Kontakt.

»Sie haben nicht gewusst, was sie an dir hatten.«

Custo schüttelte den Kopf. »Ich versuche, dir zu erklären, dass meine Familie mir durchaus Beachtung geschenkt hat. Meine Familie *war* bei mir. Das war mir in dem Augenblick klar, als du den Cops erklärt hast, *du* hättest das Boot gestohlen.«

Adam sah Custo an. Er war seine rechte Hand. Sein Freund. Und in jeder Beziehung sein Bruder.

Adams Ärger ließ etwas nach, war allerdings immer noch stärker als das konstante Brennen, das ihn in den letzten sechs Jahren begleitet hatte. Er bekam wieder Luft, und seine Miene entspannte sich. Mit diesem Tausch konnte er leben. Verdammt, weil Custo ihn so hartnäckig unterstützt hatte, war er überhaupt auf Antworten gestoßen.

»Haben wir uns wieder eingekriegt?« Custo betätigte den Knopf des Fahrstuhls.

»Ja, ich glaube schon.« Adam versuchte, das Zittern unter Kontrolle zu bekommen, indem er seine Hände zu Fäusten ballte.

Die Türen glitten auseinander. Während er eintrat, blickte Custo sich zu ihm um. »Und übrigens, wenn jemand sich mit einer Horde Kinder irgendwo niederlassen sollte, dann du.«

Kinder in diese Welt setzen? Niemals.

Durch den Spion in der Tür beobachtete Talia, wie Spencer zurück zum Fahrstuhl stolzierte. Sie musste etwas unternehmen. Für Adam. Oberflächlich gesehen mochte er ruhig und kontrolliert wirken, aber sie hatte seinen inneren Aufruhr gespürt, seinen Kummer und seinen Schmerz. Er war kurz davor, von der heftigen Wut, die in ihm tobte, überwältigt zu werden. Lange würde er nicht mehr durchhalten.

Und dann noch dieser Spencer mit seinem himmelschreienden Unsinn, dass Geister uns in der Evolution einen Schritt voranbrächten. Kein Wunder, dass Adam wütend auf seinen Bruder war.

Der Fahrstuhl machte Pling, Spencer trat hinein, und die Türen gingen … endlich … zu.

Talia schlüpfte aus der Wohnung, bog scharf rechts um die Ecke und entschied sich, die Treppe zu nehmen. Sie gab den Code für das Treppenhaus ein und eilte hinunter zur Hauptetage des Hotelbereiches. Die Treppe endete an der Küche. Talia wagte es, von dort den Fahrstuhl zu den Büros und Laborräumen im Untergeschoss zu benutzen. Zum Glück war er leer!

Wenn Adam bereits so viel über sie wusste, sollte er ruhig auch wissen, was sie über den Schattenmann herausgefunden hatte, über ihren Vater. Von der Forschung, die sie in der Hitze Arizonas beinahe das Leben gekostet hätte.

Darin fand sich jedoch kein Hinweis darauf, ob der Schattenmann ihnen helfen konnte, Jacob zu töten und Adam zu befreien.

Sie wusste noch nicht einmal, was der Schattenmann war. War er ein Geist, wie Adam vermutete? Das schien ihr nicht richtig, noch erklärte es ihre Fähigkeiten. Und wieso sollte Jacob sich vor einem Geist fürchten?

Talia gab den Code zu ihrem Büro ein und schritt geradewegs zu ihrem Laptop.

Ein Gedanke schwirrte durch ihren Kopf: Adam brauchte – obwohl sie ihm das nie sagen würde, *niemals* – diesen anderen Teufel, den Tod, dieses dunkle Wesen mit den roten Augen, das aus dem schwarzen Sog ihres Schreis aufgetaucht war. Das Monster, das die Geister mit einem Schwung seiner Sense abgeschlachtet und Melanie umgebracht hatte. Und anschließend so pervers gewesen war – Talia schüttelte sich bei der Erinnerung –, ihre Wange zu streicheln.

Das Monster konnte Jacob töten. Mit Leichtigkeit. Vor *ihm* sollte sich Jacob fürchten.

Sie öffnete die Datei mit den Bildern, die sie auf ihrer Suche nach dem Schattenmann gesammelt hatte. Sie drückte die Tasten CTRL und A, und alle Bilder wurden geöffnet. Das war das Mindeste, das sie für Adam tun konnte.

Die Bilder blinkten eins nach dem anderen und erschienen auf dem Bildschirm. Während sie wartete, dachte sie nach und schob die Puzzleteile, die mit ihrer Abstammung zu tun hatten, hin und her:

Jacob fürchtete den Schattenmann, dem sie bei ihrem vorübergehenden Tod begegnet war und der wahrscheinlich ihre Fähigkeit besaß, die Wahrnehmung zu verändern. Töten konnte ihn aber das Monster, das sie mit ihrem Schrei herbeigerufen hatte.

Zwei Wesen, mit beiden stand sie in Verbindung. Ein erwünschter Effekt.

Die heuristische Regel aus dem Lex Parsimoniae besagte, dass die einfachste Theorie die beste war.

Wieso *zwei* Wesen? Das ergab keinen Sinn. Es sei denn …

Ihr Magen krampfte sich zusammen. Der Raum um sie herum begann sich zu drehen, und sie klammerte sich an den Tisch vor ihr. Das konnte nicht sein, oder? War ihr Erbe so schrecklich? Ihr Geburtsrecht so verabscheuungswürdig?

Ja. Irgendwie hatte sie das immer geahnt. Deshalb war sie allein.

Wenn sie es jetzt versuchte, würde das Puzzle vermutlich aufgehen. Wenn sie den Mut aufbrachte, der Wahrheit ins Auge zu sehen, konnte sie vermutlich sagen, wer der Tod war. Es war ihr Vater, der Schattenmann.

Adam ließ Custo im Aufzug zurück. Während er zu seinem Büro zurückging, wuchs in ihm eine grimmige Vorahnung. Wenn Jacob sich freiwillig entschlossen hatte, ein Geist zu werden, musste ihm jemand das Angebot gemacht haben. Jacob würde die Identität dieses Individuums niemals preisgeben, aber vielleicht konnte der Algorithmus des Programms, mit dem er das Kollektiv beobachtete, so verändert werden, dass er damit den Aufenthaltsort der Quelle bestimmen konnte.

Adam bog um die Ecke und stieß auf Talia, die an seine Tür klopfte. Sein Puls ging sofort schneller. Er musterte sie von oben bis unten, aber es war schwer, eine Ahnung ihrer Figur zu erhalten, solange sie immer noch die formlose Kleidung trug, die Patty für sie ausgesucht hatte. Er hoffte, dass sie bald neue bekommen würde. Sie war zu jung und zu hübsch, um sich so zu kleiden.

»Kann ich etwas für Sie tun?« Wenn sie hergekommen war, hatte sie vielleicht keine Wut mehr auf ihn. Vielleicht konnte er sich richtig mit ihr unterhalten. Ihre Idee mit ihr durchgehen und prüfen, ob ihre einzigartigen Fähigkeiten zu irgendeiner Lösung führten.

Talia sprang auf und wirbelte herum. Strähne für Strähne rutschten ihre Haare aus einem Knoten in ihrem Nacken. Er wusste nicht, wieso sie überhaupt versuchte, die Locken zu bändigen – sie ließen es ganz offensichtlich nicht zu.

»Es tut mir leid, wenn ich Sie erschreckt habe.« Adam verlangsamte seinen Schritt. Sie arbeitete erst einen Tag auf dieser Stelle, und schon hatte sie Segue aufgerüttelt. Klar, das hatte er gehofft. Er wollte Antworten, und sie hatte mit einer einzigen seine gesamte Welt auf den Kopf gestellt.

»Haben Sie eine Minute Zeit?« Sie klemmte eine Strähne hinter ihr Ohr. Ihr Blick wirkte angespannt. Vielleicht traurig. Oder besorgt. Irgendetwas beschäftigte sie.

»Natürlich. Kommen Sie herein«, sagte Adam und gab den Code ein. Er griff um sie herum nach dem Griff, um die Tür zu öffnen, wobei er sie einen Augenblick mit seinem Körper umfing. Ihr Geruch stieg ihm in die Nase, rätselhaft und süß, ein exotischer Duft, der mehr zu ihren Schatten als in das sterile Segue passte. Der Duft reizte ihn, seinen Kopf auf ihre Haare sinken zu lassen. Tief einzuatmen. Der Druck auf die Klinke ließ die Tür aufspringen, und Talia trat aus dem Halbkreis seiner Arme in den Arbeitsraum.

Es dauerte einen Augenblick, bis er wieder einen klaren Kopf hatte, dann folgte er ihr in sein Büro. *Angestellte*, ermahnte er sich. Er konnte nicht Gillian mit dieser Entschuldigung abblitzen lassen und dann Talia hinterherlaufen. Außerdem war Talia bereits gebeutelt genug. Sie konnte es überhaupt nicht gebrauchen, dass er ihren Aufenthalt hier noch weiter verkomplizierte. Verdammt, diese feenhaften Augen.

»Was kann ich für Sie tun?« Die Tür fiel hinter ihm ins Schloss. Sein Blick zuckte automatisch zu dem Bildschirm – mit einem zufriedenen Lächeln lag Jacob auf dem Gesicht in einer Ecke und ergötzte sich immer noch an ihrer Auseinandersetzung – und dann wieder zu Talia.

»Als Erstes muss ich den Code zu meiner Wohnung ändern«, erklärte Talia. Sie blickte ebenfalls vorsichtig zu Jacob, sagte aber nichts. »Spencer hat zugesehen, wie ich ihn eingegeben habe.«

»Sie haben Spencer in Ihre Wohnung gelassen?« Adam hatte sie gewarnt, was passierte, wenn das IBÜ von ihren Fähigkeiten erfuhr. Sie war zu vertrauensselig. Das nächste Mal, wenn er mit Spencer boxte, würde er extra heftig zuschlagen.

In ihre Wohnung. Verdammt.

»Er ist mir nach oben gefolgt und wollte mit mir über meine Idee sprechen, dass sich jemand freiwillig für die Unsterblichkeit entscheiden könnte. Er hat so geredet, als wäre es am Ende gar nicht so schlecht, ein Geist zu werden. Als wenn das, was sie anrichten, nicht … grausam wäre.« Sie runzelte die Stirn. Nachdem sie gesehen hatte, wozu die Geister in der Lage waren, und selbst von ihnen gejagt worden war, konnte sie derlei Gedankenspiele nicht ertragen.

»Möchten Sie, dass ich mit ihm spreche? Soll ich ihm sagen, dass er aufhören soll?«

»Ich kann für mich selbst sorgen, danke. Ich möchte nur, dass mein Eingangscode geändert wird.«

Adam seufzte. »Spencer hat allerdings Generalcodes. Genau wie Custo und ich. Aus Sicherheitsgründen. Wir müssen notfalls in der Lage sein, in jeden Raum zu kommen.«

»Ich möchte nicht, dass er oder irgendjemand anders meine Wohnung betritt.«

»Talia …«, widersprach er wenig überzeugt. Der Gedanke, dass Spencer sie berührte, dass er es sich in ihrer Wohnung bequem machte, nahm Adams Argumentation jegliche Kraft. Auch er wollte Spencer nicht dort haben.

Und die Sicherheit von Segue? Vielleicht verlangte dieser Fall nach einer Ausnahme. Etwas, das der Sicherheit von Talia zugute kam. »In Ordnung«, gab er nach. »Ich kann seinen Zugangscode zu Ihrem Büro und Ihrer Wohnung deaktivieren, aber meinen und Custos behalte ich. Keine Widerrede.«

Sie nickte. »Damit kann ich leben. Danke.«

Adam drehte sich zu seinem Computer um. Er rief das Sicherheitssystem auf, markierte Talias Eingang und gab seinen Freigabecode ein. »Wie soll Ihr neuer Code lauten?«

»Ähm. Aurora«, antwortete sie.

Das Wort passte zu ihr. Aurora borealis. Das magische Nordlicht. Wenn die Farben des Nordlichts ihr Gesicht umgaben, würde sie vollkommen aussehen. Am Ende der Welt, eine Fee auf seiner Türschwelle

»Danke«, sagte sie. Ihre Bitte war somit erledigt. Er hatte damit gerechnet, dass sie nun rasch den Rückzug antreten würde. Stattdessen kaute sie auf ihrer Unterlippe herum.

»Noch etwas?«

»Ja. Mh … alles okay? Bei der Besprechung wirkten Sie ziemlich aufgebracht.«

Auch mit Talia war während der Besprechung etwas vorgegangen. Sie hatte Mitleid mit ihm. Zumindest so viel, dass sie wieder mit ihm sprach. Wenigstens dazu war Jacob gut.

»Alles okay«, erwiderte Adam. »Ich musste hören, was Sie zu sagen haben.« Er beließ es dabei.

»Gut …« Sie schenkte ihm ein reumütiges Lächeln. »Vielleicht habe ich eine Entschädigung für Sie.«

»Ach?« Die Frau machte ihn fertig.

»Haben Sie jemanden, der sich mit Kunst auskennt?«

»Kampfkunst?«

Sie senkte die Lider und schürzte die Lippen. »Mit den schönen Künsten«, korrigierte sie.

Adam dachte rasch nach. »Ich weiß, es ist langsam in das allgemeine Bewusstsein gedrungen, dass es Geister gibt. Es würde mich nicht überraschen, wenn die Leute sich in Kunst und Musik damit auseinandersetzten. Aber ich habe dafür in Segue nicht eigens einen Forschungszweig eingerichtet. Wieso fragen Sie?«

Sie neigte den Kopf. »Ich glaube, dass Sie etwas übersehen haben.«

Adam setzte sich nach vorn. »Was?«

»Daran habe ich gearbeitet, bevor die Geister mich in Phoenix entdeckt haben. Ich habe einen Künstler ausfindig gemacht. Wenn Sie eine Minute Zeit haben, zeige ich Ihnen, was ich herausgefunden habe. Ich glaube, dass es Sie zumindest interessieren wird. Ich weiß allerdings nicht, ob es Ihnen mit Jacob weiterhilft.« Ihr Blick zuckte zu dem Monitor. Genau wie Custo und Patty hatte sie verstanden, was Jacobs Entscheidung für ihn bedeutete.

»Könnten Sie in mein Büro kommen? Einen Blick darauf werfen?« Sie kaute wieder auf ihrer Lippe, die sich rubinrot färbte. Sie wirkte immer noch besorgt. Spencer war offenbar nicht der Grund für ihre Bedrückung. Es musste etwas anderes sein. Vielleicht hatte sie etwas herausgefunden.

Adam stand auf und deutete auf den Ausgang. »Gern.«

Sie öffnete ihre Tür mit dem neuen Code und warf ihm über ihre Schulter hinweg einen dankbaren Blick zu, dann traten sie ein.

Die Geräusche hallten in der Leere des Raumes. An der gegenüberliegenden Wand reihten sich nackte Regale aneinander, lediglich in einem Fach hatte jemand einen Stapel Bücher vergessen. Die Wände waren vollkommen weiß, nur hier und da sah man ein paar Möbelabdrücke oder Gebrauchsspuren. In der Mitte des Raums befand sich ein Besprechungstisch aus dunklem Holz, an dessen einem Ende ihr aufgeklappter Laptop stand. Soweit er sehen konnte, lagerten ihre Forschungsunterlagen über die Nahtoderfahrungen in Kartons, aber nicht auf dem Tisch, wo er sie hingestellt hätte, sondern darunter, wo sie als Fußstütze dienten.

»Sie wissen, dass Sie für den Raum alles bestellen können, was Sie möchten«, sagte Adam und sah sich nach etwas Persönlichem um, nach einem Hinweis auf ihre Arbeit, irgendetwas, das darauf hindeutete, dass hier jemand mit der Absicht eingezogen war, eine Weile zu bleiben. Er wollte wirklich, dass sie blieb. Er wäre begeistert, wenn sie Segues Konto plündern würde, um es sich gemütlich zu machen. Wenn *er* es ihr gemütlich machen durfte.

Sie bedeutete ihm, zu ihrem Computer zu kommen, und betätigte beim Hinsetzen die Leertaste, um die Sterne zu vertreiben, die über den Bildschirm flogen.

Daraufhin erschien ein Bild. Es handelte sich um ein Foto einer Skulptur, aufgenommen in einer Galerie. Adam beugte sich hinunter und erkannte eine abstrakte, aus unterschiedlichen Materialien gefertigte Figur. Ein menschenähnlicher Körper war in netzartigen Schleiern gefangen und wand sich vor Qualen. Die Skulptur berührte Adam, er empfand Mitgefühl mit der Gestalt, die vergeblich versuchte, sich aus der Falle zu befreien. Das konnte jeder sein, aber Adam erkannte sich selbst darin wieder.

»Sehr stark«, sagte er und zeigte nicht, dass die Skulptur ihm die Luft zum Atmen nahm. Genauso fühlte er sich Jacob gegenüber. Gefangen.

»Haben Sie auf den Titel des Werkes geachtet?«

Adam senkte erneut den Blick. Anders als erwartet war das Foto auf dem Bildschirm nicht betitelt, aber wenn er die Augen zusammenkniff, konnte er in dem Foto selbst ein Schild entziffern, das sich vor der Skulptur auf dem Boden befand: DER MANN DER SCHATTEN.

»Das ist nicht … Sie glauben doch nicht …« Sie konnte unmöglich glauben, dass die Skulptur eine Abbildung von *dem* Schattenmann war.

»Doch.« Talia lächelte. Ihre Augen leuchteten vor Aufregung, für einen Augenblick war ihr Forschergeist sogar stärker als ihr Kummer. Der Ausdruck machte ihn nervös. Wenn sie sich freute, war sie geradezu schön. Er musste den Blick von ihr lösen, um sich auf den Bildschirm zu konzentrieren.

»Abgesehen von dem Titel, wie sind Sie darauf gekommen?«

Talia hob eine Hand und bedeutete ihm zu warten, während sie sich mit der anderen durch die zahlreichen Dateien klickte, die auf dem Bildschirm geöffnet waren. Ein weiteres Bild erschien, eine Schwarz-Weiß-Fotografie, die man digital bearbeitet hatte, sodass eine öde Landschaft entstanden war. Darauf hielt ein kaum sichtbarer Wirbelwind eine Gestalt gefangen, die sich in ähnlicher Weise krümmte. Die Abbildung erschien surrealer als die erste, wie ein Bild von Salvador Dalí, aber mit ähnlicher Wirkung.

Seine Augen zuckten zu dem Titel, der mit Bleistift in den weißen Rand unterhalb des Bildes geschrieben stand. *Schattenmann*.

»Zufall«, behauptete Adam. »Glauben Sie mir, ich habe im Internet jede mögliche Spur zum Schattenmann überprüft …«

Talia hob die Brauen und schüttelte energisch den Kopf.

»Was?« Adam spürte einen Druck in seiner Brust, eine seltsame Mischung aus Verzweiflung und Aufregung. Er fand den Gedanken unerträglich, dass er all die Jahre etwas übersehen hatte, aber wenn er heute noch mehr erfahren konnte, wollte er es unbedingt wissen.

»Ich kann Ihnen noch sechs weitere zeigen, alle ganz ähnlich. Bei einer Internetrecherche tauchen die Bilder nicht auf. Dort erscheint, wie Sie schon sagen, nichts, das irgendwie in Beziehung zum Schattenmann steht. Irgendjemand dort draußen sorgt dafür. Jedenfalls wird der Text innerhalb eines Bildes nicht von einer Suchmaschine erfasst, und in allen Fällen sind die Titel Teil des Bildes. Man muss den Namen der Künstler kennen und wissen, wonach man sucht, um etwas zu finden.«

Adam zog einen Stuhl mit quietschenden Rädern heran und setzte sich neben Talia. »Erklären Sie es mir.«

In seiner Nähe wuchs ihre Anspannung, aber daran ließ sich nichts ändern. So wie die Dinge sich entwickelten, würde er häufig in ihrer Umgebung sein. Besser, sie gewöhnte sich gleich an ihn.

Sie seufzte schwer. »Es hat mit dem Unfall zu tun, den ich mit fünfzehn Jahren hatte. Meine Tante Maggie ist dabei gestorben. Für einen Augenblick war ich ebenfalls tot. In der einen Minute befand ich mich im Wagen, in der nächsten war ich von Finsternis umgeben, tiefer und dichter als meine Schatten. Ich wusste, dass ich starb. Und entdeckte diesen Mann ...« – Talia tippte auf den Bildschirm – »... der in einem Wirbel dunkler Schleier gefangen war. Ich kann das Gefühl nicht beschreiben. Alles, was ich dazu sagen kann, ist, dass ich instinktiv wusste, dass er ...« Sie holte tief Luft. »... *mein Vater* ist. Wie Sie wissen, ist es nicht ungewöhnlich, dass man bei Nahtoderfahrungen Familienmitgliedern begegnet. Ich wusste, dass er Schattenmann heißt. Er wollte etwas sagen, aber da wurde ich bereits ins Leben zurückgerissen. Das Notarztteam hatte mich zurückgeholt.«

Adam behielt die Fassung. »Der Schattenmann ist Ihr Vater.«

Talia erblasste. Er spürte, dass sie in seinem Gesicht nach einer Reaktion suchte.

»Sie selbst sind die Probandin, auf die Sie sich in Ihrer Arbeit beziehen«, folgerte er.

Sie nickte steif, um die überwältigenden Gefühle zu überspielen und sprach weiter. »In meinem ersten Jahr auf dem College war ich wie gelähmt, als ich zufällig in die Studentengalerie geraten bin und ihn auf einer Zeichnung entdeckte – den Schattenmann. Der Künstler hatte keine Ahnung, was ihn dazu inspiriert hatte. Das gilt für alle Künstler, mit denen ich gesprochen habe. Das Bild ist ihnen »einfach gekommen«. Ich bin also offenbar nicht die Einzige, die ihn gesehen hat. Er ist auch anderen erschienen. Und einige haben versucht, ihn bildlich darzustellen.« Talia klickte sich zur Unterstreichung ihrer Aussage durch einige Bilder.

Die Ähnlichkeiten waren nicht zu leugnen. Ein Mann, der inmitten von Schatten gefangen war.

»Was denken Sie? Eine Massenhysterie?«

»Nein, keine Hysterie.« Sie zuckte zusammen. »Haben Sie die *Unheimliche Begegnung der dritten Art* gesehen?«

»Sie glauben, der Schattenmann ist ein Alien?« Das war zu viel.

Sie lachte überrascht, wieder hellte sich ihre Miene auf. »Nein. Nicht der Teil. Am Anfang des Films, wo sich die Leute, die ganz verschiedene Leben führen, den Ort vorstellen, an dem das Raumschiff schließlich landet. Der Berg. Richard Dreyfuss baut in seiner Küche einen riesigen Matschberg …«

»Ich verstehe. Sie glauben, dass der Schattenmann versucht, uns etwas mitzuteilen.«

»Ja.« Sie setzte sich auf dem Stuhl zurück. »Vielleicht ruft er um Hilfe.«

»Wenn der Schattenmann versucht, Kontakt zu jemandem aufzunehmen, wieso dann nicht zu mir? Ich habe mein gesamtes Leben der Entdeckung … Was? Wieso ziehen Sie so ein Gesicht?«

Sie setzte eine weniger skeptische Miene auf. »Ich bezweifle, dass unterschwellige Botschaften bei Ihnen ankommen oder Sie darauf reagieren. Sie sind einfach nicht der Typ.«

»Sie wissen, was ich für ein Typ bin?« Das versprach interessant zu werden.

Sie steckte eine weißblonde Strähne hinter ihr Ohr. Die Locke rutschte wieder hervor und kringelte sich um ihre Schläfe.

»Die meisten der Bilder, die ich gefunden habe, stammen von Künstlern. Leuten, die besonders inspiriert sind. Sie sind eher der Manager. Eine Führungspersönlichkeit. Sie sind nicht« – sie wedelte mit der Hand in der Luft herum, als würde sie nach dem richtigen Wort suchen – »offen genug.«

»Nicht offen«, wiederholte er, während er die Information verdaute. Gerade jetzt war er für eine Menge interessanter Ideen offen.

»Nicht impulsiv«, korrigierte sie und spähte auf den Bildschirm.

»Ich kann sehr wohl impulsiv sein«, erwiderte er. Er blickte auf ihren Mund. Er trieb es genauso weit wie jeder vernünftige Mann.

Ach, Mist. Da wollte er Spencer ermahnen, die Finger von ihr zu lassen, und er selbst – was tat *er*? Wollte er sie endgültig vertreiben?

»Was haben Sie noch?«, fragte er, um sich abzulenken. Er musste etwas mit seinen Händen tun, ansonsten würde er sie berühren. Er streckte die Hand aus, griff das Laptop und wechselte zu einem anderen Bild.

»Nein!«

Aber Talia war zu langsam. Eine kraftvolle Illustration füllte den Bildschirm.

Der Künstler hatte eine nackte Frau von unglaublicher Schönheit dargestellt. Sie ruhte auf einem prächtigen Diwan und war in einen bodenlangen dunklen Umhang aus mehreren Lagen gehüllt, der sich zusammen mit ihren weißblonden Locken über ihren Körper ergoss. Sie war schlaftrunken, sexy und stark. Die Gesichtszüge erinnerten eindeutig an Talia. Die aufreizende Kurve ihrer nackten Hüfte, die Neigung ihrer Taille, das plötzliche Anschwellen ihrer Brüste setzten seinen Verstand in Flammen und brachten sein Blut in Wallung.

Der Titel stand unten links, *Die Schlafende Schöne.*

Talia schlug den Deckel des Laptops zu.

»Nun.« Ihre Stimme klang irgendwie belegt. »Es könnte sein … äh … dass es dort draußen auch ein paar Bilder von mir gibt. Natürlich sind einige Details extrem übertrieben dargestellt, aber dennoch …«

Adam holte tief Luft und versuchte, seine Aufregung unter Kontrolle zu bekommen. »Es gibt keinen Grund, verlegen zu sein. Sie sind eine wunderschöne Frau. Aber Sie gehören zu dem Rätsel Schattenmann, deshalb muss ich alles sehen, was Sie gefunden haben.« Er hielt ihrem Blick stand und gab seiner Stimme einen professionellen Klang. Was nicht eben leicht war, während diese fantastische Frau direkt vor ihm stand und sein Blut kochte. Pattys altbackene Kleidung an ihrem Körper war ein Verbrechen.

Sie biss die Zähne zusammen, behielt die Fassung und nickte leicht. »Ich maile sie Ihnen.«

»Ich möchte alles sehen, was Sie haben«, wiederholte er. Ganz offensichtlich hatte sie ihm einige Sachen vorenthalten wollen, was er ihr kaum verübeln konnte. Die Frau hatte ihr wahres Wesen ihr Leben lang verheimlicht, und mit dem Bild, das er soeben gesehen hatte, war der letzte Schleier gelüftet. Buchstäblich. Etwas so Luxuriöses wie eine Privatsphäre konnte sich jetzt allerdings keiner von ihnen leisten.

»Natürlich. Ich schicke Ihnen auch meine Notizen.«

Mit einer geschickten Bewegung stand Adam auf. Er wollte ihr etwas Raum verschaffen. Und sich ebenfalls. Wollte einen klaren Kopf bekommen. Durch einen anstrengenden Lauf würde das Bild, das sich in seinen Kopf eingebrannt hatte, etwas an Intensität verlieren.

Aber erst hatte er noch eine Frage. »Der Titel. Wieso *Die Schlafende Schöne*?«

Talia riss das Kabel aus der Rückseite des Laptops und drehte sich um, um den Stecker aus der Wand zu ziehen. Sie sah ihm nicht in die Augen, und er zwang sie nicht dazu.

»Es ist eine Anspielung auf meinen Namen«, erklärte sie hastig. »Das war das Lieblingsmärchen meiner Mutter. Meine Mutter war in ihrem Leben sehr häufig an das Bett gefesselt, und sie hat gesagt, dass mein Vater sie ›erweckt‹ habe. *Talia* stammt aus einer älteren französischen Version der Geschichte, aus der Zeit vor Disney.«

Adam verstand. »Aurora.«

Sie legte das Kabel auf den Laptop, drückte beides an ihre Brust und ging um den Tisch herum zur Tür. Wieder lief sie weg.

»Talia«, rief er.

Sie blieb stehen, sah sich jedoch nicht um.

»Der Name passt zu Ihnen«, sagte er.

8

REDRÖM. *Mörder. Das atemberaubende Grauen aus Zimmer 217.*

Das Telefon klingelte und riss Talia aus *Shining* zurück in die reale Welt. Die schrecklich beschämende Welt, in der Adam jetzt die neun Abbildungen kannte, die sie im Internet von sich gefunden hatte. Auf allen war sie als verführerische Schönheit dargestellt, was nicht annähernd der Realität entsprach. Lachhaft. Sogar erbärmlich. Vor allem die Zeichentrickgeschichte, in der sie als eine Art Dämonen tötende Domina mit Strapsen ganz in Leder auftauchte.

Am liebsten wäre sie unter einen Felsen gekrochen und gestorben.

Wieder läutete das Telefon. *Was, wenn er es war?*

Das glänzende graue, schnurlose Telefon ärgerte sie und klingelte ein drittes Mal.

Sie griff den Hörer und nahm das Gespräch an. »Hallo?«

»Talia. Hier ist Adam.«

Verdammt.

»Könnten Sie vielleicht hinunter in die Küche kommen? Ich möchte Ihnen jemanden vorstellen.« Er klang neutral. Zu neutral.

Was muss er von mir denken? Sie konnte immer noch weglaufen. Alles vergessen. Er hatte ihre gesamten Aufzeichnungen. Er konnte ohne sie weitermachen.

»Klar«, erwiderte sie. »Nur eine Minute.« *Eine Minute, um mich vom Balkon hinunter in den Tod zu stürzen.*

»Danke.«

Talia legte auf. Ihr Gesicht brannte. Wenn er sie eigenartig fand, war das eine Sache. Wenn man Segue und das Team hier betrachtete, umgab er sich sowieso mit seltsamen Menschen. Aber wenn er sie für eine Witzfigur hielt, war das etwas ganz anderes. Es war furchtbar.

Talia ging ins Bad und spritzte sich etwas Wasser ins Gesicht. Sie tupfte es mit einem Handtuch trocken und steckte ihre Haare auf dem Hinterkopf zu einem Knoten zusammen.

Sie schleppte sich zur Wohnungstür, zwang sich, das Kinn zu heben – deutlich zu heben – und trat in den Flur hinaus.

Der Aufzug surrte hinunter in den Hauptbereich des Hotels. Die Salons lagen im Abendlicht. Die Dunkelheit hing in den Ecken, während die Nacht langsam den Tag vertrieb. Die Schatten strichen sanft über ihre Haut und lockten sie, in ihre Tiefe zu kommen. Oh, wie verführerisch sie waren.

Sie ignorierte sie und eilte grimmig voran zu dem vergleichsweise hellen Licht am anderen Ende des Gebäudes. Als sie über die Schwelle trat, klopfte ihr Herz. Pattys Oberkörper war von der Tür eines Industriekühlschranks verdeckt. Ein älterer Mann, den sie noch nicht kannte, tauchte am Tresen einen Teebeutel in einen Becher. Als sie eintrat, stieß Adam sich von der Kante ab, an der er mit einer Bierflasche in der Hand gelehnt hatte.

Sie blickte in sein Gesicht, sah ihm ganz kurz direkt in die Augen und senkte den Blick, als ihr die Hitze in die Wangen schoss. Sie musste etwas unternehmen, und zwar schnell, ansonsten würde sie sich blamieren. Schon wieder.

»Talia. Danke, dass Sie heruntergekommen sind. Ich möchte Ihnen Dr. Philip James vorstellen, unseren Philosophen, der zeitweilig hier wohnt. Er stellt die großen Fragen. Ich wette, dass ihr zwei euch eine Menge zu erzählen habt. Philip, das ist Dr. Talia O'Brien.«

Der alte Mann stellte seinen Becher ab und streckte ihr seine Hand entgegen. »Bitte nennen Sie mich Philip«, sagte er.

»Talia«, erwiderte sie und stellte sich darauf ein, gleich ihre Hand in seine zu legen. Die Berührung war überwiegend von einem Gefühl der Erschöpfung bestimmt – der alte Mann war hundemüde – und von wachem Intellekt. Er drückte ihre Hand mehr, als dass er sie schüttelte, ein warmer, freundlicher Druck, der sie beruhigte, obwohl ihr Adams Anwesenheit zu ihrer Rechten schmerzhaft bewusst war.

»Möchten Sie etwas Tee?«, fragte der ältere Mann und hob den dampfenden Becher. Eine offene Schachtel mit verschiedenen Teebeuteln stand auf dem Tresen.

»Das wäre wunderbar. Danke.« Wenn es sein musste, konnte sie sich hinter dem Becher verstecken. Sie konnte sich daran festhalten. Sie nahm einen sauberen Becher aus dem Regal und wählte einen Beutel Pfefferminztee. Er duftete ganz rein. Sie atmete den Geruch tief ein.

Sie blickte zu Adam. Natürlich musterte er sie. Sie hielt die Luft an. Seine Augen wirkten müde, besaßen aber noch immer die Kraft, durch sie hindurchzusehen. Ihre Nerven vibrierten, denn Lust durchströmte ihren Körper. Sie fragte sich, welches Gefühl wohl vorherrschend wäre, wenn sie ihn jetzt berührte. Allein der Gedanke ließ ihre Kehle austrocknen.

Langsam wandte er seine Aufmerksamkeit seinem Bier zu.

Auch sie trank einen Schluck von ihrem Tee, aber von der Flüssigkeit wurde ihr nur noch heißer.

»Sind Sie hungrig?«, rief Patty vom Kühlschrank aus. Sie hielt in Papier eingeschlagenen Aufschnitt hoch. »Wir haben Truthahn, Salami und Schinken.«

Talia hatte sich die letzten Stunden in ihrer Wohnung versteckt gehalten. Sie war sterbenshungrig. »Truthahn«, sagte Talia. »Aber ich kann mir selbst …«

»Adam? Philip?«, fiel Patty ihr ins Wort.

»Schinken«, erwiderten sie unisono.

Der alte Mann ließ sich neben Talia an dem Tresen nieder. Adam nahm ihr gegenüber Platz. Patty bereitete an dem Tresen turmhohe Brote und benötigte lange Zahnstocher, damit die einzelnen Schichten nicht auseinanderfielen.

»Ich habe Ihre Dissertation gelesen«, erklärte Philip. »Ihre Arbeit hat mich sehr beeindruckt. Ich frage mich, ob Sie die Nahtoderfahrungen kulturübergreifend untersucht haben.«

»Ach. Nein. Ich fürchte, das hätte den Rahmen der Arbeit gesprengt.« Talia trank einen weiteren Schluck Tee.

»Natürlich. Wenn Sie Zeit haben, würde ich gern mit Ihnen Ihre Ergebnisse diskutieren. Mich interessiert, ob irgendwelche der rituellen Praktiken, die ich untersucht habe, mit den Normen identisch sind, die Sie in Ihrer Arbeit aufgestellt haben.«

»Sicher …«, sagte Talia. Sie musste in den Kartons wühlen und ihre Notizen noch einmal durchsehen. Etwas sagte ihr, dass der Professor nur Antworten akzeptierte, die durch zuverlässige Daten belegt waren.

»Schön, dass Sie wieder da sind, Philip«, schaltete Adam sich ein, als Patty einen Teller vor jedem von ihnen abstellte. »Es ist einfach nicht dasselbe, wenn Sie nicht hier sind und unsere gesamte Arbeit hinterfragen.«

»Ich bin in meinem Labor«, verkündete Patty, griff sich ihren Teller und stapfte zur Tür. »Gute Nacht.«

»Gute Nacht«, erwiderte Talia. Philip hob eine Hand zum Abschied.

Als Philips Blick kurz zu ihr zuckte und er dann fragend Adam ansah, tat Talia, als hätte sie es nicht bemerkt.

»Sie ist okay«, erwiderte Adam und sah sie aus seinen grauen Augen an. »Sie hat es innerhalb von acht Stunden ganz allein geschafft, unsere gesamte Arbeit auf den Kopf zu stellen.«

»Ach?« Philip hob erstaunt eine buschige Braue.

»Ich erzähle es Ihnen morgen, wenn ich alles noch einmal genau durchdacht habe. Momentan komme ich nicht ganz mit.« Adam lächelte bedauernd.

Philip stellte seinen Becher auf dem Tresen ab. »Nun, das sollten Sie aber versuchen, denn ich habe ebenfalls etwas herausgefunden.«

»Das war ja klar.« Adam hatte sein Brot in die Hand genommen, legte es nun jedoch zurück auf den Teller. »Schießen Sie los. Ich werde so oder so heute Nacht nicht schlafen, dann kann ich auch gleich alles auf einmal hören.«

Talia hoffte, dass das, was Philip herausgefunden hatte, nichts mit ihr zu tun hatte. »Es ist schon spät.« Besser, sie fand jetzt den Absprung. Sie glitt von ihrem Stuhl.

»Bitte bleiben Sie«, sagte Adam. »Ich habe das Gefühl, dass ich gern Ihre Meinung hören würde.«

Talia spürte seinen Blick, wich ihm jedoch aus. Stattdessen sah sie überallhin, zu Philip, auf ihr nicht aufgegessenes Brot, den Dampf, der von ihrem Becher aufstieg, nur eben nicht zu Adam.

»Vielleicht sollte sie lieber gehen. Meine Information ist vertraulich«, gab Philip zu bedenken.

»Ich vertraue ihr«, erwiderte Adam leichthin und zugleich mit so viel Nachdruck, dass seine Worte keine Widerrede duldeten.

Talias Herz zog sich zusammen. Ganz offensichtlich versuchte er, etwas auszugleichen – ein persönliches Geständnis gegen ein persönliches Geständnis. Eine Hand wäscht die andere. Nachdem er bereits so viel von ihr erfahren hatte, war das eine Möglichkeit, wie sie dennoch zusammenarbeiten konnten. Sie wusste die Geste zu schätzen, wollte aber wirklich gern in ihre Wohnung zurück.

»Ach so ist das. Schön für euch«, sagte Philip. »Na gut.«

Talias Kopf fuhr zu ihm herum. *Wie ist was?* Sie blickte hinüber zu Adam und wartete darauf, dass er Philips Fehleinschätzung korrigierte, was er jedoch nicht tat.

Auch Philip ignorierte ihre Reaktion und fuhr fort. »Ich war in England und habe mit einem modernen Druidenführer über Totenrituale gesprochen. Er ist ebenfalls Wissenschaftler, und unsere Diskussion war sehr theoretisch. Wir haben über die alte angelsächsische Sitte vom Wergeld gesprochen, bei der eine Person eine bestimmte Summe für den unrechtmäßigen Tod einer Familie oder eines Klanmitgliedes zahlen muss, damit es nicht zu einer Blutfehde kommt.«

»Sie glauben, ich würde Geld für den Tod meiner Eltern akzeptieren? Für Jacob?« Adam schob seinen Teller von sich, ohne einen Bissen gegessen zu haben.

»Nein, Adam«, antwortete Philip und zerknüllte eine Serviette in der Hand. »Hören Sie zu. Und denken Sie nach. Wir haben über das Wergeld als mögliche Entschädigung für einen Verlust gesprochen. Den Versuch, die Harmonie zwischen zwei Parteien wiederherzustellen. Und dann haben wir es mit der Rache verglichen, bei der ein Leben für ein Leben gegeben wird.«

»Damit kann ich etwas anfangen.«

Talia blickte zu Adam und erinnerte sich an den Blutrausch, den sie bei ihm gespürt hatte. Das düstere Verlangen, Jacob umzubringen, das weit über die Bestrafung eines Mörders hinausging.

Philip ignorierte die Bemerkung. »In beiden Fällen verbirgt sich dahinter die Vorstellung, dass es in Familien eine Art Bilanz, ein Konto gibt. Als wenn man durch einen Geldbetrag oder durch ein Leben die Lücke füllen könnte, die die geliebte Person hinterlassen hat.«

»Die Lücke wird dadurch nicht gefüllt, aber es herrscht Gerechtigkeit«, behauptete Adam.

»Nein. Das stimmt nicht. Am Ende hat man einen doppelten Verlust.«

»Einen gerechten Verlust.« Adam nahm einen großen Schluck von seinem Bier.

»Und was bringt dieser Verlust für das Andenken der geliebten Person?«

»Nichts«, gab Adam zu und rutschte auf seinem Stuhl hin und her.

Talia mied sorgsam seinen Blick und versuchte, Rücksicht auf sein offensichtliches Unbehagen zu nehmen.

»Rache ist selbstsüchtig«, fuhr Adam fort. »Daraus habe ich nie ein Hehl gemacht.«

»Aha«, erwiderte Philip. »Jetzt stoßen wir zum Kern vor, Adam. Hier meine Frage: Würden Sie auf die Rache verzichten, wenn Sie dadurch Ihren Bruder erlösen könnten?«

Talia beobachtete, wie Adams Kiefermuskel zuckte. Das war eine schwierige Frage, eine schmerzliche Frage, die er unmöglich beantworten konnte, insbesondere, nachdem er erfahren hatte, dass Jacob freiwillig zum Monster geworden war. Er hatte Adams Welt auf ein spukendes Hotel mit einer Gruppe verrückter Wissenschaftler reduziert. Vielleicht sollte sie etwas sagen. Das Thema wechseln.

Na, heute schon Aktbilder von mir gesehen?

»Fahren Sie fort«, forderte Adam mit dünner, angespannter Stimme.

Philip legte den Kopf auf eine Seite. »Während wir sprachen, machte dieser Anführer einen Fehler. Er sagte nicht ›ein Leben für ein Leben‹. Er sagte ›ein Leben für einen Tod‹.«

Adam runzelte die Stirn. »Wieso sagen Sie nicht, worauf Sie hinauswollen? Sagen Sie doch einfach, wenn Sie etwas herausgefunden haben. Hören Sie mit diesen Spielchen auf.«

»Ich spiele keine Spielchen. Das sind alles andere als Spielchen. Ich habe genau gemeint, was ich gesagt habe. *Ein Leben für einen Tod*. Würden Sie Ihr Leben aufgeben, um Jacob beizubringen, wie man stirbt?«

»Ist das eine reale Möglichkeit, oder philosophieren Sie über einen Haufen Mist?«

»Ich weiß es nicht. Ich hoffe, dass es möglich ist. Ich habe ein Druidenritual entdeckt, das dem Tod gewidmet ist. Ein Blutritual für das Jenseits, das dazu dient, eine Plage zu beenden. Man braucht dazu ein freiwilliges menschliches Opfer. Was, wenn das Ritual wörtlich gemeint ist? Was, wenn man ein Leben braucht, um einen fortwährenden Tod zu beenden? Das leuchtet mir ein. Es ist eine Lösung, die sich durch eine gewisse Symmetrie auszeichnet. Wenn man für einen Tod mit einem Leben bezahlt, ist das Konto wieder ausgeglichen.«

»Ich sterbe, und Jacob stirbt?«

»Das ist zwar stark vereinfacht ausgedrückt, aber ja.«

Adam setzte sich auf seinem Stuhl zurück. »Aber es gibt noch mehr Geister dort draußen. Tausende. Was ist mit denen?«

Die Hand des alten Mannes zitterte, als er seinen Becher hob. »Ich schätze, das erfordert …«

»Die Leute werden nicht gerade Schlange stehen, um ihr Leben für einen Geist zu opfern. Zum Teufel, ich will nicht für einen Geist sterben, noch nicht einmal für meinen Bruder.«

»Natürlich nicht.«

Adam stand abrupt auf; sein Stuhl wankte. »Und jeden Tag entstehen neue Geister. Irgendjemand oder irgendetwas dort draußen verändert die Leute, und ich muss herausfinden, was es ist. Ich kann nicht zulassen, dass das so weitergeht.«

»Sie haben mich gebeten, einen Weg zu finden, wie man Jacob umbringen kann. Ich glaube, dass ich ihn gefunden habe. Etwas Ähnliches muss früher schon einmal geschehen sein, und damals wurde ein Weg gefunden, das Ganze zu beenden. Es ist schrecklich, ja. Aber die Alternative ist genauso schrecklich.«

Wenn Adam ihm überhaupt zugehört hatte, ging er jedenfalls nicht darauf ein.

»Ich muss zuerst die Quelle beseitigen, egal ob aus Rache oder nicht. Dann kümmere ich mich um meinen Bruder.« Adam schritt an dem Tresen auf und ab. Seine Anspannung schwappte in derart großen Wellen über Talia hinweg, dass sie ebenfalls aufstand und sich nach den Schatten sehnte.

Philip hob beschwichtigend die Hand. »Es muss ja nicht jetzt sein. Leben Sie Ihr Leben. Wenn Sie bereit sind zu gehen, beenden Sie beide Leben gleichzeitig.«

»Was, wenn mir in der Zwischenzeit etwas zustößt? Ein Autounfall? Eine Krankheit?«

Philip zuckte mit den Schultern. »Ich weiß es nicht.«

»Das wissen Sie nicht. Nun, ich weiß es auch nicht. Sechs Jahre, und ich weiß nichts. Was muss ich noch alles für dieses Monster opfern?«

»Adam …«

»Verdammt. Jacob hat vor einer Weile versucht, mich umzubringen, und es sieht so aus, als würde er seinen Willen bekommen.« Steifbeinig verließ Adam die Küche und verschwand in der Dunkelheit der angrenzenden Räumlichkeiten.

Talia blickte zu Philip, der wieder sein belegtes Brot in die Hand genommen hatte.

Er sah zu ihr hinüber. »Wollen Sie ihm denn nicht hinterhergehen?«

Talia schreckte auf. *Wieso ich?* Er war schließlich derjenige, der die Bombe hatte platzen lassen. Musste er sich nicht darum kümmern, wie es Adam ging?

»Ein hübsches Mädchen wie Sie sollte wissen, was sie zu tun hat. Gehen Sie.« Philip biss von seinem Brot ab.

Er war ein grässlicher alter Mann, anzüglich …

Talia blickte in die dunklen Räume neben der Küche. Sie konnte Adam deutlich erkennen. Er schritt auf die Terrassentür zu. Seine breiten Schultern wirkten angespannt, seine Schritte lang und schnell. Wenn sie an seiner Stelle wäre, hätte sie ebenfalls hier herausgewollt.

»Gehen Sie schon«, drängte Philip. »Ich räume hier auf.«

Talia blickte zu ihm hinüber. »Sie hätten ihm nicht …«

»Die Wahrheit sagen dürfen? Seien Sie nicht albern. Er ist auf die Wahrheit angewiesen. Los, gehen Sie.«

Talia wollte nicht eine Sekunde länger mit diesem alten Mann verbringen. Sie machte sich auf den Weg in die dunkle Leere. Sie würde in ihre Wohnung zurückgehen und über alles nachdenken. Es wurde zu kompliziert. Geriet außer Kontrolle. Besser, sie zog sich ein bisschen zurück.

Sie betätigte den Fahrstuhlknopf und wartete in der marmornen Halle, doch auf einmal fühlte sie sich zu der Terrassentür hingezogen. Denn davor stand ein Mann und kämpfte mit einem unbekannten, aber ganz sicher schrecklichen Schicksal. Wenn irgendjemand ihn verstehen konnte, dann sie.

Zumindest rechtfertigte sie so vor sich selbst, dass sie den Code eingab und auf die Terrasse hinaustrat.

Die Nacht quoll über von Gerüchen. Gras und Pinien dufteten am stärksten, aber jeder Atemzug roch auch leicht nach Unterholz. Über ihren Köpfen glitzerten die Sterne um die Wette. Segues schwache Beleuchtung bedeutete keine Konkurrenz für sie. Dieser Gegensatz enthielt eine weitere Wahrheit, die in gewisser Weise etwas Tröstliches hatte: Egal, was brutale Geister oder Menschen auf der Erde anrichteten, diese Sterne würden immer weiterleuchten. Unter der unerbittlichen Herrschaft des Universums würde irgendwann alles Gute genauso wie alles Schlechte auf der Erde verglühen.

»Für jemanden mit einem derart stark entwickelten Selbstschutz ist es ziemlich verrückt, mir hierher zu folgen. Gehen Sie ins Bett, Talia.« Adam wandte ihr sein Gesicht zu, ohne seine Miene zu verstellen. Wahrscheinlich dachte er, dass sie in der Dunkelheit nicht sehen konnte, wie sehr er litt, aber Talia konnte ihn sehr gut erkennen. Zu gut. Der Mann war verwirrt und erschöpft von der Last, die er zu tragen hatte. Seine ohnehin bereits geschundene Seele hatte heute einen weiteren Schlag verkraften müssen.

»Sie würden mir nichts tun«, sagte sie und trat neben ihn. Sie klang sicherer als sie sich fühlte.

»Ehrlich gesagt weiß ich nicht, ob das stimmt«, seufzte er. »Jetzt gerade fühle ich mich genau wie dieses Monster, das unter uns eingesperrt ist.«

»Das Risiko gehe ich ein.« Sie ließ den Blick über die Felder zu den Bergen gleiten und versuchte, ihr heftig pochendes Herz zu beruhigen. Aber in seiner Nähe schlug es doppelt so schnell. »Außerdem kann ich im Dunkeln besser sehen als Sie«, redete sie munter weiter. »Die Welt vibriert geradezu vor meinen Augen, die Farben, die Empfindungen, ich nehme jedes Detail wahr. Es ist mir fast zu intensiv, ich kann das alles nicht verarbeiten, aber hier draußen bin ich Ihnen gegenüber ziemlich sicher im Vorteil.«

Er hob halbherzig einen Mundwinkel, aber sein Blick, den er in der Dunkelheit auf sie gerichtet hatte, behielt seinen düsteren, schweren Ausdruck. »Sie sehen sehr viel, und doch sehen Sie nicht, was ich sehe. Nur ein Künstler war in der Lage, Sie zu erfassen.«

Erleichterung durchströmte sie, während sich in ihrer Mitte ein wundervolles Ziehen bildete. Er fand sie nicht lächerlich. Nach allem, was sie von sich preisgegeben hatte, begehrte er sie noch immer. Dieser Umstand führte dazu, dass sie blieb, wo sie war, und sich damit einer gewissen Gefahr aussetzte.

Außerdem brauchte sie etwas, irgendetwas, um sich von ihrer heutigen Entdeckung abzulenken. Der Tod war ihr Vater. Wenn diese bittere Wahrheit herauskam, würde sie niemand mehr um sich haben wollen.

Sie nahm aus den Augenwinkeln wahr, dass er sich bewegte. Das hatte sie erwartet. Ein leichter Lufthauch streifte ihren Körper, kurz bevor er seine Arme um ihre Taille legte und eine Hand hinauf zwischen ihre Schultern gleiten ließ.

Er hatte sie gewarnt. Sie hatte jede Gelegenheit gehabt, wieder hineinzugehen.

Stattdessen hob sie den Kopf und berührte ihn.

Er presste seine Lippen leidenschaftlich auf ihren Mund. Fordernder, als sie erwartet hatte. Pure Lust durchströmte ihren Körper und vertrieb jede Vernunft. Sie fühlte nur noch Verlangen, seines wie ihres. Sie konnte nicht mehr denken. Ihr Kopf pochte unter einem seltsam festen Druck.

Der Kuss brannte, er teilte ihre Lippen mit seiner Zunge und wollte sie schmecken. Er roch gut: männlich, intensiv und rätselhaft. Die Mischung war kraftvoll, und seine Berührung bewirkte eine Veränderung in ihr. Sie wusste, dass sie ihn wie eine Droge, von der sie einmal gekostet hatte, ihr Leben lang begehren würde.

Er änderte seine Haltung und zog sie noch dichter an sich. Sie legte ihre Arme um seinen Hals und seine Schultern, damit sie nicht umfiel. Er war groß und schien nur aus Kraft und Muskeln zu bestehen, die sich wundervoll anfühlten, wenn er sie umarmte.

Sie griff sein Hemd und bog sich ihm entgegen, um ihre Brust fester an seinen Körper zu schmiegen. Sie spürte seinen Herzschlag neben ihrem, die Bewegung seiner Muskeln und wollte mehr.

Er stöhnte leise an ihren Lippen, und als sie sich aus dem Kuss löste, um Luft zu holen, senkte er seine heißen Lippen zu ihrem Hals hinunter.

»Oh Gott«, flüsterte sie. Das hier übertraf alles, das sie sich je in schlaflosen Nächten ausgemalt hatte, wenn sie von einem Mann wie Adam geträumt hatte.

»Es gibt keinen Gott«, erwiderte er mit brüchiger Stimme. Er zog mit den Zähnen an dem Kragen ihrer Bluse, um an ihren Hals zu gelangen. Seine Lippen brannten auf ihrer Haut, ihre Nerven vibrierten, und ihr Körper sehnte sich nach mehr.

Er zog ihre Bluse hoch und ließ seine Hand über ihren nackten Rücken zu dem Verschluss ihres BHs gleiten. Seine andere Hand lag glühend heiß auf ihrer Hüfte, dann griff er von hinten zwischen ihre Beine und zog sie noch näher an sich.

Talia schloss fest die Augen vor den pochenden Schatten, die über dem Tal lagen, vor der sich sammelnden Dunkelheit, die nach ihr rief. Sie griff aus ihrem tiefsten Inneren nach Adam.

Daraufhin überflutete eine große Lustwelle ihre Sinne. Es war ein Begehren, das nach langer Zeit der Enthaltsamkeit aus tiefster Seele kam.

Aber … er meinte nicht sie. Nicht wirklich.

Sie spürte, dass sein Handeln von Selbstmitleid bestimmt war. Einsamkeit, Schmerz und Hass mischten sich mit dem unbedingten Willen, sie an sich zu binden, um die Myriaden von Schmerzen in seinem Geist zu betäuben. Es ging hier überhaupt nicht um sie, nur um Adam und seine persönlichen Dämonen.

Die Erkenntnis nagte an ihr, sie hasste ihre Gabe und bedauerte, dass sie dem Impuls gefolgt war und sich ihm hingegeben hatte.

Sie wand sich in seinen Armen und stieß ihn mit den Händen fort. Sie sehnte sich nach dem Schutz der Dunkelheit und hob ein Knie, um sich aus seinem Griff zu befreien.

Er stöhnte, zog sie aber nur näher an sich und wehrte sich gegen den Angriff der Schatten.

Sie wand sich stärker und riss seinen Kopf an den Haaren nach hinten. »Du tust mir weh«, sagte sie.

Adam hielt inne, seine Brust hob und senkte sich heftig. Ein, zwei Atemzüge vergingen … sie merkte, wie er sich sammelte. Sie spürte, wie er die Kontrolle über seine schändlichen Handlungen wiedererlangte und sich langsam in den Griff bekam, sein Verlangen verwandelte sich einen festen Knoten beängstigender zerstörerischer Kraft. Ganz plötzlich ließ er von ihr ab, griff jedoch ihren Arm, damit sie nicht auf den steinernen Terrassenboden fiel.

Talia riss sich los, taumelte rücklings und fiel prompt hin.

Er streckte eine Hand aus, um ihr aufzuhelfen.

»Geh weg«, sagte sie. Ihr Blick zuckte hoch zu seinem Gesicht. Sie wünschte, sie hätte nicht zu ihm aufgesehen. Hatte der Mann bereits vorher eine Last zu tragen gehabt, litt er jetzt erst recht und wirkte beschämt.

Talia rappelte sich auf und sah undeutlich, wie er die Zähne zusammenbiss und die Augen zusammenzog, um in der Dunkelheit besser sehen zu können. Sie zu sehen.

Sie lief zur Tür, gab hastig den Code ein und riss sie auf, um schnell hineinzukommen, bloß fort von ihm.

Sie verfluchte ihn dafür, dass er sie berührt hatte. Sie verfluchte Philip, weil er dieses Ritual entdeckt hatte. Und vor allem Jacob für seine schreckliche Entscheidung.

»Es tut mir leid«, sagte Adam.

Und sie verfluchte ihre durch die Schatten geschärften Sinne, weil diese sie in die Lage versetzten, sein Flüstern durch die Dunkelheit hindurch zu hören.

9

Adam griff nach der Marmorbrüstung, die auf den Garten hinausging. Wenn Jacob ihn bis an den Rand des Wahnsinns gebracht hatte, trieb Talia ihn jetzt darüber hinaus. Sie sollte sich wie ein Bücherwurm verhalten, sich in ihr Büro zurückziehen und ihren beeindruckenden Intellekt dazu nutzen, eine gut durchdachte Theorie zu entwickeln, die sie auf Hunderten eng beschriebener Seiten nachwies.

Stattdessen fand sie heraus, was Jacob für eine verdammte Entscheidung getroffen hatte, in deren Folge Adams Familie vernichtet worden war. Dann, keine zwei Stunden später, eröffnete sie ihm, dass einige Leute in seltsamer Verbindung zu dem Schattenmann standen. *Ihrem Vater* zu allem Überfluss. Die Kunstwerke zeigten, dass er irgendwo gefangen war und nichts gegen die wachsende Bedrohung durch die Geister unternehmen konnte.

Und sie hatte ihm Bilder geschickt. Was für Bilder! Hatte er nicht brav und anständig jede Vorstellung ihres nackten Körpers aus seinen Gedanken vertrieben, seit er ihr in Arizona die nassen Kleider vom Leib geschnitten hatte? Okay, jedenfalls die meisten.

Wozu die tägliche Schinderei in Segue, wenn Talia ihn sehnsuchtsvoll in kräftigen Farben von einer Leinwand ansah? Natürlich hatte er bereits ein Gebot für das Werk abgegeben.

Talia. *Die Schlafende Schöne*. Aurora. Sie war ein Lichtstreif. Überraschend, nicht vorhersehbar, schillernd. Sie leuchtete herrlich im Dunkeln und war in der Lage, ein Feuer zu entfachen.

Und er verhielt sich wie ein Trottel und fiel rücksichtslos über sie her – verdammt, er hatte sich mit ihrem zarten Körper von Jacob und dem ganzen Albtraum mit den Geistern ablenken wollen. Er hatte alles verdorben.

Der Gedanke löste eine Panikwelle in ihm aus, die seine Lust dämpfte. Er sollte ihr nachgehen. Alles wieder in Ordnung bringen.

Adam überquerte die Terrasse und blieb abrupt stehen, um ihr heruntergefallenes Haargummi aufzuheben. Er spannte das feste, dünne Band um zwei Finger, führte es an seine Nase und roch daran. Es duftete frisch und feucht. Er rollte das Gummi über seine Finger zu seiner Handfläche hinunter. Auf seltsame Art – und an Talia war alles seltsam – verband ihn das Band mit ihr. Die Spannung fühlte sich gut an.

Er folgte ihr hinein. Es dauerte einen Moment, bis der Aufzug kam – wahrscheinlich setzte er sie gerade auf ihrer Etage ab.

Als der Fahrstuhl da war, trat er ein und streckte die Hand aus, um ihre Etage zu drücken, hielt bei dem Anblick des schwarzen Gummibandes in seiner Hand jedoch inne und schob es zu seinen Fingern hoch.

Es war so klein, so straff. Es verstärkte sein Begehren. Fand er etwa jetzt, wo der Geisterwahnsinn seinen Höhepunkt erreichte, die Lösung für sein Rätsel und zugleich eine unvergleichlich begehrenswerte Frau? Und das auch noch zusammen in einer Person?

Ach, zum Teufel. Er senkte die Hand und drückte stattdessen die zweite Etage.

Er würde kurz in seinem Büro haltmachen und sich dann einen heftigen, anstrengenden Lauf auferlegen, bis er sich wieder selbst trauen konnte.

Am Ziel angekommen, öffnete der Fahrstuhl die Türen. Adam stieg aus und fand sich Custo gegenüber, der vom anderen Ende des weißen Flurs auf ihn zukam. Wahrscheinlich wollte er ins Bett gehen.

»Custo, komm mit«, sagte Adam, als er auf dem Weg zu Pattys Labor an ihm vorbeikam. Was spielte es schon für eine Rolle, dass Custo vor Erschöpfung ganz verhärmt aussah. Sie konnten gemeinsam leiden.

Adam gab den Code zu Pattys Labor ein, Custo folgte ihm wortlos. Patty hatte gesagt, dass sie heute Abend lange arbeiten würde, und so war es. Sie saß über ein Mikroskop gebeugt und richtete sich auf, als er auf sie zukam.

Ihr Blick glitt zu Custo, dann wieder zu Adam. »Was ist los?«

Adam sah aus den Augenwinkeln, dass Custo mit den Schultern zuckte. »Das würde ich auch gern wissen.«

»Ich muss mit euch sprechen«, sagte Adam. »Was ich zu sagen habe, muss unter uns bleiben.«

Custo beugte sich auf dem Labortresen nach vorn. Patty rollte mit ihrem Schreibtischstuhl von dem Mikroskop zurück. »Natürlich.«

Adam rieb sich mit der Hand das Gesicht. *Wo sollte er anfangen?*

»Ich habe neue Informationen. Eigentlich zu viele Informationen.« Er durfte keinem von beiden von dem Ritual berichten, das Philip entdeckt hatte. Es war ihnen durchaus zuzutrauen, dass sie etwas Dummes anstellten, wie etwa ihr eigenes Leben für Adam zu opfern, bevor er dazu kam, seines für Jacob herzugeben.

»Wieso habe ich das Gefühl, dass es mir nicht gefallen wird?« Patty verzog ihren Mund zu einem schiefen Strich.

»Weil es unser Leben deutlich komplizierter macht«, erwiderte Adam.

»Erzähl«, sagte Custo.

Adam holte tief Luft. »Talia steckt mittendrin in diesem Schlamassel mit den Geistern. Sie und ihr Vater, der Schattenmann.«

»Der Schattenmann ist ihr Vater?« Patty zog die Brauen zusammen.

Adam ahnte, was sie dachte. Sie wollte sich die anormale DNA noch einmal genauer ansehen. Und er würde ihr dabei über die Schulter schauen.

»Talia ist zumindest davon überzeugt, und ihre physischen Abweichungen sprechen für diese Verbindung. Als sie fünfzehn Jahre alt war, geriet sie zusammen mit ihrer Tante Margaret O'Brien in einen Autounfall. Ihre Tante starb, und Talia erlebte die Nahtoderfahrung, die sie zu ihrer Arbeit inspiriert hat. Sie behauptet, es habe einen kurzen Augenblick des ›Übertritts‹ gegeben, in dem sie den Schattenmann gesehen habe und instinktiv wusste, dass er ihr Vater ist.«

»Weiß sie sonst irgendetwas über den Schattenmann? Wo er sich aufhält?« Das war Custo, er kam direkt zum Kern.

»*Was* er ist?«, ergänzte Patty.

»Nein. Zumindest hat sie das gesagt, und nachdem sie ausnahmsweise so offen war, wollte ich nicht auf diesem Punkt herumreiten. Aber sie glaubt, er würde vielleicht versuchen, Kontakt mit ihr aufzunehmen.«

Custo stieß sich von dem Tisch ab. »Wie das?«

»Talia hat auf eigene Faust nach dem Schattenmann gesucht. Und hat ihn in diversen künstlerischen Darstellungen entdeckt. Dieselbe Gestalt taucht in unterschiedlichen Kunstwerken auf – Gemälden, Skulpturen und Ähnlichem, alle tragen seinen Namen. Ich kann euch zeigen, was sie gefunden hat.«

»Vielleicht findet sich in den Bildern irgendein Hinweis auf seinen Aufenthaltsort«, sagte Custo.

Adam hatte über den Bildern gebrütet – sie waren alle surreal und unbestimmt, es fehlten konkrete Details, selbst das Gesicht vom Schattenmann war undeutlich.

»Das ist nicht alles. Talia hat auch Kunstwerke von sich selbst gefunden.«

»Ach herrje«, sagte Patty. »Das arme Mädchen.«

»Einige Bilder« – das Aktbild beispielsweise – »zeigen nur sie. Auf anderen ist dargestellt, wie sie mit anthropomorphen Monstern kämpft, vor ihnen flüchtet oder sich vor ihnen fürchtet.«

»Geister«, schloss Custo.

»Ja. Und wir müssen davon ausgehen, dass das Kollektiv sich dessen ebenfalls bewusst ist, denn schließlich haben sie sie monatelang verfolgt.«

»Ist sie etwa dazu ausersehen, die Welt vor den Geistern zu retten?« Custo gab sich keine Mühe, seine Skepsis zu überspielen.

»Wir müssen ihr helfen«, sagte Adam. »Wir müssen sie um jeden Preis schützen. Wir müssen sie fördern, sie trainieren und dafür sorgen, dass sie sich Segues Unterstützung sicher ist. Dass wir ihr all unsere Mittel zur Verfügung stellen.«

Er blickte auf das Gummiband an seinen Fingern. Er musste die Beziehung zu ihr auf einer rein professionellen Ebene halten. Schließlich konnte er sie nicht gut beschützen, wenn er auf ihr lag. Oder unter ihr. Oder in ihr war. Sein Mund wurde trocken. Er schob das Gummi von seiner Hand und steckte es in die Tasche.

»Noch etwas«, fuhr Adam fort. »Wenn mir irgendetwas zustoßen sollte …«

Patty runzelte die Stirn und hob abrupt die Hand. »Solche Gespräche mag ich nicht.«

»Das ist schade« – schade für alle. »Es ist eine Tatsache, dass es bei diesem Kampf um Leben und Tod geht. Wenn mir etwas zustoßen sollte, müsst ihr zwei sie weiterhin mit allen Mitteln unterstützen. Ich möchte, dass ihr mir das versprecht.«

Custo zog die Augen zusammen, nickte aber knapp.

Adam blickte über den Tisch hinweg. »Patty?«

»Ich unterstütze sie sowieso. Ganz egal, ob du am Leben bist oder nicht.«

Patty reagierte auf ihre übliche freche Art, aber Adam war nicht zum Lachen zumute.

»Okay.« Adam nickte. »Das ist alles.« Nun würde er laufen. Möglichst schnell und möglichst weit, damit er nichts Dummes mehr anstellte. Wie etwa in den vierten Stock hinaufzuwandern.

»Adam?« Custo hob eine Braue.

»Was?«

»Du hast uns nicht alles gesagt.«

»Das werde ich auch nicht.« Adam wandte sich von ihnen ab und ging zur Tür.

Talia stieg auf das Dach hinauf. Sie glaubte, dass Adam dort zuletzt nach ihr suchen würde, denn sie war selbst noch nie zuvor hier oben gewesen. Sie hatte gedacht, dass es dort friedlich wäre, aber es war laut, ein dröhnender Generator störte die Nachtruhe. Sie hatte angenommen, dass die Luft so nah am Himmel köstlich duftete, aber sie verströmte einen leicht mechanischen, öligen Geruch, in den sich Zigarettenqualm mischte.

»Jim sagt, dass es auf dem Dach spukt. Er behauptet, er spüre dort eindeutig einen kalten Fleck. Dort neben der Dachrinne, von dort aus hat sich jemand in den Tod gestürzt.«

Talia fuhr herum, als sie Spencers Stimme erkannte. Er lehnte an einer Art grauer Trennwand und rauchte. Er schnippte mit dem Daumen die Asche von seiner Zigarette, die daraufhin auf ihre Füße herabregnete. Hinter ihm stieg das Dach in einem malerischen Bogen an. Unter ihnen wand sich die Terrasse um das

Erdgeschoss des Hotels, sodass es wirkte, als würde das Gebäude auf einer weißen Scheibe über der Erde schweben.

Sie schluckte ihre Überraschung hinunter. »Bislang haben mich die Gespenster in Ruhe gelassen. Ich glaube, ich kann das Risiko eingehen.«

»Ich glaube auch nicht an sie.« Er zog lange an seiner Zigarette und ließ den Rauch seitlich aus seinem Mund entweichen. »Beziehungsstress? Es sah aus, als hätten Sie beide da unten einen kleinen Streit gehabt.«

Talia errötete. Sie wandte sich zur Tür um. In diesem verdammten Hotel konnte sie nirgends hin.

»Sie wissen, dass Sie verschiedene Optionen haben, oder?« Spencers Stimme klang freundlich und hilfsbereit, aber Talia hatte immer noch nicht das Gefühl, ihm vertrauen zu können. Sie konnte niemandem trauen.

»Was meinen Sie?«

Spencer legte den Kopf schief. »Ich frage mich, ob Sie wissen, dass Adam eine Akte über Sie führt.«

Der Begriff *Akte* störte sie, als wäre sie ein Objekt, ein Fall, den man untersuchte. Aber Adam hatte kein Hehl aus seiner Neugierde und seinen Fragen gemacht. Sie hatte ihm gezeigt, wozu sie in der Lage war. Und ihn über ihre Verbindung zum Schattenmann aufgeklärt. Sie hatte ihm sogar die Bilder von sich gezeigt. Jeder gute Wissenschaftler würde daraufhin detaillierte Aufzeichnungen machen, und diese bewahrte man in einer Akte auf. Also ignorierte sie das unangenehme Wort.

»Ja, Tests Ihrer DNA et cetera.«

Talia spürte, wie ihr das Blut aus dem Gesicht wich. *Dazu* hatte sie nicht ihre Zustimmung gegeben.

»Aber was mir wirklich auf den Wecker gehen würde, ist die Videoüberwachung, die Adam in ihrer Wohnung installiert hat.«

Jetzt fühlte sie sich elend.

»Sie glauben mir nicht?« Spencers Augen funkelten, während er ein weiteres Mal an seiner Zigarette zog. »Sie schlafen in T-Shirt und Slip, mehr nicht. Und am Ende der Nacht sind die Laken am Bettende zusammengeknüllt, sodass Ihr hübscher Bauch …«

»Seien Sie still.«

»Zumindest glauben Sie mir jetzt. Die Dinge sind hier nie das, was sie zu sein scheinen.« Er drückte die Zigarette mit dem Fuß auf dem Beton aus.

»Nehmen wir zum Beispiel Sie«, fuhr Spencer fort, und als sie sich von ihm entfernte, sprach er lauter weiter. »Sie sehen aus wie ein Mensch, verhalten sich wie ein Mensch, sind aber keiner.«

Sie schlang die Arme fester um ihren Körper. Offenbar hatte er ihr etwas zu sagen. Und alles sprach dafür, dass sie es sich lieber anhören sollte.

»Als Abgesandter des IBÜ muss ich allem nachgehen, was hier vor sich geht. Ich nehme an, dass Adam sich Ihnen gegenüber genauso verschwiegen gezeigt hat wie mir.«

Talias Augen brannten. Adam war krank. Pervers. Er hatte so lange mit einem Monster zusammengelebt, dass er selbst zu einem geworden war.

»Sie müssen nicht hierbleiben. Durch das IBÜ haben Sie andere Möglichkeiten. Vor allem sind Sie nicht allein. Dort draußen gibt es noch andere wie Sie, sie sind in alternativen Einrichtungen untergebracht. Bei uns ist es nicht so komfortabel wie in Segue. Die Einrichtung ist ziemlich altmodisch, aber zumindest wissen Sie, woran Sie sind. Ihre Rechte werden geschützt. Ihre Privatsphäre. Es ist nicht das beste Leben, aber es ist zumindest ehrlich.«

Ehrlich. Sehr witzig. Sie konnte niemandem trauen.

»Es genügt ein Wort, und schon sind Sie hier weg. Kein Problem. Sie werden ganz einfach auf das IBÜ-Gelände gebracht.«

Spencer wedelte mit den Händen wie ein Zauberer, kurz bevor es *Puff* macht.

Talias Kopf arbeitete auf Hochtouren. Sie konnte allein von hier fliehen und sich einen Vorsprung verschaffen. Aber nicht nach Arizona oder Vegas. Sie musste einen kleinen Ort irgendwo im Nirwana finden, weit weg von anderen Menschen. Sie hatte genug von ihnen.

»Ich denke darüber nach.«

»Nein. Sie haben sich doch bereits entschieden. Sie wollen den steinigen Weg gehen.«

Spencer schritt auf sie zu und blieb neben ihr stehen. Zu dicht. »Mit einer Sache hat Adam recht. Es kommt ein Geisterkrieg auf uns zu. Auf Dauer werden wir nirgends auf diesem Planeten sicher sein. Bedenken Sie das.«

Er riss die Tür auf und ließ sie allein in der Nacht zurück.

10

»Wir möchten den California.« Gillian streckte die Hand aus. »Der Schönheitssalon erwartet uns, und Talia möchte uns gern begleiten. Deshalb fürchte ich, der Diabolo reicht nicht. Wir brauchen einen Viersitzer.«

Das Frauentrio stand in Adams Büro. Talia hielt sich im Hintergrund und ließ die anderen Frauen reden. Sie hatte die ganze Nacht nicht geschlafen und nachgedacht, nun stand ihre Entscheidung fest. Als Erstes brauchte sie jemanden, der sie mit in die Stadt nahm.

»Es stehen sechs sehr hübsche Autos auf dem Parkplatz – wie kommt ihr darauf, dass ich euch meinen Wagen leihe?« Adam zog die Stimme am Ende des Satzes ungläubig in die Höhe.

Gillian ließ sich nicht abschrecken. »Unsere gemeinsame Freude an luxuriösen Wagen.«

Sein Blick glitt zu Patty, die zustimmend grinste.

Talia beobachtete das Geschehen missmutig. Sie wusste nicht, welcher der California war. Aber ganz offensichtlich hatte die Bitte Adam verärgert, was sie weniger befriedigte, als es sollte. Sie wollte einfach nur weg von hier. Wenn sie in einem Raum mit Adam war, spannte ihre Haut, und ihre Nerven lagen blank.

Schließlich sah Adam zu Talia. Er musterte sie eine Weile mit prüfendem Blick, als würde er über etwas nachdenken. Sie bemühte sich um eine gleichgültige Miene. Die Kreditkarte von Segue steckte in ihrer Tasche, und damit würde sie alles kaufen, was sie brauchte. Ihre Flucht aus Adam Thornes Versuchslabor würde ihn teuer zu stehen kommen.

»Gut«, sagte Adam. »Aber fahrt nicht so schnell. Wenn ihr einen Unfall habt, kann unsere wundervolle Ärztin euch nicht helfen, weil sie selbst am Ende ist. Und ich werde vollauf damit beschäftigt sein, euch zu verfluchen und keine Zeit haben, medizinische Hilfe zu holen.«

Gillian wippte auf den Zehenspitzen. »Ja, ja, den Schlüssel, bitte.«

Er öffnete eine schmale Schreibtischschublade rechts neben dem Hauptarbeitsplatz unter Jacobs Überwachungsmonitor. Wahrscheinlich war es derselbe Bildschirm, der ihm einen ungehinderten Blick auf ihre Wohnung und ihr Schlafzimmer gewährt hatte. Als wäre sie wie Jacob. Ein Monster, das man studieren musste.

Wie hatte sie nur so dumm sein können?

»Alles in Ordnung?« Adams Blick musterte forschend ihr Gesicht. Er konnte sich unmöglich Sorgen machen.

Talia bemühte sich, ihre Gefühle unter Kontrolle zu bekommen und schluckte ihre Wut hinunter. Sie nickte und zeigte ein aufgesetztes Lächeln. Schönheitssalon! Spaß! Als wenn sie sich je von irgendjemandem hätte anfassen lassen, egal wie lange.

Gillian schnappte sich den Schlüssel aus seiner Hand und zog Adams Aufmerksamkeit auf sich. Das ungute Gefühl in Talias Bauch ließ nur etwas nach. Deutlich besser würde sie sich erst fühlen, wenn Segue weit hinter ihr lag.

»Wir haben in zwanzig Minuten einen Termin. Es ist besser, wir fahren jetzt los.« Gillian hüpfte zur Tür wie ein junges Mädchen. Talia folgte ihr, Patty bildete das Schlusslicht.

»Wartet«, rief Adam. »Man braucht fünfunddreißig Minuten dorthin.«

»Nicht mehr«, trällerte Gillian, wedelte mit dem Schlüssel in der Luft herum und rauschte aus dem Büro.

Sie passierten den Lieferantenparkplatz und betraten eine

makellose Garage. Dort parkten vier glänzende Wagen schräg nebeneinander. Jeder einzelne war ein Luxusmodell, aber Talia hatte Schwierigkeiten, auch nur eine Marke zu benennen. Ein schwarzer Sedan, etwas altmodisch, aber windschnittig, stand am weitesten entfernt von der Tür. Daneben parkte ein schwerer Geländewagen mit getönten Scheiben und glänzendem Chrom. Es folgten zwei Sportwagen, die um Aufmerksamkeit wetteiferten, einer schwarz, mit tief gelegter Karosserie, böse und kantig. Der andere knallrot, modern und hitzig, in eleganter Form. Auf dem Kühlergrill bäumte sich ein silberner Hengst auf einem gelben Markenzeichen.

»Zum Ferrari«, winkte Gillian. Sie tippelte auf Zehenspitzen zu dem roten Wagen und strich mit der Hand über die Motorhaube. Als sie die Tür öffnete, seufzte sie übertrieben aufgeregt. »Danke, Talia!«

Talia hob verwirrt den Kopf, während sie sich hinter dem Fahrersitz in eine schmale Sitzschale zwängte.

»Das haben wir dir zu verdanken.« Gillian hob bedeutungsvoll die Brauen und verzog den Mund zu einem schiefen Grinsen. Dann packte sie mit dramatischer, lustvoller Geste das Lenkrad.

Patty und Gillian schnallten sich an. Talia folgte ihrem Beispiel, obwohl sie, eingequetscht wie sie war, bezweifelte, dass der Sicherheitsgurt noch etwas bewirkte.

»Ich verstehe nicht, was du meinst«, sagte Talia. Wusste denn jeder, dass Adam sie geküsst hatte? Hatten es alle gesehen? Oder hatte er dort, wo er sie berührt hatte, einen deutlich sichtbaren Abdruck hinterlassen? Die bittere Wahrheit lautete, dass sie seine heißen Hände immer noch auf ihrem Rücken und ihrem Po spürte, und an anderen Stellen, von denen sie kurz gehofft hatte, dass er sie berühren würde.

Gillian drehte den Schlüssel im Zündschloss herum, ließ den Motor aufheulen und schnurrte bedeutungsvoll.

Der Wagen fühlte sich an wie Adam. Kraftvoll, schön und schnörkellos. Unter dem Honiggeruch des schwarzen Leders roch er sogar wie er.

»Ach, Liebes. Die Art, wie er dich ansieht. Ich warte seit Jahren darauf, dass er mich mit diesem Strahlen in den Augen anblickt. Wenn du nicht dabei wärst, hätte er uns nie und nimmer erlaubt, eines von seinen Babys zu nehmen.« Gillian zwinkerte. »Ich habe die Gelegenheit einfach schamlos ausgenutzt.«

»Lass sie in Ruhe«, sagte Patty, lächelte aber ebenfalls.

Ja, bitte. Lasst mich in Ruhe.

Gillian lenkte das Fahrzeug aus der Garage und in die Auffahrt von Segue. Als sie das Gaspedal durchtrat, sang der Motor, und Talias Kopf wurde von der Wucht der Beschleunigung in den Sitz gedrückt.

Talia ließ Gillian und Patty, deren Köpfe unter matschartiger Farbe steckten, im Salon zurück. Gillian hatte zusätzlich noch glänzende Folien in den Haaren.

»Talia. Also ehrlich«, flehte Gillian, »bestell doch einfach etwas Schickes online, und lass es dir über Nacht liefern.« Sie wollte ihre Vorbehalte gegen das Einkaufen in Middleton gerade weiter ausführen, hielt dann jedoch mit einem Blick auf die Friseurin höflichkeitshalber den Mund.

Das Problem war, dass Talia morgen nicht mehr hier sein würde. Sie durfte die Kreditkarte von Segue ausschließlich in Middleton benutzen. Was auch immer sie kaufte, musste sie hier erstehen, andernfalls konnte Adam ihre Spur verfolgen.

Talia lächelte, dankte beiden und machte sich auf den Weg, um sich selbst ein Bild von den örtlichen Einkaufsmöglichkeiten zu verschaffen.

Sie fand einen Gebrauchtwarenladen voll mit Kitsch, Geschirr und angelaufenem Schmuck. An der Rückwand des Shops stand eine Stange mit Kleidung.

Die Sachen waren abgenutzt, zerknittert und faltig. Vermutlich hingen sie schon seit Jahren dort auf den Kleiderbügeln. Sie wählte ein paar Sachen aus, die aussahen, als könnten sie ihr passen, und war begeistert, als sie einen abgenutzten, aber robusten Rucksack entdeckte.

Bei ihrem Eintreten war der Tresen besetzt gewesen, nun wirkte er verlassen. Sie legte ihre Sachen auf die Theke und hielt die Kreditkarte zum Bezahlen bereit. Während sie wartete, schoss Adrenalin durch ihren Körper und wirbelte ihre Gedanken durcheinander. Eine Kleinstadt wie diese …

Sie zögerte eine Sekunde, dann trat sie auf die andere Seite des Verkaufstresens.

Da lag sie. In der obersten Schublade neben einem Stapel alter Kochbücher. Eine Pistole mit silbernem Lauf und schwarz gummiertem Griff. Eine Schachtel mit Munition, auf der .38 SPEZIAL stand, direkt daneben. Adam hatte gesagt, dass Waffen die beste Verteidigung gegen Geister wären. Das konnte sicher nicht schaden.

Sie hob die Waffe hoch, drehte und wendete sie, steckte die Munition in die Tasche und schob die Waffe in den Hosenbund unter ihre Bluse. Dabei hämmerte ihr Herz wie wild, obwohl sie in den zwei Monaten, in denen sie vor den Geistern auf der Flucht gewesen war, viele kriminelle Taten begangen hatte.

Die Waffe fühlte sich kalt und hart an ihrem Rücken an. Ungewohnt. Aber sobald sie daran dachte, wie Custo den Geist in der Gasse in Arizona umgelegt hatte, fühlte sie sich besser gewappnet. Als die Kassiererin – eine junge Frau – aus einem Flur trat, der durch einen Vorhang abgeteilt war, stand Talia wieder vor dem Tresen. Die Frau schien etwas überrascht, dass Talia sich noch immer dort befand.

Mit ihren Einkäufen in der Hand eilte Talia in den Teil des Ortes, in dem das meiste Leben herrschte.

Der Supermarkt befand sich an der Ecke I-52 und Main Street und schien Middletons Tor zur Welt zu sein. Talia betrat die Tankstelle, die Tür schwang weit auf, und über ihrem Kopf ertönte eine Klingel. Sie lächelte den pickligen Jüngling hinter dem Verkaufstresen an, der in einer Zeitschrift auf seinem Schoß blätterte.

Mit etwas Glück konnte sie die Stadt verlassen, bevor Patty und Gillian mit dem Färben fertig waren. Wohin wollte sie? Sie schluckte einen Kloß hinunter. Hauptsache weit, weit weg von Segue und Adam, alles andere war egal.

Talia benutzte die Kreditkarte, um Geld aus einem Bankautomaten neben dem Lottostand zu ziehen. Das Gerät spuckte 500 Dollar aus, den Höchstbetrag, den man an einem Tag abheben konnte. Das war deutlich mehr Geld, als sie bei ihrer letzten Flucht dabeigehabt hatte. Sie steckte die Scheine in eine kleine Tasche an der Vorderseite ihres Rucksacks und betrat den Imbissbereich. Sie wählte Energieriegel und ein paar Flaschen Wasser aus den verglasten Kühlschränken auf der Rückseite des Ladens.

Nachdem sie die Sachen bezahlt und verstaut hatte, postierte sie sich vor den Zeitschriften hinter der breiten Schaufensterscheibe. Eine Frau in einem alten Kombi, auf dessen Rückbank ein Kleinkind in einem Kindersitz saß, tankte an der Säule mit der Nummer eins. Ein Mann betankte einen roten Pick-up mit übergroßen Reifen an Säule Nummer zwei. Sie nahm an, dass der Mann vermutlich eher bereit war, jemanden mitzunehmen. Falls der Fahrer auf dumme Ideen kam, konnte sie ihn immer noch zu Tode erschrecken.

Zeit aufzubrechen.

Talia steckte eine Zeitschrift zurück in den Ständer, schulterte ihren Rucksack und stieß die Tür auf. Sie war auf halbem Weg zu den Tanksäulen, als ein schwarzer Denali-Geländewagen auf den Parkplatz glitt. Die getönten Scheiben ließen keinen Blick in das Innere zu. In der Windschutzscheibe spiegelte sich nur der bewölkte Himmel, aber die Haare in ihrem Nacken stellten sich automatisch vor Angst hoch.

Gefahr, warnte ihr Instinkt, ihr Herz pochte.

Paranoid. Sie unterdrückte das Gefühl und ging weiter auf den Pick-up zu.

Sie nahm Augenkontakt mit dem dickbäuchigen Fahrer auf, blickte aber über ihre Schulter zurück, als die Türen des Geländewagens geöffnet wurden. Sie sah, wie ein Mann – geschmeidig wie ein Raubtier – aus dem Wagen stieg.

Oh. Nein. Wo sollte sie sich nur verstecken?

Die Bäume am Highway wirkten genauso verlockend wie der Wald auf den Hügeln dahinter. Er stellte einen beinahe unendlich schattigen Unterschlupf dar. Es gab so viele dunkle Flecken, in denen sie sich verstecken und abwarten konnte, bis die Gefahr vorüber war. Anschließend würde sie von Strauch zu Baum schleichen und davonlaufen.

Adams nachdrückliche Worte tönten durch ihren Kopf: *Gehen Sie dorthin, wo sich die meisten Menschen aufhalten.*

Aber … sie blickte sehnsüchtig zu den Bäumen. Sie hatte sogar ausreichend Wasser und Essen bei sich. Sie konnte lange durchhalten …

Die Geister gehen nicht das Risiko ein, sich in der Öffentlichkeit zu zeigen. Die Intensität von Adams Worten hielt sie davon ab wegzulaufen.

Sie konnte es nicht ertragen, ein zweites Mal gejagt zu werden. Das wusste sie jetzt.

Talia entfernte sich von den Tanksäulen und lief mit großen Schritten auf die Kreuzung Main Street zu. Die meisten Leute hielten sich bestimmt in dem einfachen Diner neben dem Schönheitssalon auf.

Sie ging quer über die Straße. Nicht umsehen. Bloß nicht zu schnell gehen. Keine Aufmerksamkeit erregen. *Hier gibt es nichts zu sehen.*

Sie bog um die Ecke in die Geschäftsstraße, als Patty und Gillian gerade ein paar Türen weiter aus dem Salon traten.

Sei ganz natürlich. Ganz normal. Du gehörst einfach zu den Mädchen.

»Ihr seht großartig aus!«, rief Talia und verzog ihren Mund zu einem Lächeln, während sie ihren Schritt beschleunigte.

»Hast du etwas gekauft?«, fragte Gillian, als Talia auf sie zukam.

Geister, formte Talia mit den Lippen.

Das Lächeln verschwand aus Gillians Gesicht. Patty zog die roten Lippen nach unten und blickte an Talia vorbei.

»Wir verhalten uns ruhig«, ordnete Patty an, »und gehen zum Wagen.«

Auf der anderen Straßenseite schrie der California geradezu nach Aufmerksamkeit. Das war weniger praktisch. Gillian zog die Schlüssel hervor und öffnete per Knopfdruck die Türen. Im Eingang des Eisenwarenladens auf der anderen Seite des Wagens tauchte ein Mann auf. Seine Hose und sein modernes T-Shirt passten nicht in die Kleinstadt. Er verhielt sich unauffällig und steckte die Hände lässig in die Hosentaschen, doch seine Augen wirkten gierig und bedrohlich.

Mitten auf der Straße blieben die drei Frauen stehen. Patty packte Talia am Ellbogen, zog sie zurück und stellte sich schützend vor sie, als wäre sie ein Kind.

Das ließ Talia nur zu, weil sie gerade von rechts abgelenkt wurde.

Der Geländewagen kam mit geöffneten Türen die Straße

herunter gefahren. Seitlich auf den Trittbrettern standen zwei strahlende junge Männer, als machten sie gerade eine Spritztour. Beide sprangen herunter und versperrten die Straße.

»Adam hat gesagt, sie würden nicht das Risiko eingehen, sich der Öffentlichkeit zu zeigen«, sagte Gillian.

Als Talia begriff, erbleichte sie. Sie hätte es wissen müssen. Für niemand anders würden sie dieses Risiko eingehen. Aber wenn sie tatsächlich eine solche Bedrohung für sie darstellte, wie es die Bilder, die sie gefunden hatte, nahelegten, setzten sie womöglich alles aufs Spiel. Nun war es zu spät.

»Talia, hol Hilfe«, sagte Patty mit einer Stimme, die deutlich zu ruhig für die Situation war. »Middleton ist darauf nicht eingestellt. Jemand muss Hilfe holen, ansonsten wird die Stadt verwüstet. Du bist die einzige Person, die den Geistern entkommen kann.«

Wenn Talia einen Ausweg aus diesem Schlamassel gesucht hatte, hier war er. Eine sauber vorgefertigte Ausrede, absolut überzeugend und sehr verführerisch.

»Ich fahre«, sagte Gillian. Sie wollte ebenfalls leben. »Ich hole Hilfe. Ich kann genauso leicht durch …«

»Wir dürfen nicht zulassen, dass sie dich kriegen«, erwiderte Patty und ignorierte Gillian. »Denk nach, Talia.«

Talia überlegte nur eine Sekunde, dann war ihre Entscheidung gefallen: Bevor sie Patty und Gillian den Seelen verschlingenden Geistern überließ, konnte sie ebenso gut ihren eigenen Geist aushauchen, anschließend wäre ohnehin alles öde und sinnlos.

Talia schüttelte den Kopf, *nein.* Sie blieb. Die Entscheidung schnürte ihr die Kehle zu.

Sie brauchte nur etwas Mut, vielleicht musste sie erst einmal so tun, als wäre sie mutig. Dann, wenn sie nicht mehr flüchten konnte, stellte sich ein instinktiver Überlebenswille ein, und sie würde tatsächlich kämpfen.

Die kühle Waffe an ihrer Hüfte fühlte sich tröstlich an.

»Ich gehe nirgendwohin.« In Anbetracht der Tatsache, dass ihre Kehle höllisch brannte, gelang es ihr, mit erstaunlich fester Stimme zu sprechen. Sie drückte die weichen Knie durch, ließ den Rucksack von ihren Schultern gleiten und setzte ihn mit einem leise klatschenden Geräusch auf der Straße ab.

Mit ihrem Entschluss verstärkte sich Talias Angst. Die Welt vor ihren Augen verwandelte sich. Die Schatten. Die dichten Bäume und alten Backsteingebäude, die zuvor frisch und normal ausgesehen hatten, das Rot und Grün, lediglich vom Straßenstaub und dem Lauf der Zeit etwas verblasst, verschwanden jetzt unter einer dunklen Decke, die ihre Konturen verschwimmen ließ.

»Was zum Teufel …?« Gillian erschrak.

»Hör auf, Talia«, sagte Patty und verlieh ihrer Stimme einen autoritären Klang. »Wenn es zu einem Krieg kommt, können wir es uns nicht leisten, dich zu verlieren, und du wirst jetzt schon deine komplette Bandbreite an Tricks brauchen, um hier herauszukommen.«

»Wir befinden uns bereits im Krieg, Patty«, erklärte Talia. »Frag Adam.«

»Verdammt, Talia, lauf«, insistierte Patty, drehte sich langsam um die eigene Achse und stellte sich schützend hinter sie.

Rücken an Rücken standen sie mitten auf der Straße, nicht weniger als drei … Talia blickte nach links … beziehungsweise vier Geister waren hinter ihnen her.

»Ich kann uns in den Wagen bringen. Ihr müsst nur nah bei mir bleiben.« Talia kaute auf ihrer Lippe. »Dann locken wir sie hinter uns her nach Segue, wo wir mehr Hilfe haben.«

»Wieso zum Teufel glaubst du, du kannst …?«, fragte Gillian mit bebender Stimme.

»Bleib einfach bei mir«, sagte Talia. »Es wird gleich *dunkel*.«

Talia streckte die Hände aus, griff die kühle, himmlische Seide und zog die Schatten herunter. Gillians Hand griff verzweifelt ins Leere, als sie plötzlich nichts mehr fühlte. Talia packte sie, hängte sie an Patty und ergriff Pattys Hand.

Die Geister arbeiteten sich durch die Dunkelheit vor und suchten nach ihnen und dem Wagen.

Talia zog die Waffe. Der Griff rutschte in ihrer schweißnassen Hand. Sie ließ die Frauen los, um die Waffe mit beiden Händen festzuhalten.

Sie hob die Pistole, hoffte, dass sie geladen war, zielte auf einen Geist, als dieser gerade über den Wagen kletterte, und schoss.

Schwach spürte sie den Rückstoß in ihrer Hand. Die Kugel verließ die Waffe. Das glitzernde Geschoss flog, gefolgt von surrealen, durch die Luft wirbelnden Spuren, träge durch die Dunkelheit.

Talia erkannte an der Flugbahn, dass sie danebengeschossen hatte und lenkte das silberne Projektil auf den korrekten Kurs, wobei ihr Herz bis in den Hals hinauf schlug.

Die Kugel gehorchte.

He … Talia schluckte ihren Schock hinunter und dirigierte die Kugel mit ihren Gedanken zwischen die Augen des Geistes. Der kreischte kurz auf, dann fiel sein Körper dumpf auf das Pflaster.

Gillian fand mit zitternden Händen den Wagen. Sie öffnete die Fahrertür und krabbelte auf den Beifahrersitz hinüber. Patty folgte ihr nicht, sondern drehte sich um und blickte verblüfft in die Dunkelheit.

»Du zuerst«, rief Patty. Ihre Stimme klang verzerrt und hallte, mal näher, mal weiter entfernt durch die Schatten. Blind griff sie nach Talias Bluse, um sie in den Wagen zu zerren.

Es war nicht genügend Zeit. Die drei übrigen Geister schwebten herunter. Da sie nichts sehen konnten, sanken sie mit ausgebreiteten Armen auf den Wagen nieder.

Talia hob die Waffe und schoss aus nächster Nähe. Ein Geist zerfiel. Ein weiterer saß in der Hocke, stützte sich mit der Hand auf dem Pflaster ab und bereitete sich auf einen Angriff vor.

Sie zielte erneut, aber ein Arm schlang sich um ihre Taille. Patty versuchte, sie in den Wagen zu ziehen. Talia verlor das Gleichgewicht.

Der Geist griff Talias Handgelenk. Es tat weh. Ihre Finger kribbelten, dann brannten sie, und die Waffe fiel mit einem gedämpften Scheppern auf die Straße. Talia wehrte sich gegen den Griff und warf sich mit ihrem Gewicht nach hinten. Aber er war zu stark. Zu starr. Er spielte mit ihr wie mit einer Stoffpuppe.

Tränen verschleierten ihren Blick, als sie versuchte, sich aus seinem Griff zu lösen. Die Lage war nicht gut. Hoffnungslos.

»Er hält mich fest«, keuchte Talia Patty zu. »Fahrt los!«

Aber Patty stellte sich vor Talia. Pattys zitternde Hand suchte nach der Hand des Geistes. Anstatt zu versuchen, ihn von ihr loszureißen, was sinnlos gewesen wäre, strich sie über seinen Arm bis hinauf zu seiner Schulter.

»Patty, sie tun mir nichts. Sie haben schon einmal versucht, mich zu fangen. Lebend. Sie tun mir nichts«, sagte Talia. Ihre Augen brannten. Das war das Ende, das war ihr klar. Vielleicht würden diese Geister sie am Leben lassen, aber wenn sie sie in ihre Gewalt bekamen, würde es schrecklich werden. Grausam.

Patty stürzte sich auf das Monster. Sie packte seinen Kopf. Und küsste ihn auf den Mund.

Talia blieb vor Schreck das Herz stehen, Tränen strömten über ihre Wangen.

Die Gelegenheit war zu verlockend, als dass der Geist widerstehen konnte. Er ließ von Talia ab, die mit dem Hinterkopf gegen den Wagen stieß. Dann wurde sie von hinten gepackt und hineingezerrt.

»Wo ist Patty?«, schrie Gillian. Es hörte sich weit entfernt an. »Ich kann überhaupt nichts sehen!«

Talia schon. Der Geist legte den Kopf auf eine Seite, öffnete den Mund und biss zu. Ein quälender Schmerz riss an Talias Herz – nein tiefer –, während er Pattys Seele in seinen Schlund saugte. Eine große Seele, eine wunderschöne reine Seele, bebte und verschwand im Rachen des Monsters.

»Talia!«, kreischte Gillian wieder.

Talia blutete das Herz. Ein solches Geschenk hatte sie nicht verdient, aber sie würde nicht zulassen, dass Patty sich umsonst geopfert hatte. Sie würde alles dafür tun. Sie schlug die Tür zu.

Gillian hatte bereits den Schlüssel in das Zündschloss geschoben, der Motor heulte auf. Talia löste die Handbremse, legte den Gang ein und gab Gas.

11

Adam brütete über einer Zahlenkolonne, es waren Kosten, die seine Mitarbeiter bei ihren Recherchen in allen Teilen der Erde verursacht hatten. Derartige Posten zeichnete er meist blindlings ab, insbesondere Kosten für Unterkunft und Verpflegung. Die Arbeit in Segue war aufreibend, ließ einem keine Pause und wurde aufgrund der sich stetig vermehrenden und ausbreitenden Geisterpopulation zunehmend gefährlicher. Wenn eine Suite in einem Hotel die Recherche etwas erträglicher machte, nun gut. Geld spielte wirklich keine Rolle mehr.

Auf dem Schreibtisch brummte sein Mobiltelefon und wurde von der Vibration zur Seite getrieben. Er griff danach und nahm das Gespräch an.

Eine panische, fast hysterische Frauenstimme schluchzte etwas Unverständliches in den Hörer. Adams Magen krampfte sich zusammen – er hatte die markante Stimme sofort erkannt.

»Gillian?«, fragte er ganz ruhig, obwohl sein Puls augenblicklich raste. »Was ist passiert?«

»Sie sind hinter uns her … kommen nach Segue.«

»Geister?« Adam löste den Hauptalarm aus und forderte die Angestellten dadurch auf, sich an dem vereinbarten Treffpunkt zu versammeln und aufeinander zu achten. Auf seinem Bildschirm tauchte eine Liste der anwesenden Mitarbeiter auf. Als Jacobs Zelle aufgrund der Sicherheitsvorkehrungen überflüssigerweise vom Rest von Segue abgeschnitten wurde, erbebte der Boden – die Wachen dort unten mussten so lange ausharren. Nacheinander ging Adam die Bilder der Außenkameras durch.

Es war ein typischer Vormittag auf dem Berg. Alles ruhig, nur die Blätter der Bäume rauschten leise im Wind. Ihre Schatten wirkten jetzt allerdings bedrohlich. Finster und undurchdringlich.

Er hätte die Frauen nicht ohne bewaffneten Begleitschutz gehen lassen dürfen. Nun war er in die schlimmste Falle getappt, die die Psyche einem stellen konnte, er hatte sich zu sicher gefühlt. Er hatte streng darauf geachtet, dass über sein handverlesenes Forscherteam hinaus niemand etwas von der Arbeit in Segue erfuhr, aber mit der Zeit war zwangsläufig das ein oder andere nach draußen gesickert. Irgendwann musste jemand einen Fehler machen. Hatte einen gemacht.

»Wir haben Patty verloren.« Gillian klang vorwurfsvoll. Gab sie ihm die Schuld? Er hatte es nicht anders verdient. »Sie haben Patty, Adam. Patty ist tot.«

Adam spürte, wie etwas tief in seinem Inneren zerriss. Mit Tante Pat verband ihn ein Gefühl, über das er zugleich mit seinen Eltern, seiner Kindheit und alten Träumen verbunden war. Aber er durfte jetzt nicht an Pat denken. Das wäre ein weiterer Fehler. Er würde ihrer später gedenken, wenn es überhaupt ein Später gab.

Er stellte das Telefon auf den kabellosen Kopfhörer um.

»Und Talia?«, fragte er mit rauer Stimme, während er vor den Waffenschrank an der Wand hinter ihm trat. Er wählte ein AR-15-Gewehr mit Trommelmagazin, hängte sich den Gurt über die Schulter und nahm eine Glock in die Hand. Er griff noch etwas zusätzliche Munition und verstaute sie in seinem Gürtel.

»Talia geht es gut.« Wieder dieser vorwurfsvolle Ton. »Sie fährt.«

Er blickte zu den Aufnahmen, die von den Überwachungskameras von Segue übertragen wurden. Sanft geschwungene Wiesen. Bäume. Die schmale Straße, die in die Stadt führte. Noch nichts.

»Wie lange braucht ihr noch bis hierher?« Zumindest hatten sie den Ferrari mit dem Achtzylindermotor, vorausgesetzt, Talia war in der Lage, den Wagen auf der Straße zu halten.

»Ich weiß es nicht. Wir sind gerade an den Felsen vorbeigekommen.«

Bei den Felsen handelte es sich um riesige Klippen, die den höchsten Punkt der Passstraße nach Segue markierten. Kurz darauf fingen die Bäume an. Von dort brauchten sie noch fünf Minuten. Mit dem Ferrari weniger.

»Lotse Talia zum Hintereingang. Stellt euch darauf ein, in das Gebäude zu rennen, sobald ihr es erreicht habt. Schnallt euch vorher ab. Verstanden?« Adam glitt aus der Tür und rannte über den verlassenen Flur zur Hintertreppe. Bei Hauptalarm durfte er nicht den Fahrstuhl benutzen.

»Oh, Mist«, flüsterte Gillian in sein Ohr.

»Was ist?« Ganz ruhig, ermahnte er sich.

»Hubschrauber.«

»Ihr werdet von Hubschraubern gejagt?« Ein eiskalter Schreckensschauer überlief Adams Rücken. Es musste sich um einen organisierten Angriff handeln. Vor sechs Tagen war Talia hergekommen. Das Kollektiv hatte die Woche genutzt, um ihre Entführung zu planen. Er hatte geglaubt, sie sei hier in Sicherheit. Sie seien hier alle sicher. Tante Pat … Er hatte allen Sicherheit garantiert.

»Nein, er ist vor uns und dreht. *Wir werden sterben.*«

»Beruhige dich, Gillian. Ich helfe euch da durch« – noch ein falsches Versprechen? –, »aber nur, wenn ihr die Ruhe bewahrt. Ist Talia okay? Ist sie sehr nervös?«

»Nein. Talia ist ein verdammter Eisblock. Sie hat Patty – Patty! – diesen Monstern überlassen.«

So war es. Patty war tot, aber Talia wusste, wie man sich in Sicherheit brachte. Damit hatte sie ausreichend Erfahrung. Sie kämpfte selbst in einer ausweglosen Situation noch um ihr Leben.

Wie im Fall eines solchen Angriffs vorgesehen, fand Adam Custo, ebenfalls mit einer Automatikwaffe ausgerüstet, vor der Tür zum Treppenhaus, wo er gerade dabei war, das Schloss mit seinem Generalcode zu entsichern.

»Nicht die Nerven verlieren, Gillian«, befahl Adam. »Tue, was ich dir sage. Ich warte auf euch. Bleib in der Leitung.«

Gefolgt von Adam, der ihn auf den neuesten Stand brachte, polterte Custo die Stufen hinauf. »Gillian, Talia und Pat sind heute Morgen mit dem Wagen nach Middleton gefahren. Vor drei Minuten hat Gillian angerufen und berichtet, dass sie und Talia auf dem Rückweg nach Segue von Geistern verfolgt werden. Auch ein Hubschrauber ist hinter ihnen her. Die Geister haben Pat …«

Custo drehte sich abrupt zu Adam herum, seine Miene drückte Unglauben und Schmerz aus.

Dafür hatte Adam jetzt keine Zeit. »Hat Spencer sich angemeldet?«

»Noch nicht.« Custo gab den Code für den Ausgang ein und stieß die schwere Stahltür auf.

Adam duckte sich und trat ins Freie. Das typische Dröhnen eines Hubschraubers tönte vom Himmel. Adam streckte sich, um besser sehen zu können. Es handelte sich um einen schmalen Kampfhubschrauber in graugrüner Tarnfarbe, der gerade zur Landung ansetzte, um eine Gruppe Männer auf dem westlichen Rasen abzusetzen. Zwischen den Bäumen blitzte ein Licht auf, die Spiegelung zog Adams Aufmerksamkeit auf sich. Auch von der Straße her drang jemand auf das Gelände vor.

Sie blockierten die Straße, riegelten Segue ab.

»Fahr langsamer, Talia!«, schrie Gillian in Adams Ohr. »Du fährst sie um!«

»Fahr sie um!«, schrie Adam in das Telefon. Solange Talia und Gillian es zurück nach Segue schafften, war ihm egal, wen sie überrollten.

Der Lärm des Hubschraubers übertönte die Stimmen in Adams Ohr.

»Wiederhole«, schrie er in das Telefon.

Der Ferrari schoss zwischen den Bäumen hervor, ein purpurner Streifen vor dichtem Grün. Die Windschutzscheibe gesprungen und von netzartigen Linien durchzogen. Ein Mann klammerte sich an die Motorhaube. Sein Körper schwang und schleuderte hin und her, während er sich mit den Fingern an den Wagen krallte. Zu so etwas waren vielleicht Filmhelden in der Lage, aber in der realen Welt besaß nur ein Geist die dafür nötige Kraft.

»Zum Gebäude! Zum Hintereingang!«, schrie Gillian in Adams Ohr. Jetzt konnte er die Umrisse der Frauen auf den Vordersitzen des Wagens erkennen.

Custo hockte sich auf dem Treppenabsatz neben ihn. »Ich übernehme den Geist auf der Motorhaube.«

»Lass sie näher herankommen. Wir haben auch Besuch aus Westen.«

Plötzlich drehte Custo sich um seine Achse und schoss in schrägem Winkel auf die westliche Gebäudeseite. Der laute Warnschuss sollte die Soldaten aus dem Hubschrauber in Schach halten.

Adam bemerkte irritiert, wie die Männer sich bewegten. Bewaffnet und in grüner Tarnkleidung marschierten sie mit zackigen Bewegungen über die Wiese. Das waren Menschen. Wieso griff eine menschliche Militäreinheit Segue an? Es musste sich um einen schrecklichen Irrtum handeln.

»Wo zum Teufel ist Spencer?«, knurrte Custo und visierte den Lauf seiner Waffe.

Gute Frage. Spencer musste unbedingt herausfinden, wieso die Armee im Begriff war, eine zivile Forschungseinrichtung anzugreifen. Irgendjemand musste sich hierfür verantworten, so viel war klar.

Je näher der Wagen kam, desto stärker spürte Adam einen Druck in seiner Brust. »Direkt zur Tür«, wies er Gillian an.

»Sie werden uns erschießen!«

»Wenn sie bislang nicht auf den Wagen geschossen haben, werden sie es auch jetzt nicht tun. Sag Talia, dass sie vor dem Eingang halten soll. Ihr steigt beide auf der rechten Seite aus. Los.«

Adam hob seine Waffe und legte den Finger auf den Abzug.

Sicher und unaufhaltsam wie die Funken über eine Zündschnur raste der Wagen über die Straße und nahm die Abbiegung nach Segue präzise und kontrolliert. Talia hatte schon viel Schreckliches erlebt und wusste offensichtlich, dass ihr Überleben von ihrem klaren Denken und entschiedenem Handeln abhing. Sie war ruhig – das genügte Adam.

Ein großer Geländewagen, der im Vergleich zu dem Sportwagen klobig wirkte, tauchte aus dem Wald auf, jedoch zu weit weg, um eine unmittelbare Gefahr darzustellen.

Als der Ferrari sich dem rückwärtigen Parkplatz näherte, zielte Adam auf den Geist, der an der Motorhaube hing und schoss.

»Was tust du da? Du bringst uns noch um!«, kreischte Gillian ins Telefon. Adam konnte sehen, wie ihr Mund die Worte formte, die aus dem Kopfhörer an sein Ohr drangen. Talias Gesicht war weiß, ihre Augen waren starr auf das Gebäude gerichtet. *Ganz ruhig, Liebes.*

Adam zielte noch einmal. Er nahm den Kopf des Geistes ins Visier, der am Fuß der Windschutzscheibe auf und ab hüpfte, und schoss.

Der Geist zuckte zusammen und rutschte von der Motorhaube. Seine Beine gerieten unter den Sportwagen, sodass die

Reifen das Monster hinter dem Fahrzeug hervorschleuderten. Der Körper überschlug sich noch einmal, ehe er auf dem Pflaster liegen blieb.

Das Auto schleuderte nur kurz, als es über das unerwartete Hindernis hinwegraste, und schoss auf die Tür zu.

Talia sauste ein Stück am Eingang vorbei. Gillian hatte bereits die Tür geöffnet und warf sich in Adams Richtung, bevor das Fahrzeug richtig stand. Der Wagen war gefährlich nah auf das Gebäude zugesteuert, wie die schwarzen Bremsspuren verrieten. Adam griff Gillians Arme und brachte die Frau in Sicherheit, während Custo links unten von ihm eine weitere Gewehrsalve abfeuerte. Danach kletterte Talia aus dem Wagen. Erst schoben sich ihre Turnschuhe, dann ihre Beine, die in einer Jeans steckten, etwas ungeschickt über die Ledersitze und aus der Beifahrertür.

Als der Rest von Talias Körper hervorkroch, blieb Adam fast das Herz stehen. Ihre glänzenden weißblonden Haare wehten im Wind des Hubschraubers wie eine Fahne, die verkündete ›Hier bin ich‹.

Er packte ihren Arm und riss sie an sich, um sie mit seinem Körper zu schützen. Zusammen hechteten sie auf die Tür zu. Dahinter fielen sie auf den Boden, wobei sein Kopf gegen die Wand krachte, was er zwar hörte, aber nicht spürte. Custo folgte ihnen mit gezückter Waffe, schloss die Tür und sicherte sie.

Zusammengerollt lag Gillian auf dem Boden und schluchzte, die Wimperntusche rann in schwarzen Bächen über ihre Wangen. Talia rappelte sich auf und versuchte, sich von Adams Gewicht zu befreien.

»Bist du okay?« Adam umfasste ihre Taille fester und hielt sie noch einen Augenblick. Er musste erst ihr Gesicht sehen, musste wissen, wie sie alles verkraftete. Er richtete sich auf den Knien auf, ohne dabei ihren Körper loszulassen, griff ihre Arme, sodass er ihr Gesicht zu sich herumdrehen konnte, und schob ihr Kinn vorsichtig in Richtung Licht.

Sie wandte ihm ihr Gesicht zu, hielt den Blick jedoch strikt nach unten gerichtet. Er duckte sich zu ihr herunter und zwang sie, ihn anzusehen. Ihre Augen waren trocken, ihr Blick schien klar. Und einsam.

»Ich wollte wegrennen«, sagte sie und klang dabei seltsam distanziert. »Ein Geist hat mich erwischt. Patty hat mich gerettet und sich für mich geopfert. Sie hat das Monster auf den Mund geküsst.« Beschämt senkte sie den Blick.

Oh, lieber Jesus. Tante Pat.

Adam packte Talia an den Armen und schüttelte sie heftig. »Hast du jetzt genug vom Wegrennen, vom Verstecken und dem ganzen Mist?«

»Ich bin hier«, erwiderte sie hohl. »Sag mir, was ich tun soll.«

Wenn er sie geradeheraus bitten würde, das Gebäude zu verlassen und sich den Geistern zu stellen, würde sie es tun. Das war Adam klar. Sie hatte all ihre Geheimnisse preisgegeben. Ihr Leben gehörte nicht länger ihr, sondern Pat, genauso wie sein Leben seiner verlorenen Familie gehörte.

Aber Talia traf keine Schuld, nicht im Entferntesten. Er hätte vorausahnen und verhindern müssen, dass so etwas geschah. Hatte er Pat nicht erst gestern Abend gebeten, Talia zu beschützen? Und hatte er nicht die Frauen ohne Sicherheitsschutz in die Stadt geschickt? Es gab eine Million Sachen, die er hätte tun können. Nun war es zu spät.

»Steh auf«, sagte Adam. Er fasste Talia am Ellbogen, sie folgte ihm stumm.

»Lass mich runter«, schrie Gillian von hinten. Custo musste sie hochgehoben haben.

An der Treppe gab Adam seinen Code ein, und die vier gingen hinunter in die Laboretage. Verängstigte Mitarbeiter liefen vor seinem Büro durcheinander. Sie befanden sich eindeutig *nicht* da, wo sie sich eigentlich aufhalten sollten. Ihre gemurmelten Worte und ihre Bewegungen waren von ruheloser Angst getrieben.

»Ach, Mist« sagte Armand, als er die Waffen und die verlaufene Wimperntusche sah. »Ich wusste doch, dass ich diese verdammte Stelle nicht hätte annehmen sollen ...«

»Zick jetzt nicht rum«, murmelte jemand anders.

»Ist er draußen?«, fragte Jim.

»Nein, Jacob ist sicher«, teilte Adam der Gruppe mit.

»Bitte bewahrt Ruhe, damit Custo und ich die Lage einschätzen und euch umfassend informieren können.«

»Die Geister haben Patty in Middleton geschnappt«, platzte Gillian heraus. »Und Talia ist so etwas Ähnliches wie Jacob. Sie hat Patty den Geistern ausgeliefert.«

Talia stand mit erhobenem Kinn etwas abseits der Gruppe an der Wand und schien auf alles gefasst. Adams Blick zuckte zu Custo, und Custo stellte sich neben sie. Eine unmissverständliche Geste – wer Talia anfassen wollte, musste erst an ihm vorbei.

Adam wandte sich an Gillian. »Wo warst du, als das passiert ist? Wieso hast du nicht geholfen? Tatsache ist, dass Talia dir das Leben gerettet hat. Wenn du wieder klar denken kannst, wirst du ihr dankbar sein.«

Gillian verfiel in heftiges Schluchzen. Er wandte sich an die Gruppe und fuhr fort: »Wenn wir uns untereinander bekämpfen, werden wir das hier nicht durchstehen. Wir müssen Ruhe bewahren und zusammenhalten. Armand – ich brauche den Personalbestand. Es sollten sich siebzehn Personen auf dem Gelände befinden.« Adam dachte an Patty und korrigierte sich. »Sechzehn.«

Adam holte tief Luft und konzentrierte sich. Er verfügte über Notfallpläne, und sie hatten gewisse Abläufe trainiert. Er ging im Geiste die einzelnen Schritte durch: Das Ziel lautete natürlich, alle in Sicherheit zu bringen. Die Überlebenspakete, Waffen und Munition zu holen. Den unterirdischen Tunnel zu erreichen und in den Wald zu fliehen. Vier gepanzerte Geländewagen standen dort jederzeit bereit. Dann mussten sie sich in unterschiedliche Richtungen zerstreuen. Mit etwas Glück schafften seine Leute es zu einer der sechs Nebenstellen von Segue, die innerhalb von vier bis fünf Stunden mit dem Wagen zu erreichen waren. Er würde alles von dort aus koordinieren. Hoffentlich erhielt er ein paar Informationen, mit denen er weiterarbeiten konnte.

»Dreizehn«, antwortete Armand. Adam zählte im Geiste – abzüglich der Wachen, die bei Jacob waren, und des fehlenden Spencer waren alle da.

Sie hatten keine Zeit zu verlieren. Es konnte sein, dass die Truppen dort draußen bereits versuchten, in das Gebäude einzudringen. Er lief zu dem Raum zwei Türen neben seinem Büro – er diente als Waffenlager – und gab den Code ein. Die Tür öffnete sich geräuschlos.

Der Anblick traf Adam wie ein Stromschlag.

Der Raum war leer, die Regale enthielten nichts als Papier und Plastikmüll.

Seine Nerven brannten. Während er versuchte, die Information zu verarbeiten, war sein Kopf vollkommen leer. Nur drei Personen besaßen den Code zu diesem Raum: Er selbst, Custo und …

»Wo ist Spencer?«, bellte Adam über das nervöse Plappern im Flur hinweg.

»Wir haben ihn nicht gesehen«, erwiderte Jim.

Der Schweiß auf Adams Rücken wurde kalt, eine Gänsehaut überlief seinen Körper bis hinauf zum Nacken, wo sich die feinen Härchen aufstellten.

Waffen und Munition waren weg. Vor einer Woche waren die Sachen noch da gewesen – davon hatte sich Adam bei einer routinemäßigen Sicherheitskontrolle selbst überzeugt – aber jetzt waren sie weg. Alle. Wie konnte das möglich sein?

»Was ist los?« Custo trat von hinten neben ihn. Er hatte Talias Arm im Griff, die sich widerstandslos mitzerren ließ.

Custo musterte den hellen, leeren Raum. »Spencer.«

»Es gibt keine andere Möglichkeit«, stimmte Adam zu. Seine Stimme hörte sich leise und fremd an. »Nur wir drei verfügen über den Generalcode.«

»Aber warum?«

»Zum Teufel, wenn ich das wüsste. Aber wenn er an diesen Kram herankommt …« Das Bild des Militärhubschraubers tauchte in seinem Kopf auf. Die Soldaten, die auf der Wiese in Angriffsstellung gegangen waren und auf Custo geschossen hatten.

» …, dann kommt er auch in den Tunnel«, beendete Custo den Satz. Ihr Fluchtweg war versperrt.

Ein Missverständnis? Nicht in diesem Ausmaß.

Jemand im IBÜ hatte eine Entscheidung getroffen. Adam konnte sich nicht vorstellen, wie die lautete. Welche vernünftige Person – welcher *Mensch* – sollte gemeinsame Sache mit dem Kollektiv machen?

Ganz offensichtlich Spencer. Adam erinnerte sich, dass Talia versucht hatte, ihn zu warnen, und er ihre Sorgen nicht ernst genommen hatte. Sie kannte Spencer nicht gut und verstand seinen verdrehten Humor einfach nicht. Nun stellte sich heraus, dass sie Spencer besser durchschaut hatte als er.

Adam verfügte lediglich über die Waffen, die er und Custo bei sich trugen. Den Plan, durch den Tunnel zu fliehen, hatte Spencer mit ausgearbeitet, also war er nutzlos. Die Folgen waren erschütternd. Alle zur Verfügung stehenden Mittel, über die Spencer Bescheid wusste, galten fortan als Risiko, einschließlich der Schutzhäuser.

Adam strich sich durch die Haare, um die Spannung in seinem Nacken zu lösen.

»Ich begreife das nicht.« Custo wirkte niedergeschlagen, als er zu demselben Schluss kam. »Wieso werfen sie nicht einfach eine Bombe auf uns ab? Wieso machen sie nicht das Gebäude dem Boden gleich und töten uns alle auf einmal.«

»Willst du wissen, was ich denke?«

Custo zuckte mit den Schultern, als sei ohnehin alles egal.

»Es geht um Talia. Sie wollen nicht ihr Leben aufs Spiel setzen, ansonsten hätten sie auf den Wagen geschossen. Sie wollen sie lebend. Vermutlich sind sie seit Monaten hinter ihr her, in Phoenix haben sie ihre Spur verloren und sie in Segue wiedergefunden. Verdammt, wahrscheinlich hat Spencer ihnen gesagt, dass sie hier ist. Das ist sechs Tage her. Mehr als genug Zeit, um den Lagerraum auszuräumen und einen Angriff zu organisieren.«

Adam blickte zu Talia. Es ging hier um sie. Es gab keinen Grund, darum herumzureden.

»Ihr solltet mich als Tausch anbieten, damit sie euch unbehelligt gehen lassen«, schlug sie vor. Ihre Stimme klang erstaunlich gelassen, seltsam gefühllos.

»Nein«, stieß Adam hervor. Custo schüttelte ebenfalls den Kopf, spannte jedoch die Kiefermuskeln an.

»Du hast es selbst gesagt«, insistierte Talia. »Sie werden mich sehr wahrscheinlich nicht töten, ansonsten hätten sie es bereits getan.«

»Verstehst du denn nicht?«, zischte Adam mit zusammengebissenen Zähnen.

»Das ist das Kollektiv – sie werden uns so oder so umbringen. Sie wollen dich kontrollieren. Dann ist alle Hoffnung verloren.« Das durfte für eine Frau wie sie, die über einen beachtlichen Intellekt verfügte, nicht schwer zu verstehen sein.

Adam musste nachdenken – sich neu sortieren. Es musste einen Ausweg geben, den Spencer übersehen hatte. Spencer war gut, aber nicht einfallsreich. Zu selbstsicher. Es gab sicher etwas, das ihm entgangen war. Die Kanäle vielleicht, oder …

Der Boden unter Adams Füßen vibrierte. Die Erschütterung übertrug sich auf seinen Körper. Er erschrak, denn er wusste, woher das kam: Eine Maschine, die als Sicherheitsmaßnahme diente, wurde abgeschaltet.

Aus der Ferne hallte ein Schrei durch Segue.

Er kam von unten. Aus der Hölle.

Von Jacob.

Der Boden vibrierte. Talia sah, wie Adams Gesichtszüge erstarrten und er aschfahl wurde. Sie wusste, was das bedeutete. Das dort draußen waren Monster, und ein äußerst motiviertes Exemplar befand sich hier drinnen. Jacob.

Adam wirkte konzentriert, als würde sich in seinem Kopf ein Gedanke formen. Er drehte sich abrupt um und gab den Code zu seinem Büro ein. Custo folgte ihm, wobei er Talia hinter sich herzerrte. Er stellte einen Stuhl in die Tür, damit sie nicht zufiel, blockierte aber den Eingang für die anderen, die sich vor dem Büro versammelten. Adam ließ das Gewehr auf das kleine Ledersofa zu seiner Rechten fallen und hackte wie verrückt auf seine Computertastatur.

Talia blickte auf den Bildschirm rechts von Adams Schreibtisch. Wie makabre Marionetten hingen die Sicherheitsbeamten in Jacobs Zelle, die sie einst bewacht hatten. Adam wechselte augenblicklich das Bild, das nun einen langen, leeren Flur zeigte. Über seine Schulter hinweg sah er Talia besorgt an.

Doch das war nicht nötig. Talias Angst war immer noch fest in einer Art Knoten ganz hinten in ihrem Kopf eingeschlossen. Es machte ihr nichts mehr aus. Dafür hatte Patty gesorgt.

Adam wandte seine Aufmerksamkeit wieder dem Computerbildschirm zu. »Das Alarmsystem ist weiterhin aktiv. Deshalb sind die Aufzüge blockiert.«

Er trat zu einem hohen Schrank auf der anderen Seite des Raumes, riss ihn auf und wühlte in langen Papierrollen. Dann wählte er eine aus, zog das Gummiband ab und wickelte sie auf.

Mit einer schwungvollen Armbewegung fegte er Akten, Papiere, einen Laptop und allerlei Krimskrams von der angrenzenden Arbeitsplatte auf den Boden und breitete stattdessen das Papier dort aus. Auf dem weißen Bogen war mit feinen blauen Linien ein detaillierter Plan des Gebäudes dargestellt, Raumaufteilung und Flure waren Talia allerdings nicht vertraut.

»Das ist ein Bauplan des Hotels, nicht von Segue. Spencer und das IBÜ waren anfangs nicht in die Renovierung des Gebäudes involviert. Deshalb hoffe ich, dass wir denen entwischen können und es zur Garage schaffen. Es wird zwar etwas eng für uns alle werden, aber dort stehen noch drei Wagen. Die Zugangsstraße dürfte frei sein.«

Adam folgte mit dem Finger einer Reihe von Linien. »Es gibt einen Gott.«

Anscheinend befand sich in dem grünen Salon ein alter Dienstbotengang, der hinter einer Trockenbauwand verborgen war. Durch ihn konnte man auf die Westseite des Gebäudes gelangen. Von dort würden sie die Terrasse überqueren, auf das Dach der Garage klettern, durch eine Lüftungsklappe steigen und sich wie Zirkusclowns in Adams Fahrzeugen stapeln, um sich rasch davonzumachen.

Lächerlich. Ihr, Talias, Plan war besser.

»Ein Tauschgeschäft ist keine Lösung«, sagte Adam, als hätte er ihre Gedanken gelesen. Er saß wieder an seinem Computer und konzentrierte sich auf eine Reihe von Dateien, aus denen er einzelne auswählte und kopierte.

»Es gibt keinen anderen Weg«, beharrte Talia. »Ganz bestimmt denken die anderen genauso. Nur du nicht. Es muss niemand anders sterben.«

Aus dem Flur schrie Armand: »Gib sie doch den Geistern, wenn die so scharf auf sie sind. Ein Leben gegen zwölf.«

Talia sah, wie Adam Custo einen scharfen Blick zuwarf.

Custo wandte sich zu der Menge am Eingang um. »Ziehen wir uns zurück und lassen den Mann nachdenken. Wir schicken niemanden zu den Geistern.«

Mit ausgebreiteten Armen und dem Gewehr quer vor der Brust trieb Custo Gillian und die anderen den Gang hinunter auf das Treppenhaus zu.

Sobald sie aus seinem Blickfeld verschwunden waren, sagte Adam: »Davon, dass du dich marterst, kommt Pat nicht zurück. Das Kollektiv ist so sehr hinter dir her, dass die Geister sich sogar in die Öffentlichkeit wagen, obwohl sie dazu eigentlich noch nicht bereit sind.« Während die Dateien heruntergeladen wurden, bewegte sich ein Balken langsam über den Bildschirm. »Sie sind noch nicht genug, um einen ganzen Krieg durchzuhalten, was bedeutet, dass sie es in Kauf nehmen, jahrelang gejagt zu werden, nur um dich zu bekommen. *So* wichtig bist du für sie. Wenn wir dich jetzt aufgeben, ist der Geisterkrieg vorüber. Dann haben sie gewonnen.«

Er wandte sich wieder dem Schrank zu, zog eine Feuerwehraxt heraus und legte sie zu dem Gewehr.

Er schien einfach nicht zu begreifen. »Adam. Vielleicht kann ich in einem anderen Universum tatsächlich hilfreich gegen die Geister sein und keine Last. Aber hier und jetzt weiß ich nicht, wie ich sie aufhalten soll.«

Wenn sie aber zum Kollektiv ging und einen sicheren Abgang

für die Angestellten von Segue und für Adam aushandelte, konnte sie vielleicht etwas Sinnvolles mit ihrem Leben bewirken.

Er schüttelte den Kopf. *Nein.* »Wir müssen dir genügend Zeit verschaffen, dass du herausfinden kannst, was deine Rolle in diesem Spiel ist. Du musst herausfinden, wieso du so wichtig für sie bist, und das Ganze beenden. Egal, was heute geschieht.«

Der Mann war wahnsinnig.

Er drückte ihr einen USB-Stick in die Hand. »Darauf sind alle meine Daten aus Segue sowie weltweite Adressen, bei denen du Schutz findest. Aber beachte sie nicht weiter. Such dir einen belebten und zugleich anonymen Ort. Eine Großstadt, aber sag mir nicht, welche. Damit kommst du an Geld und alle übrigen Mittel sowie an Namen von Leuten, die dir helfen.«

Talia versuchte, ihm den Stick zurückzugeben. »Ich will das nicht.«

»Ich wünschte, ich müsste dir das nicht geben, aber ich kann nichts anderes mehr tun. Nein, ich nehme ihn nicht zurück. Eine Sache gibt es noch …« Er berührte ihre Lippen mit seinen, legte eine Hand schützend um ihren Kopf und strich durch ihre Haare. Sie spürte sein Bedauern, es verbrannte sie.

Sie wollte das nicht fühlen. Nicht fühlen, was hätte sein können.

Er veränderte seine Haltung und stieß den Schreibtischstuhl aus dem Weg, um ihren Körper an seinen zu schmiegen und ihr – auf grausame Art – zu zeigen, wie perfekt sie zueinander gepasst hätten, wenn sich alles anders entwickelt hätte. Eine heftige Gefühlswelle schwappte über sie – zu viele Gefühle, um sie voneinander unterscheiden zu können, aber alle durchzogen von Schuld.

Er wich zurück, doch sie spürte noch das Gefühl seiner Lippen auf den ihren.

»Was beim letzten Mal geschehen ist, tut mir leid«, sagte er.

»Ich habe mir selbst leid getan. Ich tue mir noch immer leid, aber was soll's.«

Sie ergriff seine Arme. »Was? Und jetzt soll ich weglaufen und dich den …«

Er nickte. »Ja. Weit und schnell.«

Über seine Berührung spürte sie, wie seine Entschlossenheit wuchs und alle anderen Gefühle verdrängte.

»Nein. Ich habe gesehen, was die Geister Menschen antun.«

»Wir müssen alle eines Tages sterben.« Er packte sie um die Taille und schob sie hinaus in den Flur.

Sie drehte sich um und sah, dass er sich mit Gewehr und Axt bewaffnet hatte. »Aber sie fressen nicht deine Lebensenergie. Sie fressen deine Seele.«

Adam blickte im Eingang zu seinem Büro kurz zu ihr hinunter und verzog leicht den Mund. »Ich besitze sowieso nur noch eine halbe Seele.«

»Nein, das stimmt nicht. Das ist …« Ihr fehlten die Worte, um auszudrücken, was sie für ihn empfand. »Ich könnte es so dunkel werden lassen, dass wir alle sicher entkommen.«

»Wir werden deinen Trick ganz sicher nutzen, aber dein Schatten ist nicht groß genug, um uns alle zu verstecken. Um uns alle zu retten. Er reicht nur für dich.« Er schob sie den Flur hinunter zu dem Rest der Segue-Gruppe. Custo hatte bereits die Tür zum Treppenhaus geöffnet.

»Ich kann noch andere Sachen im Dunkeln machen. Ich habe auf der Straße einen Geist unschädlich gemacht …«, insistierte sie, während sie neben Adam hereilte.

»Aber nicht den, der Patty erwischt hat. Und vor diesen Türen steht eine ganze Armee.«

Es war hoffnungslos. »Willst du denn überhaupt nicht um dein Leben kämpfen?«

»Der grüne Salon«, sagte Adam zu Custo, der die anderen

in das Treppenhaus drängte. Adam drehte sich wieder zu ihr um und sah ihr direkt in die Augen. »Talia, ich werde bis zum Letzten kämpfen. Bitte versteh doch. Ich muss mich um meinen Bruder kümmern.« Düstere, heftige Wut tobte in ihm, als wenn das Wort *Bruder* sein Herz in einen tödlichen Würgegriff nahm. »Finde du das Wesen, das ihn so verändert hat.«

Sie wich zurück. *Nein. Das will ich nicht.*

Das war nicht der Adam, der sie gerade geküsst hatte. Dieser Adam war ein Fremder. Unnachgiebig, unerbittlich. Entschlossen, gegen ein Wesen zu kämpfen, das zehnmal stärker war als er. Er schien wie von Sinnen.

»Versprich es mir. Du bist der Schlüssel. Du findest heraus, wer diese Geister schafft, und machst ihm den Garaus.« Sie betraten die Eingangshalle des Hotels. Adam sah über seine Schulter zu ihr zurück und durchbohrte sie mit seinem Blick. »Versprich es mir.«

»Ich weiß nicht, wie«, wiederholte sie. Er drängte sie so heftig, so entschieden, dass jedes andere Gefühl davon überdeckt wurde.

»Du wirst es herausfinden.« Er ergriff ihren Oberarm. »Für Patty.«

Das hatte gesessen und brach ihren Widerstand. »Für Patty.«

Talia blickte die Halle hinunter. Die Gruppe vor ihnen hatte Staubkörner aufgewirbelt, die im Sonnenschein tanzten. Draußen wirbelten die Rotorblätter des Hubschrauberpropellers durch die Luft.

Adam folgte Custo durch eine Reihe von Verbindungstüren und zerrte sie dabei hinter sich her – ihre Schulter würde das nicht unbeschadet überstehen. Dann stieß er sie von sich, sodass sie gegen Custo taumelte. Bei der kurzen Berührung von Custos Haut spürte sie, dass er unter starkem Druck stand und bereit war zu kämpfen. Hinter ihm sah sie Gillians rotes, verhärmtes

Gesicht. Armand fluchte. Und Jim Remy trat unruhig von einem Fuß auf den anderen.

Talia blickte sich um. Der Raum hatte keine Fenster und hing voll grauer Schatten. Einen Raum von dieser Größe konnte sie vollkommen verdunkeln. In Middleton hatte sie eine Kugel zu ihrem Ziel gelenkt – das musste sie wieder schaffen. Sie konnte die Geister und die Soldaten einen nach dem anderen erledigen. Sie konnte …

Ein lautes Krachen beförderte sie abrupt zurück in die Realität – Adam schlug mit der Axt auf die Wand ein. Er hob die Arme, holte Schwung, ließ die Axt nach unten sausen, und die Wand splitterte. Er griff in das schwarze Loch und zog unter Einsatz seines gesamten Körpergewichts an dem Material. Ein großes Stück Trockenwand brach heraus. Armand trat neben ihn und brach ein weiteres Stück ab. Die anderen griffen ebenfalls zu und schufen eine Öffnung, durch die sie hindurchpassten.

»Adam«, sagte Jim. »Gib mir eine Waffe. Ich bleibe hinter euch.«

»Das kann Custo übernehmen.«

»Du brauchst Custo, und ich will hierbleiben. Für immer. Ich will bei ihr sein.« Jim zuckte mit den Schultern. Talia wusste, dass er Lady Amunsdale meinte, den Geist, deren Spur er in der vergangenen Woche verloren hatte. Ganz offensichtlich war er nicht bei Trost.

Adam zögerte, dann reichte er Jim seine Pistole sowie ein paar Magazine.

Aus dem Loch in der Wand stieg eine dicke Staubwolke auf. Dahinter herrschte Dunkelheit. Etwas krabbelte dort drin.

»Ihr zuerst«, sagte Adam in ihre Richtung.

Custo nickte grimmig, und mit einem leisen Schlurfen bewegten sich Talias Füße widerwillig auf das schwarze Loch zu. Sie stieg über die Bretter in einen schmalen, feuchten Gang, in dem

Spinnweben wie Gespenster von der Decke hingen, sich in ihren Haaren verfingen und über ihre Arme strichen.

»Hier.« Ein heller Lichtstrahl bohrte sich durch die Dunkelheit, Custo drückte ihr eine Taschenlampe in die Hand. »Schnell jetzt. Die anderen warten.«

Sie hob den Arm, um damit Augen und Gesicht zu schützen, dann arbeitete sie sich vorwärts. Der Flur war lang und führte über verrottete Treppenstufen. Custo hielt sie beim Herabsteigen fest, falls das Holz nachgab. Offenbar gab es den Gang, damit das Personal auf seinen Botengängen ungesehen das Hotel durchqueren konnte.

Am Ende befand sich eine alte Tür, die fauligen Scharniere aus dem Holzrahmen gebrochen. Der Raum dahinter war klein und wirkte unfreundlich, aber durch eine graue Luke fiel Licht herein.

Als Adam zu ihnen stieß, wurde es ganz still im Raum, denn alle waren gespannt, was als Nächstes folgte. »Wir kommen hier am westlichen Bogen der Terrasse heraus und laufen in Richtung Garagendach. Custo und Talia gehen voran. Dann folgt der Rest von euch.«

Er warf Gillian einen Autoschlüssel zu. Armand ebenfalls. »Packt so viele Leute wie möglich in die Wagen.«

»Leise!«, Custo drehte den Kopf um und lauschte.

Im Raum wurde es still. Hinter ihnen, aus der Öffnung zum Gang, waren laute Schritte zu hören. Poltern. Das Splittern von Holz.

Jacob?

»Verdammt«, fluchte Adam. »Geh jetzt. Custo …«

Alle drängten zum Fenster, jeder wollte sich als Erster in Sicherheit bringen.

»Jetzt oder nie«, sagte Jim, Schweiß rann seine Stirn hinunter. Er tauchte zurück in die Dunkelheit. Ein lauter Knall hallte durch den Raum. *Noch einer. Und noch einer.* Ein erstickter Schrei. Dann Stille.

Einen lähmenden Augenblick lang rührte sich niemand von der Stelle.

Dann stieß Custo Armand seinen Ellbogen ins Gesicht und drängte sich durch die Menge. Er zog eine andere Person aus der Luke, schwang sich selbst nach oben und glitt geschmeidig hinaus.

Derbe Hände, die von Adam, packten Talia an den Hüften und hoben sie nach oben. Sie duckte sich durch das Loch und fiel auf Custo, der einen Arm um ihre Brust legte, sie hochzog und eine Pistole an ihren Kopf hielt.

Kurz wurde sie von Panik ergriffen, und ihr Herz hämmerte wie wild, doch dann begriff sie. Er wollte sie nicht erschießen, er setzte damit lediglich ein Zeichen.

Die Sonne brannte heiß auf ihr Gesicht, aber nach einem kurzen Moment gewöhnten sich ihre Augen an das Licht, und sie bemerkte, dass sich auf der Wiese unterhalb der Balustrade etwas bewegte. Waffen waren auf sie gerichtet, aber niemand schoss. Es war wie Adam gesagt hatte – sie wollten sie lebend.

Einer nach dem anderen kroch aus dem Loch. Mit rotem Gesicht quetschte sich der alte Philip durch die Öffnung. Gefolgt von der Labortechnikerin Priya. Sie stolperten in das Licht und realisierten langsam, dass auf der Wiese ein Exekutionskommando stand, das seine Waffen auf sie gerichtet hielt.

Adam kletterte als Letzter heraus, blieb stehen und rief über seine Schulter zurück: »Jim!«

Keine Antwort.

Custo zog Talia zurück zu Adam. »Wir müssen gehen, bevor sie merken, dass wir ihnen nur etwas vorspielen.«

Adam nickte nachdrücklich. Einen Augenblick sah er Talia an, dann bedeutete er allen zu gehen. Während sie auf die Garage zuhasteten, wurden sie von unten von den Gewehrläufen verfolgt, ein Stück weiter weg neigte der Hubschrauber die Schnauze nach unten und bewegte sich in ihre Richtung.

Die Gruppe kletterte über eine Leiter auf das Garagendach, Custo und Talia zuerst. Jetzt mussten sie nur noch in die Garage und zu den Wagen gelangen. Niemand konnte wissen, in welchem Fahrzeug Talia saß. Vielleicht gelang es ihnen tatsächlich zu entkommen.

»Oh, Adam«, rief eine hohe Stimme, die neckisch und verführerisch, aber trotzdem männlich klang und trotz des Hubschrauberlärms über die Terrasse hinweg zu hören war.

Talia drehte sich um.

Jacob schlenderte auf sie zu, wobei er Jim, der noch lebte, als Schutzschild benutzte. Auf Jacobs Unterarm leuchtete eine frische Blutspur, als hätte er sich gerade damit den Mund abgewischt. Talia dachte an die Wachen in seiner Zelle und erschauderte.

»Jacob«, tönte eine Lautsprecherstimme aus dem Hubschrauber. »Nicht die Gruppe angreifen.«

»Wieso nicht?«, rief Jacob fröhlich und kam weiter auf sie zu. Jim wimmerte in seinem Griff.

»Das Kollektiv gebietet dir, stehen zu bleiben!«

»Das Kollektiv hat mich vergammeln lassen«, erwiderte Jacob.

»Erschießt ihn«, sagte Talia zu Custo.

Custo hob seine Waffe, aber es war zu spät. Jacob hatte es nur auf eine Person abgesehen, auf eine einzige.

Jacob zielte und schleuderte Jim zur Seite.

Adam duckte sich und brachte sein Gewehr in Position. Jacob schlug es ihm aus der Hand, ein Schuss löste sich, und der Kugelhagel zerschlug die Bodenfliesen. Jacob griff den Gurt, mit dem die Waffe an Adams Körper befestigt war, und riss ihn zurück.

Adam sprang auf, trat mit einem Bein nach hinten aus und

erwischte Jacob am Knie. Das Knacken war bis zum Dach zu hören, wo Talia stand. Aber Adam konnte nicht entkommen.

Mit grimmiger, wild entschlossener Miene hob Custo erneut sein Gewehr.

»Nein! Du triffst Adam.«

In einer perversen Umarmung zerrte Jacob Adam an den Schultern nach oben.

»Das ist die einzige Möglichkeit.« Custo sah durch den Sucher.

»Mein Bruder.« Jacob grinste. Er gab Adam einen neckischen Kuss auf die Nase, wich zurück, riss den Mund auf und schob seine Zähne hervor.

Wieder erwachte die Angst in Talia. Abscheu brach alle Dämme, die sie so sorgfältig um ihr Herz herum errichtet hatte. Jegliche Zurückhaltung wurde von diesem Sog hinfortgerissen. Alles Interesse an Leben und Hoffnung und Liebe löste sich mit der Aussicht auf Adams Tod in Nichts auf. Wenn die Geister und die Menschheit ein Massaker wollten, würde sie es ihnen verdammt noch mal verschaffen.

Talia pumpte bis zur Schmerzgrenze Luft in ihre Lungen und schrie.

Der Schattenmann berührt das kühle Metall seiner Sense, die Klinge, die gnadenlos ist wie der Tod und beißend scharf wie sein Kummer. Die Schatten heulen und brüllen um ihn herum wie große dunkle Ungeheuer aus Wind und Wut.

Über den Tumult hinweg schreit eine Seele ihre Angst heraus. Es ist ein archaisches Geräusch, eine Komposition aus gebrochenen, dissonanten Tönen, das aus der Kehle eines Kindes stammt und den Tod zur Jagd auffordert.

Talia.

Der Schrei dringt durch die Schleier der Zwielichtlande und zerreißt die Fesseln seines Gefängnisses. Freiheit. Die Schatten schnappen nach seinen Fersen, können ihm jedoch nicht folgen.

Der Schrei seines Kindes holt ihn zurück in die Welt.

Es ist Tag. Als er hinaus auf das Schlachtfeld tritt, fällt Sonnenschein auf den Umhang um seine Schultern. Weder Wald noch Gebäude versperren seinen Blick. Der Tod ist für den Krieg bestimmt.

Talia.

Eine Schar Männer hat ihre Waffen auf seine Tochter gerichtet. Untote werden von Hunger getrieben, der an ihrer Seele nagt, und schleichen auf ein menschliches Opfer zu. Und über dieser Schlacht, über der Bergkuppe, thront ein Dämon, der Herr über dieses Chaos.

Die Schlange, die dem Tod entkommen und in die Welt der Sterblichen geschlüpft ist, während er sich Talias Mutter hingegeben hat.

Dämon! Wenn du meinem Kind etwas antust, wirst du sehen, was der Tod auf der Erde anrichten kann.

Der Dämon öffnet einen menschlichen Mund und lacht ihn an.

12

Ein durchdringender Schrei ertönte. Adam hoffte, dass er nicht von ihm stammte, denn er wollte zumindest wie ein Mann sterben. Er sammelte sich und bereitete sich auf das vor, was auf ihn zukam.

Der schrille Ton hielt an, brannte sich in Adams Kopf, wurde aber zum Glück von einer weiblichen Kehle erzeugt. Sein Trommelfell zog sich zusammen. Der Schrei vibrierte in seinem Körper und erschütterte ihn bis ins Mark.

Jacob taumelte, ließ von dem kranken Kuss ab und lockerte seinen Griff –

Ja! Adam duckte sich und befreite sich aus Jacobs Umarmung. Er trat nach hinten aus und erwischte Jacob an der Brust. Adam fiel auf die Knie nieder, zerrte das Gewehr, das unbenutzt an seiner Schulter hing, nach vorn und betätigte den Abzug. Die Kugeln hinterließen eine Spur von Dellen in Jacobs Torso und brachten ihn aus dem Gleichgewicht, sodass er gegen die verschnörkelte Terrassenbrüstung stieß und darüber hinweg nach unten stürzte.

Ein helles Licht auf dem Dach der Garage zog Adams Blick auf sich. Talia.

Er taumelte ehrfürchtig zurück.

Ihre Haut strahlte auf eine überirdische Weise von innen heraus, sie leuchtete heller als die Sonne über ihr, aber es schmerzte nicht, sie mit bloßem Auge anzusehen. Ihre Haare wirbelten wild um sie herum. Arme und Finger waren ausgestreckt, um den durchdringenden Ton aus ihrer Brust zu stützen. Ihr markerschütternder Schrei nach Hilfe berührte ihn in seinem tiefsten Inneren.

»Ein Engel«, sagte Adam.

»Das glaube ich kaum«, erwiderte Philip. Er presste sich an die Wand und bekreuzigte sich. »Eine Todesfee. Sie verkündet den Tod.«

Der blaue Himmel hinter Talia verdunkelte sich und löste sich in Fetzen auf. Himmelblaue Seidenstreifen wurden von einem tornadoähnlichen Sturm herausgerissen. Einem dunklen Wind. Mitten in dem heulenden Strudel riss ein Mann mit wütender Kraft an den mächtigen Schatten. Er griff nach einer Sichel. Nein, einer Sense.

»Der Schattenmann«, murmelte Adam.

Der Tod blickte auf Adam hinunter, als hätte er ihn gehört. Die Kapuze seines Umhangs fiel auf seine breiten Schultern herab. Der Tod hatte schräg stehende Augen wie Talia, doch leuchteten sie in einem intensiven Veilchenblau. Seine schwarzen, glatten langen Haare glänzten auf seiner dunklen Haut. Er hob die Arme, sodass sich aus seinem Umhang Flügel formten. Wenn es einen Todesengel gab …

Auf dem Garagendach stürzte sich ein Geist tollkühn auf Talia. Keine gute Entscheidung.

Denn der Tod richtete sich auf und wirbelte mit einem tödlichen Schwung herum, spießte den Körper des Geistes auf, warf ihn hoch in die Luft und zerteilte ihn zugleich mit der Klinge. Von der so vernichteten Kreatur stieg Staub auf. Anschließend blieb nichts als ein Häufchen aus Knochen und Leder übrig. Adams Herz zog sich zusammen, als der Schattenmann sich Custo zuwandte, der aus Angst oder vor Schreck auf der Stelle stehen geblieben war, aber der Tod ging an ihm vorbei und schwang seine Klinge in Richtung zweier Geister, die soeben das Garagendach erreichten. Ihre Köpfe kullerten über den Boden und plumpsten wie Steine auf die Soldaten darunter.

Talia schrie immer noch. Sie schrie das Grauen heraus. Die Soldaten schossen auf den Tod, und ihre Körper vibrierten von dem Rückschlag ihrer Schüsse. Auch das war ganz offensichtlich nicht klug.

Der Schattenmann schwang seine Sense durch die Luft in Richtung Hubschrauber und zerteilte den Geisterpiloten. Der Hubschrauber taumelte auf den Wald zu und explodierte in einem rotschwarzen Feuerball. Segue bebte.

»Rückzug«, schrie ein Mann.

Die Geister sprangen vom Dach hinunter ins Gras und flohen über die Wiesen, rannten dabei die deutlich langsameren Soldaten um und trampelten über sie hinweg. Doch der Schattenmann folgte ihnen wie ein Phantom, das auf ihrem Windstrom dahinglitt, und zerteilte mit seiner kühlen gebogenen Silberklinge wie mit einem farblosen Regenbogen die Geister.

Ihre Körper zerfielen, sobald der Schattenmann sie berührte. Er war die Antwort auf den Blutrausch, der in Adams Schläfen pochte. Ein mehr als eindrucksvoller Anblick. Verdammt, er hatte sogar Spaß daran, und es hätte ihm noch mehr Freude bereitet, wenn er selbst die tödliche Waffe geschwungen hätte. Aber man konnte nicht alles haben.

Oder vielleicht doch …

Adam rannte zum Rand der Terrasse. Er fasste die Balustrade und suchte die Wiese nach einem speziellen Monster ab.

Immer noch außer Gefecht gesetzt, lag Jacob lang ausgestreckt am Fuß des Gebäudes, war aber sicher bereits dabei, sich zu erholen.

»Hier«, rief Adam dem Tod zu. Während der Tod sich wie eine riesige Krähe über die Wiese bewegte, gab er nicht zu erkennen, ob er ihn gehört hatte.

»Schattenmann«, schrie Adam.

Der Schattenmann drehte sich abrupt um. Sein Umhang folgte der Bewegung.

»Sie haben einen vergessen.« Adam deutete auf Jacob. Seine Gefühle schnürten ihm die Kehle zu, sodass seine nächsten Worte als tiefes Grollen aus ihm hervorkamen. »Ich bitte Sie. Töten Sie ihn.«

Der Tod schwebte durch die Luft nach oben, als würde er über eine Wasseroberfläche gleiten. Vereinzelte Soldaten rannten auf den Wald zu. Andere lagen zu Tode getrampelt auf dem Boden. Einige kauerten auf ihren Knien und beteten, gelähmt vor Angst.

Adam hatte keine Angst. Verdammt, er war aufgeregt und freute sich, sein Herz drohte zu zerspringen. Der Schattenmann zerstörte nur Geister, die ohnehin schon tot waren. Die Lebenden ließ er in Ruhe.

Der Tod schwang seine funkelnde Klinge durch die Luft, dann zielte er nach unten.

Jedes Geräusch verstummte, als Adam zusah, wie der Tod sich auf seinen Bruder stürzte.

Stürzte. Und verschwand.

Jacob winkelte ein Bein an und drehte sich zu ihm um.

Adam suchte den Himmel ab. Nichts. Sein Blick streifte über den Boden. Segue war von leblosen Körpern umgeben, einige tot, und andere – wie Jacob – sollten es sein.

»Schattenmann!«

Keine Antwort.

Hinter ihm weinte jemand lauthals und rang nach Luft. Gillian. Ihr Schluchzen wirkte sehr laut, da es ansonsten vollkommen still war.

Dann begriff Adam. Das Schreien hatte aufgehört.

Adam blickte nach oben zum Dach der Garage. Custo kniete am Rand und hielt Talias schlaffen Körper.

»Ist sie in Ordnung?«, rief Adam ihm zu. Die Todesfee? Der Engel? Für ihn war es dasselbe.

»Sie ist ohnmächtig«, rief Custo zurück.

»Wecke sie!« Adams Hals war rau. Er blickte nach unten; Jacob stützte sich nun sogar auf einen Ellbogen hoch.

Custo umfasste Talias Kinn. »Talia! Talia!«

Adam brauchte sie. Sofort. Er war der Freiheit so nah gewesen, und nun sollte er doch an das Monster gefesselt bleiben … *Nein*. Er sprang hinüber zu der Leiter und kletterte auf das Dach. Er hockte sich neben Custo, packte Talia an den Schultern und schüttelte sie. Heftig.

Sechs Jahre voller Kummer, Verzweiflung und Angst liefen vor Adams innerem Auge ab. Jetzt war es so weit. Der Weg war klar. Sie musste noch einmal schreien. Jacob würde heute noch sterben, und wenn es Adam das Leben kostete.

»Sie hat genug getan«, sagte Custo.

»Nein«, stieß Adam hervor. »Das hat sie nicht.« Sie würde rechtzeitig aufwachen. Er holte mit dem Arm Schwung, um sie zu schlagen.

Custo griff sein Handgelenk. »Adam, sie ist am Ende. Beherrsche dich.«

Adam wehrte sich einen Augenblick gegen seinen Griff – sie musste aufwachen! –, aber als er den vorwurfsvollen Blick seines Freundes sah, ließ der Impuls nach. Was dachte er sich nur dabei?

Er blickte hinunter auf Talias viel zu blasses Gesicht, die Haare kringelten sich um ihre makellose strahlende Haut.

Adam ließ den Arm sinken und schloss die Augen, atmete tief ein und versuchte, sich zu fangen. Versuchte, sich ins Gedächtnis zu rufen, wer er war. Wie konnte er nur auf die Idee kommen, ihr Gewalt anzutun?

Talia. Dem liebenswerten Bücherwurm. Der Gehetzten, der Gejagten. Er hatte versprochen, sie zu beschützen.

Adam schüttelte sich und öffnete die Augen. Nachdem er so lange darauf gewartet hatte, Jacob zu töten, konnte er auch noch ein bisschen länger warten. Er verfügte jetzt über die notwendigen Mittel, und das war alles, was zählte.

Natürlich nur, wenn Talia diesen Tag überlebte. Es gab keine Möglichkeit, sie bewusstlos durch die Lüftungsklappe der Garage zu bekommen. »Wir sollten lieber hineingehen, ehe sie sich wieder dort unten sammeln. Bevor Jacob die Wand heraufklettert.«

»Du nimmst Talia«, sagte Custo und reichte Adam Talias Körper. »Ich kümmere mich um die anderen.«

Custo ließ Talia vorsichtig los und schien erleichtert, sie abzugeben, das Kind des Todes.

»Okay«, sagte Adam. Er hatte keine Angst vor ihr. Er hatte so lange nach dem Tod gesucht, um ihn gefleht, dass er sie gern in seinen Armen wiegte. Mit ihr konnte er Jacob töten, sich rächen, sich von der Last seiner Familie befreien.

Er nahm Talia in die Arme. Sie war schlapp, blass und kalt. Sie brauchte Pflege, etwas zu essen und Wasser. Wie ein vertrautes Joch spürte er die Verantwortung auf seinen Schultern.

»Nein, warte«, sagte er. »Die anderen sollen weitergehen. Bleib du bei ihnen, und überlass den Teufel mir. Ich komme bald nach. Sobald du sie untergebracht hast, treffen wir uns in …«

Wo? Jetzt, wo sie Talia bei sich hatten, war alles anders. Es gab keinen Grund, sich zu verstecken, nicht wenn sie ihren lieben alten Vater herbeirufen konnte. Wo also?

In New York City, wo alles angefangen hatte. »… in dem Loft.«

Adam warf ihren Körper über seine Schulter, sodass er mit ihr die Leiter hinuntersteigen konnte. Sobald er auf der Terrasse angekommen war, stürzten die anderen hinauf auf das Garagendach. Nur Jim blieb entschlossen unten stehen.

»Los, Jim.« Adam winkte Jim zu der Leiter und tastete nach

seiner Waffe, während er über den Rand der Terrasse nach unten zu dem dort liegenden Jacob blickte.

»Ich bleibe hier«, erklärte Jim.

»Du bist gerade noch mit dem Leben davongekommen. Fordere das Schicksal nicht heraus. In meinem Wagen ist kein Platz für drei.«

»Ich lasse Lady Amunsdale nicht zurück.«

»Du hast sie seit einer Woche nicht gesehen.«

»Es war eine Todesfee im Haus«, erklärte Jim mit einer Geste auf Talia.

»Das ist sie noch«, erwiderte Adam. Eine Todesfee. Seine Waffe. Es wurde Zeit.

»Talia!«, flüsterte eine männliche Stimme eindringlich.

Talia schlug ein ausgetrocknetes Auge auf. Jims Gesicht tauchte in ihrem Blickfeld auf. Ein Hauch nicht ganz frischen Atems strich über ihr Gesicht.

»Talia. Du bist wach.«

Sie wich etwas zurück. Blinzelte. Blickte sich um.

Sie befand sich in Adams Büro und lag auf dem modernen Ledersofa, das gegenüber von seinem Schreibtisch stand. Auf dem Fußboden war überall Papier verstreut. Das Durcheinander kam ihr bekannt vor, aber sie konnte nicht sagen, wieso.

Ihr Hals war vollkommen ausgetrocknet.

Jim blickte flüchtig über seine Schulter zu der offen stehenden Tür von Adams Büro und schob ihr eine Wasserflasche in die Hand. »Trink das.«

Mit zitternder Hand nahm sie die Flasche. Die Flüssigkeit rann wohltuend ihre Kehle hinunter.

»Was ist passiert?«

Jim beugte sich hastig zu ihr hinunter. »Du hast geschrien. Da ist der Tod aufgetaucht. Hör zu, du musst etwas für mich tun.«

Ich habe geschrien …? Talia erinnerte sich. Sie hatte den Teufel auf die Welt gelassen. Den schwarzen Dämon mit den roten Augen. Ihren Vater. Das musste sie sich eingestehen, sich und allen anderen. Custo hatte sich von ihr abgewandt. Die Soldaten hatten verängstigt geschossen. Adams Ausdruck war … verändert gewesen, *seltsam*, als er zu ihr nach oben gesehen hatte.

»Ich muss Lady Amunsdale rufen«, sprudelte es aus Jim hervor. »Wir haben nicht viel Zeit. Adam kommt jede Sekunde zurück. Kannst du sie für mich herrufen? Bitte. Ruf sie.«

»Wovon redest du?« Talia wollte sich gerade aufrichten, aber da war Jim schon über ihr und zog ihren angeschlagenen Körper nach oben, sodass sie saß.

»Du bist eine Todesfee. Du stehst mit dem Tod in Verbindung. Vielleicht kannst du sie rufen, sie dazu bewegen zurückzukommen.«

»Ich bin was?«

»Eine Todesfee. Du weißt, *ahhhhhh*.« Er hob die Hände an die Wangen, um seine Aussage zu unterstreichen. »Weißt du, seit du hier bist, habe ich kein Zeichen von Lady Amunsdale mehr erhalten, und ich … ich muss sie unbedingt sehen. Ich will mit ihr reden. *Ausnahmsweise*. Bitte.«

»Das verstehe ich nicht …« Talia rutschte von ihm weg.

»Ich habe dir ein Buch mitgebracht, in dem alles erklärt wird. Ich habe es gerade aus Philips Bibliothek geklaut.« Jim drückte ihr ein staubiges Buch in die Hand. »Lies es im Wagen, wenn du Zeit hast. Jetzt ruf sie. Versuch es. Sag einfach: ›Kommen Sie raus, Lady Amunsdale. Ich tue Ihnen nichts. Jim möchte mit Ihnen sprechen.‹«

Er wartete mit einem seltsam verzweifelten Leuchten in den Augen.

»Das ist lächerlich. Ich möchte das nicht.« Talia schob das Buch weg.

»Lass sie in Ruhe, Jim.« Adam stand mit einem Bündel auf dem Rücken und Schlüsseln in der Hand im Türrahmen. Sein Blick war hart, wütend. In seinem Kiefer zuckte ein Muskel.

Jim hob beschwichtigend die Hände. »Ich wollte nur, dass sie Lady Amunsdale ruft. Ist es denn zu viel verlangt, dass ich einmal in meinem Leben mit ihr sprechen möchte? Seit Jahren verfolge ich Erscheinungen und befasse mich mit der Deutung von Energie. Ich habe so lange darauf gewartet, sie zu finden. Bei ihr zu sein.«

»Wir haben alle warten müssen«, erklärte Adam. »Wenn der Krieg vorbei ist, bringe ich Talia zurück. Dann können wir es versuchen.«

»Der Geisterkrieg wird nie vorbei sein«, jammerte Jim. »Bitte. Kannst du uns nicht einen Augenblick geben?«

»Komm schon, Talia.« Adam streckte ihr eine Hand entgegen. »Wir müssen gehen. Kannst du laufen?«

Gute Frage.

Adam zog sie auf die Füße hoch. Sie wollte überhaupt nicht wissen, was er seit ihrer Horrorvorstellung dort draußen von ihr dachte, aber sie musste von Jim wegkommen.

»Denk doch nach, Adam«, insistierte Jim. »Lady Amunsdale könnte uns etwas sagen. Könnte dir zum Beispiel verraten, wie … wie … was dieser Idiot Spencer vorhat. Sie ist eine *Zeugin*. Sie war hier – überall – die ganze Zeit. Lass Talia nach ihr rufen.«

Adams Miene veränderte sich, er schien auf einmal interessiert. Er sah Talia an. Jim hatte einen Nerv getroffen.

Oh nein. Sie schüttelte den Kopf. »Das ist verrückt.«

»Ein Versuch kann nicht schaden«, gab Adam zu bedenken. »Und es könnte helfen.«

Talia wich zurück.

»Komm schon, Talia.« Jim flehte sie mit gefalteten Händen an.

Talia schüttelte den Kopf. »Das ist riskant. Ich will nicht, dass dieser … dieser Teufel zurück in die Welt kommt.«

»Welcher Teufel?« Adam ließ sein Bündel auf den Boden fallen.

»Äh … der mit der Sense. Der Dutzende von Leuten umgebracht hat.« In ihrem Hals bildete sich ein Kloß. *Sag es*, befahl eine innere Stimme. »Mein Vater, der Schattenmann.«

»Er hat uns gerettet, Talia. Er wird die Welt retten.«

Adam irrte sich. Sie wich erneut zurück und stieß gegen die Wand. »Ich habe die Leichen auf der Wiese gesehen. Er ist ein Dämon. Er hat rote, böse Augen.«

Adam neigte seinen Kopf. »Ich weiß nicht, was *du* gesehen hast, aber für mich hat er verdammt schön ausgesehen.« Er ging auf sie zu. »Und er schien ziemlich genau zu wissen, wer ein Mensch und wer ein Geist ist. Er hat nur die Geister angegriffen. Die *Geister* haben die Männer dort unten getötet, sie zu Tode getrampelt oder sie benutzt, um sich hinter ihnen zu verstecken.«

Aber was ist mit … »Ich habe gesehen, wie er Melanie umgebracht hat. In meiner Wohnung an der Universität. Ein Geist hatte sie in seiner Gewalt, und … und der Tod hat sie in der Mitte zerteilt.«

Adam zuckte mit den Schultern. »Vielleicht war sie bereits tot, ich weiß es nicht. Aber heute hat der Schattenmann nur Geister getötet. Er ist kein Dämon. Ich glaube, er ist einer von den Guten.«

»Er ist der Tod!« Mein Vater. Durch diese Verbindung wurde sie ein noch schlechterer Mensch, als sie immer geglaubt hatte.

»Genau. Und ich bin zum Beispiel entzückt, dass er auf unserer Seite steht. Versuchst du nun, Lady Amunsdale zu rufen, oder nicht? Vielleicht verfügt sie über Informationen, die für uns alle wichtig sind.«

»Bitte«, fügte Jim hinzu.

Talia blickte von einem zum anderen und schluckte schwer. Jim verzehrte sich nach einem Phantom, und Adam wurde von seinem Bruder gequält. Sie waren nicht bei Verstand und sie erst recht nicht.

Eine Todesfee. Was zum Teufel war das überhaupt? Bestimmt nichts Gutes.

»Ihr wollt, dass ich noch einmal schreie?« Ihr Hals war zu rau. »Ich glaube, ich kann nicht.«

»Vielleicht kannst du einfach nur nach ihr rufen«, schlug Jim vor. »Wenn es nötig ist, können wir das mit dem Schreien ja immer noch versuchen.«

Klar. Der hatte leicht reden.

»Je eher du es versuchst, desto früher können wir uns auf den Weg machen«, sagte Adam.

Sie seufzte – das war das Vernünftigste, was sie gehört hatte, seit Jim sie geweckt hatte.

»Lady Amunsdale«, sagte Talia und blickte sich im Raum um.

Nichts. Lächerlich.

Sie versuchte es noch einmal, lauter, etwas melodramatischer. »Lady Amunsdale. Bitte beehren Sie uns mit Ihrer Anwesenheit.«

Stille.

Jim vergrub das Gesicht in den Händen, sein Glatzkopf lief rot an. Talia bedauerte ihren spöttischen Tonfall. Der Mann war zwar verrückt, aber auch hoffnungslos verliebt.

»Du bist zu freundlich«, stellte Adam fest. »Vielleicht kommt sie erst, wenn man im Befehlston mit ihr spricht.«

Talia verdrehte die Augen. Befehlen – das konnte Adam gut. Noch ein letzter Versuch, dann würde sie aufgeben.

Sie sprach lauter. »Kommen Sie her, Lady Amunsdale. Sofort.«

Pause, dann war ein verzerrtes Wimmern zu hören.

Ruckartig drehte Jim den Kopf und sah sich mit hoffnungsvoller Miene suchend um.

Eine weibliche übersinnliche Stimme voller Leid umfing Talia und trieb eine Gänsehaut über ihren Körper. Adam legte seinen Arm um ihre Taille und zog sie an sich. Talia spürte seinen heftigen Herzschlag, aber seine sonstigen Gefühle wurden durch einen undurchdringlichen Schutz von ihr abgeschirmt.

Jim schwang herum. »Therese?«

Nichts.

Jim wandte sich wieder an Talia. »Bitte.«

Talia wollte nicht mehr. Sie wollte nicht wissen, wozu sie in der Lage war. »Lady Amunsdale? Sind Sie hier?«

»Nein«, erwiderte die Stimme flehend, wobei sie die Silben in die Länge zog und abwechselnd lauter und leiser klang.

Talia drehte sich um, erschauderte und vergrub ihr Gesicht an Adams Brust. Das durfte nicht wahr sein. Sie wollte das alles nicht. Dämon. Schattenmann. Geist. Was sollte das für ein Leben sein? Kein Wunder, dass sie so eigen war. Sie war dazu bestimmt, allein zu sein und sich zu ängstigen.

»Wir müssen wissen, was mit Spencer ist. Frag sie, Talia«, murmelte Adam in ihre Haare. »Dann können wir gehen. Wir haben nicht mehr viel Zeit.«

Talia stöhnte. Sie wollte nicht.

»Denk an Patty«, insistierte Adam härter.

Wie vom Schlag getroffen rückte Talia von ihm ab und stieß seine Arme von sich. Patty. Natürlich. Sie konnte in Adams Armen keinen Trost erwarten, sie hatte Patty auf dem Gewissen. Sie verdiente keinen Trost.

Wenn Patty einen Geist küssen konnte, dann – Talia schob ihre Bedenken beiseite. »Sind Sie hier?«, rief sie.

»Jaaaa«, schluchzte die Stimme.

»Therese!« Jim wirbelte im Kreis herum. »Hier ist Jim. Wir tun Ihnen nichts.«

»Zeigen Sie sich«, sagte Talia.

»Ich bin hier«, erwiderte Lady Amunsdale. Aber ihr Ton machte deutlich, dass das nicht aus freien Stücken geschah.

Talia konnte sie nicht sehen, aber sie spürte, wie sie federleicht ihre Sinne streifte. Sie war eindeutig hier. Oder zumindest ganz in der Nähe.

Talia zog an den Schatten. Der Raum wurde dunkler. Erhielt mehr Tiefe. Bestand aus mehreren Schichten.

Jemand ergriff von hinten ihre Arme. Das musste Adam sein, der ihren Blick teilen wollte. Um durch sie den Geist zu sehen. Praktischerweise fasste er nicht ihre Hände, sondern tastete nach anderen nackten Hautstellen. Die Ärmel ihres Pullovers ließen sich nur schwer nach oben schieben. Deshalb glitten seine warmen Hände zu ihrer Taille und weiter über ihren Bauch.

Über die Berührung ihrer Haut spürte sie seine drängende Ungeduld ebenso unmittelbar wie seine Nähe. Sie ignorierte seine übrigen Gefühle – sein Brennen, sein Begehren und vor allem seinen Kummer. Und sie verdrängte, leugnete, wie sehr seine Wärme die Kälte der Schatten vertrieb.

In die Dunkelheit hinein fragte Jim gedämpft: »Talia? Adam? Ich kann überhaupt nichts sehen. Wo seid ihr?«

»Ruhig«, erwiderte Adam. »Bleib, wo du bist. Talia sucht nach ihr.«

»Aber …«

»Still!«

Etwas glänzte. Hinter einer schwarzen Wolke blitzte ein Stern hervor.

Talia zog den dichten Schatten zur Seite und fand sich einem unglücklichen Kind gegenüber. Blonde Ringellocken kringelten sich um ein wütendes Gesicht mit energischem Kinn und trotziger Miene.

»Lady Amunsdale!«

Das Kind streckte ihr die Zunge heraus und rannte weg. Talia lief hinter ihr her, aber Adam hielt sie fest und drückte sie mit dem Arm an seinen Körper, seine Hand ruhte heiß auf ihrem Bauch.

»Ruf sie zurück«, flüsterte er in ihr Ohr. »Du kannst sie bewegen, zu dir zu kommen.«

»Wie?« Wenn er so viel wusste, wieso machte er es dann nicht selbst?

»Sag ihr, dass sie kommen und uns erzählen soll, was wir wissen möchten, und wenn sie das nicht tut, droh ihr mit der Alternative.«

»Die da wäre?«

»Dein Vater.«

Talia mochte das Wort nicht. *Vater*. Sie ersetzte es. »Ich rufe nicht den Tod für das Kind!«

»Sie ist kein Kind. Sie ist auch keine Frau. Sie ist ein Gespenst.«

Jim streckte einen Arm aus und fuchtelte damit in der Dunkelheit herum. »Tu ihr nicht weh! Tu ihr nichts, Talia!«

Talia schluckte schwer.

»Lady Amunsdale. Du kommst jetzt her und sprichst mit mir.«

Talia streckte ihren Geist aus und teilte die Schatten wie einen Vorhang. Das Kind saß auf einer Holzkiste in einem dunklen Vorratsraum und hatte die Beine unter ihr Kleid hochgezogen. Der Raum war in den Felsen geschlagen. Er roch staubig und alt, schien aber trocken. Ein Raum, in dem man Sachen lagerte. Nahrungsmittel ebenso wie Gespenster. Das Kind blickte sie über ihre Knie hinweg mit trotzigem Blick an.

»Ich gehe nicht weg!«

»Wo sind wir?«, fragte Talia. Sie spürte, wie Adam sie erneut festhielt.

Er war fest in Segue verwurzelt und blickte mit ihr gemeinsam über die Zeiten hinweg. Sie hatte das Gefühl, wenn er sie losließe, würde sie wie ein ankerloses Schiff dahingleiten und sich in Zeit und Schatten verlieren. Sie griff nach seinem Unterarm, der um ihre Taille lag.

»Ich halte dich. Wir sind im Hotel«, murmelte Adam in Talias Ohr. »Wir sind im *Fulton*, in der Vergangenheit. In ihrer Zeit. Hier sind *wir* die Gespenster.«

»Ich gehe nicht!« Das Kind klammerte sich an den Seilen einer Kiste fest und bereitete sich auf einen Kampf vor. Sie war genauso stur wie Adam.

»Wohin?«

»Rüber. Weg. Ich will nicht sterben. Du kannst mich nicht zwingen.«

»Ich fürchte, das kann ich.« Talia hatte buchstäblich Angst vor dem, was sie alles konnte.

»Das glaube ich nicht. Der böse dunkle Mann konnte es auch nicht. Und jetzt findet er mich nicht mehr.« Das Kind war die Missachtung in Person und verzog auf sehr erwachsene Weise missbilligend den Mund. Etwas an ihr war pervers, als wenn die Person Lady Amunsdale fort wäre und nur ihr Wille zurückgeblieben war. Und ihr Wille war es zu bleiben.

»Welcher gemeine Mann?« Talia fürchtete die Antwort.

»Der von der anderen Seite. Der will, dass ich hinübergehe.«

Der Tod? Der Schattenmann? Oder etwas anderes? »Wieso kann er dich nicht finden?«

»Er sitzt fest. Er ist gefangen.« Das kleine Mädchen zeigte ein viel zu erwachsenes schiefes, selbstzufriedenes Grinsen.

Sie musste den Schattenmann meinen. »Wie gefangen?«

»Das weiß ich nicht.«

»Sag es mir!« Talias Befehl hallte durch den Raum.

Das Jammern des Kindes drang durch die Schattenschichten. Das Geräusch wurde intensiver und voller und verwandelte sich in das Wehklagen einer Frau, stammte aber aus dem Mund des kleinen Mädchens. »Ich weiß es nicht!«

Es war aussichtslos. Als wollte man Wasser aus einem Stein pressen.

Adam verstärkte kurz seinen Druck auf Talias Bauch. Richtig, sie mussten sich beeilen.

»Erzähl mir von Spencer.« Sie stellte die dringendste Frage.

»Der Name sagt mir nichts.« Gelangweilt wandte das Kind den Kopf ab.

»Er arbeitet hier mit mir zusammen. Im Hotel. Hast du ihn beobachtet? Kannst du uns bei unserem Leben zusehen? Siehst du, was wir tun?« Der Gedanke ließ Talia erschaudern. »Antworte!«

Als sie von Talias Druckwelle ergriffen wurde, klammerte sich das Mädchen an die Seile. Vor Anstrengung verzog sie das Gesicht. »Ich kann euch sehen, aber ich kann nicht alle sehen. Nur dich und den mit der ganz leeren Haut. Sein Bauch sieht aus wie eine Flasche, in der lauter Glühwürmchengeister gefangen sind. So viele Glühwürmchen, die nicht herauskönnen. Ich halte mich von ihm fern.«

Talia blieb beinahe das Herz stehen, und sie spürte, wie Adam erstarrte. Arme Patty. »Was passiert dann mit den Geistern?«

»Frag ihn selbst«, sang das Mädchen. »Er kommt.«

Talia blickte über ihre Schulter zur Tür. Adam zog eine Waffe. »Frag sie, was er getan hat.«

Das Mädchen kicherte. »Er kommt. Er kommt. Er kommt.«

»Frag sie!« Adam schüttelte sie heftig.

Talia zitterte. Sie wollte es nicht wissen, aber Adams Griff war zu fest. Er presste die Frage aus ihr heraus. »Was hat die leere Haut getan?«

Das Kind streckte sich, schimmerte und verwandelte sich vor Talias Augen in eine Frau. Deren Haare wuchsen und kringelten sich wild um ihren Kopf, als wären die einzelnen Strähnen lebendig. Ihr Kleid wuchs mit ihrem Körper, weißes Tuch über Spitze und Baumwolle. Als sie sich aufrecht hinsetzte, lugten unter ihren Röcken Seidenstrümpfe und hochhackige Schuhe hervor. Sie hob den Kopf, sodass sie über ihre Nase hinweg auf Talia herabblicken konnte.

»Ein Dämon, der Totensammler«, sagte die Frau mit voller Stimme in kultiviertem Ton, als wäre es ihr zuwider mit Talia zu sprechen.

Meinte sie den Schattenmann? Der Schattenmann tötete Geister, er erschuf keine. Bei dem Dämon musste es sich um etwas anderes handeln, jemand anderes. Er musste die Quelle dieses ganzen Wahnsinns sein.

Ein lauter Krach hallte über den Flur.

»Verdammt«, raunte Adam in ihr Ohr. »Wir müssen gehen. Komm, Jim. Das ist deine letzte Chance.«

»Ich bleibe«, erklärte er und zog sich blind in die Dunkelheit zurück. »Ich bleibe bei Lady Amunsdale.«

»Sie ist keine Lady«, erwiderte Talia. »Sie ist verdreht. Verrückt.«

Das Gespenst lachte höhnisch und tastete nach ihrem Haar.

»Jim, ich kann nicht gegen Jacob kämpfen, Talia beschützen und dich mitschleppen. Das ist deine letzte Chance.« Adam steckte den Kopf aus der Bürotür, blickte in beide Richtungen, drehte sich zu Jim um und wartete auf seine Antwort.

»Ich bleibe hier«, erklärte er. »Für immer.«

»Nun gut.« Adam nahm das Gewehr in die Hand, die um Talias Taille lag, und schulterte sein Bündel. »Kannst du die Schatten über uns halten, bis wir am Wagen sind?«

»Du musst dich an mir festhalten, damit du etwas sehen kannst.« Talia nahm seine Hand von ihrem Bauch und hielt sie in ihrer. Ihr Herz hämmerte wie wild. An ihrem Haaransatz traten frische Schweißperlen hervor. Sie befeuchtete ihre Lippen. Ihre Haut war bereits salzig von der aufregenden Flucht aus Middleton und dem Gerenne durch Segue bis auf das Garagendach.

Er drückte ihre Hand. »Mach dir keine Sorgen. Ich lasse dich nicht im Stich.«

»Warte«, rief Jim. »Nimm das Buch mit.«

Talia sah den schmalen Band auf dem Sofa und ergriff ihn mit der freien Hand.

Lady Amunsdale lachte heiser. »Die leere Haut kommt. Er will sich mit euch den Bauch vollschlagen. Und ich werde zusehen.«

»Los«, sagte Adam zu Talia. Er zog sie mit sich in den verlassenen Flur. Talias Schatten begleiteten sie wie eine Welle aus Rauch. Als Adam sie zu dem rückwärtigen Treppenhaus zerrte, rutschte sie aus.

Während er den Code für die Tür eingab, wurde ihr schwindelig. Er zerrte sie nach oben. Hinter ihnen schrie jemand. Jim Remy war Lady Amunsdale begegnet oder jemand Gefährlicherem.

Adam schleppte sie die Treppenstufen hinauf und aus dem Hinterausgang hinaus.

Durch ihren Schatten sah die Sonne am Himmel wie eine purpurfarbene Kugel aus, die Welt bestand aus verschwommenen Rottönen. Der rückwärtige Parkplatz war verlassen, nur der rote Sportwagen befand sich noch dort – der, von dem Gillan als California gesprochen hatte. Der Wagen stand mit zersprungener Windschutzscheibe und laufendem Motor abfahrbereit da. Adam blieb an der offenen Beifahrertür stehen, als überlege er, seinen Plan zu ändern. Dahinter klaffte die extrabreite Einfahrt zur Garage. »Wir nehmen den Diablo.«

Sie hasteten über den Asphalt und erreichten den zurückgebliebenen Wagen. Er wirkte so brutal, wie sich Adams Griff anfühlte. Ein glatter Keil, der aussah, als würde er höhnisch grinsen. Sie musste sich tief ducken, um hineinzukommen. Abgesehen von dieser anfänglichen Unbequemlichkeit entpuppte sich der Wagen als purer Luxus.

»Schnall dich an«, befahl Adam. Als er den Schlüssel im Zündschloss herumdrehte und den Gang einlegte, hellte sich seine Miene auf.

Er trat genau in dem Augenblick auf das Gaspedal, in dem Jacob die Hintertür des Gebäudes aufstieß.

Obwohl sie sicher neben Adam saß, der den Motor aufheulen ließ, kroch Angst Talias Rücken hinauf. Als der Wagen beschleunigte, spürte sie ein Beben in ihrem Bauch. Sie rasten sicher an Jacob vorbei. Sie drehte den Kopf herum, um Jacob und Segue in der Entfernung verschwimmen zu sehen.

Aber Jacob war verschwunden. Die offene Tür des California geschlossen. Der rote Sportwagen schlingerte um eine Kurve, raste auf die Straße zu und nahm die Verfolgung auf, die zersprungene Scheibe glitzerte im Sonnenlicht.

»Er verfolgt uns«, sagte Talia.

»Tatsächlich, das tut er«, erwiderte Adam mit einem schiefen Grinsen.

13

In Adams Rücken röhrte der Motor des Diablo. Ein tiefes, volles Geräusch, das sich mit der Beschleunigung zu einem hohen Fauchen steigerte. Der Lamborghini glitt geschmeidig dahin und eroberte die Straße, kaum merklich versetzte sein Geräusch jeden von Adams Nerven in Schwingung. Bei diesem Wagen spürte man, wie erregend Beherrschung und Kontrolle waren.

Adam blickte in den Rückspiegel. Auf der Straße hinter ihm leuchtete der ferrarirote California, gefolgt von einer großen Staubwolke. Die zersprungene Windschutzscheibe war von einem weißen Netz überzogen, sodass Jacob trotz seiner scharfen Geisteraugen nicht gut sehen konnte.

»Kannst du das mit dem Schatten noch einmal machen?« Adam blickte zu Talia, die Jacob mit kreidebleichem Gesicht im Rückspiegel beobachtete. »Talia!«

Sie wandte sich abrupt zu ihm um, ihre Locken tanzten über Schultern und Rücken. Ihre Augen waren vor Angst geweitet, ihr Kinn rußverschmiert.

»Kannst du das mit den Schatten auch mit uns und dem Wagen machen?«

»Das weiß ich nicht …«

Adam griff ihr Handgelenk, schob mangels Alternativen sein Hemd hoch und legte ihre Hand auf seinen Bauch. Um die bevorstehenden Kurven zu meistern, musste er mit beiden Händen das Steuer halten. Er durfte sich nicht von der überwältigenden Kraft des Wagens und der Berührung dieser Frau ablenken lassen, die sein Blut pulsieren ließ.

Jacob. Denk an Jacob. Adam blickte erneut in den Rückspiegel. Sein Bruder hatte den Wagen auf die Geschwindigkeit des Diablo hochgetrieben.

Es nahten die Felsen, das war Adams Chance.

»Wir brauchen die Schatten. Jetzt!«

Eine dunkle Flutwelle schwappte über ihn hinweg. In den dunkelgrauen Schichten wurde sein Blick schärfer. Das Grün des Waldes am Straßenrand wirkte üppiger und saftiger. Talias Hand, die sie vor Anstrengung leicht in seinen Bauch drückte, wurde heiß. Seine Muskeln zogen sich unter der Berührung zusammen.

Während Adam den Wagen vorwärtstrieb, schienen sich die knochigen Felsplatten zu öffnen. Erst auf der Kuppe des Passes war die metallene Leitplanke auf der anderen Seite zu erkennen. Ein Schild warnte vor einer scharfen Kurve. Das war keine Stelle, um zu beschleunigen. Es sei denn, man sehnte sich nach dem Tod.

Sie passierten die Felsen. Adam fuhr mit hoher Geschwindigkeit in die Kurve, behielt aber durch geschicktes Abbremsen und Beschleunigen die Kontrolle über das Fahrzeug. Das hintere Ende des Wagens streifte die Leitplanke – der Diablo würde anschließend ein paar Schönheitsreparaturen nötig haben –, lag aber nichtsdestotrotz sicher auf der Straße.

Adam blickte in den Rückspiegel: Hinter ihm preschte der California heran. Kreischend krachte der Wagen durch das Metall, flog fünfzig Fuß durch die Luft und stürzte senkrecht nach unten. Als er einen Augenblick später einen lauten Aufprall und eine Explosion vernahm, wusste Adam, dass sein Bruder soeben in die Luft geflogen war.

Adam stöhnte angewidert. »Das ist eine Schande. So ein schönes Auto. Ich hoffe, dass der Aufprall ihm höllisch wehgetan hat.«

Er runzelte über sich selbst die Stirn – es hatte Zeiten gegeben, da waren Jacob und er gern zusammen auf die Rennstrecke gegangen. Das war *davor* gewesen. Mit einem anderen Jacob.

Einem anderen Adam.

Zumindest hielt die Explosion Jacob auf. Vor Jahren hatte Adam versucht, Jacob mithilfe eines gewaltigen Feuers, mit dem man früher Hexen verbrannt hatte, zu vernichten. Danach war Jacob zurückgekehrt – Blut, Knochen und Muskeln waren auf groteske Weise aus seinen verkohlten Überresten nachgewachsen. Der Prozess hatte Jacob einen einzigen Nachmittag gekostet, und als er wiederhergestellt war, war er hungrig und gereizt gewesen.

Talia rückte von Adam ab, und die Dunkelheit löste sich auf. Sie zog sich in die andere Ecke des Sitzes zurück und brachte so viel Abstand zwischen sich und Adam, wie es in der Enge des Wagens möglich war. Er zog sein Hemd über die Stelle, an der ihre Hand gelegen hatte, denn sie fühlte sich auf einmal kühl an.

Adam zog sein Mobiltelefon aus der Tasche und wählte Spencers Nummer. Er landete direkt auf der Mailbox, was ihm sehr recht war. »Spencer, du Mistkerl. Wenn wir uns das nächste Mal begegnen – und ich bete, dass das bald sein wird –, bringe ich dich um. Verstanden? Ich bringe dich um. Richte deinen Vorgesetzten aus, dass sie meine Angestellten in Ruhe lassen sollen, die in Segue, aber auch die, die überall auf der Welt für mich tätig sind. Ich erwarte, dass sie sich ungehindert und unbehelligt vom IBÜ oder dem Kollektiv bewegen können. Wenn ich oder irgendjemand von meinen Leuten sich nicht zur vereinbarten Zeit auf die vorgeschriebene Weise meldet, werden Informationen über die Geister online gestellt und sowohl per E-Mail als auch per Post an diverse internationale Nachrichtenagenturen gesandt. Vielleicht hat das IBÜ sich dazu entschlossen, mit dem Kollektiv zusammenzuarbeiten, die Weltbevölkerung ganz sicher nicht.«

Adam beendete das Gespräch. Er wusste nicht, inwiefern seine Drohung etwas nutzte. Vielleicht war die Angelegenheit bereits zu weit gediehen, als dass sich das Kollektiv noch aufhalten ließ, egal wie sehr die Öffentlichkeit bei der Enthüllung aufschrie. Nachdem das IBÜ involviert war, konnte das Kollektiv sich um einiges freier bewegen.

Wer auch immer die Befehlsgewalt hatte, musste mittlerweile wissen, dass Talia keine Gefahr für die Menschheit darstellte – der Schattenmann hatte nur die Geister angegriffen. Wenn Adam sie nicht rasch wegschaffte, würden Soldaten an allen Straßen, die vom Berg herabführten, Verkehrskontrollen durchführen. Er und Talia müssten früher oder später aufgeben.

Die scharfen Kurven ließen nach. Adam drückte das Gaspedal durch und trieb das Fahrzeug wieder auf über neunzig Meilen hoch.

Er blickte zu Talia. »Erzähl mir noch einmal, was Spencer über die Geister gesagt hat, als er dir zu deinem Zimmer gefolgt ist.«

Sie holte tief Luft, stieß sie langsam wieder aus und zog die Brauen zusammen. »Er sagte, dass man als Geist eigentlich nur den Zustand wechselt, wie beim Sterben, bei dem man von einem körperlichen in einen geistigen Zustand übergeht. Er hat behauptet, dass ihre Art zu leben, insbesondere das mit der Unsterblichkeit, vielleicht besser wäre als die menschliche Variante.«

Spencers Argumentation war Adam nicht neu. Seit Jahren diskutierte er mit ihm darüber. Ganz offensichtlich hatte Adam nicht begriffen, wie ernst es Spencer mit seiner Sichtweise war.

»Er hat außerdem gesagt, dass du mich in Segue erforschst, dass du mich sogar rund um die Uhr in meiner Wohnung von einer Kamera hast überwachen lassen«, fuhr Talia fort. »Er sagte, dass das IBÜ über Einrichtungen verfügt, in denen meine Rechte geschützt würden. In denen es noch andere von meiner Sorte gäbe.«

Die Kameras. Die hatte Adam tatsächlich vergessen. Jim hatte sie vor ein paar Jahren installiert, um die Aktivitäten der Gespenster im Westflügel zu beobachten. Die Kameras und Anschlüsse waren noch vorhanden, aber seit längerer Zeit nicht mehr in Gebrauch. Es sei denn …

»Ich habe deine Wohnung nicht überwacht, Talia, aber ich wette, dass Spencer es getan hat. Ich hatte vergessen, dass es die Anschlüsse gibt. Sie sind einzig und allein installiert worden, um die Aktivitäten von Gespenstern nachzuweisen. Und im Übrigen bin ich in den Einrichtungen des IBÜ gewesen. Dort gibt es keine Menschenrechte. Die Geister werden eingesperrt und eiskalt zu Untersuchungszwecken genutzt. Ich bin oft versucht gewesen, ähnliche Studien an Jacob durchzuführen, aber Patty hat dafür gesorgt, dass ich und Segue menschlich blieben.«

Die Erwähnung von Patty versetzte ihm einen Stich. Seit Jacob sich in einen Geist verwandelt hatte, war Patty sein Gewissen gewesen. Adam spürte einen weiteren Stich, scharf und heftig. Okay, okay – anscheinend musste Patty nicht hier sein, um ihn auf den richtigen Weg zu führen.

»Als du nach Segue gekommen bist, habe ich zusätzliche Tests angefordert. Ich wusste, dass du anders bist und wollte wissen, womit ich es zu tun habe. Ich hätte es dir sagen sollen. Patty wollte, dass ich das tue, und sie hatte recht. Es tut mir leid.«

Wieder versetzte ihm der Gedanke an Patty einen Stich, diesmal tat es eindeutig mehr weh.

»An ihrem Tod trage ganz allein ich die Schuld«, gestand er.

Talia antwortete nicht. Wahrscheinlich glaubte sie ihm nicht.

Er holte weiter aus. »Ich habe Custo und sie gestern Abend angewiesen, dich um jeden Preis zu beschützen. Ich habe ihnen erklärt, dass du der Schlüssel zur Zerstörung der Geister bist. Als sie den Geist geküsst hat, hat sie getan, worum ich sie gebeten habe. Dich trifft keine Schuld an ihrem Tod.«

Talia schüttelte den Kopf. »Ich wollte wieder davonlaufen. Ich war auf dem Weg. Wenn ich nicht …«

»Sie hätten Segue so oder so angegriffen. Vielleicht hätte uns das noch mehr Leben gekostet. Patty ist gestorben, aber du hast überlebt, um uns zu warnen und uns zu retten.«

»So einfach ist das nicht.«

Adam wagte einen weiteren Blick zu Talia. Ihr Profil leuchtete hell vor dem intensiven Grün, das vor dem Fenster vorbeiflog. Die Frau war intelligent; wenn es um komplizierte Sachverhalte ging, gab sie sich nicht mit einfachen Lösungen zufrieden.

»Nein, so einfach ist es nicht«, gab er zu. »Aber Pat hätte nie irgendjemanden verletzen wollen. Nimm das Leben, das sie dir geschenkt hat, uns geschenkt hat, und sei glücklich.«

»Du bist nicht glücklich.«

»Mein Bruder wurde im California gegrillt. Ich bin entzückt. Ich trauere um Patty, sobald das alles vorbei ist.«

Adams Herz zog sich zusammen. Er würde trauern. Um Tante Pat, um Mom und um Dad. Und um die Schwester und den Wachmann, die im ersten Jahr gestorben waren. Und den Labortechniker im dritten Jahr. Und um alle, die heute gestorben waren. Aber nicht um Jacob. Niemals. Er hatte sich freiwillig für diesen Albtraum entschieden, also sollte er schmoren.

Die Bergstraße endete an einer vierspurigen Kreuzung. Adam trat das Gaspedal durch, und der Diablo schoss über die Haltelinie. Wie eine süße Droge strömte Adrenalin durch Adams Körper. Talia schrie auf und stützte sich am Armaturenbrett ab. Einige Wagen hupten, was er ihnen nicht verübeln konnte. Der Diablo war ein Meisterwerk.

Das Auto schleuderte am Supermarkt vorbei, fuhr um Middleton herum und erreichte den Highway, ein schnurgerades zweispuriges Asphaltband, das geradezu nach einem irrsinnig schnellen Motor zu verlangen schien und nach jemandem, der wahnsinnig (oder verzweifelt) genug war, ihn auszufahren.

Er beschleunigte den Wagen, und der Motor gab einen singenden, durchgehend hohen und wunderschönen Ton von sich. Ein Loblied auf die Geschwindigkeit. Bravo.

Der Diablo erreichte hundert Meilen. Hundertdreißig. Auf beiden Seiten der Straße tauchten Berge auf, am Fahrbandrand erstreckte sich ein Grünstreifen. Aus den Augenwinkeln sah Adam unscharfe gelbe Tupfen vorbeifliegen.

Vor ihm erstreckte sich die Straße. Abgesehen davon, dass er gelegentlich einen deutlich langsameren Wagen auf dem beinahe leeren Highway überholen musste, hatte Adam Zeit nachzudenken. Wenn Talia nicht geschrien hätte, wäre jetzt alles aus. Nach dem Militärangriff hätte man Segue geschlossen und ihn und seine Angestellten wer weiß wo in Sicherheitsverwahrung genommen oder an die Geister verfüttert.

Unglaublich.

»Talia«, sagte er und umklammerte das Lenkrad, um seine Wut zu zügeln. »Ich brauche deinen klaren Verstand. Hilf mir, dem allen einen Sinn zu geben.«

»Okay«, erwiderte sie müde. Vorsichtig.

»Lady Amunsdale hat von der ›leeren Haut‹ gesprochen. Von Jacob und den Glühwürmchen in ihm, die« – Adam schluckte, als er an seine Eltern dachte – »die Seelen der Menschen sein müssen, von denen er sich ernährt hat.«

Talia nickte energisch.

»Und wir wissen, dass der Schattenmann, der Tod, ohne deine Hilfe nicht an die Geister herankommt. Anscheinend befreist du ihn durch deinen Schrei. Du holst ihn in unsere Welt und versetzt ihn dadurch in die Lage, diese Mistkerle umzubringen.«

»Ja.« Sie blickte aus dem Fenster, sodass er ihren Gesichtsausdruck nicht sehen konnte. Wenn es um ihren Vater ging, fühlte sie sich ganz und gar nicht wohl.

Adam fuhr fort. »Etwas ist geschehen, ein bislang unbekanntes Ereignis, in dessen Folge der Tod gefangen genommen wurde. Das haben wir auf den Gemälden gesehen, die du entdeckt hast. Und irgendetwas hat Jacob die Möglichkeit verschafft, für immer zu leben.«

Talia lieferte mit leiser Stimme den Namen. »Der Dämon. Der Todessammler.«

Adam sah zu ihr hinüber und versuchte, ihren Blick auf sich zu ziehen. »Du weißt, dass wir ihn finden müssen, stimmt's?«

Keine Antwort.

»Du weißt, dass das Ganze nicht vorüber ist, ehe der Dämon erledigt ist.«

Schweigen.

Er kam zum Punkt. »Irgendwann musst du deinen Vater noch einmal herbeirufen.«

Sie lehnte den Kopf zurück gegen den Sitz und schloss die Augen. Sie wollte mit alledem nichts zu tun haben, nicht mit ihm.

Er wünschte sich, dass sie es ihm sofort versprechen würde, aber irgendetwas hielt ihn davon ab, sie darum zu bitten. Er war sicher, dass sie es ihm sofort versprechen würde, wenn er sie dazu drängte. Dass sie tat, was getan werden musste. Aber etwas zwischen ihnen wäre zerbrochen. Ein Vertrauen, eine Bindung, eine Chance auf etwas Gutes in seinem Leben. Davon hatte er so wenig, dass er das hier nicht aufs Spiel setzen durfte. Nicht einmal für den Krieg.

Am Stadtrand von Dickerson kündigten Schilder eines Einkaufszentrums eine erschlagende Auswahl an Geschäften an: *Mikasa, Osh Kosh, Gap, Motherhood, Saks* und mehr. Fünfzehn Meilen! Zehn! Fünf!

Unter anderen Umständen wäre die Aussicht, eine Einkaufspassage zu betreten, entsetzlich gewesen. Nicht so heute. Adam blickte zu der Ansammlung einfacher Gebäude. Weiß und sauber kauerten sie nebeneinander und boten der weiblichen Kundschaft optimalen Einkaufskomfort.

Er nahm die Ausfahrt und hinterließ etwas Gummi auf der Straße, als er mit Schwung auf den Parkplatz bog. Er fuhr an der großen Parkfläche vorbei auf die Rückseite, wo ein Sattelschlepper vor einer Laderampe stand. Er parkte den Diablo im Schatten des Lastwagens, den die späte Nachmittagssonne hinter den Anhänger warf.

Als er den Motor ausmachte, wirkte die Welt überwältigend still.

»Komm schon, komm«, drängte Adam, während er aus dem Fahrzeug ausstieg und dabei sein Bündel hinter sich herzerrte. Erschrocken stieg Talia auf ihrer Seite ebenfalls aus.

Als er stand, presste er seine Lippen auf die Tür des Diablo. Wenn dieser Krieg vorbei war, würde er sich einen neuen besorgen. Verdammt schade, dass er dieses Prachtstück hier zurücklassen musste, aber es war immer noch besser als das Schicksal, das der California erlitten hatte.

»Wohin gehen wir?« Talia schlug die Tür zu.

Adam sprang auf die Laderampe aus Beton und zog sie neben sich nach oben. »Wir müssen nach New York, aber der Diablo ist zu auffällig. Wir besorgen uns eine Mitfahrgelegenheit und fahren Richtung Norden.«

Wahrscheinlich musste er ein Auto kurzschließen. Verdammt – das hatte er seit Jahren nicht mehr gemacht. Wo war Custo, wenn man ihn brauchte?

Adam versuchte, die rote Metalltür rechts von der Laderampe zu öffnen. Auf dem Boden qualmte eine Zigarettenkippe. Netterweise war die Tür unverschlossen. In einem Lagerraum stapelten sich braune Kartons mit schwarzem Aufdruck dicht an dicht, immer drei oder mehr übereinander. Dahinter führte eine Doppeltür in dunklem Beige vermutlich in das Einkaufszentrum.

Talia zerrte an seinem Arm. *Oh, nein*. Er blickte zurück, bereit zu kämpfen.

»Toilette«, sagte sie und blinzelte mit den Augen.

Er sah sich um und atmete erleichtert auf. Die offene Tür mit der sauberen Toilette hatte er vollkommen übersehen. Rechts daneben auf einem Schild stand »Nur für Personal«.

»Mach schnell«, erwiderte er. Eigentlich hatten sie für so etwas keine Zeit.

Mit einem tiefen Seufzer rannte Talia hinein und schloss die Tür.

Adam strich sich mit der Hand durch die Haare. Wenn sie gefangen und umgebracht wurden, nur weil sie mal musste … Auf der anderen Seite der Kartons entdeckte er eine Reihe Haken, an denen Taschen baumelten. Ihm kam eine Idee.

Er schritt darauf zu und durchwühlte die erste Tasche nach einem Schlüssel. Treffer. Mit etwas Glück arbeitete die Frau, der das Fahrzeug gehörte, bis Ladenschluss um – er streckte den Kopf und spähte auf den aufgehängten Dienstplan – neun Uhr. Er musste nicht beweisen, dass er noch in der Lage war, einen Wagen kurzzuschließen.

»Adam?«, rief Talia leise.

»Hier.« Er trat hinter den Kartons hervor und traf sie vor der Tür. Er griff ihren Ellbogen und deutete auf die Doppeltür. »Wir laufen geradewegs durch das Gebäude und verlassen es durch den Vorderausgang.«

Sie betraten die Schuhabteilung und hasteten durch ein Labyrinth aus Kleiderständern und Accessoires. Das Geschäft – den roten Buchstaben an einem Ende des großen Raumes nach zu urteilen, Saks – war riesig. Mindestens zwölf Frauen sahen prüfend die Kleidung durch. Adam stieß die Vordertür auf, überquerte die Straße und lief auf eine Reihe Großraumlimousinen, Gelände- sowie Kleinwagen zu.

Er betätigte den Knopf an dem Schlüssel. Ein silberner Malibu reagierte mit dem satten Geräusch sich öffnender Schlösser. Es war bei Weitem kein Diablo, aber immerhin ein Transportmittel.

Adam bedeutete Talia einzusteigen, und schon bald waren sie wieder auf der Straße. Er stellte den Tempomat auf siebzig Meilen in der Stunde ein. Als ein Polizeikonvoi mit heulenden Sirenen von hinten nahte, bedeutete er Talia, ihr auffälliges Gesicht zu verbergen, und hielt auf dem Schotterrand. Die Polizei sauste vorbei. An der nächsten Ausfahrt fuhr Adam ab. Dann nutzte er, soweit es ging, Land- und Umgehungsstraßen.

Er sah hinüber zu Talia. Sie hatte den Ellbogen am Beifahrerfenster abgestützt und den Kopf auf die Hand gelegt. »Wieso versuchst du nicht, etwas zu schlafen?«

»Ha.« Sie lachte erschöpft. »Ich glaube, ich werde nie wieder schlafen können.«

»Wieso versuchst du es nicht? Lehn dich zurück, schließ die Augen und entspann dich. Wir haben einen langen Weg vor uns.«

Skeptisch hob sie eine Braue, kauerte sich jedoch in den Sitz und verschränkte die Arme vor der Brust.

Als er das nächste Mal zu ihr hinübersah, war ihr Kiefer entspannt, die Lippen leicht geöffnet und das Kinn etwas zur Seite geneigt, sodass ein paar Sonnenstrahlen darauf fielen. Talia. *Die Schlafende Schöne*. Zu schade, dass das hier kein Märchen war.

Ein lautes *Hupen* riss Talia aus dem Schlaf. Sie klammerte sich an den Sitz, rappelte sich hoch und blickte blinzelnd auf die scharfen Kontraste zwischen dunkler Stadt und hellen Lichtern.

»Da bist du ja wieder. Willkommen«, sagte Adam. In seinem Gesicht zeigte sich ein Bartschatten.

»Wo sind wir?«, krächzte sie.

»In New York. Du warst sieben Stunden lang bewusstlos.« Adam klang amüsiert. Sie fühlte sich wie gerädert, als wäre sie unter einen Bus geraten.

»Wie spät ist es?« Sie streckte sich, damit die Durchblutung einsetzte, und bog den Rücken durch, um die Verspannung im unteren Teil ihrer Wirbelsäule zu lockern.

»Gegen Mitternacht.« Sein Blick zuckte hinunter zu ihrem Körper und blieb dann an ihrem Gesicht haften. »Du siehst besser aus. Den Schlaf hast du dringend gebraucht. Gut abgepasst – wir müssen das Auto loswerden, dann gehen wir zum Loft.«

»Zum Loft?«

»Ein Unterschlupf, den Custo und ich uns teilen und den man nicht mit uns in Verbindung bringt. So …« Er bog abrupt ab und fuhr in ein Parkhaus.

Adam parkte den Wagen und stieg aus. Talia folgte seinem Beispiel und streckte sich im Stehen noch einmal.

»Wir brauchen eine Tageskarte«, sagte Adam zu dem Parkwächter, der auf sie zukam.

»Das macht fünfunddreißig.« Der junge Kerl wirkte, als würde er sich zu Tode langweilen.

»Okay.« Adam nahm ein dunkelrotes Ticket entgegen und reichte ihm die Schlüssel.

Selbst nach Mitternacht tobte das Leben in der Stadt. Aus einer unbekannten Quelle dröhnten moderne Rhythmen. Autos zischten vorbei, Bremsen quietschten. Eine Stimme tauchte aus einer Unterhaltung auf und ging in dem Gemisch der Geräusche unter. Talia tat einen tiefen Atemzug und nahm den sanften Duft der Nacht wahr, in den sich der Geruch von altem Beton, Abgasen und Abfall mischte. Seltsam, die Zusammenstellung war nicht unangenehm. Sie streckte den Kopf, um die Spitzen der hohen Gebäude zu sehen. So viel Leben auf so engem Raum.

»Ich bin noch nie hier gewesen«, sagte sie zu Adam, als sie bemerkte, dass er sich über sie amüsierte.

»Das gibt es auch nirgendwo sonst. Hier entlang. Wir müssen ins Haus.«

Klar. Es konnten jeden Augenblick Monster mit gebleckten Zähnen und einem großen, bösen *Buh* hervorspringen und sie auffressen. Drinnen waren sie sicherer.

Sie folgte Adam, der quer über die Straße lief. Drei Blocks weiter blieb er vor einem Eingang stehen. Als sie die kleine Tastatur auf Augenhöhe entdeckte, verdrehte Talia die Augen. Typisch Adam. Sie fuhren mit einem Industrieaufzug ins oberste Stockwerk, das sich zu einem großen Raum hin öffnete.

Er trat ein und sagte: »Hier sind wir sicher. Wenn irgendjemand das Gebäude in meiner Abwesenheit betreten hätte, würden meine Codes nicht mehr funktionieren.«

»Aha. Dir gehört also das ganze Gebäude?« Na klar.

Die Wände wurden von riesigen kraftvollen Gemälden beherrscht, die über zwei Stockwerke reichten. Die Farben – Rot, Orange, Bordeauxrot, Ziegelrot – waren wellenförmig in einander überlagernden Ölschichten aufgetragen, um Weite und Dramatik zu erzeugen. Die klaren, schlichten Möbel passten mit ihren dunklen, fast schwarzen Tönen gut zu der Kunst. Die Luft roch leicht abgestanden. Auf der einen Seite des Raums befand sich eine Sitzgruppe mit Sesseln, Couchtisch und Sofa, die so angeordnet waren, dass man den beeindruckenden Blick auf die nächtliche Stadt genießen konnte. Fenster vom Fußboden bis zur Decke. Die vernarbten Holzbohlen erinnerten sie stark an Adam: robust, schön und abgenutzt.

Talia blickte wieder zu den Fenstern. »Kann jemand hier hereinsehen?«

»Das sind Einwegscheiben. Fühl dich ganz wie zu Hause. In der Küche sollte etwas zu essen sein. Ich muss mit Custo sprechen und mich davon überzeugen, dass es allen gut geht.«

Sie wandte sich in die Richtung, in die er gezeigt hatte. Neben ihr befand sich eine offene Küche aus nacktem, gebürstetem Stahl, aber ihr Blick glitt zurück zum Fenster.

Sie war nicht hungrig, nein. Nicht bei einer so überwältigenden Aussicht. Aus der löchrigen Silhouette blitzten Lichtpunkte auf. Die Stadt wirkte rau und männlich und strahlte eine verführerische Kraft aus. Eine Kraft, von der sie sich vorstellen konnte, dass sie für Fremde leicht unangenehm werden konnte, ja sogar brutal.

Sie ließ den Blick zu Adams Spiegelbild gleiten, das sich in der Fensterscheibe vor ihr über die Stadtansicht gelegt hatte. Während er polternd in sein Telefon sprach, beugte er sich über einen Schreibtisch und kritzelte etwas. Unter seinem T-Shirt zeichneten sich seine kräftigen Rückenmuskeln ab. Als er sich aufrichtete, trieb der Anblick seiner durchtrainierten Brust und der breiten Schultern eine Lustwelle durch ihren Körper, ließ ihren Puls höher schlagen und entfachte ein Feuer in ihrer Mitte. Ihre Blicke begegneten sich in der Scheibe. Er wirkte ernst und nachdenklich, aber sein Blick war lustvoll und bohrend. Zweimal war sie vor ihm davongelaufen und vor dem Aufruhr hinter seiner kontrollierten Fassade geflüchtet. Hatte sich gegen das Brennen seiner intensiven Gefühle abgeschottet. Das war dumm und schwach von ihr gewesen. Sie wollte nicht mehr davonlaufen.

Sie standen kurz vor der Vernichtung, am Rande des Abgrunds; es gab kein Zurück mehr. Es blieb nicht mehr viel Zeit, das Leben zu genießen. Sie wollte ihn.

Er setzte sein Gespräch fort, gab kurze, knappe Anweisungen und ließ sie dabei nicht aus den Augen. Adam hielt sie mit seinem Blick gefangen. Sie hätte die Verbindung nicht durchbrechen können. Adam war die Stadt, voll gefährlicher Kraft und auf seine ganz eigene Art bedrohlich.

Er legte auf, kam langsam zu ihr und stellte sich hinter sie, ohne sie zu berühren, nur sein warmer Atem strich über die Härchen in ihrem Nacken. Sie reagierte auf seine Nähe so, als würde er sie berühren, ihr Körper sehnte sich danach, sich ihm entgegenzubiegen und den Kopf zur Seite zu neigen, sodass er ihren Hals küssen konnte. Beinahe spürte sie seine Lippen auf ihrer Haut, genau da.

»Ist alles in Ordnung?«, fragte sie stattdessen mit dünner Stimme.

»So weit, so gut«, erwiderte Adam abwesend, während er ihr Spiegelbild in der Fensterscheibe von oben bis unten musterte. »Custo bringt noch die Letzten sicher unter. Dann kommt er her.«

»Das ist gut. Alles ist gut«, sagte sie vorsichtig. Ihre Nerven vibrierten, sie wollte ihn berühren. Wollte von ihm berührt werden.

»Ja.« Er sah ihr wieder in die Augen.

Adam spannte den Kiefer an, zuckte und trat einen Schritt zurück. Dann noch einen.

Talia ließ den Blick auf den Boden sinken und errötete beschämt.

Er räusperte sich. »Hast du nachgedacht, Talia?«

Sie überlegte. »Was meinst du?« Fragte er sie diesmal etwa erst, ob er sie anfassen durfte? Das wäre das erste Mal.

»Über den Krieg, Talia. Hast du dir Gedanken über die Konsequenzen gemacht? Kannst du damit umgehen? Ich muss wissen, ob du dazu bereit bist. Du bist unsere einzige Waffe.«

Eine Waffe. Wenn das Blut in ihren Adern zuvor erhitzt war, strebte es nun dem Siedepunkt entgegen. »Du meinst, du zielst mit mir auf die Geister und sagst ›Schrei‹. Ja, irgendwie habe ich das kapiert.«

»Nicht nur auf die Geister, sondern auf den Dämon, den Todessammler, der das IBÜ hinter sich hat.«

»Ich habe doch gesagt, dass ich es verstanden habe.« Talia klang gereizt und drehte sich zu ihm um. Adams Leben war die letzten sechs Jahre von einem einzigen übermächtigen Bedürfnis bestimmt worden. Dem Wunsch, seinen Bruder zu töten. Er würde erst zufrieden sein, wenn Jacob vernichtet war und seine stinkende Hülle auf dem Boden allmählich verrottete.

»Gut«, brummte Adam. »Ich wollte sichergehen, dass du weißt, worauf du dich einlässt. Was auf dem Spiel steht. Wieso wir nicht riskieren dürfen, es zu verderben.«

»Der Krieg hat für dich oberste Priorität«, wiederholte Talia. Ihre Bedürfnisse waren zweitrangig.

»Für *uns*«, korrigierte er.

»Du hast dich mehr als klar ausgedrückt. Und ich bin kein Idiot, sondern durchaus in der Lage, die Konsequenzen der Situation zu begreifen.« Die Lage war einfach. Sie war die Tochter des Todes und dazu bestimmt, allein zu leben, in einem Krieg zu sterben, den sie nicht verstand, und nie ein normales Leben führen zu können.

»Ich habe nicht behauptet, dass du ein Idiot bist«, schoss er zurück.

»Siehst du hier irgendwelche Geister?« Talia gestikulierte wild mit den Armen. »Du hast gesagt, das Loft wäre sicher. Oder?« Sie würde sich niemals verlieben, ein Haus kaufen und eine eigene Familie gründen.

Er zog die Augen zusammen. »Ja.«

»Und bei deinem Krieg ist gerade Waffenpause?« Nie die intimsten Sehnsüchte mit jemandem teilen.

Bei ihren sarkastischen Worten verfinsterte sich seine Miene. »Gerade ja.«

»Es gibt keine anderen Situationen, in denen es um Leben

und Tod geht?« Nie die Leidenschaft kennenlernen und Befriedigung erfahren.

»Im Augenblick nicht«, sagte er knapp und ganz offensichtlich wütend.

»Gut.« Talia schritt durch den Raum und trat dicht vor ihn. Es war höchste Zeit, dass sie sich nahm, was *sie* wollte.

Er streckte die Arme nach ihr aus und zog sie an sich, während sie seinen Hals umschlang. Sie ließ eine Hand nach oben gleiten und griff in seine Haare. Kurz bevor er ihre Lippen berührte, spürte sie seinen warmen Atem auf ihrem Gesicht, seine Bartstoppeln strichen wundervoll über ihre Haut.

Pure Lust umwaberte ihre Sinne, die sich auf seltsame Weise mit seiner mischte, was unweigerlich zu einem heftigen Sturm führte. Was auch immer er ansonsten fühlte oder welche finsteren Seiten er verbarg, war ihr egal.

Schließlich berührte er ihren Nacken mit seinen Lippen und streifte dabei mit seinem rauen Kinn ihre Haut, seine Zähne kosteten von ihr und tasteten sich hinunter bis zu ihrem Schlüsselbein. Gefährliche, heiße Funken schossen über ihre Nervenbahnen.

Seine Hände waren überall. Mit einer drückte er ihre Taille an sich. Mit der anderen strich er über ihr Hinterteil, schob sie zwischen ihre Beine und hob sie hoch. Seine Berührung entfachte ein gieriges Feuer, das in ihrer Mitte hinaufzüngelte und sie zum Schmelzen brachte. Er musste ihre Erregung spüren, denn er stöhnte erneut. Er begehrte sie genauso sehr wie sie ihn, der Beweis drückte sich an ihren Bauch.

Talia ließ ihre Hand zu dem festen Muskel gleiten, der sich an seinem Arm wölbte und genoss, mit welcher Leichtigkeit er ihr Gewicht hielt. Er brachte sie zurück zum Fenster und drückte sie gegen die glatte, kühle Scheibe. Sei schlug beide Handflächen gegen das kalte Glas, suchte verzweifelt Halt, fand aber keinen.

Nur Adam konnte sie halten, während sie am Rand der Nacht schwebten.

»Die letzte Chance wegzulaufen«, murmelte er in ihr Ohr. Er stellte sie auf die Füße und presste ihren Körper gegen die Scheibe, der Druck fühlte sich wundervoll an und verströmte Lust. Selbst wenn sie gewollt hätte, hätte sie ihm nicht entkommen können.

Aber das wollte sie auch überhaupt nicht. Sie wollte es einmal erleben. Kurz vor dem Tod wollte sie dieses Geheimnis des Lebens kennenlernen. Sie wollte, dass er sie veränderte, sie verbrannte, mit Schmerz und Lust alle Gedanken in ihrem Kopf versengte. *Begehrte*.

Sie ließ den Kopf auf seine Brust sinken. Er roch würzig, irgendwie rätselhaft, aber gut. Ihre Finger tasteten unter seinem Hemd nach seiner feuchten Haut und fuhren über jede Wölbung seiner wohlgeformten Bauchmuskeln. Bei dieser Berührung sehnten sich ihre Nerven nach mehr und bebten vor Erregung.

Getrieben von den himmlischen, überwältigenden Gefühlen, die sie durchströmten, richteten sich selbst in den hintersten Ecken die Schatten auf. Sie konnte nichts dafür und hoffte, dass er es nicht bemerkte. Sie konnte jetzt nicht aufhören.

Mit den Fingerspitzen erforschte sie seine erhitzte Haut und schob sein Hemd hinauf, bis sie die Wölbung seiner Brust spürte. Er stöhnte so, dass sie das Vibrieren an ihrem Körper spürte, und ließ sie gerade so lange los, dass sie das T-Shirt über seinen Kopf streifen konnte, dann führte er die Bewegung fort und befreite auch sie von ihrem Oberteil. Er schob ihren BH nach oben und entblößte ihre Brüste, deren Nippel steif hervorstanden. Dann zog er sie erneut an sich.

Als Talia seine nackte Haut auf ihrer spürte, durchfuhr sie eine ekstatische Energie wie ein Blitzeinschlag, ein brennender Schock, der ihr den Atem raubte und ihr die Kontrolle nahm.

Sie spürte, wie seine Lust wuchs, heftiger, intensiver, entschlossener wurde. Er strebte nur auf ein Ziel zu. Dasselbe wie sie. *Ja. Jetzt. Alles.*

Hinter ihr pulsierte die Dunkelheit der Stadt und wütete in einem bedrohlichen Sturm aus Schatten. Sie versuchte, sich zu beherrschen – *bitte!* –, aber Adam schob die Hose von ihren Hüften und machte es ihr unmöglich, ihre Lust zu kontrollieren. Ihr Herz hämmerte, und sie keuchte, als Adam seine eigene Hose und die Boxershorts fallen ließ und sie mit dem Fuß hinter sich schob. Er streifte ihre Unterwäsche ab, entblößte sie ganz und gar, hob sie erneut hoch und drückte sie gegen die Scheibe.

Sie breitete ihre Arme auf der klaren, kalten Oberfläche aus, um die drohende mächtige Dunkelheit abzublocken, sie zurückzuhalten, und zitterte vor Anstrengung.

»Herrgott, Talia«, brummte Adam an ihrem Hals. »Lass sie kommen. Ich habe keine Angst vor der Dunkelheit.«

Er strich mit seiner heißen Handfläche über ihre Brust und reizte mit dem Daumen ihren Nippel. Und dann schob er sich in sie hinein. Sein Stoß und ihr Gegendruck zerstörten ihre Unschuld und raubten ihr die letzte Kontrolle.

Die schwarzen Schatten aus der Stadt stürmten den Raum. Seine Kraft und Vitalität reizten ihre Nerven. Ihre Sinne nahmen alles überdeutlich wahr, aber sie schloss die Augen. Sie wollte nicht mit den Augen sehen, die der Tod gezeugt hatte, sie wollte nur Adams wundervolle Lust in sich spüren. Er bewegte die Hüften, drang tief in sie ein und sie barst vor Lust. Ihr Körper zog sich wundervoll, beinahe schmerzhaft zusammen. Sie schlang die Beine um ihn, und aus ihrer Mitte löste sich eine Druckwelle.

»Talia«, keuchte er. Er bewegte seine Hüften leicht zurück und drang erneut kraftvoll in sie ein.

Talia stockte der Atem, und sie drückte sich ihm entgegen. Er drang wieder in sie ein und berührte sie so tief, dass er die

Schatten aufscheuchte und sie um ihre miteinander verschmolzenen Körper herumwirbelten. Als er auch den letzten Nerv in ihrem Körper geweckt hatte und sie sich nach Erfüllung sehnte, klammerte sie sich an ihn. Dann kam er mit einem archaischen Stöhnen, dehnte sie bis an die Grenze und überraschte sie erneut mit heftiger Ekstase, die von ihm auf sie überging und ihr eine Welle großer Glückseligkeit bescherte.

Adam lehnte den Kopf über ihrer Schulter an die Scheibe und keuchte. Seine Gefühle hatten sich aufgelöst, als wären seine Sorgen fast vergessen. Es war seltsam friedlich.

Ihr eigener Sturm löste sich in einem Strudel aus Schatten auf.

Talia schlug die Augen auf, um Adam anzusehen. Um zu sehen, wie schön er aussah, wenn die Dämonen in ihm schwiegen. Der Blick aus ihren dunklen Augen drang durch Haut und Knochen, durch die sterblichen Schichten seines Körpers. Sie stellte fest, dass sie eine Säule aus Licht in Armen hielt, deren Wille sich aufgelöst hatte, schöner als jede Vorstellung. Sie betrachtete ihre blassen leuchtenden Arme um seinen Schultern.

Sie war anders. Sie sah anders aus als Adam.

Sie hatte immer gewusst, dass sie anders als alle anderen war, aber sie hatte nie begriffen, dass sie aus einer anderen Materie bestand.

Talia wurde genauso kalt wie ihre Schatten.

Wie konnte sie auf diese Weise mit jemandem verbunden und gleichzeitig so einsam sein?

Adam lachte, stützte sich mit einer Hand an der Glasscheibe ab und blickte in ihr Gesicht. »Wenn wir morgen noch leben, sorge ich dafür, dass es das nächste Mal besser wird. Du bist so verdammt sexy, ich konnte nicht mehr denken. Ich hätte langsamer sein sollen, vorsichtiger. Habe ich dir wehgetan?«

Sie spürte einen Kloß im Hals, schüttelte aber den Kopf. *Nein.*

Er glitt aus ihr heraus und hob sie hoch, um sie in seine Arme zu schließen. Sie schmiegte sich an ihn und ignorierte die Tatsache, dass sie nie wirklich zusammen sein konnten. Sie war zu anders, zu fremd, zu seltsam, um je wirklich zu ihm zu gehören.

Er brachte sie durch eine Tür in ein grau gefliestes Badezimmer und setzte sie dort auf dem Boden ab. Dann griff er in eine Nische aus rauchigem Grün, die mit verschiedenen Düsen ausgestattet war, und drehte das Wasser auf. Die Nische bot Platz für zwei, und als langsam der Spiegel beschlug, zog er sie mit sich hinein. Er seifte einen Waschlappen ein. Als er gerade den weichen Schaum auf ihre Schulter strich, ertönte ein elektronisches Trillern.

Adam hielt mitten in der Bewegung inne. Wieder klingelte das Telefon. »Verdammt, Talia, da muss ich ran. Es tut mir leid.«

Ja, ihr tat es auch leid.

14

»Ja?«, meldete sich Adam, das Telefon zwischen Ohr und Schulter geklemmt, während er das Handtuch um seine Taille wand. Kühle Wassertropfen rannen in Bächen über Rücken und Brust – aber die Kälte war ihm auf seiner überhitzten Haut durchaus willkommen. Im Badezimmer hinter ihm gab die Dusche ein leises Zischen von sich, Talia wusch sich. In einer vollkommenen Welt wäre er bei ihr gewesen, nasse Haut auf nasser Haut, und hätte sich jetzt, nachdem die erste Lust befriedigt war, Zeit gelassen.

»Segues Mitarbeiter sind in Sicherheit«, meldete Custo. »Sie warten an unterschiedlichen unauffälligen Orten auf Anweisungen. Das heißt, alle außer Gillian, die sich entschieden hat, ihr Glück allein zu versuchen.«

»Hervorragend. Wo sind sie, und wie lange können sie durchhalten?« Adam ging zu dem modernen Schreibtisch, der sich in einer Mauernische neben der Küche befand, griff sich ein Stück Papier und zog mit den Zähnen die Kappe von einem Stift. Während Custo eine Liste von Orten herunterratterte, machte Adam sich Notizen. Alle schienen ein paar Tage zurechtzukommen, bevor sie sich erneut bewegen mussten. Er hoffte, dass bis dahin alles vorbei war, so oder so.

Die Dusche wurde abgedreht. Adam stellte sich vor, wie Talia aus dem Dampf hervortrat, ihr schmales Gesicht mit den großen Augen. Ihre reizende, blasse Gestalt war rosig und duftete. Ihre Haare ergossen sich glatt über ihren Rücken bis hinunter zu den zwei kleinen Kuhlen am Fuße ihres Rückgrates, von denen sich ihre Hüften ausbreiteten und ihr wunderbarer Po rundete.

Sein Blick zuckte zu ihrer Kleidung, die vor den großen Fenstern verstreut lag.

»Eine Sekunde«, sagte Adam zu Custo – er stellte das Telefon auf stumm, schritt durch den kurzen Flur und klopfte an die Badezimmertür. »Talia, im Schlafzimmer findest du saubere Sachen zum Anziehen. Nimm dir, was du magst. Was dir einigermaßen passt.«

Er wartete schweigend auf ihre Antwort. »Talia?«

»Okay, danke.« Ihre Stimme war ruhig, aber sie klang etwas abweisend.

Ach, zum Teufel. Adam lehnte seine Stirn gegen die Tür. So sollte das alles nicht laufen. Beinahe eine Woche lang hatte er es geschafft, sie nicht zu berühren, hatte sich nur einmal – okay, zweimal – hinreißen lassen, sie zu küssen. Und wer wollte ihm das verübeln? Sie war klug und überwältigend. Manches ließ sich einfach nicht steuern. Er begehrte sie. Das hatte er bereits in dieser stinkenden Gasse in Arizona gewusst, als er ihren überhitzten Körper gehalten hatte. An der Art, wie ihr Körper sich an seinen Arm schmiegte. Wie sein Kinn auf ihrem Kopf ruhte. Als ihre sanfte Stimme ihn flüsternd warnte. Sie hatte ihm gezeigt, wie das Leben sein konnte, wenn er nicht diesen Krieg im Kopf hatte. Ja, er war gut, und er saß in der Klemme.

»Adam?« Custos Stimme lenkte Adams Aufmerksamkeit zurück auf das Telefonat.

Adam deaktivierte die Stummtaste. »Ich bin da.«

Er ging zurück zu Schreibtisch und Laptop, zog einen Stuhl zurück, setzte sich und zwang sich zur Konzentration auf den Bildschirm.

Arbeit. Konzentration. Jacob.

Der Gedanke an Jacob legte sich wie eine Schlinge um Adams Hals und schnitt ihm die Blutzufuhr zu Herz und Gehirn ab. Jacob hatte diesen Albtraum begonnen und Mom und Dad umgebracht. Jacob musste sterben. Unbedingt. Danach konnte Adam vielleicht sein eigenes Leben beginnen, vorher nicht.

»Wenn ich zu dir komme, agieren wir dann von unserem New Yorker Büro aus?« Wenigstens Custo behielt einen klaren Kopf.

»Nein«, erwiderte Adam. Er berührte den Bildschirm und wählte den Tab, der die Verbindungen zu allen Segue-Büros auf der ganzen Welt anzeigte. Das System im New Yorker Büro war ausgeschaltet, ebenso wie in den Büros in San Francisco und Atlanta.

»Das US-Satellitensystem des Büros ist außer Funktion«, informierte Adam ihn. »Was in West Virginia passiert ist, ist sehr wahrscheinlich auch hier geschehen. Wenn jemand überlebt hat, wird er sich verstecken. Jegliche Information aus diesen Einrichtungen ist jetzt bekannt. Es gibt für uns keinen Grund, in das Büro zu gehen und Gefahr zu laufen, dass wir selbst entdeckt werden.«

Wie hatte er nur, wenn auch nur für einen Augenblick, seine Mitarbeiter vergessen können? Er hatte jeden Angestellten der New Yorker Filiale persönlich ausgewählt – der Gedanke, dass sie tot sein könnten, brachte ihn zur Verzweiflung. Sechsundzwanzig Menschen, die sich allesamt seiner Sache verschrieben hatten, waren verloren. Sie waren darauf angewiesen, dass er für ihre Sicherheit sorgte. Und was tat er? Er vernichtete ihre einzige Überlebenschance.

Idiotisch. Vor allem, da er sich so kurz vor dem Ziel befand.

Alles, was er brauchte, war ein wohlplatzierter Schrei zum richtigen Zeitpunkt. Nur der geschickte Schwung von Schattenmanns gebogener Klinge, mit der er eine Armee von Geistern vernichtet hatte, konnte ihn von seiner Wut erlösen.

»Ich dachte, das Kollektiv wäre nur hinter Talia her. Denkst du, sie wollten ganz Segue vernichten?«

»Ja.« Adam leuchtete das Vorgehen des Kollektivs ein. Segue

zu zerstören, war der einfachste Weg, an ihr Ziel zu gelangen. Sie beraubten Adam sämtlicher Ressourcen, zerstreuten sein Personal und warfen seine Strategie über den Haufen, indem sie den Modus Operandi des Kollektivs änderten. Auf diese Weise hatten sie die Belegschaft von Segue einschließlich Adam und Talia innerhalb weniger Stunden auf eine Gruppe reduziert, die aus dem Untergrund agieren musste.

Aber solange Adam über den Schrei verfügte, konnte er den Krieg gewinnen. So lange war es ein Kinderspiel, Rache zu üben und zu siegen.

»Warum? Warum sollten sie das Risiko eingehen, sich in der Öffentlichkeit zu zeigen?«

»Es geht ihnen nur um Talia. Sie ist die Einzige, die etwas gegen sie ausrichten kann.«

»Ich verstehe immer noch nicht. Wieso bringen die Geister sie nicht einfach um und fertig?«

»Gute Frage.« Wieso brachten sie nicht einfach die Stimme zum Schweigen, die in der Lage war, den Tod zu rufen? Es musste einen verdammt guten Grund geben, ansonsten wäre die Situation in West Virginia vollkommen anders verlaufen. Für irgendetwas brauchten sie Talia.

Als er ein leises Geräusch hinter sich vernahm, drehte Adam den Kopf.

Talia tappte auf Strümpfen in den Raum. Sie trug ein viel zu großes schwarzes T-Shirt und den deutlich sichtbaren Nippeln nach zu urteilen keinen BH darunter, außerdem ausgebeulte graue Jogginghosen, die sie bis zu den Knöcheln aufgerollt hatte. Ihre schlanken Füße steckten in seinen Socken, was er zugleich bezaubernd und intim fand. Sie schlüpfte wieder in ihre Schuhe. Nach zwei Monaten auf der Flucht hatte sie sich offenbar das ein oder andere angewöhnt, damit sie jederzeit wegrennen konnte. Und Gewohnheiten wurde man nur schwer los.

Sie zog den USB-Stick aus ihrer Hosentasche, den Adam ihr in Segue gegeben hatte, und sammelte die verstreute Kleidung vom Boden auf. Er bemerkte, wie sie ihn hinter ihrem schützenden Vorhang aus nassen Haaren beobachtete, und sah ihr in die Augen, woraufhin sie sofort den Blick abwandte und so tat, als würde sie das Gespräch mit Custo nicht weiter beachten. Nicht gerade oscarverdächtig.

»Wenn du herkommst, stellen wir fest, welche Mittel uns noch zur Verfügung stehen, und lokalisieren das Basislager der Dämonen. Dann dringen wir schnell ein und schlagen zu.«

Talia ging wieder an ihm vorbei, entdeckte hinter einer Falttür im Flur Waschmaschine und Trockner und stellte eine Ladung Wäsche an. Sie kam zurück ins Zimmer und wühlte hinter ihm herum. Nachdem sie ein Buch gefunden hatte – wo kam das auf einmal her? –, setzte sie sich auf das Sofa, um zu lesen.

»Wie willst du das schaffen, wenn das New Yorker Büro außer Betrieb ist?«

»Ich habe andere Mittel.« Geister. Talia konnte die New Yorker Geister herbeirufen und sie den Dämon suchen lassen. Es gab überall Zeugen, und mit ihr mussten sie reden. Verdammt, es war fast zu leicht.

»Ich kenne alle deine Mittel«, entgegnete Custo.

»Dieses nicht. Vertrau mir. Wie lange brauchst du, um herzukommen?« Adam sah auf seine Armbanduhr. 2:23 Uhr.

»Eineinhalb Stunden. Vielleicht zwei.«

»Ich werde da sein.« Adam beendete das Gespräch und blickte zu Talia.

Es gab keinen Grund, sie jetzt zu stören. Sie schien vertieft zu sein und er wusste ohnehin nicht, was er ihr sagen sollte. *Wir haben einen Fehler gemacht* stand im Widerstreit zu *Wir haben noch gerade genügend Zeit für ein zweites Mal.* Aus Erfahrung wusste er, dass beide Varianten vollkommen unpassend waren.

Also verwarf er beide und beschloss stattdessen, vorerst wie ein Feigling den Mund zu halten. Er ging zum Schlafzimmer, zog sich an und kehrte zu seinem Schreibtisch zurück. Dann arbeitete er an seiner Simulation und fügte die unerwartete Unterstützung des IBÜ den bereits besorgniserregenden Mitteln des Kollektivs hinzu. Die Prognosen, die das Programm auswarf, trieben ihm den Schweiß auf die Stirn. Aufgrund einer Fülle von Zahlen, geteilt durch geografische und industriespezifische Wahrscheinlichkeiten, kam der Computer zu dem sicheren Ergebnis, dass es keine Hoffnung gab.

Er sah zu Talia und wusste, dass das nicht stimmte.

Aber wenn er es irgendwie verhindern konnte, brachte er keine Frau in Gefahr. Er musste ganz sicher sein, dass Talia nichts zustoßen konnte.

Sie saß auf dem Sofa, das mit dem Blick auf die weite dunkle Stadt vor dem Fenster stand, hatte die Füße unter ihren Körper hochgezogen und die Nase in das Buch gesteckt. Ihre Haare waren in der Zeit, die er gearbeitet hatte, zum Teil getrocknet, hellten langsam auf und kringelten sich über ihren Schultern zu Locken. Seit sie sich hingesetzt hatte, hatte sie kaum einmal aufgesehen.

Das Buch musste verdammt fesselnd sein.

Bevor Custo kam, sollte er sich besser um Schadensbegrenzung bemühen.

Adam stand auf und streckte sich, um die Verspannung in Rücken und Nacken zu lösen. Sein Blick war entschlossen, aber sein Körper vibrierte, als er Talia gegenüber Platz nahm.

»Was liest du?«, fragte er anstelle von *Geht es dir gut?*

Talia klappte das Buch zu und ließ es auf ihren Schenkeln liegen. Glückliches Buch.

»Jim hat es mir gegeben, kurz bevor er mich gebeten hat, Lady Amunsdale zu rufen. Es ist eine Art Lexikon mythischer

Gestalten und enthält eine Einführung über Banshees, über Todesfeen.«

Adam beugte sich in seinem Stuhl nach vorn. Der angenehme Geruch von Shampoo und Seife, der noch frisch auf ihrer Haut haftete, stieg ihm in die Nase. Der süße Geruch saß in ihrem Nacken, direkt hinter ihrem Ohr, wahrscheinlich noch intensiver und noch kräftiger zwischen ihren Beinen. Er setzte sich wieder zurück und rieb sich die Kopfhaut, um das Blut dorthin zu lenken, wo er es am dringendsten brauchte. »Was steht drin?«

»Der Begriff *Banshee* stammt aus dem Irischen, was keine Überraschung ist. *Ban* heißt Frau. Und *shee* bezieht sich auf den Feenhügel oder das Jenseits.«

Talias Ton zeichnete sich durch eine gewisse akademische Distanz zu den vermittelten Informationen aus, als würde sie sich aus rein intellektuellem Interesse mit ihrer Abstammung beschäftigen. Nicht so, als wäre es die persönliche Entdeckung, nach der sie ihr ganzes Leben lang gesucht hatte. Er ließ sich von ihrem Schauspiel nicht täuschen. Adam wusste, dass ein solches Familienerbe belastend war – entweder nahm man die Bürde auf sich, bis man sie an jemand anders weiterreichen konnte, meistens an die eigenen Kinder, oder man wurde von der Last erdrückt. Wenn Adams Bürde schwer wog, musste die ihre beinahe unerträglich sein.

Sie fuhr auf ihre trockene Art fort. »Der Schrei einer Todesfee geht dem Tod voraus. Er kündigt den Tod an, was erklärt, was zwischen mir und dem Schattenmann vor sich gegangen ist. Es gibt allerdings einen Unterschied: Banshees sind mit irischen Königsfamilien verwandt, was bei mir nicht der Fall ist.« Sie presste die Lippen aufeinander, schloss das Buch und warf es beiseite.

»Deine Mutter war Irin. Vielleicht gibt es in ihrer Familie Verbindungen zum Königshaus. Vielleicht bist du eine edle

Prinzessin.« Und ob sie das war. Er hatte es die ganze Zeit über gewusst.

»Kann ich abdanken?« Sie lachte rau und bekam endlich feuchte Augen. Sie blinzelte rasch, um die Tränen zu vertreiben.

»Noch nicht«, antwortete Adam. »Ich brauche dich.«

Talia wurde so still, dass er seine letzten Worte noch einmal in seinem Kopf Revue passieren ließ. *Ich brauche dich.* Was redete er denn da? Der Satz zog eine Folgefrage nach sich – wozu? Als Waffe oder für die Liebe?

Er räusperte sich, drückte sich vor der intimeren Frage und widmete sich der offensichtlichen. »Ich glaube, dass die Verbindung zum Tod abbricht, wenn jemand zum Geist wird. Durch deinen Schrei wird sie wiederhergestellt.«

Talia schüttelte den Kopf. »Ich bin sicher, dass ich als Kind geschrien habe. Bei Wutanfällen, auf der Achterbahn oder in gruseligen Filmen. Damals ist kein Schattenmann aufgetaucht.«

»Ich glaube nicht, dass du dich in der Nähe von einem Geist oder dem Tod aufgehalten hast. Ich wette, du warst von lebendigen Menschen umgeben.«

Ihr Kinn bebte. »Als ich mit Tante Maggie diesen Autounfall hatte, habe ich geschrien. Da habe ich den Schattenmann, meinen Vater, gesehen. Ich habe mich sehr lange gefragt, wieso ich überlebt habe, während alle, die mir lieb waren, gestorben sind.«

Der Grund schien offensichtlich, Adam sprach ihn dennoch aus. »Du hattest eine wichtige Aufgabe zu erfüllen. Deine Zeit war noch nicht gekommen.«

»Und was nun? Bringst du mich zum Time Square, und ich lasse ihn raus?« Sie lachte bitter.

Als er den blanken Schmerz in ihren Augen sah, empfand Adam Bedauern – nicht, weil sie Sex gehabt hatten, nicht mehr – aber wegen allem anderen. Allem, was sie erlitten hatte und was sie dennoch nicht davon abgehalten hatte, strahlend, intelligent und stark zu sein. Sie war eine bemerkenswerte Frau – und mit ihrer Bürde deutlich besser zurechtgekommen als er mit seiner.

Er konnte unmöglich schönreden, was zwischen ihnen geschehen war, sondern musste ihr die Wahrheit sagen. Das war er ihr schuldig.

Sie musste die Veränderung in seinen Augen bemerkt haben, denn sie griff wieder nach dem Buch, schlug irgendeine Seite auf und legte hochkonzentriert die Stirn in Falten. »Hier sind ein paar sehr interessante Volksmärchen festgehalten …«

»Talia.« Als sie den Kopf nicht hob, packte Adam das Buch und ließ es auf den Boden fallen. Ihre Handflächen, die jetzt leer waren, zitterten. Er legte seine eigenen Hände in ihre und umfasste sie.

»Talia, hör mir zu. In einer anderen Welt, zu einer anderen Zeit hätten wir irgendwie zueinanderfinden können. Aber das ist jetzt nicht möglich … ich weiß, dass du das verstehst. Ich hätte nie zulassen dürfen, dass es so weit kommt. Es tut mir leid …«

Ihr Kopf zuckte nach oben, ihre Augen blitzten. »Mir tut es nicht leid. Ich bin das Kind des Todes, und dieser Krieg wird uns wahrscheinlich beide das Leben kosten. Ich bereue nicht eine Minute, dass ich mich für das Leben entschieden habe. Ich weiß jetzt, was ich bin, und habe eine ungefähre Vorstellung davon, was ich tun soll. Ich hätte die ganze Zeit über leben können, leben *sollen*.«

Er strich mit den Daumen über ihre Handflächen – sie fühlten sich seidig, weich und warm an. Es wäre ganz einfach, seine Hände über ihre glatten Arme gleiten zu lassen, sie auf seinen Schoß zu ziehen und über ihre weiche Haut zu wärmeren Stellen ihres Körpers vorzudringen. Mithilfe von Sex alles zu vergessen. Wenn Custo nicht jeden Augenblick hätte hereinkommen können, hätte er es vielleicht einfach getan.

Er zwang sich, sie nicht weiter zu streicheln. »Wir haben einen schwierigen Weg vor uns, und ich will dich nicht verwirren.«

Sie zog ihre Hände zurück. »Behandele mich nicht so von oben herab. Ich bin nicht verwirrt. Was ich zu tun habe, ist nicht sehr schwierig.«

Talia stand auf und trat an die Fenster über den hellen Lichtern der Stadt.

»So habe ich das nicht gemeint.« Er folgte ihr und begegnete in der nachtdunklen Scheibe ihrem Blick. Und einfach so waren sie wieder dort, wo sie vor einer Stunde angefangen hatten. Sein Körper erinnerte sich und war gegen seinen Willen erregt.

»Es ist okay. Ich bin okay. Ich werde tun, was getan werden muss. Ich habe mein ganzes Leben nach einem Grund gesucht, wieso ich anders bin. Jetzt habe ich ihn gefunden. Ich wurde geboren, um den Geisterkrieg zu beenden.« In ihrem Spiegelbild wirkte ihr Gesichtsausdruck beherrscht. Zu beherrscht. Geradezu versteinert.

Adam ließ den Blick auf den Boden sinken. Wenn er sie weiterhin ansah, würde er etwas tun, das sie beide nur noch mehr verwirren würde.

Und sie hatte recht. Sie musste etwas tun. Jacob war immer noch dort draußen. Er und derjenige, der ihn erschaffen hatte, mussten sterben.

Adam hob den Kopf. »Custo wird bald hier sein. Ich muss ein paar Sachen zusammenpacken und die Bestände überprüfen.«

Talia beobachtete, wie Adam sich in einen rückwärtigen Raum zurückzog, angeblich, um die Bestände zu prüfen, aber eigentlich wohl eher, um von ihr wegzukommen. Sie empfand die Distanz zwischen ihnen als erleichternd und enttäuschend zugleich.

Wenn die Unterhaltung anders verlaufen wäre, und das wäre sie, wenn sie es nur zugelassen hätte, gäbe es jetzt überhaupt keine Distanz zwischen ihnen. Absolut keine. Dass er gegangen war, verursachte ihr körperliche Schmerzen; Magenkrämpfe, die bis in ihr Herz strahlten.

Es hätte alles anders sein können.

In einer anderen Welt, zu einer anderen Zeit, hatte er gesagt. Darin bestand genau das Problem. Selbst, wenn sie die nächsten vierundzwanzig Stunden überlebten, stammten sie buchstäblich aus unterschiedlichen Welten. Die schmerzliche Wahrheit lautete, dass Leben und Tod unvereinbar waren. Die, die versuchten, beides miteinander zu vermischen, endeten als Geister – immerwährendes Leben – oder als Gespenster – immerwährender Tod. Sie war die Tochter des Todes. Adam strotzte vor Leben. Das ließ sich nicht vereinbaren. Sie waren nicht kompatibel.

Vielleicht hatte Tante Maggie ihr als Kind zu viele Märchen vorgelesen. Märchen, die von Magie erzählten, von Küssen und von Wünschen. Vom Glück bis in alle Ewigkeit und davon, dass die Liebe Widerstände überwinden konnte. Tante Maggie war durch und durch eine Romantikerin gewesen, aber vielleicht hatte sie auch so viel Wert auf diese Geschichten gelegt, weil sie wusste, wie Talia gezeugt worden war. Was hatte ihre Mutter Maggie wohl über ihren Vater erzählt? Talia hatte viele Male gefragt, aber nie eine klare Antwort erhalten. Im Angesicht ihres neu erworbenen Wissens, schienen Tante Maggies Märchen nicht so verkehrt.

Das Buch, das Jim ihr gegeben hatte, behauptete noch etwas anderes, das sie Adam gegenüber noch nicht auszusprechen wagte. Die Feen waren ein eigenes Geschlecht – alte, langsam vergehende Geister der Erde, denen der Zugang zum Himmel versperrt war und die, abgesehen von gelegentlichen Ausflügen in die Welt der Sterblichen, für immer im Jenseits ausharren mussten. Instinktiv spürte sie, dass es für sie und Adam keine andere Welt und keine andere Zeit als das *Jetzt* gab.

Wenigstens konnte sie ihm ihren Schrei geben und dadurch hoffentlich Frieden stiften.

Die Waschmaschine summte, der Waschgang war beendet, und Talia riss sich vom Anblick der Stadt los, um die Kleidung in den Trockner zu werfen.

Sie wandte sich zum Flur um, entdeckte auf dem Sofa das Buch und überlegte, dass sie es wegstecken sollte, falls Adam beschloss, weitere Nachforschungen anzustellen. Das Letzte, was sie jetzt brauchte, war …

In ihrem Rücken ertönte ein Knall. Erschrocken warf sie die Arme nach oben und legte sie schützend um ihren Kopf.

Nach dem ersten Schreck wirbelte sie zum Fenster herum und entdeckte ein Loch von der Größe eines Apfels, von dem aus sich weiße Risse über die Scheibe zogen. Hinter dem Loch lag die dunkle New Yorker Nacht. Sie nahm den seltsamen Geruch von verbranntem Metall wahr. Aber bevor sie die Ursache herausfinden konnte, folgte ein zweiter Einschlag, und etwas sauste an ihr vorbei und blieb im Sofa stecken. Scherben flogen über den Boden.

Ihr Herz hämmerte wie wild, ihr Atem ging stoßweise. Sie drehte sich um und rannte den Flur hinunter. Hinter ihr bildete sich Rauch, der ätzend nach Chemie und irgendwie … *falsch* roch. In einem Ausmaß falsch, dass er die normale Welt verdrängte. Das spürte sie mit jeder kranken Zelle ihres Körpers.

Sie versuchte, durch ihre zusammengebissenen Zähne zu atmen. Der Gestank verursachte ihr einen bitteren Geschmack im Mund. Ihre Augen tränten heftig. Und sie rieb mit Händen und Handgelenken darüber.

Bei einem dritten Knall sank sie auf die Knie nieder und kauerte inmitten von aufsteigendem Dampf. Ihr Körper schrie nach

Luft. Sie riskierte einen Atemzug und würgte, als ein brennender Schmerz ihre Nase versengte und in ihren Lungen brannte.

Mit dem Stoff ihres T-Shirts bedeckte sie Mund und Nase und versuchte zu atmen. Ihr Hals schmerzte.

»Talia!« Adam brüllte mit tiefer Stimme.

»Hier!«, krächzte sie. Sterne glitten am Rand ihres Sichtfeldes vorbei. *Mehr Luft!*, schrie ihr Körper. Der Reflex übernahm die Kontrolle, und sie atmete flach ein. Schmerz.

Ein Arm legte sich um sie und zog sie nach oben. Adam. Sie erkannte seinen starken Körper, die Linie seines Arms, seine Wärme. Zusammen bewegten sie sich durch den Raum, wobei sie keine Ahnung hatte, in welche Richtung, bis Adam eine Tür auftrat und sie von Licht geblendet wurde.

Ein Lagerraum. Offene Kartons. Waffen. Seine angebliche Überprüfung der Bestände.

Sie versuchte ein paarmal, vorsichtig etwas Luft einzuatmen, um Sauerstoff in ihr Blut zu pumpen und wieder klar sehen zu können. Ihr Hals und ihre Lungen waren rau.

Adam schlug die Tür zu und rannte zum anderen Ende des Raums. Auf einer Tastatur gab er etwas ein. Eine Geheimtür glitt zur Seite und brachte einen winzigen Raum zum Vorschein, kleiner als ein Kleiderschrank, gerade groß genug für zwei.

»Kannst du stehen?« Adams Stimme klang tief und schroff. Wütend. Sie entsprach genau den Gefühlen, die sie bei ihm wahrnahm.

Sie nickte, obwohl sie es nicht wusste.

Ihr Atmen entwickelte sich zu einem unregelmäßigen Keuchen, und ihr wurde leicht schwindelig. Sie legte eine Hand auf ihre Brust, aber es half weder dabei, Luft in ihre Lungen zu pumpen, noch den Schmerz zu lindern.

Er ergriff ihre Hand, zog sie hinein und drückte den zweiten von zwei nicht weiter gekennzeichneten Knöpfen. Die

Dringlichkeit seiner Berührung trieb sie an. Bloß weg hier. Ganz schnell.

Bei der plötzlichen Abwärtsbewegung wurde Talia übel. Sie befanden sich in einem Aufzug. Ein Geschoss, das nach unten raste.

»Bist du okay?« Adam fasste ihr Kinn und drehte ihr Gesicht zu sich herum. Sein Ausdruck war beherrscht, aber seine Gefühle schienen eine Mischung aus Sorge und Schock zu sein. Die Gefühle, die sie bei ihm wahrnahm, trieben sie weiter; wenn sie irgendwie konnte, würde sie ihm nicht noch mehr Sorgen bereiten. Mit seiner freien Hand hob er eines ihrer Lider, um ihre Pupillen zu sehen, dann bewegte er einen erhobenen Finger in einem Bogen vor ihren Augen hin und her, um ihre Reaktionsfähigkeit zu testen.

»Ja.« Ihre Antwort war ein raues Schnarren, mehrere Oktaven tiefer als ihre übliche Tonlage. Und es schmerzte.

»Verdammt.« Adams Gesicht lief rot an, nur um seinen angespannten Mund herum bildeten sich weiße Flecken. »Du siehst furchtbar aus. Das muss eine Art chemischer Waffe aus einer Spraydose gewesen sein. Giftgas vielleicht.«

Gemischt mit etwas Schlimmerem. Etwas Üblem aus dem Jenseits. Aber das sagte Talia nicht.

» … okay.« *Ich bin okay*, hatte sie eigentlich sagen wollen, aber das erste Wort hatten ihre unkooperativen Stimmbänder verschluckt. Das war eine Lüge, was auch Adam klar sein musste. Was sie meinte, war, dass sie weitergehen würde, bis sie nicht mehr konnte. Er musste für medizinische Hilfe sorgen. Am besten sofort.

Der Aufzug hielt abrupt an, was eine Herausforderung für ihre weichen Knie darstellte. Adam schob Talia hinter sich, stellte sich schützend vor sie, zog seine Waffe und drückte einen Knopf. Die Tür glitt auf.

Eine unbestimmten Lichtquelle erhellte schwach die Dunkelheit dahinter. Nachdem Talia ein paar Mal vorsichtig eingeatmet hatte, nahm sie einen nassen widerlichen Gestank wahr. Sie vergrub ihr Gesicht an Adams Schulter. Es konnte sich nur um einen einzigen Ort handeln. Den Abwasserkanal. Eine räudige Ratte sauste an der Aufzugtür vorbei.

»Wir müssen gehen. Wir müssen ein sicheres Versteck finden.« Adam klang, als würde er zu sich selbst sprechen. Er trat hinaus in den Tunnel und blickte in beide Richtungen, als wäre er unsicher, in welche Richtung des stinkenden Ganges er gehen sollte.

Es war seltsam, Adam ratlos zu sehen. Adam, der für alles eine Lösung hatte, Adam und seine unzähligen Sicherheitsvorkehrungen. Nicht dass sie ihm das vorwarf – niemand konnte auf alles vorbereitet sein. Er hatte bereits so viel getan, indem er den ganzen Geisterkrieg auf seine Schultern geladen hatte.

»Ach, zum Teufel«, sagte er und zog sie nach links. »Das Loft hätte sicher sein müssen. Es steht in keiner Verbindung zu Segue. Trotzdem haben sie es gefunden. Wie haben die das gemacht?«

Talia wusste, dass er sie nicht wirklich fragte. Ihre Aufgabe war es weiterzuatmen, und sie verwandte ihre gesamte Konzentration darauf. Nur so konnte sie ihm helfen.

»Wenn sie uns finden, Talia, dann lauf weg und versteck dich. Verstanden? Du rennst weg und versteckst dich. Du machst diese Sache mit den Schatten und bringst dich in Sicherheit. Ich versuche, sie so lange wie möglich aufzuhalten.«

Er stützte sie, indem er seinen linken Arm unter ihre Schultern schob. Der unangenehm lange, dunkle Tunnel war glatt von jener Art Feuchtigkeit, die niemals trocknete und in den Wänden hing. Der Müll zu ihren Füßen, durchweichtes Zeitungspapier und nicht zu identifizierende Abfälle, hatte sich damit vollgesogen. Nur ein leuchtend weißer Plastikbecher aus einem Imbiss schien dem Schlamm standzuhalten.

Adam blieb an einer rostigen Metallleiter stehen, die in die Betonmauer eingelassen war, und starrte auf einen Gullydeckel darüber.

»Was ist …«, krächzte Talia. Sie meinte *Was ist mit Custo?*, der sie in dem Loft hatte treffen sollen. War er wie Spencer zum Verräter geworden und hatte den Angriff gesteuert, oder lief er ahnungslos den Angreifern in die Arme?

Adam drehte sich abrupt zu ihr um. »Still. Nicht reden. Du musst deine Stimme schonen. Sie muss heilen. Du bist erst sicher, wenn sie geheilt ist. Niemand ist sicher, ehe du geheilt bist.«

Voller Panik begriff Talia. Man hatte ihren Schrei verstummen lassen, ihre großartige Waffe.

15

Oh, Mist. In welche Richtung? Seine Unentschlossenheit machte Adam zu schaffen. Augenblicklich spürte er einen heftigen Druck in seinem Kopf. Er griff verzweifelt nach der kalten, nassen Metallleiter. Jeder Atemzug in diesem stinkenden, verrotteten Tunnel kostete sie Zeit, die sie nicht hatten.

Er blickte zu Talia – ihr Gesicht war grau, und wenn sich ihre Brust hob, rasselten ihre Lungen. Sie hatte ihn gebraucht, und er hatte versagt. Schon wieder. Jedes Mal, wenn er versagte, starb jemand.

Nur ein Beispiel: Das Kollektiv hatte Segue nicht herausgefordert, und er hatte sich in falscher Sicherheit gewiegt. Zwar war es ihm gelungen, seine Leute aus dem Institut in West Virginia herauszuholen, aber es gab keinen Kontakt zu den anderen Büros. Vermutlich waren die Mitarbeiter dort tot. Seine Schuld. Törichterweise hatte er geglaubt, das Loft in New York wäre sicher, doch es war angegriffen worden. Talia, ihre einzige Waffe im Krieg gegen die Geister, war verletzt. Ebenfalls seine Schuld.

Jetzt lief alles auf eine Entweder-oder-Entscheidung hinaus. Oben aussteigen oder im Tunnel bleiben. Eigentlich ganz einfach.

Aber er hatte keine Ahnung.

Talia brauchte medizinische Hilfe. Die konnten sie nur dort oben finden, andererseits war *keine* medizinische Hilfe immer noch besser, als geschnappt zu werden und endgültig aufzugeben.

Ach zum Teufel, was sollte er nur tun?

»Pssst.«

Adam fuhr herum, zog seine Waffe und zielte in die Richtung, aus der das Geräusch kam.

Er hatte zu lange überlegt. Man hatte sie gefunden.

Sein Herz hämmerte in Erwartung eines Angriffs. Sehr wahrscheinlich handelte es sich um Soldaten – Geister hätten ihn längst überwältigt. Er konzentrierte sich und zielte. Finstere Dunkelheit waberte durch den Tunnel. Er konnte überhaupt nichts erkennen.

Als er Talias Hand auf seinem Arm spürte, erschrak er. Er sah kurz zu ihr hinüber, woraufhin sie den Kopf schüttelte. *Nein. Nicht schießen.*

Er starrte zurück in die Dunkelheit. Was auch immer sich dort hinten verbarg, machte Talia keine Angst, aber er würde nicht noch einen weiteren Fehler begehen. Er packte die Waffe fester.

Talia drückte sein Handgelenk so, dass ihre Hand warm wurde. In die Schatten um ihn herum kam Bewegung, wie bei sich übereinanderschiebenden Gewitterwolken in einer mondlosen Nacht waren ihre Konturen deutlich zu erkennen. Der Gestank wurde intensiver. Er nahm unterschiedliche Fäulnisgerüche wahr, die alle ihren ganz eigenen übel riechenden Charakter hatten. In einem seltsamen Glockenspiel schlugen Wassertropfen vereinzelte Töne an.

Und in der Tiefe des Tunnels tauchte ein weißes Gesicht auf.

Ein Gespenst.

Nein. Ein junges Mädchen, das seine Augen schwarz geschminkt hatte und ihnen dadurch einen dramatischen Ausdruck verlieh. Sie musste um die – ja was sein? Sechzehn? Siebzehn?

Was zum Teufel tat sie hier unten?

Adam wollte schon auf sie zugehen – vielleicht kannte sie einen sicheren Weg aus dieser Hölle, wusste einen Ort, an dem sie sich verstecken konnten.

Aber er hielt sich zurück. Er würde nicht noch einen Fehler

begehen und das junge Mädchen töten. Er konnte unmöglich das Leben eines Kindes für seinen Wunsch nach Sicherheit aufs Spiel setzen. Hier war Schluss.

Also die Leiter hinauf.

Er wandte dem Mädchen den Rücken zu und zog sich an einer Sprosse nach oben. Er musste erst den Kanaldeckel lösen, bevor er Talia die Leiter hinaufhalf. Durch die Bewegung löste sich ihre Hand von seinem Handgelenk. Es wurde heller, und die Gerüche verschmolzen wieder zu einem Einheitsbrei.

Ein leises Platschen lenkte seinen Blick nach unten. Talia ging von der Leiter weg auf das Mädchen zu.

»Nein, Talia!«

Aber sie hatte bereits ein ganzes Stück zurückgelegt. Noch ein Schritt, dann war sie in der Dunkelheit verschwunden.

Verdammt. »Talia!« Sein harsches Flüstern schlug ihm als Echo entgegen.

Keine Antwort. Ihm blieb keine andere Wahl, als ihr zu folgen und zu hoffen, dass das Kind nicht verletzt wurde oder gar Schlimmeres.

Mit drei langen Schritten war er bei ihr. So wie sie keuchte und hustete, hatte er sie leicht gefunden.

Als er sie eingeholt hatte, konnte Adam das junge Mädchen schließlich selbst sehen. Sie war wie eine Hexe gekleidet und hatte die Haare im Gothic-Stil gefärbt, schwarz mit einzelnen dunkelroten Strähnen. Ihre Haut schimmerte weiß. Obschon sie glatt war, wirkte die Frau älter, als er zunächst angenommen hatte. Mitte zwanzig vielleicht.

»Bist du die Fee?« Das Mädchen hob eine mehrfach gepiercte Braue.

Adam erschrak. *Fee? Woher zum Teufel wusste sie das …?*

Aus den Augenwinkeln sah er, wie Talia bestätigend nickte.

»Ansonsten würdest du nicht in diesem verdammten Loch

herumschleichen. Hier entlang.« Mit dem Kopf deutete das Mädchen in eine Richtung, drehte sich um und ging den Tunnel hinunter.

Talia fasste seinen Ellenbogen und zog ihn mit sich. Als sie das Mädchen eingeholt hatten, beugte Adam sich nach vorn und fragte mit leiser Stimme: »Wer bist du? Wohin gehen wir?«

Das Gothic-Mädchen blickte über ihre Schulter zurück. »Ich bin Zoe und bringe euch zu Abigail.«

Alles klar.

Adam versuchte es noch einmal. »Woher wusstest du, dass wir hier unten sind? Und wer ist Abigail?«

Das Mädchen ging weiter und lächelte ihn dabei über ihre Schulter hinweg schief an. »Abigail ist meine Schwester. Ich wusste, ihr seid hier unten, weil sie mir gesagt hat, dass ich euch hier finde.«

Adam hätte sie am liebsten geschüttelt. Ihre Antworten erzeugten nur noch mehr Fragen, und das bereitete ihr ganz offensichtlich Vergnügen. »Woher wusste Abigail, wo man uns findet?«

»Sie hat euch gesehen«, erwiderte Zoe gedehnt und sah sich nicht einmal um.

Adam kam zu einem einzigen Schluss: Man hatte sie entdeckt. Wo? »Wie?«

Er bemerkte erst, dass er die letzte Frage laut ausgesprochen hatte, als das Mädchen antwortete: »Das weiß ich nicht. Das müsst ihr sie fragen.«

Sie trabten den Kanal entlang. Ihr Atem und ihre Schritte hallten von den Wänden wider und erzeugten gespenstische Geräusche und Bewegungen. Adam spürte, wie Talia sich stärker auf ihn stützte.

»Wie weit ist es noch? Sie braucht medizinische Hilfe.«

»Das hat Abigail auch gesehen. Es gibt eine Ärztin für euch.«

Abigail sollte sich lieber ein paar gute Antworten überlegen.

Als Talia stolperte, fing Adam sie gerade noch auf, bevor sie in den Abwasserkanal fiel. Sie stöhnte, während er sie hochhob. Am liebsten hätte er sie über eine Schulter geworfen, sodass er mit der einen Hand zumindest die Waffe halten konnte, aber er traute sich nicht, Druck auf ihr Zwerchfell auszuüben. Fluchend schob er die Waffe in den Gürtel und wiegte sie wie ein Baby in seinen Armen, wobei es ihn zur Verzweiflung brachte, dass sie ihn mit seinem Körper schützte und nicht umgekehrt.

Der Tunnel endete an einer Kreuzung aus Müll, und Zoe wählte den linken Weg, der auf einen dröhnenden Bass zuführte, in den sich ein hohes Jaulen mischte – da hatte jemand eine sehr eigenwillige Vorstellung von Musik.

Sie blieb an einer Metallleiter direkt unterhalb des Lärms stehen. »Die hier.« Adam musste die Worte von ihren Lippen ablesen, denn er konnte sie nicht hören.

Das Mädchen kletterte hinauf, und Adam fragte sich kurz, ob er Talia nun doch über seine Schulter werfen musste, aber Talia richtete sich auf, griff nach den Sprossen und erklomm die Leiter eine Stufe über ihm. Als sie oben ankam, griffen diverse Arme nach ihr und zogen sie durch das Loch, als hätten sie sie bereits erwartet. Adam hievte sich durch das Loch und fand sich in einer dunklen Gasse wieder, mehrstöckige feuchte Betongebäude ragten zu beiden Seiten auf. Eine Gruppe von Leuten trug Talia zu dem Hintereingang des ersten Gebäudes. Verzerrte Töne elektronischer Musik drangen aus der Tür.

Er sprang aus dem Gullyloch und folgte ihnen. Zwar juckte es ihm in den Fingern, seine Waffe zu ziehen, doch seine Vernunft siegte über diesen Impuls.

Abwarten.

Er betrat den Hintereingang von etwas, das ein Klub zu sein schien. Eine schwere Metalltür fiel hinter ihm ins Schloss. Der Geruch von abgestandenem Zigarettenrauch hing im Eingangsbereich und im Hauptraum. Die Wände hatte man schwarz gestrichen, ebenso den Betonboden. Überall hingen grelle, billige Flugblätter, was dem abgerockten Flair des Ladens eine freundliche Note verlieh.

Die Musik setzte sich aus einem düsteren Bassrhythmus und einzelnen melodischen Gitarreneffekten zusammen, die fast heiter geklungen hätten, wären sie nicht etwas dissonant gewesen. Eine Frauenstimme krönte die Melodie mit überirdischer, wenn nicht gar künstlicher Perfektion.

Eine Gruppe von Leuten, die ganz offensichtlich der Subkultur angehörten, drängte sich links um eine offen stehende Tür herum. Einige waren wie Zoe in Schwarz gehüllt, wobei sie die Kleidung mehr der Stimmung und Aussage wegen als zum Tanzen gewählt hatten. Eine Frau trug eine Kombination aus Korsett und Netzstrümpfen, während ein Kerl offenbar eine Leidenschaft für Piercings hatte und seine Ohrläppchen von einer ganzen Batterie Metallringe in die Länge ziehen ließ, was er durch Stifte in Brauen und Lippe ergänzte.

Wie die Musik wirkten auch ihre Mienen widersprüchlich und drückten eine seltsame Mischung aus Nihilismus und zugleich Sorge um Talias Zustand aus.

Adam streckte sich, um an der Gruppe vorbeizusehen und entdeckte Talias markantes weißblondes Haar in einem schwarzen Loch, das einmal eine Garderobe gewesen sein musste. Er bahnte sich einen Weg durch die Menge.

Über Talias Mund und Nase saß eine durchsichtige Sauerstoffmaske. Eine junge Frau in Jeans und T-Shirt kniete mit einem Stethoskop hinter Talia. Wie sie in diesem ohrenbetäubenden Lärm etwas hören wollte, war ihm ein Rätsel. Die Ärztin befestigte einen weißen Clip an Talias Finger; der Clip war an einen digitalen Bildschirm angeschlossen, wahrscheinlich maß er Puls und Sauerstoffgehalt des Blutes.

Obwohl ihre Haut rosig schimmerte, suchte Adam in Talias Augen nach einem Hinweis darauf, dass sie litt. »Bist du okay?«

Als Reaktion kräuselte sich beim Versuch zu lächeln die Haut um ihre Augen, und sie hob einen Daumen nach oben.

Die Anspannung in Adams Nacken und Schultern ließ etwas nach.

Er wandte sich an die Ärztin. »Wird sie wieder gesund?« Er hatte nicht so fordernd und streng klingen wollen, denn er wusste, dass etwas Dankbarkeit angezeigt war.

Die Frau blickte von Talia zu Adam. »Einen Moment bitte, ja?«

Adam trat zurück … Geduld zählte nicht zu seinen Stärken. »Was ist mit dieser Abigail? Wo ist sie?«

»Ich bringe dich hin«, zwitscherte eine Stimme hinter ihm.

Adam drehte sich um. Zoe.

»Ich lasse Talia nicht allein. Bring Abigail her.«

Zoe hob erstaunt eine dünne Braue. »Was denn? Glaubst du etwa, wir tun ihr etwas an?«

»Ihr vielleicht nicht, aber wahrscheinlich sind uns die Leute, die Talia das angetan haben, auf den Fersen.« Zumindest hatten sie inzwischen den versteckten Aufzug und den Weg in den Kanal entdeckt. Dieses Gebäude lag nicht weit von seinem Loft entfernt.

Mit einer Handbewegung wischte Zoe seine Sorgen beiseite. »Nein. Das hätte Abigail gesehen.«

»Wer ist sie? Hat sie den Kanal verkabelt oder so etwas?«

Zoe schnaubte. »Sie hat die gesamte Welt verkabelt. Komm mit mir, und lerne sie kennen.«

Adam blickte hinunter zu Talia. Er konnte sie nicht einfach hierlassen.

Talia hob eine Hand und bedeutete ihm zu gehen. Als er dennoch zögerte, scheuchte sie ihn mit einer Geste davon. »Ach, geh schon«, krächzte sie und hustete.

»Bitte«, fügte die Ärztin hinzu und rollte mit den Augen.

Verdammt. Adam beugte sich zu Talias Ohr hinunter. »Sei vorsichtig. Nutze notfalls die Schatten.« Und weil sie sich trotz des fauligen Gestanks in dem Abwasserkanal einen zarten Duft in den Haaren bewahrt hatte, gab er ihr einen Kuss auf die Wange.

Zoe führte ihn durch den Flur zum Treppenhaus. Von dem Treppenabsatz, der leicht von der Musik vibrierte, gingen auf beiden Seiten Räume ab. Sie betraten den zweiten auf der rechten Seite und bewegten sich auf einen Sternenvorhang zu, den Zoe beiseitezog.

In einem Schaukelstuhl saß ein vertrocknetes altes Weib mit strähnigen grauen Haaren in einem zeltartigen geblümten Hauskleid, vermutlich Abigail, obwohl sie deutlich zu alt war, um Zoes Schwester zu sein. Ihre Augäpfel waren von einem dunklen, milchigen Film überzogen, der nicht verschwand, wenn sie blinzelte. Der Raum roch streng und abgestanden, nach Krankheit.

Adam blickte sich um. Krankenbett, Waschbecken, Bücherstapel – den Buchdeckeln nach zu urteilen, handelte es sich um leidenschaftliche Liebesromane – und auf dem Bett eine offene Packung mit billigen Schokoladenkeksen, bei deren Anblick sein Magen zu knurren begann. Allerdings gab es in dem Raum kein Überwachungssystem; das Technikzentrum musste sich an anderer Stelle befinden.

»Sie sind attraktiver, als ich dachte.« Abigails Stimme klang klar, jung, ausgeglichen und stand im Widerspruch zu ihrem Aussehen.

Was Adam bewog, etwas genauer hinzusehen. »Wer sind Sie? Woher wussten Sie, wo Sie uns finden?«

»Ich bin Abigail. Und ich wusste, wo ich Sie finde, weil ich Sie dort gesehen habe.«

Jetzt bemerkte Adam die Verwandtschaft, denn sie drückte sich genauso kryptisch aus wie ihre »Schwester«. Dazu fehlte ihm die Geduld. Er musste Talia holen und in Sicherheit bringen.

»Ach, nehmen Sie sich schon einen Keks, und setzen Sie sich. Hier sind Sie in Sicherheit.«

Adam zögerte und nahm dann am Fußende des Bettes Platz. Er zwang sich, höflich und beherrscht zu sprechen. »Danke für Ihre Hilfe und für die medizinische Versorgung meiner …« Ja, was war Talia überhaupt für ihn? Angestellte? Geliebte? »… Freundin. Wenn Sie wussten, wo Sie mich finden, wissen Sie ja vielleicht auch, welche Umstände uns hergebracht haben. Ich würde es deshalb sehr schätzen, wenn Sie oder Ihre Schwester etwas entgegenkommender mit Ihren Antworten wären.«

Missbilligend presste Abigail die Lippen zusammen. »Das Leben ist kurz. Sie sollten versuchen, etwas mehr Spaß zu haben.«

Adam lachte bitter. »Das ist momentan nicht möglich.«

»Dann entspannen Sie sich wenigstens. Ich konnte Sie in dem Tunnel sehen, weil ich die Gabe habe, Ereignisse vorherzusehen. Mein Auge wird jetzt bereits seit einer Weile zu Ihnen hingezogen.« Sie zog einen Mundwinkel nach oben. »Übrigens, das war gute Arbeit vorhin. So vor dem Fenster. Sehr nett.« Sie wedelte sich mit der Hand etwas Luft zu.

Adam runzelte die Stirn, seine Laune verfinsterte sich, aber die Frau fuhr fort. »Gönnen Sie mir doch das bisschen Spaß – ich bin einunddreißig Jahre alt, aber was mein Auge mir gezeigt hat, hat mich zu einer alten Frau gemacht.«

Adam schluckte schwer. »Können Sie in die Zukunft sehen?«

»In viele verschiedene.«

»Viele?«

»So viele, wie es Möglichkeiten gibt.«

»Bezwinge ich in irgendeiner Zukunft den Todessammler?«

»Nein.«

Eine Welle der Hilflosigkeit schwappte über ihn hinweg. Dann war alles umsonst. Am Ende würde das Kollektiv siegen. Er bekam keine Luft. Ein verheerendes Brüllen erfüllte seinen Kopf, und Adam stützte sich mit den Händen auf den Knien ab.

Abigail schnalzte mit der Zunge. »Sehen Sie sich nur an. Sie sind arrogant. Selbstgefällig. Sie haben sich selbst zum Helden erkoren. Glauben Sie wirklich, in diesem Krieg ginge es um Sie?«

Adams Kopf fuhr hoch.

»Na, jetzt hören Sie mir endlich zu. Der Dämon stirbt nicht durch Ihre Hände. Ich sehe nur ein Ende für Sie, dasselbe Ende, dem sich jeder auf dieser Welt stellen muss.«

Den Tod. Er brauchte einen Augenblick voller Verzweiflung, um die Nachricht zu verarbeiten, aber tief in seinem Inneren hatte er immer gewusst, dass er diesen Krieg nicht überleben würde. Er dachte an Talia, die Tochter des Todes, und der Schmerz ließ nach. Wenn der Tod nur annähernd war wie sie, konnte das Ende nicht so schlecht sein. Bei der Erinnerung daran, wie ihre weichen Schatten über ihm schwebten, wurde ihm warm. Das war alles andere als schlecht.

Aber was geschah mit dem Rest der Welt? Was war mit dem Geisterkrieg? »Wird irgendjemand anders den Dämon bezwingen?«

»Vielleicht.«

»Wer?« Aber er kannte die Antwort bereits.

Als Abigail lächelte, bildeten sich um ihre Augen Lachfältchen. »Klatschen Sie, wenn Sie an Todesboten glauben.«

Der Schattenmann. »Dann muss Talias Stimme heilen, damit sie den Tod rufen kann.«

»Um das klarzustellen«, erwiderte Abigail. »Meine Gabe versetzt mich nicht in die Lage, eine Todesfee zu sehen. Und auch nicht denjenigen, von dem Sie als Schattenmann sprechen…«

Adam hielt die Luft an, als er begriff, wie genau Abigail Bescheid wusste. Jemand kannte die ganze Zeit bereits die Lösung seiner Rätsel.

»... noch die Frau da unten. Das Leben der Todesfeen gehört ihnen nicht, ihr Schicksal ist vorherbestimmt. Ihre Existenz wird von der Aufgabe geprägt, für die sie geboren werden. Deshalb ist es mir nicht möglich, ihre Wege vorherzusehen. Mit meiner Gabe kann ich sie erst in der Welt der Sterblichen verfolgen. Sie und mich und Zoe und den armen Mann, dessen Körper dem Dämon als Wirt dient. Den Dämon selbst kann ich nicht sehen.«

Adams Herz setzte aus. Er beugte sich vor, die Ellbogen auf die Knie gestützt. »Was meinen Sie mit ›der arme Mann, dessen Körper dem Dämon als Wirt dient‹?«

»Ein Dämon besitzt nur so viel Kraft, wie ein Sterblicher ihm verleiht. Diese arme Seele hat dem Dämon seinen freien Willen im Tausch für ...«

»Macht gegeben«, beendete Adam.

Schmollend verzog Abigail den Mund. »Nein. Macht ist Ihre Schwäche. Sie behalten gern die Kontrolle, sind gern derjenige, der die Entscheidungen trifft. Der Mann, der den Dämon in sich aufgenommen hat, wurde von Angst gequält. Er hatte Angst zu leben, Angst zu sterben, Angst vor Menschen. Er wollte ohne diese Angst leben. Seinen Frieden haben.«

Adam war angewidert. Das alles aus Angst. Unglaublich.

Abigail hob eine Braue. »Wissen Sie, wie es ist, wenn man Angst hat? Richtige Angst?«

»Natürlich.« *Jeder hat Angst. Aber sich deshalb einem Dämon überlassen? Nein.*

Sie kicherte und machte sich über ihn lustig.

»Ich habe Angst gehabt«, beharrte er. »Haben Sie meinen Bruder gesehen? Ich habe in seinen Schlund gestarrt, als er das Leben aus mir heraussaugen wollte. Das war verdammt schrecklich.« Bei der Erinnerung schlug sein Herz schneller, sein Magen krampfte sich zusammen. Ja, er wusste, was Angst war.

Abigail schien unbeeindruckt. »Es gibt Schlimmeres.«

Adam konnte sich unmöglich Schlimmeres vorstellen, aber das Thema war ohnehin irrelevant. Er kehrte zu seiner ursprünglichen Frage zurück: »Kann ich den Wirt töten und somit den Dämon?«

»Ein praktischer kleiner Trick, um mit der Unsterblichkeit des Dämons fertig zu werden?«

»Ja, genau«, sagte er, obwohl ihm der sarkastische Ton, mit dem sie seine Frage wiederholte, nicht gefiel.

»Sie würden den Mann töten, aber nicht den Dämon. Früher oder später – wahrscheinlich eher früher – würde der Dämon sich einfach einen anderen Wirt suchen.«

»Somit wären wir wieder am Anfang: Talia muss schreien, um ihren Vater zu rufen, und dann bringt der Schattenmann die Sache zu Ende.« Adam stand auf. Wenn er hier keine neuen Antworten fand, musste er Talia fortbringen, bevor jemand sie entdeckte.

Abigail zuckte mit den Schultern. »Das ist eine Variante«, murmelte sie. Sie kauerte sich in ihren Stuhl und ließ keine weiteren Erläuterungen folgen.

Adam biss nicht darauf an. Er hatte genug von ihren Spielchen. »Können Sie mir sagen, wo ich den Dämon finde?«

»Wollen Sie dem Kollektiv beitreten?«

Vor Wut verhärteten sich die Muskeln in seinem Nacken. Jetzt hatte er aber genug. Er schluckte die Antwort hinunter, die ihm auf der Zunge lag, und sagte stattdessen: »Nein. Ich muss wissen, wo ich ihn finde, damit ich Talia sicher in Position bringen kann.«

»Ich glaube, Sie unterschätzen sie.«

»Können Sie es mir sagen oder nicht?«

Sie seufzte vollkommen erschöpft. »Ich sehe Wasser. Ich sehe die *Styx*.«

»Müssen Sie sich wieder unnötig kryptisch ausdrücken?« Sie faselte etwas von griechischer Mythologie, er brauchte eine aktuelle Adresse.

»Ich meine das wörtlich«, schoss sie zurück. »Die *Styx* ist ein Schiff, einfach ein Schiff mit einem passenden Namen. Wenn Sie eine Fahrkarte für die *Styx* erwerben, kaufen Sie eine Fahrkarte in die Unterwelt.«

»Sehen Sie noch etwas anderes? Irgendetwas, das Talia oder mir helfen könnte?«

»Nein, das ist alles …« Abigail sprach nicht weiter, ihr Blick glitt an Adams Schulter vorbei.

Er drehte sich um und fand dort Talia umrahmt von dem Sternenvorhang, der den Raum teilte.

»Willkommen«, sagte Abigail hinter ihm. »Ich warte schon sehr lange auf dich.«

Talia blickte zu der alten Frau in dem Stuhl. Das Licht auf ihrem Haar ließ einzelne Strähnen silbrig schimmern. Ihre Haut war faltig und hing schlaff herunter. Es war etwas … Seltsames an ihr, jenseits des dunklen Schleiers, der über ihren Augen lag.

Adam fasste Talias Schultern und suchte ihren Blick. »Geht es dir wieder gut?«

»Ich bin …« Talias bereits dürre Stimme brach. Sie räusperte sich vorsichtig, sodass der brennende Schmerz in der Brust nicht wieder aufbrach. Sie versuchte, leise zu flüstern, doch es klang trotzdem rau und holperig. »Es geht mir gut. Amalia, die Ärztin, sagt, ich hätte Glück gehabt. Ich muss mich schonen, mich ausruhen, und nach einer Weile bin ich wieder normal.«

Normal. Nicht annähernd. Die irdische Komponente des Gases würde sich vielleicht langsam verflüchtigen, aber der überirdische Teil klebte in ihrem Hals und in den Lungen wie widerliches Öl. Sie wurde es weder durch Wasser noch durch Husten los.

»Das bestätigt nur meinen Verdacht«, stellte Adam fest. »Wenn sie dich umbringen wollten, hätten sie diverse Gelegenheiten gehabt. Sie wollen dich lebendig. Das Gas sollte uns so lange unschädlich machen, bis sie dich haben. Hast du erfahren, wie lange die Stimme braucht, um sich zu erholen?«

»Ich weiß es nicht ...« Talia zuckte mit den Schultern. Das Vibrieren ihrer Stimmbänder schmerzte in ihrem Hals. Das Atmen brannte sowohl in ihrer Nase als auch in ihrem Mund. Und dieses dunkle Zeug würgte sie und ließ ihre Lungen nach reiner Luft schreien. Aber mit Letzterem würde sie Adam nicht belasten. Der Mann musste sich schon genug sorgen.

»Du solltest nicht sprechen.« Er umfasste fester ihre Schultern und biss verzweifelt die Zähne zusammen. Dann lehnte er seine Stirn gegen die ihre und hielt dort einen Augenblick inne, sein Kopf an ihrem Kopf. Seine Sorgen sickerten in ihr Bewusstsein. »Okay. Wir müssen einen sicheren Ort finden, an dem wir uns aufhalten können, bis du wieder ganz gesund bist. Etwas Einsames und Unauffälliges. In der Zwischenzeit können wir Pläne machen.«

Talia nickte vorsichtig, wollte den intimen Moment nicht zerstören. Sie hätte sich gern in seine Arme und an seine Brust geschmiegt, aber seine Worte aus dem Loft, »in einer anderen Welt, zu einer anderen Zeit«, hielten sie zurück. Sie wusste, dass Adam etwas für sie empfand, aber seine Prioritäten hatten sich nicht geändert: Zuallererst kam der Krieg. Diese Tatsache schmerzte sie mehr als die chemischen Gase, auch wenn er recht hatte. Sie war auf die Welt gekommen, um diesen Krieg zu beenden.

»Ihr könnt eine Weile hierbleiben«, erklärte Abigail. »Hier

seid ihr sicher. Ich sehe keine Zukunft, in der das Kollektiv das Gebäude durchsucht.«

Wie bitte? Talia wiederholte die Worte der alten Frau in ihrem Kopf. Sie ergaben keinen Sinn.

»Was …« *meint sie*?, wollte Talia fragen und blickte zu Adam auf, denn ihr Hals schmerzte und erstickte ihre Worte.

Adam löste sich von ihr und drehte sich um. »Das ist Abigail. Sie kann in die Zukunft sehen. Oder in viele verschiedene Arten der Zukunft, je nachdem, welche Entscheidung die Leute treffen.«

»Kann sie …« *meine sehen?* Talia legte eine Hand auf ihre Brust.

Adam schüttelte den Kopf. *Nein.* »Die Zukunft von Feen kann sie nicht sehen.«

Aber … Talia machte eine Geste mit der Hand an ihrem Körper hinunter, als würde sie sich zweiteilen.

»Ich weiß«, erwiderte Adam. »Du bist zur Hälfte ein Mensch. Abigail sagt, dass sie deine Zukunft dennoch nicht sehen kann. Anscheinend ist das Blut von deinem Vater ein bisschen dicker als das deiner Mutter.«

Kann sie deine sehen? Talia deutete auf Adam.

»Zum Teil«, antwortete er und wandte den Blick ab.

Welchen »Teil«? Talia hätte ihn am liebsten geschüttelt.

Talias Blick glitt zu Abigail, die amüsiert eine Braue hob.

Wenn die Frau Adams Zukunft voraussehen konnte, musste sie auch in der Lage sein, etwas von Talias Zukunft zu sehen. Adam musste bei ihr sein, wenn sie schrie, wenn der Schattenmann den Krieg beendete. Und danach? Was geschah dann? War sie ein Teil von Adams Zukunft?

»Ihr könnt vorläufig hierbleiben. Den Flur hinunter haben wir ein Zimmer für euch hergerichtet. An den Lärm von unten werdet ihr euch gewöhnen. Wenn ihr euch ausgeruht und …«,

Abigail rümpfte die Nase, »… gewaschen habt, wäre es nett, wenn ihr herunterkämt und euch vorstellt.«

»Ich glaube kaum, dass es eine gute Idee ist, wenn wir uns in der Öffentlichkeit blicken lassen«, sagte Adam. »Ich will das Schicksal nicht herausfordern, indem ich mich in einem vollen Klub aufhalte.«

Talia war seiner Meinung.

»Aber sie sind alle euretwegen hier.« Abigail blickte Talia direkt in die Augen, während sie sprach. Die Wucht ihrer Äußerung ließ Talia zurückweichen.

»Was …« *meinen Sie?* Talia ahnte Schlimmes, und ihr angegriffenes Zwerchfell spannte sich schmerzhaft.

»Das hier ist kein Klub«, erklärte Abigail. »Es ist ein Fest. Eine Todesparty. Wir haben uns hier versammelt, um dich, Banshee, und deinen Vater, den Schattenmann, zu feiern. Wir haben längst begriffen, dass der Dämon, der sich selbst als der Todessammler bezeichnet, ein Versehen ist, eine Plage, die eine Bedrohung für die Welt darstellt. Endlich gibt es eine Fee, die sich um die untoten Wesen in New Yorks Straßen kümmert und etwas gegen sie ausrichten kann. Wir feiern, dass ein Ende in Sicht ist. Denn wir haben viele Jahre auf diesen Tag gewartet.«

Talia legte die Hände auf ihre erhitzten Wangen. »Ich … ich …« Alle hatten auf sie gewartet? Sie sollte einen vollen Raum betreten, in dem alle über sie Bescheid wussten? In dem alle wussten, wer ihr Vater war?

Adam legte einen Arm um ihre Taille, während er sprach. »Wenn Sie so viel wissen, so viel *sehen*, wieso haben Sie dann nicht früher nach mir oder Talia gesucht?« Seine Stimme klang gleichgültig, aber Talia spürte seine unterdrückte Wut. »Sie hätten die Bedrohung abwenden können, bevor so viel passiert ist. Bevor so viele sterben mussten.«

»Das hätten wir tun können, aber durch meine Gabe wusste

ich, dass dieser Weg nicht zum Erfolg führt. *Sie* mussten Talia finden, nur so können wir den Dämon besiegen.« Ein Lächeln umspielte Abigails Lippen.

»Warum?«, stieß Adam hervor.

Talia konnte es sich denken. Sie bemerkte, wie Abigail sie mit ihrem Blick durchbohrte. Sie musste Talia nur für den Bruchteil einer Sekunde in die Augen sehen und wusste Bescheid. Mit selbstzufriedener Miene lehnte Abigail sich in ihrem Schaukelstuhl zurück.

Die alte Talia hätte sich nie auch nur einem einzigen Geist entgegengestellt, ganz zu schweigen ihrem Anführer. Aber sie hatte sich verändert. Die Monate, die sie vor den Geistern auf der Flucht gewesen war, jener Moment in der glühendheißen Gasse in Arizona, ihr Aufenthalt in Segue, Adams Verständnis – all das hatte sie verändert. Sie funktionierte mit ihrer Angst. Sie ließ sich von ihrer Angst nicht davon abhalten, nach Antworten zu suchen. Schaffte es, sich und ihre dunkle Gabe zu akzeptieren. Und in Gedenken an Patty hatte sie gelernt, ihre Angst für etwas zu überwinden, das wichtiger war als sie selbst.

Wenn es sein musste, konnte sie jetzt einem unsterblichen Dämon ins Gesicht schreien.

Anscheinend konnte Abigail doch in die Zukunft von Feen sehen.

Adam öffnete den Mund, um seine Frage zu wiederholen, kam jedoch nicht mehr dazu, weil Abigail auf einmal keuchte. Mit flackernden Augen ließ sie den Kopf gegen die Lehne des Schaukelstuhls sinken. Sie stöhnte laut und tief.

Adam blickte zu Zoe. »Was hat sie?«

»Eine Vision«, erwiderte Zoe.

Soweit das überhaupt möglich war, schien Abigail vor Talias Augen noch stärker zu altern.

Angespannt griff Talia nach den Schatten. Die Schleier glitten um ihre Schultern, ihre Sinne verschärften sich. Sie kämpfte nicht gegen die Dunkelheit, sondern ließ die Verbindung zum Jenseits um sich herumfließen. Dazu war sie schließlich auf der Welt.

»Ich sehe einen Mann«, wimmerte Abigail.

Talia beobachtete Adam, der vor Abigails Stuhl kauerte, um keinen Hinweis aus ihrer Vision zu verpassen. Die Schatten umwaberten ihn, sammelten sich und wälzten sich wie ein Gewittersturm von seinen breiten Schultern.

»Einen Mann, der auf der Suche nach etwas ist …«, wiederholte Abigail.

Sie war anders. Bei Abigail sickerten kleine schwarze Rauchfähnchen *in* den Körper, sammelten sich in ihren Augen und teilten sich den Platz mit ihrer Seele.

Die Frau musste vollkommen irre sein. Vielleicht war sie es ja tatsächlich ein bisschen.

Am Rand von Abigails Schatten erhaschte Talia einen Blick auf ihre Vision.

Ja, es tauchten Gesicht und Körper eines Mannes auf, der auf der Suche nach etwas war. Er betrat das Erdgeschoss des Gebäudes, das Adam einst für sicher gehalten und das sich jedoch als Falle entpuppt hatte.

»Wer ist es?«, fragte Adam.

»Custo«, erwiderte Talia. Und er lief geradewegs hinein. Direkt in die Falle.

16

»Es ist Custo«, wiederholte Talia, während sie in den dichten Schleier aus Schatten starrte, der Abigail umgab. Dann verschwand das Bild.

»Er wollte mich im Loft treffen.« Adam bemühte sich, seine Gefühle zu kontrollieren, aber man hörte ihm deutlich an, wie aufgewühlt er war.

Talia blickte sich hektisch nach den überlappenden Schattenwellen um und suchte nach dem Bild von Custo. Sie entspannte ihre Augen, atmete die verführerischen dunklen Rauchfahnen ein, gegen die sie sich ihr Leben lang gewehrt hatte, und ließ sich von ihnen erfüllen.

Zukunftsvisionen blitzten vor ihr auf und vermehrten sich rapide, bis so viele Varianten erstrahlten wie Sterne an einem klaren Nachthimmel. Sie begriff, dass jede noch so unbedeutende Entscheidung eine weitere nach sich zog, und diese wiederum eine weitere, bis sich aus den Entscheidungen mögliche Konstellationen ergaben, die nichts über ihre Wahrscheinlichkeit aussagten. Es war schwierig, eine Person zu isolieren, nur ein Ereignis oder auch nur ein Segment für sich zu verfolgen. Schließlich entdeckte sie etwas von Custo, seine ehrlichen Augen blitzten auf.

Aufgeregt und mit pochendem Herzen bemühte sie sich, seinen Aufenthaltsort auszumachen und herauszufinden, was er tat. Aber es blitzten nur einzelne Bewegungen auf und gelegentlich ein etwas verzögertes Abbild seiner Umgebung. Glänzender Stahl. Beton. Die Strahlen der aufgehenden Sonne hinter einem hohen, breiten Fenster, das jetzt von faustgroßen Löchern übersät war.

Talia ließ die Schatten über ihre Haut gleiten, ihr Gesicht und ihren Körper von ihnen streicheln. Wenn sie sich nicht gegen die Schatten wehrte und zuließ, dass einzelne Bahnen ihre Glieder umschmeichelten, sie umarmten, und sie sich von der Dunkelheit umhüllen ließ, konnte sie klarer sehen.

Zunächst verdoppelte sich ihre Vision, dann verdreifachte sie sich. Ein weiterer Custo näherte sich dem Gebäude mit dem Loft und musterte die Tastatur an der Tür. Wieder ein anderer Custo folgte ihm auf den Fersen und rannte über den Bürgersteig. Auf der schräg gegenüberliegenden Straßenseite lief ein weiterer Custo auf den Fußgängerüberweg an der Ecke zu, als gerade ein Wagen, in dem ein Custo am Steuer saß, um das Gebäude herumfuhr.

»Ich begreife das nicht. Welcher von denen ist Custo? Welcher ist der richtige?« Hilfe suchend blickte Talia zu Abigail.

»Bis sie anfangen zu handeln, ist keiner von ihnen real«, erwiderte Abigail. »Du siehst lediglich Möglichkeiten, verschiedene Varianten, wie er auf das Gebäude zugehen könnte. Wahrscheinlich gibt es noch viel mehr, die sich entschieden haben, sich nicht zu zeigen, und aus dem Kampf ausgestiegen sind.«

»Nein«, sagte Adam voller Überzeugung. »Es gibt keine anderen Versionen von Custo. Er ist ein Mann, der zu seinem Wort steht. Custo geht zum Loft.«

Adam hatte recht. Nachdem sie sich auf unterschiedliche Weise dem Eingang genähert hatten, musterten am Ende alle Custos die Tastatur neben der Tür.

»Aber er geht nicht hinein«, fuhr Adam fort, als könnte er Custo durch seinen Willen beeinflussen. »Durch unsere Flucht haben sich die Eingangscodes geändert. Er wird merken, dass etwas nicht stimmt. Wenn er schlau ist, geht er.«

Talia sah, wie sich der Ausdruck in den vielen Custogesichtern wandelte, als der Zugangscode tatsächlich abgewiesen wurde. Ein Custo fluchte. Ein anderer raufte sich die Haare. Ein weiterer trat zurück auf den Bürgersteig, sah an dem Gebäude nach oben und ging dann erneut zu der Tastatur.

Alle Custos betraten das Gebäude.

Talias Augen tränten, ihr Atem ging schneller. Sie hatte den stets zuverlässig, direkt und ehrlich wirkenden Custo immer gemocht.

Adam stöhnte verzweifelt auf. »Verdammt. Nein.«

»Er ist ein guter Freund«, stellte Abigail fest.

»Er ist ein Idiot«, brüllte Adam. Der Schmerz, der in seiner Stimme mitschwang, hallte in Talia wider.

Jeder Custo zog seine Waffe. Alle bis auf einen nahmen die Treppe; der andere wählte den Aufzug. Mit erhobener Waffe betrat Custo die Loftwohnung.

Was als Nächstes geschah, ließ sich aufgrund der schnellen Bewegungen nur unscharf erkennen, aber Talia sah, wie Custos Kopf zurückzuckte, als hätte ihn ein Schlag getroffen. Sie beobachtete, wie er einen Tritt in den Bauch bekam und sich zusammenkrümmte. Als er hinfiel und Blut spuckte, erschauderte sie.

»Was?«, fragte Adam. »Was? Was ist los?«

Talia schob die Schatten beiseite und würgte bei dem Versuch, sie aus ihrem Körper zu vertreiben. Aus ihrem Kopf. Als sie nach Luft rang, kratzte der überirdische eklige Schleim in ihrer Kehle. Sie taumelte vor Anstrengung, brannte innerlich, aber Adam stützte sie und zog sie an sich.

Ein Schaudern erfasste ihren Körper. Vor Erleichterung. Sie hatte sich gewünscht, dass Adam sie in die Arme schloss, brauchte es sogar. Sie hatte nur nicht gewusst, wie sie das erreichen konnte.

»Bist du in Ordnung?« Vor lauter Anspannung spie Adam die Worte förmlich aus.

Talias Lungen schrien, aber sie nickte ein stummes *Ja* an seinen Rippen. Es haftete noch ein schwacher Hauch von Abwasser an ihm, aber darunter roch er wieder ganz nach Adam.

»Kannst du eine Weile hierbleiben?« Er zog sie mit sich zum Ausgang.

Sie schüttelte den Kopf. *Nein*. Sie wusste, was er dachte. Um keinen Preis würde sie ihn allein gehen lassen.

»Talia, diese Leute scheinen in Ordnung zu sein. Wenn sie uns etwas antun wollten, hätten sie es längst getan. Ich komme zurück, so schnell ich kann. Ich kann nicht bleiben. Das musst du verstehen. Ich kann nicht einfach zusehen, wie Custo stirbt.«

Talia verstand durchaus. Er war wieder einmal zu überheblich. Riss einfach die Kontrolle an sich. Sie hatte ihn nicht gebeten, auf sie aufzupassen. Wenn er endlich sein machomäßiges ›Ich-muss-die-Welt-retten‹-Gehabe ablegen würde, wüsste er, dass sie ihn sehr wohl verstand. Ihr »Nein« hatte nichts damit zu tun, dass sie nicht bei diesen Leuten bleiben wollte.

Er wollte nach Custo sehen. Und sie würde ihn begleiten. Das teilte sie ihm mit, indem sie den Kopf zur Seite legte.

»Sieh mich nicht so an, Talia. Du hast mir gerade erklärt, dass die Ärztin gesagt hat, du solltest dich schonen«, widersprach er. »Du musst gesund werden. Außerdem werde ich wahrscheinlich in einen Hinterhalt geraten. Ich kann dich nicht beschützen.«

Sie deutete auf sich selbst und dann auf ihn. *Ich beschütze dich. Jawohl.*

Er zog die Augen zusammen. »Du kannst nicht schreien. Wie willst du mich beschützen?«

Talia legte eine Hand auf seine Brust, direkt unter das U unterhalb seines Schlüsselbeins, wo sie leise das Echo seines Herzschlags spürte, und zog die Schatten um sie.

Adam schüttelte ihre Hand ab, und die Schatten schnellten zurück. »Nein. Das ist zu riskant.«

Er hätte sie genauso gut ohrfeigen können. Sie biss die Zähne zusammen und starrte ihn aus den Schatten heraus an. Idiot. Ob es ihm gefiel oder nicht, sie kam mit.

Abigail lachte. »Armer Adam. Er hat wohl gedacht, er hätte eine Frau gefunden, die ihm gehorcht und alles tut, was er sagt. Stattdessen hat er eine Banshee bekommen. Ich brauche eines von diesen großen Fenstern, damit ihr zwei euch wieder vertragt. Zoe, haben wir irgendwo ein großes Fenster? Adam kann es ziemlich gut mit Fenstern. Vielleicht kann er sie so überzeugen.«

Talia errötete, aber sie ignorierte Abigail, verschränkte stur die Arme und versperrte die Tür.

Adam drehte sich zu Abigail um. »Können Sie eine Minute aufhören, sich über mich lustig zu machen, und sie stattdessen davon überzeugen, dass sie hierbleibt?«

Abigail zuckte mit den Schultern. »Wieso sollte ich meine Zeit verschwenden, wenn ich genau weiß, dass sie mit Ihnen geht?«

Talia unterdrückte ein süffisantes Lächeln.

»Sie …? Was …?«, stammelte Adam. Dann drehte er sich zu Talia um. »Ach, verdammt. Komm schon.«

Zoe folgte ihnen die Treppe hinunter und schrie, als sie sich dem Eingangsbereich des Gebäudes näherten, über das Jaulen einer traurigen Melodie hinweg: »Ihr könnt meinen Wagen nehmen, wenn ihr wollt.«

»Gut.« Adam blickte über seine Schulter an Talia vorbei. Er verspürte keine Lust, durch den Abwasserkanal zurückzulaufen, er hatte aber auch kein gutes Gefühl dabei, die fünf Blocks bis zu dem Loft zu laufen, insbesondere, da Talia so merkwürdig aussah.

Zoe reichte ihm die Schlüssel und dirigierte sie die Gasse hinauf. Während sie auf den Wagen zuliefen, blickte Adam zu Talia hinüber. »Du tust, was ich sage und zwar, wenn ich es sage, oder ich gehe nirgendwohin. Kapiert?«

»Ja, Chef«, krächzte sie.

Es war eine schlechte Idee, sie mit zurück zu einem Gebäude zu nehmen, das entweder von Geistern oder von IBÜ-Agenten besetzt war, oder von beiden. Sie sollte gesund werden, damit sie ihren Vater rufen und den Krieg beenden konnte. Es war absolut unverantwortlich von ihm, sie zu dieser sinnlosen Aktion mitzunehmen.

Als Realist war ihm klar, dass er Custo, seinen Ersatzbruder, wahrscheinlich verloren hatte. Er wollte nicht auch noch Talia verlieren. Er durfte aber auch nicht riskieren, dass sie ihm auf eigene Faust folgte.

Bei Zoes Fahrzeug handelte es sich um einen heruntergekommenen blauen Kleinwagen. Einen Accord, Baujahr irgendwann Mitte der Neunzigerjahre. Adam ging zur Fahrerseite und machte sich klein, um in den Wagen zu steigen. Seine Knie stießen gegen das Steuerrad. Talia saß bereits im Auto und hatte sich angeschnallt, bevor er es überhaupt geschafft hatte, sich in eine Position zu manövrieren, in der er den Wagen bedienen konnte.

Trotz der parfümierten Comicfigur, die am Rückspiegel baumelte, roch es in dem Auto nach verbranntem Plastik. Auf der Rückbank lagen einzelne Papiere und Abfall herum. Wenigstens hatte der Wagen eine Handschaltung.

Adam sehnte sich nach seinem Diablo, legte den ersten Gang ein und beschleunigte die Gasse hinunter auf lächerliche sieben Meilen pro Stunde. Als er das Gaspedal durchtrat, kreischte der Wagen, war am Ende der Gasse aber gerade bei zwanzig Meilen pro Stunde angelangt. Wenn er das Auto zu Schrott fuhr, würde er Zoe ein neues kaufen. Verdammt, er würde ihr einen neuen Wagen kaufen, wenn er diesen Tag überlebte.

Mit der morgendlichen Rushhour verdichtete sich der Verkehr. Diverse Taxis rangelten um die beste Position und blockierten die Kreuzung. Adam fuhr den Wagen mit einem ohrenbetäubenden Kreischen auf den Bürgersteig, manövrierte ihn unter wüsten Beschimpfungen der anderen Fahrer um die Taxis herum und überquerte die Ampel, um in die Straße einzubiegen, in der das Gebäude lag.

»Dort«, sagte Talia. Er erschrak und trat auf die Bremse.

»Was?« Es waren keine Fußgänger auf der Straße, er sah nur eine Reihe parkender Wagen.

»Der rote Sedan. In so einem ist Custo gefahren.« Der rote Sedan stand im Parkverbot direkt gegenüber von Adams Haus. Adam hielt mitten auf der Straße neben dem Wagen an und sprang heraus.

»Steig aus«, bellte er. Er erwartete sie am Heck des Fahrzeugs, griff ihre Hand und zog sie über die Straße.

»Wir müssen davon ausgehen, dass der, der das Loft angegriffen hat, weiß, dass wir hier sind. Vermutlich beobachten sie die Straße und warten auf uns.«

Talia nickte. Ihr Gesicht war kreidebleich. Verängstigt, aber nicht verschreckt. Sie zog sich nicht in ihre Schatten zurück. Seit der Gasse in Arizona war viel passiert.

»Das ist deine letzte Chance, Talia. Du kannst zurück zum Klub gehen. Dort versteckt man dich. Da wärst du in Sicherheit.« Wieso hatte er sich bloß auf Abigails Worte verlassen? Nur weil es so aussah, als wisse sie alles, hieß das nicht, dass dem wirklich so war.

Talia schüttelte energisch den Kopf. *Nein.*

Adam führte die Hand zu der kleinen Tastatur, doch in seiner Brust bildete sich ein enormer Druck. Er drehte sich zu ihr um, packte ihre Schultern und flehte, jeglichen Stolz über Bord werfend: »Bitte, geh zurück. Ich darf nicht zulassen, dass du da hineingehst. Nicht einmal für Custo. Ich kann das einfach nicht. Ich werde dich denen nicht ausliefern. Gehst du zurück zum Klub? Tust du das für *mich*?«

»Ich gehe deinetwegen in dieses Gebäude«, flüsterte sie mit gebrochener Stimme. Er wusste nicht, ob das ihren Gefühlen oder ihrer Verletzung geschuldet war.

»Verdammt, Talia. Ich hätte niemals mit dir schlafen dürfen. Ich habe dir gesagt, dass es jetzt kein ›Du-und-ich‹ geben kann.« Abrupt ließ er von ihr ab und schob sie von der Tür weg. »Du darfst den Krieg nicht verlieren, nur weil du in einer schwierigen Situation romantische Gefühle entwickelt hast.«

Talia trat wieder nach vorn. Ihre schwarzen Augen funkelten gefährlich. »Ich entscheide, welche Schlachten ich schlage, nicht du. Zwing mich nicht, mir selbst einen Weg in das Gebäude zu suchen. Das kostet Custo lediglich Zeit.«

Sie bedeutete ihm, zurück zu der Tastatur zu gehen.

Verdammt. Abigail hatte recht: Talia war entschlossen, ihn zu begleiten. Er hätte sie irgendwo anbinden sollen. Jetzt war es zu spät. Zu spät für alles.

Mithilfe des Codes öffnete er die Tür. Die kleine Halle war leer. »Treppe oder Aufzug?«

»Mit dem Aufzug sind wir schneller«, erwiderte Talia.

Na schön. Während er die Zahlen in die Tastatur neben dem Fahrstuhl hämmerte, stellte er sich schützend vor sie. Die Metalltüren glitten auseinander.

Leer.

Talia trat um ihn herum in den Fahrstuhl. »Ich glaube, wir sollten ihn im Dunkeln benutzen.« Sie hob eine Braue und wartete auf seine Antwort.

Er folgte ihr in den Aufzug, verschränkte seine Finger mit ihren und zog sie an die Wand. »Dunkel hört sich gut an.«

Schatten streichelten ihn und strichen federleicht über seinen Körper, als wären sie eine Verlängerung von Talia. Seine Sicht veränderte sich, seine Sinne schärften sich, die Welt um ihn herum gewann an Tiefe, und die Konturen traten deutlicher hervor. Er nahm seine Umwelt überdeutlich wahr. Und Talias schlanke warme Hand in seiner.

Die metallene Kiste beförderte sie innerhalb von fünf Sekunden nach oben.

Adam drückte Talias Hand. »Los geht's.«

Die Fahrstuhltüren glitten auseinander, und Talia trieb eine Welle wild durcheinander wirbelnder Schatten hinaus. Die Dunkelheit strömte aus ihr heraus und füllte das komplette riesige Loft, glitt über den Fußboden und erklomm die Wände, bis der gesamte Raum von Schatten erfüllt war, die mit ihren dunklen Schleiern das Jenseits von der irdischen Welt trennten.

Bewaffnete Männer knieten in Angriffshaltung auf dem Boden und zielten auf den Aufzug, als die Schatten über sie hinwegschwappten und sie erblinden ließen. Sie waren ganz in Schwarz gekleidet – als wenn man mit *dieser* Farbe irgendetwas vor ihr verbergen könnte – und trugen Gasmasken. Hinter den Männern schlichen langsam und einem Raubtier gleich zwei Geister am Rand des Raumes entlang.

Vorsichtig atmete Talia ein. Es hing noch ein Hauch von dem widerlichen chemischen Gestank in der Luft. Für sie stand zu viel auf dem Spiel, als dass sie sich dem noch einmal aussetzen durfte.

Das Loft musste gelüftet werden.

Talia streckte die Schattenfinger nach dem Fenster aus und fuhr an den Kissen entlang, die die Einschläge von vorhin in der

Scheibe hinterlassen hatten. Mit sanftem, aber stetig zunehmendem Druck ließ sie die dunklen Schatten in die dicken Scheiben fließen. Ein Sprung vergrößerte sich und schoss mit einem Zischen quer über die Scheibe. Das schwere Glas gab nach und fiel krachend teils auf den Fußboden der Wohnung, teils auf den Bürgersteig viele Stockwerke darunter. Talia ließ jedoch nicht zu, dass Sonne in die Wohnung drang, während die vergiftete Luft von frischer vertrieben wurde.

»Wow«, murmelte Adam und blickte zu ihr hinunter. Sah sie da etwa Respekt in seinen Augen?

Er zerrte an ihrer Hand, schleppte Talia mit sich in die Küche und bedeutete ihr, sich mit ihm hinter den Küchentresen zu knien. Leise zog er eine Schublade heraus und holte ein Messer hervor, das er in seinen Gürtel steckte. Er nahm ein weiteres heraus, ein kurzes Teppichmesser, und hielt es Talia entgegen.

Nein. Sie schüttelte den Kopf. Sie wollte ihn beschützen, aber sie würde niemanden umbringen.

Er drückte ihr das Werkzeug in die Hand. »Du wolltest mitkommen«, erinnerte er sie. »Jetzt nimm das verdammte Messer, und benutze es, wenn es nötig ist.«

Ihre Finger schlossen sich um den Holzgriff. Sie wusste keinen praktischen Ort, an dem sie es verstauen konnte – der Gummibund von Adams Jogginghose saß zu lose um ihre Taille.

Adam duckte sich zu ihr und murmelte. »Kannst du Custo sehen?«

Sie schüttelte den Kopf. *Nein*. Aber an der Wand befanden sich Blutspritzer, die es durchaus mit Adams abstrakten Bildern aufnehmen konnten. Sie bildeten ein aggressives rotes Muster, das an Jackson Pollock erinnerte.

Custo war hier. Und er war brutaler Gewalt begegnet.

»Wahrscheinlich im Schlafzimmer«, sagte Adam mit zusammengebissenen Zähnen.

Aber er rührte sich nicht. Heftige Angst schwappte über die Verbindung zwischen ihren Händen.

Talia verstand, wieso. Wenn sie beide zum Schlafzimmer schlichen, lösten sich die Schatten in dem großen Raum auf, und die Männer und Geister waren in der Lage, sie in die Ecke zu treiben. Adam wollte sie aber auch nicht allein zurücklassen, damit sie den Raum in Schatten tauchte, nicht, solange er voller Waffen und Geister war. Seine oberste Priorität galt dem Krieg, also musste er eher sie schützen als seinen Freund retten.

»Du musst mir vertrauen«, flüsterte Talia. Sie hatte keine Angst. Verstecken war das, was sie am besten beherrschte.

Er bedachte sie mit einem gequälten Blick.

Talia drückte seine Hand und wünschte, dass er ausnahmsweise ihre Gefühle spüren konnte. So musste sie auf Worte zurückgreifen. »Ich habe mich monatelang in den Schatten versteckt, ohne entdeckt zu werden. Dann werde ich es wohl auch ein paar Minuten schaffen, solange du Custo holst.«

»Aber …«

»Wir haben keine Zeit für ›aber‹. Ich halte die Männer hier in der Dunkelheit fest. Angst habe ich keine – das hier ist mein Gebiet. Ich bin sicher. Glaub mir, ich kann auf mich aufpassen.«

Adam zögerte. In seine Sorge mischte sich Unentschiedenheit.

»Mach schon.« Sie ließ seine Hand los und wartete darauf, dass er dasselbe tat.

Seine Unruhe wuchs. Er zog sie dicht an sich, streichelte ihr Gesicht, liebkoste sanft ihre Wange und murmelte: »Ich bin gleich zurück.«

Adam tastete sich rechts am Kühlschrank entlang und schlich um die Ecke zu der Nische, in der sich sein Arbeitsplatz befand. Als er den Schreibtischfuß spürte, wusste er, dass er die Abbiegung zum Flur erreicht hatte, der Schreibtischstuhl fehlte. Adam kroch vorsichtig voran, bis die Schatten durchlässiger wurden und er den Umriss seiner Hand auf dem Fußboden erkennen konnte.

Mit gezückter Waffe stand er auf und näherte sich dem schwachen Lichtschein, der aus der Schlafzimmertür fiel.

Die Tür schwang auf, und ein weiblicher Geist glitt auf unheimliche Weise aus dem Raum.

Adam schoss ihm in den Kopf und beförderte seinen Körper mit dem Fuß zurück in den Raum, wo die Schatten transparenter waren, weil Talias Einfluss nachließ. Die Geisterfrau krachte gegen eine Ecke am Fußende des Bettes und sackte auf dem Boden zusammen, um zu regenerieren, während sie die Luft verpestete.

»Hallo, Adam.«

In der Mitte des Raumes stand Spencer. Wie sein Team trug er eine schwarze Uniform und hatte seine Waffe auf Adam gerichtet. Er verstellte ihm den Blick auf eine Person, die hinter ihm auf einen Stuhl gefesselt war.

Lebend. Bitte lass ihn leben.

Adam hielt inne und beruhigte sein pochendes Herz, was ihn so sehr anstrengte, dass ihm der Schweiß ausbrach, während er sich zur Seite beugte, um besser sehen zu können.

Custo saß auf dem Schreibtischstuhl und war mit den Händen an die Armlehnen und mit den Füßen an die Stuhlbeine gefesselt, wobei ein Fußgelenk brutal verdreht war. Sein Kopf hing schlaff auf seiner Brust, sein Hemd und seine Hose waren voller Blut. Als Adam schwach den beißenden Geruch von Urin wahrnahm, biss er die Zähne zusammen.

Halt durch, Custo. Bleib am Leben.

Er blickte an dem Gewehrlauf vorbei auf Spencers Kopf, konnte es kaum erwarten, endlich abzudrücken, und trat ungeduldig von einem Fuß auf den anderen. Spencer würde sterben, er musste sterben. Jetzt. »Warum? Du Mistkerl. Warum?«

Spencer hielt seine Waffe fest in der Hand. »Ich war mir sicher, dass er wie immer wusste, wo du bist. Aber so ist es ja noch viel leichter. Er bringt dich und das Mädchen zu mir. Das ist wirklich ziemlich praktisch.«

»Wie konntest du das tun?«

Spencer zuckte mit den Schultern. »Ich musste irgendwie herausfinden, wo du bist. Custo hat nichts verraten, das muss man ihm lassen. Aber das Kollektiv ist nicht zu schlagen.«

»Ich habe eine Möglichkeit gefunden«, erklärte Adam. *Sie ist direkt vor der Tür.*

»Es ist zu spät. Die Welt hat sich verändert. Die Geisterpopulation ist unter der Leitung eines unsterblichen Dämons auf über zehntausend angewachsen. Eine Zusammenarbeit ist nur zu unserem Vorteil. Der Aufstand der Geister ist vorbei. Das Kollektiv hat gewonnen.«

Zum Teufel, das hatte es nicht. Adam schloss den Finger fester um den Abzug.

»Aber, wenn du mich hier herauskommen lässt, mache ich dir, äh, einen Vorschlag«, sagte Spencer mit einem breiten Grinsen.

»Du wirst diesen Raum nicht lebend verlassen.« *Ruhig Blut, Custo.*

»Ach wirklich?«, fragte Spencer. »Ich kann dir zeigen, wie man einen Geist ohne einen Schrei umbringt. Es ist eigentlich ziemlich einfach. Du warst schlichtweg zu kurzsichtig, deshalb hast du es nicht gesehen.«

Adam dachte an Talia. Wie ihre kleine, zerbrechliche Gestalt nach Luft rang. Er konnte sich nicht vorstellen, wie sie einen Dämon bezwang. Mochte sich nicht ausmalen, wie es war, wenn sie bei dem Versuch starb.

»Was soll das sein?«

»Geister können den Tod nicht ertragen.«

»Was zum Teufel soll das heißen?« *Können den Tod nicht ertragen.*

Spencer blickte bedeutungsvoll zu Custo, der auf seinem Stuhl hing. Seine kräftigen Schultern waren zu ruhig.

Nein! Das durfte nicht sein. Nicht Custo.

Ein Leben für einen Tod. Philips Druidenritual, seine Theorie über Symmetrie, nach der eine Person ihr Leben opfern musste, damit ein Monster starb. Der Geist war Custo nicht wert. Seinen einzigen Freund. Seinen Bruder.

»Raus«, befahl Adam. Er musste zu Custo, musste Custo retten.

Spencers Augen blitzten zufrieden. Als Spencer aus der Tür ging, hielt Adam die Waffe auf ihn gerichtet.

»Ich bin draußen, wenn du fertig bist«, sagte Spencer. Er, sein IBÜ-Team und ein paar Geister. Und dennoch würde Spencer sterben, wenn Adam hier fertig war. Seine Todesfee war Spencers Mannschaft locker überlegen.

Adam eilte zu Custo und tastete an seinem blutverschmierten Hals vorsichtig nach dem Puls, während sein eigenes Herz tobte. Aber er fand ihn nicht.

Nein, Moment. Die Ader an Custos Hals pochte. Er hatte noch einen Puls, nur war er kaum zu spüren. War ganz schwach.

Halt durch. Halt durch.

Adam kniete neben dem Stuhl auf dem Boden nieder und zwang sich, mit zitternden Händen vorsichtig Custos Kinn anzuheben. Sein Gesicht glich einem Albtraum, obwohl der Anblick durch Talias Schatten sogar noch etwas geschönt war. Die Augen blutunterlaufen, seine Nase schief und sein Kiefer hing seltsam herunter. »Oh Gott. Custo, es tut mir so leid.«

Nicht, dass Custo ihn hörte. Er war weit weg.

Die Hilflosigkeit machte Adam wütend. Er schluckte Galle, und sein Blick verschwamm. Custo durfte nicht einfach so an einen Stuhl gefesselt sterben. Adam zog das Messer aus seinem Gürtel und durchtrennte behutsam, um Custos Haut nicht zu verletzen, die Stricke, mit denen sein Freund angebunden war.

Als Adam seine Arme befreite, sackte Custos Körper nach vorn.

»Ruhig«, sagte Adam und stützte ihn. Nasse, warme Flüssigkeit sickerte durch sein Hemd, Custo blutete stark. Adam schleppte ihn zum Bett. Er konnte ihn nirgendwo anders hinbringen. Er konnte niemanden mehr holen, um ihn zu retten.

Wieder einmal war er zu spät gekommen.

Adams Arme zitterten, als er seinen Freund hinlegte. Er konnte Custo beim Sterben noch nicht einmal die Hand halten, denn seine Finger waren gebrochen und grausam verdreht. Stattdessen fasste er Custos Handgelenk und wartete, dass die Herztöne schwächer wurden.

Ein Schlag.

Custo, der arme Junge ohne Familie, der neu an die Schule für Jungen gekommen war, zersaust und angriffslustig.

Ein zweiter Schlag.

Als Custo Jacob zum ersten Mal begegnet war, hatte er keine Angst gezeigt. Er hatte Seite an Seite mit ihm gearbeitet, um das Monster unter Kontrolle zu bringen. Er half in Segue, anstatt sein eigenes Leben zu leben. Custo hätte sein eigenes Leben haben müssen. Eine Frau. Eine Familie. Vor allem das, Custo hätte eine eigene Familie gründen sollen.

Die Dunkelheit im Raum wurde dichter.

Adam spürte keinen dritten Schlag unter seinen Fingern. Er

schluchzte erstickt auf, als ihn eine warme vorübereilende Gestalt streifte – *Custo!* Adam wusste, dass er das nur in Talias Schatten spüren konnte.

Es bildete sich eine Mulde. Wie von einem Wind getrieben, wirbelten dunkle Schatten umeinander.

Adam erhob sich langsam und suchte mit den Augen in den Schattenbahnen nach einem Hinweis auf Custos Tod. Der Verlust hinterließ eine Leere in ihm, zerriss ihm das Herz und schnürte ihm die Luft ab, die er so dringend brauchte, um ›Auf Wiedersehen‹ zu sagen und ›Danke‹ und ›Es tut mir verdammt leid‹.

Aber er sah nur Dunkelheit. Dunkelheit und den Schattenmann.

Der Schattenmann stand gefangen in einem Strudel aus dichten, wirbelnden Schatten. Der Wind ließ nach und erstarb. Der Umhang legte sich in Falten um seinen Körper. Der Schattenmann schlug das Cape zur Seite, und Adam sah in der Tiefe etwas aufblitzen, eine funkelnde Verheißung.

Ein Schimmer bewegte sich durch die Dunkelheit. Custo. Er war gegangen. Adam fühlte sich, als hätte man ihm einen Teil seines Körpers herausgerissen.

Der Wind frischte auf und fing den Schattenmann wieder ein.

Aber die Sense des Todes verfügte über eine große Reichweite. Der Schattenmann schwang die gebogene Klinge, zerteilte den Körper der Geisterfrau, die sich gerade wieder erholte, und riss sie aus der Welt. Die »Glühwürmchen«, die in ihr gefangen waren, entschwebten in die ewige Freiheit. Wenigstens wurden die Seelen, die sie verspeist hatte, im Jenseits erlöst.

Als der Schattenmann erneut von der Dunkelheit verschlungen wurde, hob er seinen Blick und sah Adam aus blutrünstigen Augen an.

Adam verstand. Spencer hatte recht. Die Antwort war ganz

einfach. Niemand anders, den Adam liebte, musste das Kollektiv fürchten.

Ja, Talia konnte den Tod durch ihren Schrei befreien. Aber das konnte jeder andere genauso. Die anderen mussten lediglich dafür sterben.

Als Adam von Custos Leiche zurücktrat, fasste er einen Entschluss. Dies war kein Abschied. Nein. Er würde Custos Beispiel folgen. Wenn Custo sein Leben gegeben hatte, um dadurch das Leben seines Freundes zu schützen, um Spencer auszutricksen und einen Geist zu töten, konnte Adam das auch.

Aber Adam würde sein Leben auf gar keinen Fall für seinen selbstsüchtigen Bruder Jacob opfern. Nein, wenn er um den Tod buhlte, dann nur für den Dämon persönlich.

17

Talia beobachtete, wie die Soldaten in die Mitte des Raumes schlichen und sich durch die Dunkelheit vortasteten, während Spencer, dieser feige Verräter, es sich an der Wand neben dem Badezimmer bequem gemacht hatte und über sein Headset Anweisungen gab.

Wo war Adam? Wieso brauchte er so lange? Noch eine Minute länger, und sie würde nach ihm sehen.

Ein Soldat bewegte sich gefährlich nah auf das offene Fenster zu. Da seine Sinneswahrnehmung eingeschränkt war, bemerkte er noch nicht einmal, in welcher Gefahr er sich befand, als er mit seinen Stiefeln auf die Glasscherben trat.

Talia zog ihre Schatten etwas von der Kante des zerbrochenen Fensters zurück. Sie wollte nicht schuld daran sein, dass der Mann in den Tod stürzte.

Der Soldat trat aus den Schatten in den Sonnenschein. Die plötzlich auf ihn einstürmenden Reize und die Gefahr brachten ihn aus dem Gleichgewicht, und er fuchtelte mit den Armen. Aber er fing sich wieder, schob sich vorsichtig nach vorn und spähte über den Rand. Dann bezog er dort Position. Als wenn Talia und Adam vorhätten, auf diesem Weg zu flüchten. Wohl kaum.

Die Geister, einer ein glatzköpfiger, untersetzter Mann, der andere eine große, schlanke Frau mit der anmutigen Haltung einer Ballerina, schlichen durch den Raum.

»Mein ganzes Leben über bin ich glücklich gewesen«, brummte der Mann. »Seit ich es mit dem Dämon zu tun habe, ist es mit meinem Glück vorbei. Jetzt ziehe ich immer den Kürzeren.«

Dämon.

Die Frau streckte die Hände aus, um sich in der Dunkelheit voranzutasten. Ihre Finger glitten flüchtig über die Schultern eines Soldaten, der doppelt so schwer war wie sie. Sie berührte zufällig seinen Mundschutz, ergriff ihn und benutze ihn, um ihn daran aus dem Weg zu befördern.

Der Soldat zuckte zusammen und schrie, doch die Dunkelheit verschluckte seine Schreie.

»Oh, ich werde dich nicht fressen«, höhnte die Geisterfrau und warf den Mann auf den Boden. »Das wäre ja gegen das Abkommen.«

Das Abkommen. Spencer. Custo.

Mit der Hand stieß die Frau gegen die lange Wand, die direkt in den Flur führte. Sie ging auf das Schlafzimmer zu.

Nichts da.

Talia griff das Messer, holte mit dem Arm Schwung und schleuderte die Klinge durch den dunklen Raum.

Talia konnte beim besten Willen nicht zielen, aber in den Schatten spielte das keine Rolle. Das Messer segelte in einem etwas unglücklichen Winkel durch die Luft und hätte die Geisterfrau vermutlich mit dem Griff an der Schulter getroffen. Aber Talia korrigierte den Kurs, bewegte die Schatten nach oben und drehte sie so, dass die Klinge sich in das linke Auge der Frau bohrte.

Kreischend krachte die Frau gegen die Wand und glitt lautlos nach unten, wobei sie sich an Spencer klammerte. Wie ein eng umschlungenes Liebespaar sackten sie gemeinsam auf den Boden. In der Stille war Spencers angestrengtes Atmen deutlich zu hören. Er richtete sich auf und krabbelte von dem Körper der Frau herunter, war aber zwischen Wand und Sofa gefangen. Er hatte sich fast befreit, als die Geisterfrau seinen Knöchel packte.

Regeneration machte hungrig. Die Frau zog die Klinge aus ihrem Gesicht, verteilte dabei weißes Gewebe auf Spencers schwarzer Kleidung und zog ihn an ihren weit aufgerissenen Mund. Er schoss und traf sie an der Schulter, aber der Schuss blieb ohne Wirkung. Die Geisterfrau erhob sich wie Phoenix aus der Asche und hatte Appetit auf ein gutes Frühstück. Als sie Spencer einen Kuss aufdrückte, gab der einen hohen, mädchenhaften Schrei von sich. Sein Körper zuckte, erschlaffte und brach zusammen.

Talia spürte, wie Spencer verblich, und erschauderte. Zu dumm. Was für ein Ende hatte er sich wohl vorgestellt? Das war jedenfalls das einzig Passende.

Als Spencer wie ein zusammengefallener Haufen auf dem Boden lag, setzte die Geisterfrau ihren Weg zum Schlafzimmer fort. Sie stand auf der Schwelle, als sie plötzlich erschrocken zurückwich. Ohne auf Hindernisse zu achten, krabbelte sie in den großen Raum zurück, rutschte auf den Glasscherben aus und stürzte rücklings aus dem Fenster.

Adam. Als Talia gerade in Richtung Schlafzimmertür schlich, kam er heraus. Sie kroch auf ihn zu, traf bei der Nische auf ihn und ergriff eine seiner blutverschmierten Hände. War das *sein* Blut? Sie trieb ihre Schatten um ihn. Der beißende Gestank von Blut hing wie Leichengeruch an ihm. Sie atmete durch den Mund und versuchte, nicht zu würgen.

Nachdem er wieder in Schatten gehüllt war, konnte Adam sie erkennen. Er war in den letzten fünf Minuten um zehn Jahre gealtert. Seine Augen verschleierten ein Gefühl, das sie nicht benennen konnte. Es strömte in sie hinüber – finster, von Kummer und Schmerz durchzogen, aber er schien seltsam ruhig und entschlossen. Sie traute dem nicht und stellte fest, dass sie seine Wut lieber mochte. Dieses neue Gefühl war schmerzhaft, so als würde sie innerlich ein bisschen sterben. Was auch immer er in diesem Raum vorgefunden hatte, es musste sehr schlimm gewesen sein.

»Es tut mir leid«, flüsterte sie. Ihre Worte waren vollkommen unangemessen, aber sie wusste nichts Besseres zu sagen.

Adam sah sich in dem Raum um und beobachtete mit versteinerter Miene die langsam und blind herumstaksenden Soldaten sowie die übrig gebliebenen Geister.

Schließlich blieb sein Blick an Spencer hängen. Er verzog die Lippen zu einem breiten Grinsen, bevor er sich abwandte. Spencer war Abschaum; er hatte es nicht verdient, dass man um ihn trauerte.

»Wir nehmen die Treppe«, erklärte er.

Gestern Patty, heute Custo. Adams Verluste häuften sich. Die Anspannung war ihm deutlich anzusehen – er hatte jedes Recht zusammenzuklappen. Eigentlich hätte er schon längst zusammenbrechen müssen.

Die Gefühle schnürten Talia das Herz ein. Sie musste noch etwas sagen, ihn wissen lassen, dass er nicht allein war.

»Adam, ich …«

»Nicht jetzt.« Er hielt ihre Hand so fest, dass es wehtat; der Rest seines Körpers war ganz ruhig.

Sie schluckte die übrigen Worte hinunter.

Nicht jetzt. Sie verstand. Solange Custos Blut an seinen Händen klebte, konnte er keinen Trost ertragen.

»Die Treppe«, wiederholte sie.

Er schien sich etwas zu entspannen, nickte knapp und kroch vorweg durch die Küche. Am Fahrstuhl vorbei manövrierte er sie zu einer nicht weiter gekennzeichneten Tür daneben. Zischend öffnete sie sich und führte in ein Treppenhaus.

Auf der anderen Seite stand ein Soldat, der mit erhobener Waffe an die Wand des Treppenhauses zurückwich.

Adam drehte sich um und stieß den Mann mit dem Fuß Hals

über Kopf die Treppenstufen hinunter. Sie stiegen über seinen Körper hinweg und eilten nach unten, um den übrigen Soldaten in dem Loft zu entkommen. Talia versuchte, Schritte auszumachen, aber es folgte ihnen niemand. Vermutlich mussten sie sich erst um ein paar andere Dinge kümmern, nachdem Spencer tot war. Sie liefen einige Minuten ruhig, dann panisch die Stufen hinunter und verließen das Gebäude durch den Hinterausgang. Talia versuchte, ihr Keuchen zu unterdrücken.

Adam umklammerte fest ihre Hand, hielt sie dicht bei sich und hielt aufmerksam nach einem Hinweis auf mögliche Verfolger Ausschau. Er war zu still, zu ruhig, der Sturm in ihm schien völlig verstummt. Er war ganz eiserne Entschlossenheit. All seiner Mittel und jeglicher Vertrauensperson beraubt, versuchte er dennoch, die Welt mit seinen bloßen, blutverschmierten Händen zusammenzuhalten. Adam Thorne war der stärkste – nein, der beste Mann, der ihr je begegnet war. Sie verstand, wieso Custo sein Leben für ihn geopfert hatte, sie würde genau dasselbe tun. Adam konnte alles von ihr verlangen. Ihren Atem, ihren Körper. Ihr Herz besaß er bereits.

Am Ende einer kleinen verlassenen Gasse wartete ein Wagen. Am Steuer saß Zoe. Offenbar war Abigail wieder an der Arbeit gewesen. Als sie gerade losfuhren, schrie ein Cop *Halt!*, aber Zoe zuckte nicht einmal mit der Wimper. Offenbar wusste sie, dass er ihnen nicht folgte. Unsinnigerweise bog sie in die entgegengesetzte Richtung ab, fuhr am nächsten Block aber wieder in Richtung Klub.

Nachdem sie dort eingetroffen waren, teilte Adam die illustre Ansammlung von Leuten mit einer Bewegung seines Arms. »Wo ist die Ärztin?«

»Hier.« Amalia bahnte sich einen Weg durch die Menge.

»Sie hört nicht auf zu zittern. Ihre Gesichtsfarbe ist nicht in Ordnung. Und ihre Haut ist feucht«, erklärte Adam.

»Es geht mir gut«, widersprach Talia, aber ihre schwache, krächzende Stimme bewies das Gegenteil. Der erstickende Belag war kein bisschen weniger geworden.

Adam drängte sie zurück in den kleinen dunklen Raum und setzte sie auf einen Stuhl. »Du siehst nicht gut aus.«

»Du auch nicht«, erwiderte Talia.

»Wann haben Sie das letzte Mal etwas gegessen?«, fragte Amalia, während sie eine Sauerstoffmaske über Talias Gesicht befestigte.

Bei dieser Frage stutzte Talia. Und nach Adams verwirrtem Gesichtsausdruck zu urteilen, er auch. Essen hatte nicht oben auf ihrer Prioritätenliste gestanden.

»Vielleicht vor vierundzwanzig Stunden«, gab Talia zu. Adam nickte widerwillig.

»Und geschlafen?«, bohrte die Ärztin weiter.

»Ich habe im Wagen geschlafen«, erklärte Talia. Sie deutete auf Adam. »Er schläft nie.«

»Sie haben Giftgas eingeatmet. Ich hatte vor allem Ihnen Ruhe verordnet.« Sie blickte zu Adam. »Und Sie sehen furchtbar aus. Ist das Ihr Blut oder das von jemand anders?«

Adam wirkte angespannt vor Kummer.

»Von jemand anders«, antwortete Talia für ihn.

»Ich kann etwas zu essen bestellen«, bot Zoe an und zog sich aus dem Tumult zurück.

Adam drehte sich zu Talia um. Er hatte diesen zu ruhigen Ausdruck in den Augen; ihr Magen krampfte sich zusammen und ihre Seele schrie *Nein! Nein! Nein!*

Er wandte den Blick in jenem Augenblick ab, als er dem ihren begegnete, und bestätigte damit ihren Verdacht. »Wenn du in Ordnung bist, muss ich ein paar Anrufe erledigen.«

Anrufe. Klar.

»Abigail hat gesagt, dass wir hierbleiben können«, fuhr er fort.

»Versuch, etwas zu schlafen. Du musst dich ausruhen, damit du gesund wirst.«

Schlafen. Unmöglich.

»Ich brauche nicht lange.«

Wieso siehst du mich dann nicht richtig an?

Aber vor all diesen Leuten konnte sie ihn das nicht fragen. Nicht, wenn sein Schmerz noch so frisch war. Und solange sie an der Sauerstoffmaske hing, konnte sie nicht bei ihm bleiben. Sie wusste auch nicht, ob sie überhaupt das Recht dazu hatte. Also ließ sie ihn gehen. Sie hoffte nur, dass er keine Heldentat beging. Oder eine dumme Aktion plante. Zumindest nicht ohne sie.

Vor dem Raum bat Adam einen Kerl, der einen silbernen Steg durch den Knorpel in seiner Nasescheidewand gebohrt hatte, um ein schwarzes T-Shirt. Als er das Hemd gerade überzog, kam Zoe die Treppe hinunter und öffnete den Mund, als wollte sie noch mehr von Abigails Weisheiten von sich geben.

»Lass mich in Ruhe, Zoe. Und sag Abigail, dass sie sich aus meinen Sachen heraushalten soll.«

Er wartete ihre Antwort gar nicht erst ab, sondern eilte aus dem rückwärtigen Ausgang des Gebäudes hinaus und zu Fuß die Gasse hinunter, Essen und Schlaf waren ihm egal. Er musste dort weg, weg von Talias verdammten Feenaugen. Ihrem verlorenen, leidenden Blick. Sie sah zu viel.

Patty war tot. Custo war tot.

Er durfte, er konnte es nicht ertragen, wenn auch noch Talia durch seine Schuld starb. Um nichts in der Welt würde er ihr erlauben, sich dem Dämon bis auf »Schreiweite« zu nähern. Nicht jetzt. Nie. Nicht einmal, wenn sie die Welt retten konnte. Er würde das nicht zulassen. Nicht, solange er atmete.

Er hämmerte eine Nummer in sein Mobiltelefon, die er zwar bereits lange kannte, aber noch nie benutzt hatte. Nach dem ersten Klingeln hob Jack ab.

Jackson Flatt handelte mit einigen äußerst illegalen exotischen Waffen und Ähnlichem. Er verfuhr nach dem Prinzip ›Wer zuerst kommt, mahlt zuerst‹, und es war ihm egal, dass durch seine Waffen Unschuldige ums Leben kamen. Im Laufe der Jahre hatte Adam ein paar ausgefallene Sachen gebraucht, aber nie, unter keinen Umständen, hätte er mit Jack Geschäfte gemacht.

Doch die Zeiten hatten sich geändert.

»Hier spricht Adam Thorne.«

»Adam Thorne.« Jack zog die Vokale genüsslich in die Länge. »Was verschafft mir die Ehre deines Anrufs? Bist du auf den Hund gekommen?«

Adam unterdrückte den Impuls, das Gespräch zu beenden, und schluckte eine böse Bemerkung hinunter. »Ich brauche etwas. Kannst du es mir besorgen?«

»Wieso fragst du nicht deinen Laufburschen Spencer?«

»Spencer ist tot, und ich arbeite nicht länger mit dem IBÜ zusammen«, erwiderte Adam.

»Hm.« Jack schwieg und verarbeitete diese neue Information. »Willkommen auf der dunklen Seite. Was brauchst du?«

»L-Pillen.« Allein, das Wort auszusprechen, trieb Adam den Schweiß in den Nacken.

»Hat das etwas damit zu tun, dass in den Nachrichten über dich berichtet wird und die Polizei nach dir sucht?«

In den Nachrichten. Verdammt. Wenn man in den Nachrichten über ihn berichtet hatte, dann auch über Talia. Selbst wenn er das hier hinkriegte, war ihr Leben total verkorkst.

»Indirekt«, antwortete Adam.

»Kannst du bezahlen, bei dem ganzen Mist, den du an den Hacken hast?«

»Immer.«

»Ja, dann kann ich sie dir wahrscheinlich besorgen. Ich kenne einen Kerl. Falsch, ich kenne die Witwe von einem Kerl, der vermutlich hat, wonach du suchst. Kapiert?«

Jack war nicht gerade subtil. L-Pillen oder letale Pillen waren für einen schnellen und wirksamen Selbstmord gedacht. Die Aufnahme von Kaliumzyanid führte innerhalb von wenigen Minuten zum Gehirntod und kurz darauf zum Herzstillstand.

»Wie schnell kannst du sie mir besorgen?«

»Sagen wir in einer Stunde. Vielleicht in zwei. Wir treffen uns an der Grand Central Station. Kauf dir eine Zeitung, um dir die Zeit zu vertreiben. Ich finde dich.« Die Leitung war tot.

Adam wusste nicht, wie viel Jack für die Pillen verlangte, aber das war ihm egal. Tausend. Hunderttausend. Eine Million. Das spielte wirklich keine Rolle.

Adam kaufte eine Tageszeitung, las sie jedoch nicht, sondern steckte sie ein. Einem ahnungslosen Studenten am Bahnhof klaute er den Laptop und arbeitete. In ein paar Stunden hätte er einen Plan entworfen, wie er Talia in Sicherheit bringen konnte. In einer Datei auf seinem USB-Stick hielt er für sie fest, wie sie das Land verlassen sollte.

Als Jack sich drei Stunden später neben ihn auf die Bank fallen ließ, wimmelte es im zweiten Stock des Bahnhofs nur so von geschäftigen, schillernden, energiegeladenen Menschen, die nichts von der bevorstehenden Krise ahnten.

Adam klappte den Laptop zu und ließ den USB-Stick in seine Tasche gleiten, während Jack ihn unverhohlen von oben bis unten musterte. »Auf was bist du? Kokain? LSD? Etwas Exotischeres?«

»Ich bin high vom Leben«, antwortete Adam mit bitterer Ironie. »Hast du, was ich brauche?«

»Der Mist bringt dich um.« Jack hob eine zerknitterte braune Imbisstüte aus Papier.

»Genau darum geht es. Wieso interessiert dich das überhaupt?«

»Es interessiert mich nicht«, sagte Jack. »Ich verstehe nur nicht, wozu du es brauchst. Die verdammte Welt gerät aus den Fugen. In letzter Zeit sind ein paar ziemlich gruselige Sachen passiert. Mein Geschäft hat sich verdoppelt, aber die Kerle, die vorbeikommen, um ihr Zeug abzuholen, sehen sich ängstlich um, als wäre der Schwarze Mann hinter ihnen her. Und jetzt steigt auch noch Adam Thorne von seinem hohen Ross und bestellt eine Ladung L-Pillen. Das löst in mir den Wunsch aus, früh in Rente zu gehen und mich auf eine nette tropische Insel zurückzuziehen.«

»Wie viel willst du?« Adam nahm die Tüte und ertastete darin ein Röhrchen mit Pillen. Er war zu müde, um Jack über das Kollektiv aufzuklären.

»Die sind umsonst. Ich habe in den Nachrichten einen Beitrag gesehen, in dem du in Arizona ein Monster zusammengeschlagen hast, bevor der Sender ein paar hübsche Standbilder von dir und deiner Freundin eingeblendet hat, als sollte etwas verschleiert werden. Keine Ahnung, wieso sie sich die Mühe machen. Man kann das ohnehin überall im Internet sehen. Sagst du mir, was zum Teufel das war?«

»Ein Geist.« Allein das Wort auszusprechen, verdoppelte Adams Herzschlag, ein Adrenalinstoß versorgte ihn mit der nötigen Energie. Nur noch ein paar Stunden, dann war alles vorbei. Dann durfte er für immer schlafen.

»Gibt es noch mehr von diesen Monstern?«

Adam nickte und wollte aufstehen. »Viel mehr.«

»Mist.«

Kein Witz. Adam erhob sich, öffnete die Tasche und verstaute die Pillen. Ohne sich noch einmal umzusehen, eilte er auf den Ausgang zu und ließ Jack über die Zukunft sinnieren.

Was ihn anging, so konnte er die Sachen, die er in seinem Leben noch zu erledigen hatte, an einer Hand abzählen. Er musste zurück zum Klub, Talia den USB-Stick geben, irgendwie dort wegkommen, ohne dass sie ihm folgte, die *Styx* finden und mithilfe der kleinen Pille den Weg für den Schattenmann freimachen, damit er den Dämon töten konnte. Das war ziemlich überschaubar.

Er fuhr mit einem Taxi zurück zum Klub, dem AMARANTH, wie das schäbige Schild über dem Haupteingang verkündete, aber er ging durch den Hintereingang hinein. Der Laden war ruhig, was Adam misstrauisch machte. Wo war die Musik?

Adam stieß die Tür zu der Garderobe auf. Leer.

Ein Jugendlicher, der trotz der Tätowierungen, die sich seinen Hals hinaufschlängelten, in Jeans und T-Shirt beinahe normal aussah, schleppte irgendwelche Geräte durch den Hintereingang.

Adam hielt ihn auf. »Was ist hier los? Wieso ist es so ruhig?«

Der Kerl sah ihn finster an. »Alle bereiten sich auf die Party vor. Ich versuche herauszufinden, wie man diese verdammte Nebelmaschine in Gang setzt. Zoe sagt, dass Abigail Nebel sieht, also muss ich innerhalb der nächsten Stunde herausfinden, wie diese Nebelmaschine angeht, ansonsten habe ich keine Zeit mehr, mich fertigzumachen.«

Der Junge lief im Kreis umher. Adam schnitt ihm den Weg ab. »Und Talia?«

»Gräfin Schatten?«

Wie? Okay … Adam nickte.

»Sie ist oben und schläft. Zoe hat gesagt, dass wir sie nicht stören sollen.«

Sie war eingeschlafen. Die perfekte Gelegenheit, ihr eine Nachricht und den Stick zu hinterlassen, auf dem sie alles fand, was sie zum Überleben brauchte, und sich anschließend davonzumachen, solange sie noch schlief.

»Danke.« Adam ging auf die Treppe zu.

»He!«, rief der Junge hinter ihm her.

Adam blieb stehen und blickte sich um.

Der Kerl trat von einem Fuß auf den anderen, als wäre er nervös. »Sind Sie Ihr Mann?«

Adams Stimmung verfinsterte sich. Was für eine Frage. Ihr Mann?

Er hatte sein Leben Talias Aufgabe verschrieben, und das noch bevor sie selbst überhaupt wusste, was ihre Aufgabe war. Er hatte sein gesamtes Netzwerk im Grunde für *ihre* Zwecke aufgebaut, für *ihr* Ziel. Die Leute, die dabei ihr Leben verloren hatten, hatten es geopfert, um sie zu schützen, damit sie den Geisterkrieg beenden konnte. Und all das war freiwillig geschehen.

Das hatte der Junge allerdings nicht gemeint, so, wie er mit angehaltenem Atem auf Adams Antwort wartete. Der Junge meinte es wörtlich und fragte nicht ohne Hoffnung. Als wenn er es einfach so mit einer Fee treiben könnte. Armer Junge.

Vielleicht hatte Abigail wieder etwas von dem Fenster geplappert.

Die Erinnerung erregte Adam. Die Art, wie er in Talia eingedrungen war, während sie über der Stadt geschwebt hatten, ihre unglaublich seidige, vollkommene Haut unter seinen Händen. Wie sie ihn mit ihrer Lust überwältigt und mit ihren Schatten den Raum erfüllt hatte. Er hatte den Glanz ihrer Schönheit nicht mit seinen normalen Sinnen wahrgenommen, sondern mit etwas, das tiefer in ihm war. Vielleicht mit seiner Seele, wenn er noch eine besaß. Er dachte an die Pillen in seiner Tasche, die Tatsache, dass er sein Leben gab, damit ihres in Sicherheit war, damit diese seltsame Schönheit unversehrt blieb.

»Ja«, erwiderte Adam. Er war ihr Mann. In jeder Beziehung.

»Ach.« Der Junge stieß einen tiefen Seufzer aus. »Okay, na dann.«

Adam ließ den Jungen mit seinen zerstörten Träumen zurück und lief die Treppe hinauf.

Von dem schmalen Flur am Treppenabsatz gingen auf beiden Seiten Türen ab, aber Adam war sicher, dass jene mit dem handgeschriebenen Schild BITTE NICHT STÖREN!!! Talias war. Die drei Ausrufezeichen sahen nach Zoe aus.

Leise schlüpfte er hinein, schloss die Tür hinter sich, drehte sich um und blieb vor Schreck wie angewurzelt stehen.

Er fand sich der Szenerie aus dem Bild *Die Schlafende Schöne* gegenüber. Wie Abigail musste der Künstler ein Hellseher gewesen sein, allerdings mit dem Talent gesegnet, seine Vision auf eine Leinwand zu bannen.

Talia lag auf einem altmodischen Diwan. Sie trug einen schwarzen Satinmorgenrock, der sich am Oberschenkel teilte und bis zur Hüfte hinauf ein langes, schlankes Bein freigab. Ihr weißgoldenes Haar fiel in dicken glänzenden Locken über das rote Samtkissen, auf dem ihr Kopf ruhte. Ein friedlicher Gesichtsausdruck, die Lippen leicht geöffnet.

Talia. Die schlafende Schöne.

Damit die Szene völlig dem Bild entsprach, müsste der Morgenrock ganz aufklaffen und ihren Körper vollkommen entblößen. Ihre Augen müssten geöffnet sein, aber noch schläfrig wirken. Und sie müsste ihn sehnsuchtsvoll ansehen.

Natürlich müsste er sie küssen, um die Fantasie wahr werden zu lassen. Sie wie die Prinzessin in einem Märchen wecken.

Aber das konnte Adam nicht. Er hatte keine Zeit für Fantasien und Träumereien. Alle für immer und ewig Glücklichen der Welt waren am Ende.

Lautlos ging er durch den Raum zu einem Beistelltisch, holte den USB-Stick aus der Tasche und legte ihn auf ein Papier. Er stand über den Zettel gebeugt, hatte aber keine Ahnung, was er schreiben sollte. Es gab keine Worte, die seine Gefühle ausdrückten. Alles, was ihm einfiel, erschien ihm zu kurz oder zu einfach oder zu abgenutzt, um den Knoten in seiner Brust zu beschreiben.

Für Talia – Das ist alles, was ich besitze. Adam

Das war Mist, musste aber reichen.

Er richtete sich auf, ließ noch ein letztes Mal den Blick zu ihr gleiten und holte tief Luft, um den Augenblick in sich aufzunehmen. Um ihn dorthin mitzunehmen, wo er hinging.

Ihre Lider flackerten, und sie schlug die Augen auf, verschlafen und sinnlich.

Adam erstarrte und blieb wie angewurzelt stehen.

Er blickte in ihre Augen, als sie langsam zu sich kam. Ihre Umgebung wahrnahm, ihn wahrnahm. Und als zugleich ihr Verlangen erwachte. Verlangen war das Letzte, was er jetzt gebrauchen konnte, aber das Einzige, was er wollte.

Lust flammte in seinem erschöpften Körper auf; der Raum schwankte leicht vor seinen Augen.

Sie ließ einen Finger zu dem Knoten an ihrer Taille gleiten und löste das Satinband. Der Mantel teilte sich, und der Anblick glich nun vollkommen dem Gemälde.

18

Der Schleier des Schlafes lichtete sich langsam, und Talias Blick wurde klarer. Aber der Traum verging nicht.

Adam war zurück.

Sein Kinn von einem grauen Schatten aus Bartstoppeln überzogen. Vollkommen erschöpft, seine Lider schwer, sein Blick wachsam und besorgt. Die Last des Krieges erdrückte ihn.

Aber er war zurück.

Nur: Wie brachte sie ihn dazu zu bleiben?

Talia führte eine Hand zu ihrem Morgenrock und löste den Gürtel. Die eine Seite des Mantels glitt dank der Schwerkraft allein von ihrem Körper; die andere schob sie zur Seite. Ihr träges Herz begann stürmisch zu schlagen, ihre entspannten Nerven vibrierten nervös. Als die kühle Luft über ihre nackte Haut strich, überzog eine Gänsehaut ihre Beine bis hinauf zu ihrem Bauch und richtete ihre Nippel auf.

Bei ihrem Anblick löste sich ein Stöhnen aus Adams Kehle, das tief aus seiner Seele kam.

Talias Hals schmerzte von einem Ton, der aus ihrer eigenen Seele drängte, aber sie hielt ihn zurück. Was sie empfand, klang wahrscheinlich vollkommen wirr – harte Vorwürfe wurden von Sorge hinweggespült, eine Angstwelle weckte die Sehnsucht nach dem festen Halt seiner starken Arme, Lust strömte viel zu schnell auf einen Abgrund zu, den sie allein nicht überlebte.

Aber wie konnte sie irgendetwas davon sagen, wenn sie nicht sprechen durfte, damit sie gesund wurde? Sie würde gesund werden und dann schreien, als wenn sein Leben davon abhinge. Nein, sie würde schreien, *weil* sein Leben davon abhing.

Verzweiflung lastete schwer auf ihrem Herzen, während Adam sie anstarrte – er wirkte schon halbtot. Er war ihr Kraftzentrum, ihr Boden, der Fels dieser Welt, aber er wankte.

Der Mann brauchte Schlaf, keinen Sex. Vielleicht war das doch keine so gute Idee. Talia setzte sich unsicher auf.

Was von Adams Willenskraft geblieben war, löste sich vollends auf, als Talia ihren nackten Körper aufrichtete. Ihre Brüste zeigten sich in ganzer Fülle, ihre Beine waren leicht gespreizt, und als ihre Füße den Boden berührten, bildete sich ein verführerisches dunkles Dreieck. Der Morgenrock lag ausgebreitet hinter ihr, und ihre Haare fielen in dichten Locken über ihre Schultern. Seine schlafende Schöne war nun hellwach.

Sein Mund wurde trocken, während sein Körper seinen Verstand verriet, die Lust seine Willenskraft verdrängte. *Ich komme hier jetzt nicht unbemerkt weg*, sein Blut war aufgewühlt und spülte eine Lawine des Verlangens aus den zerklüfteten Felsen seines Verstandes.

Er sollte gehen, irgendeinen Vorwand nutzen, um ein paar Stunden zu gewinnen. Gehen war das Klügste, was er tun konnte, und daher das *Richtige*. Er durfte Talia nicht noch mehr verwirren, als er es schon getan hatte. Und sich selbst auch nicht.

Doch seine Erschöpfung und seine Lust zwangen ihn in die Knie, und er zog sich an ihr hoch. Mit aller Kraft klammerte er sich an die gepolsterte Bank, kämpfte mit sich selbst und lockte sie zugleich. Während seine Brust sich schwer hob und senkte, neigte er den Kopf in ihren Schoß und spürte ihre weiche kühle Haut an seiner heißen Wange.

Die Verspannungen in seinem Nacken lösten sich, während sich ein anderer Teil unerträglich spannte. Dass er Talia berührte, war ein weiterer Fehler. Seine Fehler türmten sich um ihn herum, Stein auf Stein. Er hätte so vieles anders machen müssen, hätte vieles schon viel früher begreifen müssen. Seinen Kopf in Talias Schoß zu legen, war mit das Dümmste, was er tun konnte, denn wie konnte er ihr so nah sein, ohne von ihr zu kosten?

Er ließ seine Hände an den Außenseiten ihrer schlanken Schenkel bis zu der festen Rundung ihres Hinterteils hinaufgleiten, umfasste ihre Pobacken und zog sie an den Rand des Diwans. Sie ließ die Hände auf seinen Kopf sinken, strich mit den Fingern durch seine Haare und trieb eine elektrisierende Lustwelle durch seinen Körper, die ein wildes Feuer in ihm entfachte.

Er vergrub kurz sein Gesicht in ihrer Hüftbeuge, direkt über ihren krausen Locken – sie hatte geduscht und roch himmlisch, wie frischer Frühlingsregen. Sicher war sie auch feucht.

»Ich kann mich einfach nicht dagegen wehren«, sagte er mit dem Mund an ihrer Haut und strich mit den Lippen über ihren Bauch hinauf zu ihrer Brust.

»Dann lass es«, flüsterte sie zurück, denn sie sehnte sich danach, seinen Körper auf ihrem zu spüren, seine Haut auf ihrer.

Talia griff die Ärmel seines T-Shirts und zog es ihm über den Kopf. Er hob kurz Hände und Arme, mit denen er gerade dabei war, seine Hose abzustreifen.

Mit einer lustvollen Bewegung drang er in sie ein.

Schatten entströmten Talias Lust und waberten zwischen ihnen wie dunkler Dampf aus Wasser und Feuer. Ausnahmsweise wehrte sie sich nicht gegen ihre reflexartige Reaktion. Sie ließ zu, dass die Schatten den Raum füllten, während Adam in sie eindrang, in ihren Körper, ihre Seele.

Eine Woge der Lust erregte ihre Sinne derart heftig, dass sie sich ihm entgegenbog. Sie schlang die Beine um seinen Körper und zog ihn dichter an sich, sie wollte alles geben, um seine Lust zu stillen.

Er hatte sie schon einmal so begehrt. Ihr erster Kuss in Segue war von diesem Verlangen bestimmt gewesen, damals war sie davor geflohen. Jetzt verschloss sie sich dem nicht mehr, lief nicht mehr davon. Er drang in sie ein, wollte sich vergessen, seine Sorgen, seine Nöte, und sie reagierte darauf mit ihrer eigenen Lust. Adam, nur Adam durfte sie so sehen, ihre Feenseite und ihre menschliche Seite vollkommen ungeschützt. Endlich.

Adam drückte Talia zurück in die Polster, bedeckte ihren Körper mit seinem und tauchte mit einem Kuss in ihre Schatten ein. Er strich mit den Zähnen über ihre Unterlippe. Seine Zunge liebkoste ihren Mund, ihren Hals, ihre Brust. Das Glück ihrer verbundenen Körper ließ keinen Gedanken zu, keinen Widerspruch. Es gab nur sie und ihn, sie ritten auf Wellen aus Feuer.

Sie strahlte wieder – ihre Schatten gaben ebenso viel von ihr preis wie sie verbargen – sie war unglaublich schön, magisch, und zugleich eine Frau. Seine Frau.

Er ließ eine Hand um ihre Hüfte gleiten, griff tief zwischen ihre Beine, um sie noch mehr zu öffnen und drang wieder in sie ein. Und noch einmal. Die sinnliche Reibung wirkte wie ein Streichholz, das sie entflammte.

Talia spürte es wie einen Blitz am Horizont, eine Explosion, die ihre Wahrnehmung für immer veränderte. Adams Gefühlsschleier aus Selbstvorwürfen, Bedauern und Kummer wurde transparent, und Talia erkannte den Grund für Adams unbeugsamen Willen.

Es war sie selbst. Er war bereit, alles für sie tun.

Als Adam aus der Dusche kam, war Talia weg. Schnell schlüpfte er in seine schwarze Jeans und ein langärmeliges T-Shirt, das er in einem Secondhandladen am Bahnhof gekauft hatte. Es war Zeit zu gehen.

Er fühlte sich völlig klar und sah sein Ziel deutlich vor Augen. Schon lange hatte er sich nicht mehr so ausgeglichen gefühlt. Hundemüde, ja, aber seit er Talia geweckt hatte, fühlte er sich seltsamerweise irgendwie besser vorbereitet.

Talia.

Er holte den USB-Stick und den Notizzettel und legte beides zurück auf den Beistelltisch, damit sie es später fand. Er hatte ihre Zukunft so sicher gestaltet wie er konnte.

Während er den Raum verließ, schob er das Röhrchen mit den L-Pillen tiefer in seine Tasche. Als er an der offen stehenden Tür vorbeikam, spähte er in Abigails Zimmer, doch sie war nicht da. Am Fuß der Treppe hielt er einen Jungen mit abstehenden Haaren und rosaroten Strähnen an.

»Wo ist Talia?«, fragte Adam.

Die Tür zur Garderobe ging auf, und Zoe trat heraus. Sie hielt eine Smokingjacke am Kragen fest und streckte sie ihm entgegen.

»Gerade noch rechtzeitig«, sagte sie. »Aber das wusste ich eigentlich schon.«

»Ich kann nicht. Ich muss eine Weile weg.« Er drängte sich an Zoe vorbei, um ein letztes Mal mit Talia zu sprechen.

Als er hereinkam, drehte Talia sich zu ihm um. Alle Fragen, die er hatte stellen wollen, alle seine Pläne lösten sich schlagartig in Luft auf, und Adam blieb fast das Herz stehen.

Ihre dichten weißgoldenen Locken ergossen sich über ihre blassen, nackten Schultern. Ein schwarzes Korsett schnürte ihre bereits schlanke Taille zu einem Nichts zusammen und stellte derart interessante Sachen mit ihren Brüsten an, dass er sie am liebsten augenblicklich die Treppe wieder hochgezerrt hätte. Sie trug einen langen schwarzen Rock, der auf den ersten Blick schlicht wirkte, bis sie sich umdrehte, um im Spiegel nervös ihr Aussehen zu überprüfen, und er eine viktorianische Turnüre auf der Rückseite entdeckte. Es juckte ihm in den Fingern, unter den Stoff zu schlüpfen und über die seidige Haut ihres Hinterns zu streichen, die sich darunter verbarg. Die spitzen Schuhe, die unter dem Saum hervorlugten, hatten etwas Hexenhaftes, waren aber sehr sexy.

Talia legte eine Hand auf ihre schmale Taille. »Ich hätte mich von Zoe nicht dazu überreden lassen sollen. Sie hat gesagt, es sei angemessen, aber ich sollte mich wieder umziehen. Das bin eindeutig nicht ich.«

Adam hatte einen trockenen Mund. »… hinreißend.« Er schluckte schwer und versuchte es noch einmal. »Du siehst hinreißend aus.«

»Gegen die Haare hat sie sich vielleicht gewehrt, aber ich habe gewonnen«, sagte Zoe, die erneut mit dem Jackett auf ihn zukam.

»Mir gefällt es auch, wenn sie die Haare offen trägt«, murmelte Adam. Ihr Pferdeschwanz hatte ihn in Segue beinahe verrückt gemacht.

Talia errötete, die Farbe kroch von den wundervollen Wölbungen ihres Dekolletés bis hinauf in ihre Wangen. Sein Blut strömte genau in die entgegengesetzte Richtung.

Talia sah majestätisch aus, ganz wie eine edle Prinzessin, aber nicht die übliche Sorte aus den Kindermärchen. Nicht einmal annähernd. Talia war die Fleischwerdung *seiner* Fantasien, seiner dunkelsten Träume. In denen er immer wieder um die Befriedigung einer Frau gefleht hatte, die ihn geistig, körperlich und seelisch herausforderte. All das hatte sie ihm gegeben, und zwar genau in dieser Reihenfolge. Wenn es so etwas überhaupt gab, war Talia seine Seelenverwandte. Das war ihm jetzt klar.

Als er sie musterte, funkelten ihre schwarzen Augen vor Freude. Der Anblick löste einen Schmerz an einer Stelle in ihm aus, an die Blut- und Nervenbahnen nicht heranreichten. Es war der unbestimmte Teil in ihm, der für immer Talia gehörte.

»Was auch immer es ist, es kann warten.« Zoe hob die Brauen und machte ein bedrohlich wissendes Gesicht. Die Göre wusste ganz offensichtlich, was er vorhatte, und würde ihn verpetzen, wenn er nicht mitkam. Zoe stieß ihn mit dem Jackett an, und er nahm es ihr mit einem ebenso bedeutungsvollen Blick ab.

Zoe streckte ihm die Zunge heraus und drehte ihm den Rücken zu. »Talia, zieh schon einmal die Handschuhe an.«

Talia nahm einen schwarzen Satinhandschuh, griff den langen Schaft, ließ ihre rechte Hand hineingleiten und wackelte mit den Fingern, bis sie in den Spitzen angekommen war. Sie zog den Stoff über den Ellbogen ihren weißen Arm hinauf.

Der Anblick bedeutete Qual und Glück zugleich. Er wollte dabei sein, wenn sie die Handschuhe wieder auszog. Nein, er wollte sie ihr selbst abstreifen.

»Atmen nicht vergessen, Adam.« Zoe lachte. »Und zieh das Jackett an, bevor wir alt werden.«

Er schlüpfte in die Smokingjacke, während Talia den anderen Handschuh ihren linken Arm hinaufschob.

Er hatte keine Zeit. Er musste allein mit Talia sprechen und sich dann auf den Weg machen …

»Es sitzt ein bisschen eng, aber es wird gehen«, stellte Zoe fest. »Hört jetzt auf, euch gegenseitig anzuschmachten und kommt.«

Zoe leitete sie durch einen schmalen Flur im ersten Stock und um die Ecke zu einer Tür, von der die Farbe abblätterte und durch die man anscheinend in das Herz des Klubs gelangte.

»Wartet zehn Sekunden und kommt mir dann nach«, wies Zoe sie an. Sie öffnete die Tür einen Spaltbreit und schlüpfte hinein.

Endlich war er allein mit Talia.

Er spürte das Tablettenröhrchen, das sie für immer voneinander trennen würde, deutlich in seiner Tasche.

Adam wartete einen Augenblick und überlegte, was von den vielen Sachen, die ihm im Kopf herumgingen, er ihr sagen wollte, sagen musste. Schließlich entschied er sich für den lautesten Gedanken.

»Hoffentlich werden wir heiraten«, sagte er.

Talia gab ein ersticktes Quieken von sich. Ihr Ausdruck war unbezahlbar – und dabei hatte er gedacht, für den entsprechenden Betrag könnte man alles kaufen.

Sie sah ihn aus ihren großen Augen ungläubig und gespannt an. Und dann etwas verletzt. »Mach keine dummen Witze«, entgegnete sie.

»Ich mache keine Witze, Talia. Der Klub hat ein Medium im Haus. Für Abigail muss ziemlich offensichtlich sein, was ich mir für meine Zukunft wünsche.« *Natürlich nur, wenn ich eine Zukunft habe.*

»Das ist keine Hochzeit. Sie wollen nur, dass ich einen großen Auftritt habe.« Ihre bezaubernden Augen füllten sich mit Tränen. Sie biss sich auf die Unterlippe, bis diese sich kirschrot färbte.

Natürlich musste er sie nun küssen.

Er strich mit seinen Lippen sanft über ihren Mund, denn er wollte, dass die Berührung romantisch war, aber als sie ihre Lippen öffnete und er in ihr versank, erwachte augenblicklich seine Lust. Er glitt mit den Händen über die Stäbe des Korsetts und klammerte sich verzweifelt an sie, während sie ihre Hände in seinen Haaren vergrub und ihn dicht an sich zog. Sie lösten die Lippen voneinander, und Talia streifte sein Kinn mit ihrem Mund, während er mit seinem ihre Stirn berührte. Dabei klammerten sie sich in dem Bemühen aneinander, sich noch näher zu sein.

Schwach bemerkte er, dass sie zitterte. Nein, das war ja er.

Er richtete sich auf und bemühte sich um etwas männliche Haltung. »Wollen wir hineingehen, meine Dame?« Er bot ihr seinen Ellbogen an.

Ihre Augen waren voller Tränen. Sie tupfte sie mit ihren Handschuhen ab und ergriff seinen Arm.

Dann hob sie majestätisch das Kinn und erwiderte. »Gehen wir.«

Talia ergriff Adams Ellbogen und öffnete die verschrammte Tür zu dem Hauptraum des Klubs.

Sie betraten eine höfische Unterwelt.

Der Klub befand sich in einem Betonloch unterhalb der Straße. Die niedrige Decke verstärkte den Eindruck, sich in einem Grab direkt unter der Erde zu befinden.

Als die Tür hinter ihnen ins Schloss fiel, verstummte die versammelte Menge und teilte sich, wodurch ein breiter, amarantroter Läufer zum Vorschein kam, der vor dem dreidimensionalen Schwarz des Raumes leuchtete. Die Symbolik blieb Talia, die sich ihr halbes Leben lang mit Nahtoderfahrungen beschäftigt hatte, nicht verborgen: Die Farbe Amarant symbolisierte die Unsterblichkeit.

Der Läufer endete an einem erhöhten Podest, der Bühne des Klubs, wo ein aufwendig geschnitzter orientalischer Thron aus dunklem Holz wartete. Auf der einen Seite saß Abigail in einem Rollstuhl. Ihr Körper schien noch eingefallener, und ihre Augen bestanden ganz aus trüben Schatten. Auf der anderen Seite stand Zoe mit gewichtiger Miene.

Talias Magen krampfte sich zusammen. Wie angewurzelt blieb sie auf der Schwelle stehen.

Oh, bitte, nein. Der Stuhl war für sie bestimmt.

Adam schritt voran, sodass ihr nichts anderes übrig blieb als ihm zu folgen. Entweder das oder wieder aus der Tür zu verschwinden, aber da sie sich vorgenommen hatte, den verschwiegenen Mann nicht mehr aus den Augen zu lassen, zwang sie sich, den Gang hinunterzugehen.

Die murmelnde Menge zu beiden Seiten war in ihre beste Trauerkleidung gewandet, wobei die Mode von neoviktorianisch bis zu modernem Vampirstil reichte. In ihren Korsagen aus Leder und Vinyl strahlten die Frauen eine starke Erotik aus, einige waren bauchfrei, andere trugen Netzstrümpfe oder verschlungene Tätowierungen mit gefährlichen Dornen, alle wunderschön und feierlich. Eine von ihnen hatte eine Art Punk-Tutu aus schwarzem Tüll an, andere waren in hautengen Lederhosen gekommen oder Miniröcken, die in eine Peepshow gepasst hätten. Die Männer trugen schwarze Hosen, Jeans oder Tarnkleidung. Einige waren in elegante lange Ledermäntel gehüllt, die über den schwarzen Boden schleiften, was aussah, als tauchten ihre Träger aus den Schatten auf. Ihre Haare waren schwarz oder schrill bunt gefärbt, bei manchen standen sie wild vom Kopf ab, andere hatten sie ganz glatt frisiert. Männer wie Frauen waren gleichermaßen geschminkt, einige weiblich, andere gruselig fatalistisch.

Sobald Talia das Podium erreicht hatte und sich umdrehte, begann Zoe zu sprechen. »Seit geraumer Zeit sind wir uns einer wachsenden Bedrohung bewusst. Es ist ein Dämon in unsere Welt gelangt, der sich selbst als Todessammler bezeichnet. Das ist seine Aufgabe, er sammelt Tote. Dadurch produziert er menschliche Monster. Sie können nicht sterben und ernähren sich von Menschen, damit sie sich nicht in gefräßige Bestien verwandeln. Abigail hat ein Ende vorausgesehen. Nun ist es da.«

Talia beobachtete, wie Zoes Blick kurz zu Adam zuckte. Was hatten sie vor?

»Ich darf euch die Prinzessin der Todesboten vorstellen, die Tochter vom Meister des Todes, Talia O'Brien. Talia, möchtest du vielleicht etwas sagen?«

Wa ...? Talia blickte erschrocken zu Zoe. Hier gab es offenbar keine Geheimnisse.

Adam räusperte sich. »Talia erholt sich derzeit von einer Verletzung und darf nicht sprechen. Aber ich möchte euch für eure Gastfreundlichkeit danken. Für die Hilfe, die ihr uns heute gewährt habt. Was die Monster dort draußen angeht, die Geister, haben wir einen Plan und werden alles tun, damit sie sich nicht weiter ausbreiten.«

Die Menge applaudierte.

Talia beobachtete, wie Adam sich an Zoe wandte. »Können wir etwas Musik bekommen? Etwas Langsames. Ich würde gern mit Talia tanzen.«

Zoe nickte, schien einen Augenblick nachzudenken, trat dann zur Seite und flüsterte jemandem hinter der Bühne etwas ins Ohr.

Adam nahm Talias Hand und führte sie auf die Tanzfläche. Ihr Atem ging schneller, als die Menge für sie Platz machte. Während Adam sie zur Mitte der Fläche führte, bildeten die anderen einen Kreis um sie.

»Etwas Schatten bitte«, bat Adam so laut, dass jeder es hören konnte. »Versteck dich nicht mehr. Zeig ihnen, wie du strahlst.«

Zusammen mit dem warmen Schimmer in seinen Augen brachten die Worte tatsächlich etwas in ihr zum Leuchten. Sie lud die Schatten ein, sich leicht über den Raum zu legen, während das tiefe Dröhnen einer Bassgitarre, die wie ein Herzschlag tönte, den Beginn des Musikstücks ankündigte.

Adam legte die Arme um sie. Alles wurde gut. So perfekt, wie sie zusammenpassten, konnte es gar nicht anders sein. Kein

Dämon oder Monster konnte über so etwas Wunderbares triumphieren. Nicht, nachdem sie endlich die Antworten gefunden hatte, die sie benötigte. Die Verbindung, die sie brauchte.

Die Melodie des langsamen Stückes legte sich über den Bass und erzählte von einer unvergesslichen Liebe. Adam strich mit der Hand ihren Rücken hinauf und ließ sie auf ihrer nackten Schulter liegen, seine Finger berührten ihre Haare, sein Körper bewegte sich langsam im Takt mit ihrem.

»Ich muss eine Weile weg«, murmelte er.

Talia hielt die Luft an, ihr Herz zog sich zusammen, denn sie spürte, dass er sie anlog. Sie hatte Lust, ihm das zu sagen. Aber was würde er von ihr denken? Würde er sie verlassen?

»Ich muss nur etwas Kleinkram erledigen, dann bin ich zurück«, behauptete er in beschwichtigendem Ton, als wüsste er, dass sie Verdacht schöpfte.

»Kannst du nicht warten, bis das hier vorbei ist? Ich komme mit dir«, flüsterte Talia. *Bitte lass mich mit dir gehen.*

»Ich muss mit ein paar Informanten sprechen. Die sind sehr empfindlich. Wenn jemand dabei ist, reden sie nicht mit mir.«

Noch eine Lüge. Nun gut.

Talia hob ihr Kinn und eröffnete ihm ihr letztes Geheimnis. »Du solltest wissen … dass ich fühlen kann, was du fühlst. Das ist noch eines von meinen seltsamen Talenten.«

Er zog die Brauen zusammen, ließ sie aber nicht los.

Sie fuhr fort. »Ich weiß, dass du mich anlügst. Mein gesamter Körper schreit *Lüge*. Seit wir Custo gefolgt sind, bist du anders. Verschlossen.«

»Du fühlst, was ich fühle.« Adam streifte ihre Stirn mit seinen Lippen. »Das ergibt einen Sinn. Ich habe gespürt, dass du durch mich hindurchsehen kannst, und habe mich die ganze Zeit gefragt, wieso.«

»Ich hätte es dir sagen sollen …«

»Schhh. Es ist zu spät, um irgendetwas zu bereuen. Was fühle ich jetzt?«

Talia schluckte schwer und ließ sich von ihm auf der Tanzfläche drehen. »Kummer.«

»Custo …«, hob Adam an. Talia spürte, wie er tief Luft holte. »Custo hätte nicht so sterben dürfen. Qualvoll und gebrochen.«

Talia lehnte sich zurück, um Adam in die Augen zu sehen. »Du bist nicht schuld an seinem Tod.«

Adam wandte den Blick ab. »Er war in meiner Wohnung, ist meinen Anweisungen gefolgt, hat meinen Krieg geführt. Ich habe ihn vielleicht nicht umgebracht, aber ihn ganz bestimmt in die Schusslinie getrieben.«

»Er hat *meinen* Krieg geführt«, widersprach Talia. Sie konnte nicht erklären, wie sehr sie sich für Custos Tod verantwortlich fühlte. Wenn sie ihr Anderssein nur eher in den Griff bekommen hätte, würden vielleicht beide noch leben, Patty und er.

»Okay, den Krieg der Welt«, sagte Adam. »Der Punkt ist, dass er nicht mehr da ist. Ich werde darüber hinwegkommen, aber erst, wenn der Dämon zerstört ist. In der Zwischenzeit muss ich arbeiten. Es gibt ein paar Sachen, die ich allein zu erledigen habe. In Gang bringen muss. Später kannst du mir helfen, einen neuen Ort zu finden, an dem du dich erholen kannst. An dem wir etwas mehr Privatsphäre haben.«

Noch eine Lüge, aber mit so viel Liebe vorgetragen, dass sie sie einfach durchgehen lassen musste.

Er hob einen Mundwinkel zu einer Art Lächeln. Sie musste sich damit abfinden, auch wenn es ihr nicht gefiel.

»Wirst du jetzt einfach mit mir tanzen?« Ohne ihre Antwort abzuwarten, zog Adam sie an sich.

Talia schlang ihre Arme fest um seinen Körper. Solange es ging, wollte sie ihn so dicht wie möglich bei sich haben. Die Mulodie strebte ihrem Höhepunkt entgegen und drückte Hoffnung aus, aber der Text erzählte von Verlust. Von Trennung.

Was wusste Zoe über die Zukunft, dass sie ein solches Stück für den ersten Tanz mit Adam ausgewählt hatte?

»In ein paar Stunden bin ich zurück«, murmelte Adam und hauchte einen Kuss auf ihre Lippen. Er führte sie von der Tanzfläche.

Talia bemerkte, wie er verstohlen zu Zoe hinüberblickte, als sie zu dem Stuhl neben Abigail zurückkehrten.

Zoe wusste ganz offensichtlich eine Menge. Talia würde einige Antworten bekommen, und wenn sie Zoe dazu in Schatten ertränken musste. Ohne sie würde Adam nirgends hingehen.

19

Adam trat von der dunklen Feier in eine schwüle New Yorker Nacht hinaus. Über einem Korridor aus Glas und Beton sah er einen schmalen Streifen funkelnden Himmels. In der Luft hing der für eine Stadt typische Geruch aus abgestandenen Autoabgasen und feuchten Abwässern sowie einer Mischung aus Alkohol, Essen und Metall, der sich über die schwere Industrieluft legte. Er tat einen tiefen Atemzug und nahm alles in sich auf.

Er war froh, den Krieg heute Nacht zu beenden. Genau wie der Tod symbolisierte die Nacht das Ende einer Sache und zugleich den Beginn von etwas Neuem. Die Nacht hüllte die Welt in Schatten, deshalb war sie Talias Zeit. Um ihr auf seinem Weg in den Tod nah zu sein, hielt er sich möglichst an die dunkelsten Ecken.

Adam blieb in der Gasse und durchquerte die Waschküche eines Nachbargebäudes nördlich des Amaranth, um die vierzehnte Straße zu erreichen.

Es war sinnlos, nach dem Schiff zu suchen, von dem Abigail als *Styx* gesprochen hatte. Adam traute seinen Quellen nicht länger. Sein Instinkt sagte ihm, dass er ein Treffen mit dem Todessammler beschleunigen konnte, wenn er seine persönlichen Kanäle nutzte.

Während er weiterging, wählte er die Nummer seiner Eltern, die Nummer, die zu dem Bilderbuchhaus in den Hamptons gehörte, in dem der Albtraum seinen Anfang genommen hatte.

Jacobs Angriff.

Durch das Eingeben der Ziffern wurden erneut die Erinnerungen wachgerufen, die er so gut verdrängt hatte. Geräusche, Bilder und Gerüche schoben sich an die Oberfläche seines Bewusstseins: Jacobs unglaublich weit aufgerissener Schlund. Seine unmenschlichen Zähne. Dads umgekipptes Whiskeyglas, der torfige Geruch, der sich in seinem Arbeitszimmer ausbreitete. Jacobs mühelose Umklammerung und sein kranker Kuss. Und Moms durchdringender Schrei, den Adam noch heute hörte.

In den sechs Jahren, die seither vergangen waren, hatte er sich nie vorgestellt, dass es so enden würde.

Er hörte ein Klingeln am anderen Ende. Wenn es einen Gott gab, würde Jacob abheben.

Und Jacob hob ab. »Thorne«, meldete er sich.

Vor Wut trat Adam der kalte Schweiß auf die Haut. Wie konnte dieses Monster es wagen, immer noch den Familiennamen zu benutzen …

Es spielte keine Rolle. Nicht mehr. Er beruhigte sich, indem er kontrolliert aus- und einatmete.

»Hallo, Jacob«, sagte Adam. In gewisser Hinsicht war es tröstlich, dass er immer noch voraussagen konnte, was Jacob tat. Nach seiner Flucht aus Segue hatte Jacob eine Bleibe benötigt. Der Familiensitz bot ihm alles, was er brauchte, einschließlich der Befriedigung, Adam noch einmal mit dem schmerzlichen Untergang der Familie Thorne zu konfrontieren.

Jacob schwieg einen Augenblick, dann: »Es ist nur eine Frage der Zeit, bis wir dich und deine … Schreckschraube finden.«

Adam verkniff sich eine passende Antwort und hielt sich an seinen Plan. Er war im Geiste verschiedene Dialoge durchgegangen; dies schien ihm der beste Weg.

»Nun, betrachte mich hiermit als gefunden«, erwiderte er. »Ich muss mit dem Dämon sprechen. Talia will ihm ein Geschäft vorschlagen, und ich agiere als ihr Mittelsmann.«

Jacob gab ein Grunzen von sich. »Das kannst du genauso gut mir erzählen. Ich gebe es dann weiter.«

»Das geht nicht. Ich muss mit ihm direkt sprechen. Persönlich. Das ist nicht übermittelbar.«

»Komm schon«, entgegnete Jacob. »Seit Jahren bekämpfst du das Kollektiv. Du hast mich die ganze Zeit eingesperrt. Ich bezweifle, dass du jetzt kapitulierst.«

Richtig. Für diesen Sinneswandel musste er ihm einen ungeheuerlichen Grund liefern.

»Talia ist schwanger«, erklärte Adam. Er wünschte, es wäre wahr. Er könnte etwas von ihr und etwas von sich zurücklassen. Etwas Hoffnung für die Zukunft.

»Wohl kaum«, erwiderte Jacob gedehnt. »Selbst wenn sie mit dir erbärmlichem, sterblichem Wesen gevögelt hat, wäre es viel zu früh, um das festzustellen.«

»Talia ist zur Hälfte eine Fee«, erklärte Adam. »Die Regeln der Sterblichen treffen auf sie nicht zu. Sie sagt, sobald sie sich in den Schatten aufhält, spürt sie, dass ein Leben in ihr wächst. Nach dem Angriff auf mein Loft hat sie etwas geblutet, und das hat ihr Angst gemacht. Wir sind bereit, euch ein Geschäft vorzuschlagen. Die Einzelheiten würde ich dem Dämon gern selbst erklären.«

»Ich glaube dir nicht.«

»Das musst du nicht. Stell einfach den Kontakt zu dem Dämon her und frag ihn, was er machen will. Meine Telefonnummer hast du ja.« Adam beendete das Gespräch. Keine weitere Diskussion. Kein Zurückweichen.

An einer Reihe parkender Wagen vorbei eilte Adam die Straße hinunter. Er musste ein Fahrzeug ohne Alarmanlage finden, eines, das man leicht kurzschließen konnte.

Er blieb abrupt neben einer rostigen Karre stehen, deren Fenster einen Spaltbreit geöffnet war, damit bei den sommerlichen Temperaturen Luft hereinkam. Der Wagen flehte geradezu darum, gestohlen zu werden. Es war viel zu leicht. Adam schob seine Finger in den Spalt und drückte die Scheibe so weit herunter, dass er mit dem Arm hindurchgreifen und das Schloss öffnen konnte. Er setzte sich auf den Fahrersitz und zog einen Schraubendreher aus der hinteren Hosentasche, den er sich aus dem herumliegenden Werkzeug neben dem DJ-Pult im Klub gegriffen hatte.

Als er gerade den Schraubendreher in das Zündschloss schob und wie einen Schlüssel herumdrehte, klingelte sein Mobiltelefon. Der Wagen sprang augenblicklich an.

Adam nahm das Gespräch entgegen. »Thorne«, meldete er sich genau wie sein Bruder.

»Er will dich treffen«, sagte Jacob ohne Umschweife.

Gut. »Wo?«

»Komm hoch zum Haus. Wir machen einen kleinen Ausflug in die Vergangenheit.« Jacobs Stimme klang ganz euphorisch vor lauter Sarkasmus. Diesmal legte sein Bruder einfach auf.

Es war sechs Jahre her, dass Adam zum letzten Mal die zweieinhalb Stunden durch den sommerlichen Verkehr nach Southampton zurückgelegt hatte. Zu jener Zeit war der Verkehr extrem lästig gewesen – er hatte Besseres zu tun gehabt, als dem Wunsch seiner Mutter zu folgen, die wegen irgendwelcher Schwierigkeiten mit Jacob ein Treffen einberufen hatte. Welche Schwierigkeiten sollte Jacob, ein hervorragender Geschäftsmann und Lieblingssohn der Familie Thorne, schon haben? Für Jacobs Ehrgeiz und Ego war kein Problem unüberwindbar.

Ehrgeiz und Ego, das *war* genau das Problem.

Jetzt kam er schnell voran, nachts waren nur wenige Autos auf den Straßen, und der Verkehr floss zügig. Adam raste aus der Stadt in die Vergangenheit. Am Rand seines Gesichtsfeldes nahm er unscharf den Grünstreifen des Sunrise Highway wahr, während er dem Wiedersehen mit seinem Bruder immer näher kam.

Nein, nicht mit seinem Bruder. Sein Bruder war tot.

Plötzlich befand sich Adam auf der Gin Road, der schmalen Straße mit den hohen Mauern und Hecken, hinter denen New Yorks Elite die Sommermonate verbrachte. Weder er noch sein Bruder würden jemals wieder an einer der festlichen Partys teilnehmen.

Das Tor zum Haus der Thornes öffnete sich, bevor Adam überhaupt seine Ankunft ankündigen konnte. Er fuhr die Kiesauffahrt hinauf, die zu dem Anwesen am Strand führte. Im Haupthaus brannte Licht, alle Zimmer waren hell erleuchtet, sodass die beeindruckende Silhouette des Sommerhauses vor dem dunklen Nachthimmel leuchtete.

Das Zeichen signalisierte deutlich: keine Schatten erwünscht. Nur Leben.

Jacob war zu Recht misstrauisch.

Bevor Adam den Wagen in der herrschaftlichen Auffahrt parkte, holte er das Röhrchen mit den L-Pillen aus der Hose und schob eine in seinen Mund, um sie in der Backentasche bereitzuhalten. Durch die Gummierung war er geschützt, bis er dem Dämon vorgestellt wurde. Dann würde er sie schnell mit den Backenzähnen zerbeißen. Der Tod war zwar nicht angenehm, aber es würde relativ schnell gehen.

Kurz zog sich Adams Herz zusammen, es war ein letztes Aufbäumen gegen seinen geplanten Abgang, aber dann dachte er an Talia. Er würde nicht zulassen, dass sie wie Custo verblutete und zugrunde gerichtet wurde. Nicht, wenn er es verhindern konnte.

Adam stieg aus dem Wagen und begab sich zum Hauseingang.

Es war ein Déjà-vu. Nach sechs Jahren war er zum Ausgangspunkt zurückgekehrt. Nach Hause.

Mom und Dad wollten, dass er etwas unternahm. Gut, nun würde Adam etwas unternehmen.

Vier Stufen führten zu der eleganten Eingangstür. So war Mom – elegant und formvollendet, selbst im Urlaub. Adam griff den Knauf und öffnete die Tür, jede Bewegung war ein Echo der Erinnerung an seinen letzten Besuch hier.

Nein. *Dies* war das letzte Mal, rief Adam sich ins Bewusstsein.

Der Eingangsbereich war weiß. Makellos. Anmutig. Ein Kronleuchter glitzerte, als würden verzauberte Regentropfen von ihm herabfallen. Darunter stand ein runder Marmortisch, den Mom mit einer Schale bunter Blumen geschmückt hätte, um die Kälte des Raumes aufzulockern. Dahinter befand sich das Wohnzimmer mit den Panoramafenstern zum schwarzen Ozean, erhellt von den erleuchteten Terrassen, die hinunter zum Strand führten. Alles befand sich an seinem Platz. In diesem Haus steckte so viel von Mom.

Und Jacob, der neue Herr und Gebieter über den Sommersitz der Familie Thorne – wo war er?

»Hier«, rief Jacob.

In Dads Arbeitszimmer, in dem Jacob ihren Vater umgebracht hatte.

Adam ging den langen Flur hinunter auf die Glastüren zu, die zu Dads Privatbereich führten, seinem Refugium, in dem er »arbeitete«, wenn Moms Freundinnen da waren.

Adam sammelte sich und stieß die Tür auf.

Jacob saß aufrecht hinter Dads Schreibtisch, als wenn er meinte, dort hinzugehören. Adam sah rot. Hätte er eine Waffe bei sich gehabt, hätte er sie womöglich benutzt.

Stattdessen ballte er die Hände so fest zu Fäusten, dass seine Knöchel schmerzten. Talia. Er kämpfte nicht mehr für Mom und Dad. Sie waren tot, gehörten der Vergangenheit an. Talia war die Zukunft.

Jacob trug eine graue Nadelstreifenweste, ein weißes Hemd und eine Krawatte – lange bevor all das geschehen war, hatte Adam ihn *den Banker* genannt. Jacob warf einen Stift auf die auf dem Schreibtisch verteilten Papiere und machte es sich in Dads Ledersessel bequem.

»Ich sehe gerade die Finanzen von Thorne durch. Grob überschlagen hast du in den letzten sechs Jahren beinahe fünfzig Millionen Dollar ausgegeben.« Jacob imitierte den Tonfall seines Vaters, den er immer dann benutzt hatte, wenn Adam sein Budget überzogen und sich für irgendeinen Spaß, der ihn gerade reizte, am Firmenkonto bedient hatte.

»Ich denke, es sind eher einhundert. Ich habe die Überseekonten angezapft«, sagte Adam. Womit er sich heute beschäftigte, war alles andere als ein Spaß.

Jacob lächelte höhnisch. »Was für eine Verschwendung. Und jetzt willst du Vater-Mutter-Kind mit dieser kleinen Hure spielen?«

Adam wurde von einer Welle kalter Wut überrollt. Als er antwortete, klang seine Stimme rau, beinahe gebrochen. »Talia ist keine Hure.«

»Nun, sie hat die Beine für dich breit gemacht, und ihre Mutter hat dasselbe für den Tod getan.« Jacob grinste süffisant, weil er einen Nerv getroffen hatte. Seine Ellbogen ruhten auf den Armlehnen von Dads Stuhl, während er die Hände über dem Bauch verschränkte.

Mit der Zunge berührte Adam die kleine Pille in seinem Mund. Zubeißen, kauen, und der Tod höchstpersönlich würde auf Jacobs höhnische Bemerkung antworten. Aber er war nicht länger für seinen Bruder verantwortlich. Sondern für Talia.

Adam bemühte sich, die Beleidigung gegen sie zu übergehen. Es wäre nicht klug, wenn die Unterhaltung eskalierte. Die Wahrscheinlichkeit war groß, dass Jacob den letzten Anstand, der noch in seinem Monsterhirn steckte, verlor und sich in einen Geist verwandelte. Es war besser, ihn in der Spur zu halten.

»Treffen wir uns hier mit dem Dämon?«

Jacob stand auf und straffte seine Weste, während er um Dads Schreibtisch herumkam.

Es folgte eine blitzschnelle Bewegung, und Adam krachte rücklings gegen das Einbauregal rechts neben der Tür. Schmerz schoss durch seinen Kiefer. Er blinzelte heftig gegen die Punkte an, die vor seinen Augen verschwammen, und konzentrierte sich wieder auf seinen Bruder.

Jacob schien sich nicht zu bewegen und richtete überaus geschickt einen Manschettenknopf an seinem Ärmel. Die Manschette war rot gefleckt. »Du hast mein Hemd beschmutzt. Jetzt muss ich mich umziehen.«

So schnell. Zu schnell. Er musste gerade erst gefressen haben.

Die Tablette in Adams Mund war immer noch ganz. Er schob sie mit der Zunge zur Seite und spuckte Blut. Während er sich aufrichtete, sagte er: »Der Dämon …«

Es folgte ein weiterer rasend schneller Schlag. Ein heftiger Schmerz blitzte durch seinen Kopf, und der Raum verschwamm vor seinen Augen. Adam stieß mit dem Rücken gegen ein Möbelstück, das krachend zusammenbrach. Blut strömte warm aus seiner Nase und verschmierte auf seiner Wange, als er mit dem Gesicht zuerst auf dem Teppich landete.

»Widerlich, Adam. Du blutest wie ein Tier.« Jacob stellte einen Fuß mitten auf Adams Rücken, direkt neben sein Rückgrat, und trat zu, sodass Adams Nerven SOS-Signale in Form von elektrischen Stromschlägen aussandten.

»Wie gern würde ich dich zweiteilen«, sagte Jacob gereizt.

»Du bist das Tier. Du hast gerade gefressen, und hast dich immer noch nicht in der Gewalt«, keuchte Adam.

Der Druck verstärkte sich.

»Sitzt hinter dem Schreibtisch meines Vaters, als wärst du immer noch ein Mensch«, fuhr Adam fort und spürte den rauen Teppich an seiner Wange. Seine Kopfhaut zog sich zusammen, während sein Rückgrat sich durchbog.

»Er war auch *mein* Vater.« Jacob trat zu, und Schmerz tobte durch die langen Muskeln in Adams Rücken.

»Nein, der Dämon ist dein Vater. Dein Wächter. Ihm gegenüber musst du dich verantworten.«

»Und wieso auch nicht? Er hat mich unsterblich gemacht. Was ist schon das Geld der Thornes verglichen mit der Macht, die die Zeit uns verleiht?«

»Auch mein Vater hat dich unsterblich gemacht. So etwas nennt man Seele.«

»Dad war schwach. Das ist der Dämon nicht.« Der Druck auf seinem Rücken ließ abrupt nach.

Adam kämpfte gegen ein Würgen an, während er sich auf die Knie hochstemmte. »Gibt es ein Treffen oder nicht?«

Jacob zuckte mit den Schultern. »Ja. Er will dich treffen. Aber er lässt keinen Toten in seine Nähe, also wirst du die kleine Pille abgeben, die du im Mund hast.«

Adam wurde erst heiß, dann kalt. Er tastete erneut mit der Zunge nach der Tablette.

»Habe ich erwähnt, dass der Dämon in die Zukunft sehen kann?« Jacob lachte.

Die Vorhersehung.

»Er hat alles kommen sehen.« Jacob stieß mit der Schuhspitze gegen Adams Schulter. »Er hat mich sogar hergeschickt, um auf dich zu warten. Du bist ja so berechenbar.«

Adam war sicher, dass Zoe ganz genau wusste, was er vorhatte. Wenn er dazu bestimmt war zu versagen, wieso hatten sie ihn dann nicht davon abgehalten? Vielleicht hätte er sich anders entschieden.

»Ich brauche nur diese kleine Pille, dann können wir uns mit dem Todessammler treffen«, erklärte Jacob.

Sollte er jetzt zubeißen und Jacob umbringen? Noch vor einer Woche hätte Adam darüber gar nicht erst nachgedacht. Selbst jetzt war die Versuchung groß und linderte den Schmerz, der in seinem Gesicht und seinem Rücken pochte. Oh, wie gern würde er Jacobs Miene sehen, wenn er vom Tod überwältigt wurde.

Jacob zog die Mundwinkel nach oben. »Ich weiß, dass du sie nicht für mich nimmst, Bruder. Nicht einmal für Mom und Dad.«

Abigail musste eine Chance gesehen haben. Dieses verrückte alte Weib musste diese Möglichkeit vorausgesehen haben.

Adam spuckte die Tablette auf den Teppich und hob das Gesicht zu Jacob. In sarkastischem Ton sagte er: »Okay. Bring mich zu deinem Meister.«

Jacob verdrehte die Augen, dann schlug er zu. Und traf.

Die Welt um Adam versank im Dunkel.

»Wenn ich nur einmal tief durchatmen könnte, wäre mir vielleicht nicht so schwindelig.« Mit theatralischer Geste griff Talia nach den Bändern, die sie fest in das Korsett schnürten. Ihre kratzige Stimme ließ die Lüge noch überzeugender wirken.

»Klar«, sagte Zoe. »Daran hätte ich denken müssen, wegen deiner Verletzung und alledem. Tut mir leid.«

Talia ging in die Garderobe und wartete, bis Zoe die Tür hinter sich geschlossen hatte. Von der dröhnenden Musik waren nur noch dumpfe Bässe und gedämpftes Jaulen zu hören.

Als Talia das Schloss einrasten hörte, beschleunigte sich sogleich ihr Puls voller Vorfreude.

Jetzt bekam sie ein paar Informationen.

Zoe trat weiter in den Raum hinein, und Talia zog die Schatten herunter. Eine vielschichtige Dunkelheit breitete sich in dem Raum aus und schaltete die Sinneswahrnehmung der Sterblichen aus.

»Talia?« Zoes Stimme klang sehr dünn in der Dunkelheit.

Talia ergriff Zoes Hand und ließ sie an ihrer Wahrnehmung teilhaben, wodurch zugleich Zoes Angst über ihre Verbindung in sie hineinströmte. Kein Wunder, dass man die Leute über die Schwelle des Todes treiben musste. Ohne die Feen wäre die Menschheit verloren.

Zoe suchte ihren Blick. Ihre Augen waren ängstlich geweitet. »Was ist hier los?«

»Ich wollte mich ungestört mit dir unterhalten«, erklärte Talia leise, um ihre Stimme zu schonen. »Nur du und ich, ohne dass uns jemand unterbricht.«

Zoe schluckte vernehmlich. »Worüber?«

»Über Adam.«

»Aha … Was ist mit ihm?«

»Wo ist er?«

Zoes Augen zuckten nach rechts, während sie sich eine Lüge ausdachte. »Das weiß ich nicht. Hat er es dir nicht gesagt?«

»Nein, das hat er nicht.« Verdammter Kerl. »Aber ich weiß, dass du es weißt.«

Zoe zappelte mit den Füßen herum und begegnete Talias Blick. »Ich habe keine Ahnung. Ehrlich.«

Ehrlich? Zoes Gefühle verrieten, dass sie nicht die Wahrheit sagte.

»Du lügst. Du weißt, wohin er gegangen ist.«

»Nein. Jetzt lass mich gehen, du machst mir Angst.« Zoe zog ihre Hand aus Talias Griff.

Talia war klar, dass sie nun von der Dunkelheit verschluckt wurde, dass die Schatten sie betäubten und ihr zusetzten, weil in ihnen jegliche Wahrnehmung verloren ging. Sie wartete einen

Augenblick, bis der Schreck der vollkommenen Isolation seine Wirkung tat.

Als Zoe anfing zu zittern, berührte Talia leicht ihre Schulter und beugte sich zu ihrem Ohr. »Ich bin eine Todesfee. Es ist meine Aufgabe, den Leuten elendige Angst einzujagen.«

»Lass mich sofort hier raus.« Zoes Herz musste wie wild schlagen. Die sie umgebenden Schatten bebten. Ihre Angst schwappte über die fließenden Schleier.

Talia blieb ungerührt. Die kleine Göre würde reden. Und wenn Talia sie so erschrecken musste, dass sie sich vor Angst in die Hose machte. »Sag mir, wohin Adam gegangen ist.«

»Ich weiß es nicht.« Zoe zuckte entschieden mit den Schultern. In ihren Augen schimmerten Tränen, die in den magischen Schatten wie Spiegel reflektierten.

Talia flüsterte. »Dann stecken wir in einer Sackgasse. Wir müssen so lange hierbleiben, bis wir uns auf etwas einigen können.« Wie konnte sie das Ganze beschleunigen? Nun war es an ihr zu lügen. »Du musst allerdings wissen, dass es vermutlich nicht gut für dich ist, wenn du dich zu lange in meinen Schatten aufhältst.«

Zoe verdrehte die Augen und blinzelte die Tränen weg. »Abigail hat gesagt, dass ich alt werde.«

Talias Hals brannte, als sie lachte. »Abigail kann keine Feen sehen. Das konnte sie nicht voraussehen.«

»Du würdest mir nichts antun.« Zoe verschränkte die Arme über der Brust.

»Ich tue dir bereits etwas an. Genau jetzt. Wie schlimm es wird, hängt ganz von dir ab.«

Sie ließ Zoes Schulter los und wich zurück, sodass das ungeheuerliche Nichts wieder über sie hinwegschwappte. Talia peitschte die Schatten auf, um ihren Denkprozess zu beschleunigen und ihre Angst zu echter Panik zu steigern.

Zoes Brust zuckte, sie atmete unregelmäßig. Ihr Herz hämmerte wie wild, während schwarze Schminke ihre Wangen hinunterlief und sie schließlich so stark zitterte, dass ihr gesamter Körper davon geschüttelt wurde.

Dumme Göre. Hatte sich perfekt hergerichtet, um den Tod willkommen zu heißen. In Wahrheit war ihr der Tod auch nicht mehr willkommen als jedem anderen.

Als würde sie ihr zustimmen, erklärte Zoe: »Er ist zur *Styx* gefahren. Um den Dämon, den Todessammler, zu vernichten.«

Der Schock strich eiskalt über Talias Haut. Sie ließ die Schatten abrupt fallen, und fauchend lösten sich die Schleier auf.

»Er ist wohin gegangen?« Jetzt hatte *sie* Angst. »Wie will er das schaffen? Ich dachte, nur ich könnte den Schattenmann rufen!«

»Adam hat einen Weg gefunden.« Zoe trat zurück und griff mit der Hand nach der Türklinke.

Erneut zog Talia die Schatten nach oben, schleuderte sie nach vorn und hielt die Tür mit einer Welle Dunkelheit geschlossen. »Was hat er herausgefunden?«

»Äh … ich …« Zoe sprach den Satz nicht zu Ende, was Talia auch gar nicht wollte. Die Folgen waren bereits verheerend. Philip hatte damals in Segue von einer Möglichkeit berichtet. Von einem alten Todesritus. Um ein unsterbliches Monster aus der Welt zu verbannen, musste jemand sein Leben opfern. Man benötigte ein Leben als Ausgleich für den Tod. Adam hatte sich damals gegen die Idee gewehrt. Er konnte doch jetzt unmöglich planen … Doch.

Nur über ihre Leiche.

Talia griff nach hinten an ihren Rock. Als der Verschluss sich nicht öffnen ließ, zerrte sie heftig an dem Stoff in ihrer Taille und zerriss ihn. Der Rock glitt nach unten und legte sich um ihre Füße. Es folgte der Slip. Sie hatte keine Zeit, mit dem Korsett zu kämpfen, nicht wenn Adam jeden Augenblick dem Dämon gegenüberstand.

»Er war nicht davon abzubringen, Talia.« Zoes Worte überschlugen sich. »Abigail hat gemeint, er tue es auf jeden Fall. Als sie ihm sagte, dass er nicht gegen den Todessammler gewinnen kann, wollte er nicht auf sie hören. Sie konnte ihn nicht aufhalten.«

»*Sie* vielleicht nicht«, zischte Talia, ihr Hals schmerzte, »aber *ich*.«

Abigail und Zoe sollten verdammt sein. Wäre es denn so schwer gewesen, ihn ein paar Tage in einen Raum zu sperren? Wie schwer wäre es gewesen, seiner Entscheidung eine eigene entgegenzuhalten? Die Zukunft zu verändern.

»Wir wollten nur dein Bestes. Ich und Abigail *und* Adam. Was sein muss, muss sein. Du musst gesund werden. Wenn seine Methode nicht funktioniert, kann uns nur noch dein Schrei retten. Hier bist du in Sicherheit.«

»Du wirst mir ganz genau erklären, wo er ist und wie man dort hinkommt, oder ich schwöre, dass ich dich eigenhändig umbringe.« Da keine andere Kleidung zur Verfügung stand, zerrte Talia die dünnen schwarzen Leggings hervor, die Zoe vor der Party getragen hatte. Talia schob ihre Füße in Zoes abgelegte Springerstiefel.«

Zoes Blick wurde hart. »Das kann ich dir nicht sagen.«

»Kannst du nicht oder willst du nicht?«, krächzte Talia. Sie konnte auf keinen Fall schreien. Aus Verzweiflung über ihre Schwäche zerriss sie die Schnürsenkel, die sie gerade zuband.

»Ich will nicht. Wenn du geheilt bist, dann …«

»Bis ich geheilt bin, ist Adam tot.« Talia stand auf. Wieso sollte ich ein Interesse daran haben, die Welt zu retten, wenn Adam nicht mehr da ist?«

Talia ignorierte Zoes entsetzte Miene, packte die Frau grob am Arm, machte sich auf den Weg zum Hinterausgang und zerrte sie hinaus in die Nacht.

»Wir können ihn nicht aufhalten«, behauptete Zoe.

»Mich auch nicht«, erwiderte Talia. »Wohin fahre ich?«

Als Zoe zögerte, packte Talia sie fester und schüttelte sie. »Wohin verdammt?« Ihre Stimme brach, und sie rang nach Luft.

»Die Fähre wartet an der Anlegestelle an der Neunundsiebzigsten Straße.«

»Welche Fähre?«

»Zur *Styx*. Das ist ein Boot, das Versteck des Todessammlers.«

Talia sammelte die Schatten um sich, während sie Zoe durch die schmale Gasse zur nächsten Straßenecke zerrte. Die Straße war alles andere als belebt. Dreckig, voller Abfall und zweifellos gefährlich. Eine Bande hing an einem mit Brettern vernagelten Eckgebäude herum. Ein paar Blocks weiter oben jagten Autos über eine befahrene Kreuzung. Dort konnten sie ein Taxi anhalten.

Die Kombination aus Wut und Schatten verlieh Talia die Kraft, die jammernde Zoe die drei Blocks bis zur Kreuzung mitzuschleifen. Sie hätte das Mädchen lieber im Klub zurückgelassen, wo sie in Sicherheit war, aber wer wusste, ob sie nicht entscheidende Kleinigkeiten ausgelassen hatte? Talia traute dem Mädchen keine Sekunde.

Adam im Übrigen auch nicht.

Dummer Kerl. Was hatte er sich bloß dabei gedacht? Einfach abzuhauen und sie mit einem Haufen verrückter Babysitter zurückzulassen. Wenn sie ihn fand und er nicht bereits tot war, würde sie ihn eigenhändig umbringen. Und wenn er bereits tot war, würde sie seinen jämmerlichen Geist aus dem Jenseits zurückrufen und ihn noch einmal umbringen. Dummer, *arroganter* Kerl.

Als Talia die Ecke erreichte, streckte sie ihre freie Hand in die Luft, während Zoe schmollte.

»Der Todessammler wird dich umbringen«, sagte Zoe. Sie

klang störrisch und flehend zugleich. »Ich will nichts mit deinem Tod zu tun haben. Du kannst mich nicht zwingen mitzukommen.«

»Und ob du mitkommst.« Ein Taxi hielt am Straßenrand.

Talia öffnete die Tür und stieß sie grob hinein. »Wohin?«, fragte der Taxifahrer.

»Zum Hafenbecken an der neunundsiebzigsten Straße«, grummelte Zoe.

Der Fahrer schüttelte den Kopf. »Nein, die Damen. Der Mörder aus dem Riverside Park läuft immer noch frei herum. Da bringe ich euch nicht hin.«

Zoe formte mit triumphierendem Blick das Wort *Geist*. »Der Anleger liegt direkt am Park«, erklärte sie. »Jemand oder etwas darin jagt dumme Leute, die sich dorthin trauen. Da ist jetzt praktisch niemand mehr.«

Talia ignorierte den unterschwelligen Vorwurf. »Ich gehe direkt zum Anleger. Ich verspreche Ihnen, dass ich nicht im Park herumlungern werde. Mir passiert nichts.«

Der Mann zuckte mit den Schultern, fuhr los und fädelte sich in den Verkehr ein.

Zoe spähte über ihre Schulter hinweg zu Talia. »Ich weiß nicht, was du vorhast. Wie willst du Adam jetzt helfen? Du bringst die Welt um die Chance, den Todessammler zu vernichten. Das ist alles, was du erreichst.«

Talia lächelte. »Nein. Wenn Adam scheitert und wenn ich scheitere, dann gibt es immer noch eine Welt voller Menschen, die es selbst versuchen können, die ihr Leben opfern können, um den Dämon zu töten.« Das Sprechen kratzte schmerzhaft, wahrscheinlich ruinierte sie gerade den gesamten Heilungsprozess, an dem sie den Tag über gearbeitet hatte. Aber ihre Worte zeigten Wirkung.

Zoe erbleichte.

»Es stimmt. Jeder, selbst du, kann den Todessammler töten. Wenn du bereit bist, dich ihm zu stellen, kannst du mir so viele Vorträge halten wie du willst. Bis dahin halt den Mund und lass mich nachdenken.«

Okay. Ihr Schreien kam also nicht mehr infrage. Doch sie verfügte immer noch über ihre Schatten. Damit konnte sie zwar nicht den Dämon töten, aber vielleicht konnte sie Adams jämmerlichen – aber überaus attraktiven – Hintern retten, so wie er es einst mit ihrem Leben getan hatte. In der Gasse in Arizona hatte er sich unbewaffnet dem Geist gestellt, und sie waren mit dem Leben davongekommen. Jetzt konnte sie das Gleiche für ihn tun. Er sollte verdammt sein.

Das Taxi fuhr die Neunundsiebzigste Straße West hinunter, unter einer Unterführung hindurch, durch die der Verkehr tobte, und bog in eine breite, von Bäumen gesäumte Auffahrt ein, vermutlich lag dort der tödliche Riverside Park. Dahinter schimmerte der Hudson River wie ein schwarzes Band, auf dessen Wasseroberfläche die Lichter der Stadt funkelten. Sein fauliger, modriger Geruch zog in das Taxi.

Eine Gänsehaut überlief Talias Rücken und bahnte sich ihren Weg bis zu ihrem Kopf.

»Halten Sie hier«, sagte Zoe. Sie deutete auf eine Lücke in der Betonbegrenzung. »Geh die Stufen hinunter und folge dem Gehweg. Suche nach der *Charon* – sie liegt am Anleger ganz rechts. Die *Verlassene*, weil jeder weiß, dass man sich von ihr fernhalten sollte. Der Fährmann bringt dich zur *Styx*, aber bitte zwing mich nicht mitzukommen. Ich habe gesehen, wozu die Geister in der Lage sind. Ich will leben.«

»Wenn du mir irgendetwas verschwiegen hast …«, begann Talia heiser.

»Das habe ich nicht. Geh und stirb, wenn du willst, aber lass mich hierbleiben.«

»Gut.« Talia stieg aus und schlug die Tür zu.

»Hallo?«, fragte der Fahrer und lehnte sich aus dem Fenster. »Sind Sie sicher?«

»Ja.«

Talia sah sich nicht um, als das Taxi losfuhr. Sie folgte der Asphaltstraße bis zu den Stufen und eilte sie hinunter bis zu dem Asphaltrund auf der unteren Ebene. Dort lag, dunkel und verlassen, ein Café. Sie spürte die Stille des Ortes.

Obwohl tief in ihren Umhang aus Schatten gehüllt, hämmerte Talias Herz, als sie den Bürgersteig hinunterlief und den unebenen Weg überquerte. Das Tor zum Pier stand offen, als wenn der Fährmann sie bereits erwartete.

Klopfend stieß etwas gegen die Planken, ein einsames, hohles Geräusch. Genauso tönte ihr Herz.

Am Ende eines Stegs stand ein Mann auf einen Stab gestützt. Sie konnte ihn nicht genau erkennen, aber den gebeugten Schultern nach zu urteilen, schien er sehr alt zu sein.

Während sie auf ihn zuging, ließ Talia die Schleier los, die sie umhüllten.

Als sie plötzlich vor ihm auftauchte, blinzelte der Mann, kaute aber ungerührt weiter auf seinem weißen Bart herum. Seine Haut war wettergegerbt und faltig wie eine braune Papiertüte. Er trug ein verblichenes kariertes Hemd, das deutlich zu warm für eine Sommernacht zu sein schien.

»Hallo«, sagte sie.

Er kaute.

Talia runzelte die Stirn. »Ich muss zur *Styx*. Man hat mir gesagt, Sie könnten mich dort hinbringen.«

Der alte Mann kaute weiter auf seinen Barthaaren herum. »Das kostet.«

Verdammt. »Ich habe kein Geld dabei, aber ich komme morgen zurück und zahle Ihnen, was immer Sie verlangen. Versprochen.«

Der alte Mann brummte. »Geben Sie mir eine Locke von Ihrem goldenen Feenhaar, und ich bringe Sie hinüber zur *Styx*.«

Der Mann schien selbst einer Sage zu entstammen; Talia war nicht überrascht, dass er über ihre Herkunft Bescheid wusste.

»Eine Locke von meinem Haar?«

Er nickte und deutete auf ein Boot, dessen Sitzbereich im rückwärtigen Teil die Überdachung fehlte. Es war dreckig, eine rotbraune schmierige Kruste überzog die Rückbank. Wahrscheinlich Blut.

Talias Magen krampfte sich zusammen, und ihr wurde übel. »Okay.«

Der alte Mann zog ein Taschenmesser aus seiner Hosentasche. Er fasste den Holzgriff, der so alt und abgenutzt war, dass er glänzte, und klappte eine Klinge heraus. Dann schnitt er eine Locke aus der Mähne auf Talias Schultern.

»Fertig«, erklärte er und roch an den Haaren. »Steigen Sie ein.«

Talia krabbelte hinunter in das Boot, setzte sich auf den Rand neben dem stinkenden Schmutz und klammerte sich verzweifelt fest.

Der alte Mann ging zu einem schmutzigen Pult und startete den Motor. Dann lenkte er das Boot hinaus aus dem Schlick, fort von der vibrierenden Stadt und hinaus auf das wogende dunkle Wasser des Flusses.

Jetzt gab es kein Zurück mehr.

20

Die *Charon* ließ das funkelnde Ufer des Hudson hinter sich. Talia spannte ihren Körper an, denn der Motor vibrierte heftig, und das Boot hopste unruhig über das Wasser. Die Aufregung war ihr bereits auf den Magen geschlagen. Das Schaukeln des Bootes konnte sie nicht auch noch ertragen. Wenigstens fegte die Geschwindigkeit den widerlichen Gestank von Bord, der Wind peitschte durch ihre Haare und hüllte sie in einen erfrischenden feuchten Nebel.

Sie fuhren auf das dunkle Wasser hinaus, auf dem vereinzelt die Lichter anderer Boote zu erkennen waren, kleinerer und größerer. Nachdem der Himmel hier nicht durch die Lichter der Stadt beeinträchtigt wurde, war er von funkelnden Sternen übersät, als hätte er endlich bemerkt, was auf der Erde vor sich ging.

Schneller, schneller, drängte Talia.

Die Küste fiel hinter ihnen zurück. Mit den kleiner werdenden Lichtern schwand zugleich ihre Hoffnung auf Sicherheit. Sie fuhren in ein Meer wogender Dunkelheit, als bewegten sie sich auf das Ende der Welt zu. Sie suchte keinen Ort, an dem sie vor den Monstern oder vor sich selbst Zuflucht fand. Das war vorbei. Wegzulaufen bot keine Alternative, nicht wenn alles, worauf es ankam – ob gut oder schlecht –, vor ihr lag.

Und plötzlich tauchte über den Fluten die Hölle auf.

Die *Styx* glich einem riesigen umgedrehten Amboss, ein Kriegsschiff, auf dessen Deck die Art von Licht brannte, von dem sich Motten angezogen fühlen. Das gepanzerte Schiff ragte unter dem Sternenhimmel auf, ein gerüstetes Industrie- und Kriegsprodukt, das sich gegen die Natur stemmte.

Bei seinem Anblick setzte beinahe Talias Herz aus. Kein Zweifel, die *Styx* hatte die *Charon* bereits lange nahen sehen. Der Dämon, der Todessammler, wusste, dass jemand kam, dass wieder jemand bereit war, sein Menschsein gegen die Unsterblichkeit einzutauschen.

Der alte Mann lenkte das Boot neben das riesige Schiff, rieb quietschend daran entlang und wartete neben einer schmalen Leiter. Er drehte sich um. Im Licht des Schiffes wirkte seine blasse Haut gelblich und krank.

»Die *Styx.*« Mit dem Kopf deutete er auf die graue Stahlwand.

Als der Wind sich legte und die *Charon* schaukelte, erreichte Talias Übelkeit ihren Höhepunkt. Sie biss die Zähne zusammen, damit sie sich nicht übergab, und griff nach der Wand des Bootes. Blanke Angst machte jedes Denken unmöglich.

»Wollen Sie, dass ich Sie zurückbringe?« Der alte Mann wirkte ziemlich desinteressiert.

Talia schüttelte nur leicht mit dem Kopf, damit ihr nicht noch übler wurde.

Sie konnte es schaffen. Erst gestern hatten ihre Schatten sie und Adam geschützt, als sie vergeblich versucht hatten, Custos Leben zu retten. Außerdem war sie in den Schatten in der Lage, Gegenstände mit ihrem Verstand zu manipulieren. Mit diesen Fähigkeiten würde sie es bis zu Adam schaffen und sie beide in Sicherheit bringen. Mehr wollte sie nicht. Die Vernichtung des Dämons, der sich selbst als Todessammler bezeichnete, konnte warten.

Jetzt ging es um Adam.

Ihre Angst wich Klarheit, die wie elektrischer Strom direkt unter ihrer Haut entlangfloss.

Talia stand auf und scharte die Schatten der Nacht um sich.

Die kühlen dunklen Schleier hingen in wallenden Bahnen von ihren Schultern herab. Zum Einsatz bereit. Sie zog sie noch enger um sich, um sich bei ihrem Aufstieg zu tarnen, und griff nach der Leiter.

Die Sprossen waren eisig und nass.

Ein Geist – eine Frau mit einem schmalen engelhaften Gesicht – beugte sich über die Leiter, um nach dem neuen Bittsteller für den Dämon Ausschau zu halten.

Mit klopfendem Herzen wartete Talia. Unter ihr legte die *Charon* ab und ließ ihr nur eine Wahl. Hinauf.

»Muss gekniffen haben«, rief der Geist jemand anderem zu und verschwand aus Talias Blickfeld.

Talia kletterte weiter hinauf. Als sie beinahe ganz oben war, spähte sie vorsichtig auf das Deck. Auf der einen Seite befand sich ein Hubschrauberlandeplatz und darauf ein Fortbewegungsmittel, mit dem man deutlich schneller auf das Schiff und wieder von dort wegkam. Praktisch. Daneben hatten sich ein paar Geister versammelt. Zehn oder zwölf, deren Aufmerksamkeit auf zwei miteinander kämpfende Geister gerichtet war. Die krachenden Schläge, die sie einander verpassten, hätten jeden normalen Menschen umgebracht.

Talia nutzte den Umstand, dass sie abgelenkt waren, und kroch an Deck.

Jenseits einer grauen Ebene befand sich eine schmale rechteckige Tür mit runden Ecken, die in einen wuchtigen Metallblock führte.

Sie zwang sich, ruhiger zu atmen, damit ihr Herz weniger raste. Wenn Panik sie ergriff, war damit niemandem geholfen. Sie würde mit den Innenräumen anfangen und sich langsam durch das ganze Schiff arbeiten. Systematisch, aber äußerst vorsichtig würde sie jede Ecke überprüfen.

In Schatten gehüllt, schlich Talia am Rand des Decks entlang auf die Tür zu. Dabei hielt sie sich an die natürlichen Schatten, die die Takelage auf das Deck warf.

Sie sah zur *Charon* hinüber, die jetzt nur noch als Lichtpunkt in der Ferne zu erkennen war.

An Deck war ein sattes Klicken zu hören, Talia fuhr herum.

Die Tür stand offen, und eine Gestalt trat heraus.

Als sie die dichte Dunkelheit erblickte, blieb augenblicklich die Zeit stehen. Die Erde hörte auf, sich um ihre Achse zu drehen. Das Meer erstarrte, und die Sterne erloschen.

Talias gesamte Sinneswahrnehmung versank in einem lauten Ohrenrauschen.

Das Wesen, das dort auf der Schwelle stand, war *falsch*. Er mochte sich selbst als Todessammler betiteln, mochte sich selbst als Spender unsterblicher Jugend bezeichnen, aber durch Talias Kopf und Seele hallte die richtige Bezeichnung, *Dämon*.

Hätte Talia sich nicht an der Seite des Schiffes festgeklammert, wäre sie vor Ekel auf das Deck gefallen.

Der Dämon war ein beängstigendes schwarzes Nichts, das sich geschmeidig um den Körper eines Mannes schlängelte. Den menschlichen Wirt. Tief in ihre Schatten versunken beobachtete Talia, wie der glitschige widerliche Dämon in die Mitte des Wirtes eindrang. Wer auch immer der Mann gewesen sein mochte, seine Identität war zerstört. Er teilte seinen geschundenen Körper mit einer schrecklichen Intelligenz. Mit leerer Miene und schlaffem Kiefer schlurfte der Dämon voran, als befände er sich in einem unendlichen Albtraum und sehnte sich nur danach, diesen endlich hinter sich zu lassen. Wie, das war ihm egal.

Bei der Vorstellung, dass Adam dieser Horrorgestalt begegnet war, verlor Talia jegliche Hoffnung, ihn noch lebend zu finden. Verglichen mit diesem alles vernichtenden Dämon waren die seelensaugenden Geister lästige Insekten. Nur der Schattenmann war mächtig genug, dieses *Etwas* zu vernichten, das

Verderben in die Welt brachte. Wenn es sein musste, war der Schattenmann selbst dämonisch genug. Er und nur er konnte den Dämon ausschalten.

Plötzlich bildete sich ein enormer Druck in ihrem Körper.

Schrei. Jetzt. Sofort. Lass jeden Tropfen Feenblut in einen einzigen durchdringenden Schrei fließen. Es war mehr Instinkt als Impuls, ein heftiges, dringendes Bedürfnis.

Talia unterdrückte ein klägliches verzweifeltes Stöhnen. Ihr Hals sehnte sich danach, ihren Vater herbeizurufen, aber sie konnte nicht schreien, wenn sie ständig das Gefühl hatte, gleich zu ersticken. Es war ein vergeblicher Versuch. Tränen der Verzweiflung strömten über ihr Gesicht.

Sie schluckte das kehlige Geräusch hinunter und schüttelte sich. Heute ging es um Adam, aber sie würde wiederkommen. Sie würde ihren Mund aufmachen und so laut schreien, dass der Himmel zersprang. Der Dämon würde den Tod kennenlernen.

Die Geister an Deck unterbrachen ihr brutales Spiel und beobachteten gebannt die dämonische Schlange und ihren menschlichen Wirt.

Der Wirt trat über die Schwelle und hielt die Tür auf, um drei zähnefletschende Hunde hinauszulassen. Wie riesige tollwütige Wölfe hatten sie die Ohren angelegt und hielten die Köpfe gesenkt. Mit ihren goldfarbenen Augen starrten sie in ihre Richtung.

Nein, nicht in ihre Richtung. Sie sahen ihr direkt in die Augen.

Talia stockte der Atem, sie drückte ihren Körper gegen die Metallwand des Schiffes, ihr Herz gierte nach Sauerstoff.

Der Wirt verzog das Gesicht zu einem halbherzigen Grinsen, während der Rest seiner Miene blass und ausdruckslos blieb, als hätte der Dämon wie bei einer Marionette mit einem Faden den herabhängenden Mundwinkel des Mannes nach oben gezogen.

»Todesfee«, sagte der Wirt mit krächzender Stimme wie eine

Handpuppe, geführt von dem Dämon. »Das sind meine Höllenhunde. Sie sind in Schatten aufgewachsen, die deutlich dunkler waren als deine. Muss ich sie erst auf dich loslassen, oder kommst du freiwillig heraus, damit ich mich mit dir unterhalten kann?«

In freudiger Erwartung sabberten die Hunde und bleckten ihre gefährlichen gelben Zähne.

Talias Herz schrie alarmiert. Die Schatten waren immer ihr Zufluchtsort gewesen.

»Todesfee. Obwohl ich eigentlich ewig Zeit habe, merke ich, dass ich gerade ungeduldig werde.« Der Wirt ließ den Blick zu ihr gleiten. »Ich bestrafe Lug und Betrug. Dies ist bereits der zweite Anschlag auf mein Leben heute Nacht, und ich garantiere dir, dass der andere sein Handeln bereut. Ich bin es müde, von meiner Arbeit abgelenkt zu werden. Komm heraus. Sofort.«

Der zweite Anschlag auf sein Leben? Das andere musste Adam gewesen sein.

Und wenn Adam irgendetwas »bereute«, musste er noch am Leben sein.

Am Leben. Talia klammerte sich an den Gedanken und löste die Schatten von ihren Schultern.

»Ah. Da bist du ja.« Die dämonische schwarze Schlange drehte den Kopf ihres Wirts. »Willkommen, Banshee. Du hättest nicht wie eine kranke Ratte an Bord meines Schiffes kriechen müssen. Die Einladung stand noch.«

Talia erinnerte sich, wie vor Monaten die Geister zu ihrer Wohnung gekommen waren, um sie zu einem »Rendezvous« mit ihrem Meister abzuholen. Sie hatte die Sache mit dem Schrei zu spät entdeckt, um Melanie zu retten.

Was immer der Dämon von ihr wollte – *Nein, danke.*

»Ich würde …« Talias heisere Stimme brach. Sie versuchte es noch einmal. »Ich würde lieber sterben, als eine von denen zu werden.« Ihr Blick zuckte zu den Geistern. Einer glotzte zurück und arbeitete bedrohlich mit dem Unterkiefer, als würde er ihre Aussage verarbeiten.

»Nein, nein. Das hungrige Leben ist nichts für dich«, erwiderte der Wirt. Seine menschlichen Augen wirkten überrascht, was im Gegensatz zu den Worten stand, die der Dämon ihm in den Mund gelegt hatte.

Vielleicht war der Mann doch noch da.

»Wenn du zum Geist werden solltest«, fuhr er fort, »könntest du mir kein Kind gebären.«

Mitten im Atmen hielt Talia die Luft an. Ihr Blick glitt vom Wirt zum Dämon und wieder zurück.

Ihm was?

»Sieh mich nicht so schockiert an«, sagte der Wirt. »Wenn der Tod mit einer sterblichen Frau ein Kind haben kann, dann kann ich bestimmt eins mit einem Bastard aus den Zwielichtlanden haben. Unsere Verbindung wird meine Pläne, von denen die Geister erst der Anfang sind, enorm beschleunigen und mir zum Erfolg verhelfen. Die Kombination von sterblichem Blut, Zwielicht- und Dämonenblut in einem Wesen wird die Grenze zwischen der sterblichen Welt und den Zwielichtlanden für immer zerstören. Kein Tod mehr. Ohne Tod kein Himmel mehr. Über das anschließende Chaos herrsche ich.«

Talias bereits verkrampfter Magen drehte sich nun vollends um, und sie würgte auf das Deck des Schiffes.

Der Wirt nickte mit dem Kopf. »Zugegeben, unser Verkehr wird für dich kein Vergnügen sein, genauso wenig wie die Schwangerschaft. Aber ich glaube, am schlimmsten wird die Niederkunft.«

Talia schluckte, um sprechen zu können. »Nein. Niemals.«

Vorher würde sie über die Reling springen. Ertrinken. Sie würde unter gar keinen Umständen zulassen, dass der Dämon sie berührte. Nicht auf diese Weise. Überhaupt nicht.

Der Wirt verzog die Lippen zu einem Lächeln, während sein Blick im Widerspruch dazu suchend umherstreifte.

»Das werden wir ja sehen«, erklärte der Wirt. »Wie wäre es, wenn wir die Angelegenheit mit deinem Liebsten besprechen? Er hat behauptet, du wärst bereits schwanger, aber das stimmt nicht, oder?«

Ihr Liebster. Ja, das war Adam. Aber er war noch so viel mehr. Er war ihr Verstand. Ihr Vorbild an Mut, Stärke und Ausdauer. *Ihm* ein Kind zu schenken, wäre die reinste Freude.

In Talias Augen brannten Tränen. Diese Zukunft war verloren.

»Jacob spielt jetzt schon eine Weile mit ihm.« Erneut musste der Wirt gegen seinen Willen lächeln. »Ich muss sehen, welche Fortschritte er macht. Wenn ich Jacob richtig einschätze, ist der Schnösel Adam Thorne so gut wie erledigt.«

Talia hob das Kinn. Der Dämon mochte Jacob kennen, aber ganz offensichtlich kannte er Adam nicht. Sie litt mit Adam, mit jeder Faser ihres Körpers, aber sie vertraute voll und ganz darauf, dass seine Seele genauso hell erstrahlte wie immer.

»Bist du anderer Meinung?« Der Dämon versuchte, den Wirt höhnisch klingen zu lassen, aber er hörte sich weiterhin leblos und bitter an.

Talia schwieg. Sie wollte ihn nicht ermutigen, Adam noch mehr zu quälen, als er es bereits getan hatte.

»Wieso sehen wir nicht nach? Schauen wir doch einmal, wie dein Adam sich hält.« Der Kopf des Wirtes zuckte zu der Gruppe Geister. »Martin, begleite unsere ehrenwerte Todesfee. Endlich wird mir etwas geboten.«

»Einmal blinzeln heißt ›Ja‹, zweimal blinzeln ›Ja, sofort‹.« Als Jacob lachte, wehte übel riechender Atem in Adams Gesicht.

Adam verschloss die Augen vor dem kleinen, fensterlosen Hauswirtschaftsraum und dem verzerrten Gesichtsausdruck seines Bruders. Er kniff die Augen ganz fest zusammen, damit es auf keinen Fall zu Missverständnissen kam: *Nein. Er wollte kein Geist werden. Niemals.*

Er hätte mit einem klaren und deutlichen *Nein* geantwortet, aber sein Mund war zugeklebt. Er hätte Jacob den Mittelfinger gezeigt, aber seine Hände waren auf seinem Rücken gefesselt und schon seit Längerem taub.

»Was wettest du?« Jacob klang glücklich. Entzückt. Er hatte den Spieß umgedreht und genoss jeden Augenblick.

Adam hielt die Augen geschlossen und wägte seine Lage ab. Es gab keinen Weg, hier lebend herauszukommen. Er war nicht nur wie Custo an einen Stuhl gefesselt, sondern mit einem Messer seitlich daran geheftet. Jacob hatte die Klinge durch sein Fleisch in die hölzerne Rückenlehne des Stuhls gerammt. Es tat höllisch weh.

Aber wenn er kurz an der Klinge riss, würde er vielleicht … nur vielleicht … ein lebenswichtiges Organ treffen und rasch verbluten. Vielleicht konnte er den Schattenmann trotzdem herbeirufen.

Die Türklinke klickte, und eine Welle verfaulter Luft wirbelte durch seine Zelle.

Eine Woge feuchter Hoffnungslosigkeit schwappte über Adam hinweg. Er kannte die Ursache dieses Gefühls: Der Dämon und sein Wirt waren zurück. Die Hunde des Dämons jaulten im Flur.

Vor Schmerz biss Adam demonstrativ die Zähne zusammen, damit niemand etwas von seinem Vorhaben ahnte. Das Schicksal hatte ihm gerade die Gelegenheit seines Lebens verschafft. Nur noch einen Moment, bis der Dämon sich ganz im Raum befand. Dann würde Adam sich mit dem Gewicht zur Seite werfen und sich die Klinge in den Bauch rammen. Er betete, dass das Messer scharf war.

Achtung, fertig, l…

Da hörte er das leise, heisere Schluchzen einer Frau.

Adam erstarrte, sein wild pochendes Herz zog sich zusammen. Er öffnete die Augen.

Mit einem breiten Grinsen betraten die Dämonenschlange und sein Wirt den Raum, während Letzterer zugleich mit unruhigem Blick den Raum absuchte. Hinter ihm hielt ein Geist Talia gnadenlos fest.

Der Anblick traf Adam tief in der Seele.

Talia. Wie? Das musste ein Trick sein.

Talia stieß einen erstickten Aufschrei aus und wankte nach vorn, aber der Geist riss sie grob zurück.

Das war kein Trick. Sie war wirklich da.

Adams heftige Schmerzen versanken in einer Sturmflut aus Angst. Die Bedrohung durch Jacobs Kuss war nichts dagegen. Nein, ihn ängstigte nichts mehr, was Jacob ihm antun konnte.

Abigail hatte ihn gewarnt, dass er noch nie wirklich Angst empfunden hatte. Er hätte besser auf sie hören sollen. Wahre Angst hatte nichts damit zu tun, was einem selbst zustoßen konnte, wie schmerzhaft oder grausam es auch sein mochte. Wahre Angst erfuhr man erst, wenn jemand in Gefahr war, den man liebte.

Der Wirt neigte den Kopf zu Jacob. »Ich habe dir gesagt, dass ich keine Waffen an Bord meines Schiffes dulde.«

Wütend zog Jacob das Messer mit einer Drehung aus Adams Seite. »Er ist an den Stuhl gefesselt. Er kann nichts tun.«

Ohne das Messer hatte er keine Chance mehr. Panik ergriff ihn, aber ein Blick in Talias weißes Gesicht genügte, und er riss sich augenblicklich zusammen. Er war das Einzige, das er noch unter Kontrolle hatte. Wenn er sich von der Angst überwältigen ließ, war damit niemandem geholfen. Er musste sich für sie beherrschen. Musste ihr bis zum Ende beistehen.

»Willst du dich mit mir streiten?« Der schlängelnde schwarze Dämon beugte den Körper seines Wirts bedrohlich nach vorn.

Auf einmal zog Jacob unterwürfig den Kopf ein. »Natürlich nicht.«

Der Wirt vollführte eine plötzliche flüchtige Geste. Jacob reichte dem anderen Geist die Klinge. Der ließ Talia los und verließ den Raum. Es klang bedrohlich, als die Tür ins Schloss fiel.

Talia kauerte sich vor Adam auf den Boden und untersuchte mit zittrigen Händen die Seite, in der das Messer gesteckt hatte. Blut sickerte durch sein Hemd, aber es reichte nicht, um ihn zu töten; Jacob hatte die Stelle zu gut gewählt.

Jacob riss Talia an den Haaren nach oben. Sie winselte, als er ihre Schultern verdrehte.

Adam stöhnte und stemmte sich gegen seine Fesseln.

»Lass sie los«, sagte der Wirt. »Es geht schneller, wenn wir sie einen Moment für sich lassen.«

Talia sank zurück auf Adams Schoß. Adam sehnte sich danach, sie in die Arme zu schließen, sich schützend vor sie zu stellen und sie in Sicherheit zu bringen. Nichts war quälender als eine wimmernde Talia auf seinem Schoß.

Schließlich hob sie das Gesicht und sah ihn mit glänzenden Augen an.

Adam erwiderte ihren Blick und drückte damit eine Million Fragen aus. Wieso war sie hier? Warum versteckte sie sich nicht in den Schatten, wo sie etwas tun konnte? Flüchten. Sich in Sicherheit bringen.

Natürlich verstand sie ihn. Von allen Menschen auf der Erde war Talia die Einzige, die ihn wirklich verstand.

»Ich konnte dich damit nicht allein lassen«, erklärte sie, ihre

Stimme heiser vor Anstrengung. »Du hättest auf mich warten sollen.«

Ich konnte nicht das Risiko eingehen, dich zu verlieren.

»Du hättest mir vertrauen sollen.« Talia machte sich an dem Klebeband in seinem Gesicht zu schaffen.

Ich musste dich schützen. Die harte Realität war, dass er sie nicht beschützen konnte. Er hatte alles versucht und dennoch versagt.

»Du kannst nicht einfach weglaufen, um die Welt zu retten, wann es dir passt. Ich brauche dich«, sagte sie. Seine Haut brannte, als sie das Klebeband abriss.

»Ich liebe dich.« Das musste Adam ihr zuallererst sagen. Etwas Richtiges, wenn so viel anderes falsch war. »Ich *musste* etwas tun.«

»Das kannst du immer noch«, unterbrach der Wirt.

Adam hob den Blick zu dem Dämon. Der Wirt führte eine Hand zu Talias Haar und wickelte eine blonde Locke um seinen Finger.

Der Dämon. Berührte Talia.

»Du bist mir ein Dorn im Auge …« Der Wirt machte eine erwartungsvolle Pause.

Adam hatte den Witz sehr wohl verstanden – Thorne, Dorn – würde aber gewiss nicht eines Dämons wegen lachen.

»… und das bereits seit einiger Zeit. Ich wäre äußerst erfreut und käme mit meinen Plänen erheblich schneller voran, wenn du meiner Geisterarmee beitreten würdest.«

Angst stieg in Adam auf. Er ahnte, worauf das hinauslief.

Aufgeregt blickte der Wirt zwischen ihm und Talia hin und her. Anscheinend fand der Mann den Vorschlag, der mithilfe seiner Lippen zum Ausdruck gebracht worden war, ebenfalls interessant.

»Wenn du mein Angebot, unsterblich zu werden, annimmst,

schenke ich der Todesfee Zeit. Ich lasse sie von meinem Schiff herunter und gebe ihr einen Tag Vorsprung, damit sie davonlaufen und sich verstecken kann. Erst dann jage ich sie wieder.«

Das »oder« wollte Adam überhaupt nicht hören.

»Oder ich vergewaltige sie jetzt, direkt vor deinen Augen und bekomme ein Kind von ihr.«

Talia presste ihre Hände auf Adams Ohren, aber es war zu spät. Er hatte es bereits gehört.

»Nein, nein, nein, nein, nein«, krächzte sie. »Hör nicht auf ihn. Denk nicht einmal daran.«

Mit den Tränen floss schwarze Tusche über das Gesicht, das er liebte. Selbst mit dieser ganzen Gothicschminke war sie wunderschön. So viel Magie in einem so schmalen Körper.

Adam hatte gesehen, was mit Custo geschehen war. Hatte gesehen, wie man seinen Freund zu Tode gequält hatte. Er würde es nicht ertragen, hilflos zuzusehen, wie Talia vor seinen Augen geschändet würde. Der bloße Gedanke an eine Vergewaltigung trieb heftige Schmerzen durch seinen Körper.

Mit einem heftigen Knacken zerbrach etwas in Adam. Etwas Lebensnotwendiges. Etwas, das ihn mit Talia verband, mit Segue und mit seiner verlorenen Familie. Etwas, durch das er sich von allen abhob, die er liebte. Der Dämon hatte soeben mühelos den Preis für seine Seele genannt.

»Nein, nein, nein, nein, nein«, schluchzte Talia an seiner Schulter und suchte bei ihm Trost, den er ihr nicht geben konnte oder wollte.

Adam zog den Kopf zur Seite weg. Er konnte ihre Berührung nicht ertragen, nicht den Schmerz in ihrer Stimme. Wenn jemand seine Entscheidung ins Wanken bringen konnte, dann sie. Er brauchte seinen ganzen Willen, um diesen letzten Schritt zu tun.

Der Wirt neigte den Kopf und gab vor nachzudenken. »Eigentlich würde es meinem Plan am ehesten nutzen, wenn ich sie jetzt bumse. Wenn nötig, kann Jacob sie festhalten. So wie du mich mit deinem Segue ständig genervt hast …«

»… ich mache es«, unterbrach Adam, obwohl er wusste, dass der Dämon jetzt mit ihm spielte. »Ich werde ein Geist.«

»Nein.« Schluchzen erstickte Talias heiseres Flüstern. Mit ihrer aufsteigenden Angst begannen die Schatten zu beben. Sie nahm Adams Kopf in ihre Hände, sodass er sie ansehen musste. Sie wollte ihm in die Augen blicken und ihn zu einer anderen Antwort nötigen. Sie kniete vor ihm. Jetzt begann sie zu beten. *Bitte, alles nur kein Geist*. Sie konnte sich kein schrecklicheres Schicksal für ihn vorstellen, als genau zu dem Wesen zu werden, das er sein Leben lang bekämpft hatte. Sie weigerte sich, der Grund für sein Verderben zu sein.

Mit aller Kraft drehte Adam das Kinn zur Seite, biss vor Anstrengung die Zähne zusammen und wich ihrem Blick aus.

»Tu das nicht, Adam«, krächzte sie. »Nimm das zurück. Du kannst dich immer noch anders entscheiden. Sie werden mich ohnehin finden. Der Dämon besitzt Höllenhunde, die in den Schatten sehen können. Ich kann ihnen nicht entkommen. Du würdest es ganz umsonst tun.«

Hinter ihr ging die Tür auf. Talia hörte die jaulenden Hunde. Einen Moment dachte sie, die Bestien würden hereingebracht, um ihre Aussage zu bekräftigen, aber stattdessen sagte der Wirt zu jemandem, der vor dem kleinen Raum stand: »Ich brauche meinen Kelch.«

»Wieso hörst du mir nicht zu, Adam? Bitte, hör auf mich!« Obwohl sie sich so sehr anstrengte, blieb ihre Stimme nur ein heiseres Flüstern, sie konnte sich kaum selbst verstehen.

Wieder ging die Tür auf – Talia drehte den Kopf, um zu sehen, welches Grauen als Nächstes folgte – und der Kelch wurde hereingereicht. Es war eine Art altmodischer Pokal.

Der Wirt hielt ihn fest, während die Dämonenschlange bis zum Rand Teer hineinerbrach. Talia roch den aufsteigenden Schwefelgestank. Etwas an dem Zeug erinnerte sie an den Teer, der ihre Kehle verklebte.

»Das musst du trinken.« Der Wirt hob den Kelch, als wollte er Adam zuprosten.

Oh, bitte. Gott nein.

Aber dem war das offenbar egal. Aus irgendeinem albernen kosmischen Grund halfen ihr weder Gott noch der Schattenmann. Talia blickte auf Adams undurchdringliche Miene. Sie war ganz allein mit diesem Albtraum.

Nein, sie kriegten ihn nicht.

Talia stand auf, baute sich vor Adams Stuhl auf, sah dem Dämon direkt ins Gesicht und stemmte die Füße in den Boden, um möglichst guten Halt zu haben. *Nur über ihre Leiche*. Sie hoffte, dass der Dämon ihre Herausforderung wörtlich nahm.

Dem Dämon blieb nichts anderes übrig, als sie zu töten, wenn er mit seiner ekligen Brühe an ihr vorbeiwollte. Was genial wäre, denn dann käme der Schattenmann und würde die widerliche, glitschige Haut des Dämons in Fetzen reißen.

»Ich habe mich entschieden, Talia«, sagte Adam hinter ihr. »Geh aus dem Weg.«

Adams Ton ließ die Temperatur in dem kleinen Raum um dreißig Grad sinken und jagte Talia eine heftige Gänsehaut über den Körper. Sie wappnete sich gegen die Kälte. Sie konnte auch stur sein.

Der Wirt setzte ein schiefes, ungelenkes Grinsen auf, aber die weit aufgerissenen Augen des Mannes wirkten ängstlich und traurig. Talia empfand es als ironisch, dass die menschliche Hälfte dieser Dämonenehe Mitleid mit ihr verspürte, denn schließlich hatte der Wirt durch seine Entscheidung dem Dämon überhaupt erst zur Macht verholfen.

Na, wenn dieser Feigling um Vergebung bat, musste er woanders danach suchen.

Der Wirt schien zu verstehen, denn seine Augen bekamen einen stumpfen Ausdruck, der Mann zog sich in die Schatten seines Verstandes zurück. Er entschied sich weiterhin für den Weg des geringsten Widerstandes.

Sie nicht.

»Ich rühre mich nicht von der Stelle«, verkündete Talia. Der Raum verdunkelte sich, denn mit ihrem inneren Tumult scheuchte sie die Schatten auf. Es war, als würde ein Sturm durch den Raum fegen.

Jacob trat auf sie zu, doch der Wirt gebot ihm mit einer Geste Einhalt.

»Binde Adam los«, sagte der Wirt zu Jacob. »Lass ihn mit ihr verhandeln. Er muss den Kelch sowieso selbst in die Hand nehmen. Wenn er erst ein Geist ist, wird sich die Banshee schon beruhigen.«

Wohl kaum.

Jacob trat um den Stuhl herum. Talia hörte, wie er das Klebeband von Adams Händen riss.

Adam stand auf, ließ die Arme seitlich herunterhängen und dehnte die Finger, um das Blut hineinzupumpen. Seine Miene war verschlossen und grimmig.

»Du sorgst dafür, dass sie sicher zurück nach New York kommt?«, fragte Adam über ihren Kopf hinweg.

»Ja«, erwiderte der Wirt. »Sicher und wohlbehalten. Als ein Wesen aus den Zwielichtlanden muss ich mein Wort halten.«

Das konnte einfach nicht wahr sein.

»Tu das nicht.« Talia klammerte sich an Adams nasses Hemd.

Er roch nach Schweiß, aber immer noch so gut. So ganz nach Adam. Sie legte ihre Hände auf seine Brust, um ihn aufzuhalten.

Er umfasste ihre Schultern – war es das letzte Mal, dass er sie festhielt? – und sah ihr endlich in die Augen.

»Talia«, sagte er mit brüchiger Stimme, »du bist eine Spezialistin im Davonlaufen und Verstecken. Ich habe dir alles hinterlassen, womit ich dir helfen kann. Du musst diese Chance nutzen. Ich gebe sie dir so oder so. Du musst weglaufen. Du musst heilen. Dann suchst du diesen Mistkerl und schreist.«

»Bitte, wenn du mich liebst, tust du das nicht«, flehte sie. Es war furchtbar, wie entschieden er klang. Wenn Adam einmal etwas beschlossen hatte, war es unmöglich, ihn davon abzubringen. Tränen der Verzweiflung schwammen in ihren Augen.

»Sieh mich an«, befahl Adam. »Sieh mich an!«

Sie zuckte vor Schmerz zusammen, empfand sein Schreien wie einen Schlag ins Gesicht.

»Anschließend musst du *mich* suchen«, erklärte er. »Du musst für *mich* schreien. Machst du das, Talia? Schreist du für mich?«

Ein ängstliches Schluchzen löste sich aus ihrer Kehle. »Nein.« Aber sie wusste überhaupt nicht, gegen wen sich ihr Widerspruch richtete. Gegen seine Entscheidung. Gegen das Weglaufen. Gegen diesen ganzen verdammten Albtraum. Begriff er denn nicht, dass die einzig mögliche Antwort »Nein« lautete?

Adam packte ihre Schultern so fest, dass er sie aus dem Weg schieben konnte.

Sie warf sich gegen ihn, schlang die Arme um seine Taille und versuchte, ihn mit ihrem Gewicht nach unten zu ziehen. Er taumelte etwas, fand aber sein Gleichgewicht wieder.

Sie griff nach den Schatten, um Adam die Sicht zu nehmen. Verführte die Schleier zu einem ekstatischen Tanz, damit er nicht zu dem Dämon gelangte. Sie nahm all ihren Willen zusammen, um ihn mit ihrem Geist zurückzudrängen.

Wenn der Dämon seine Hunde auf sie jagen wollte, sollte er das tun. Sie konnte gegen Geister kämpfen, gegen den Dämon und seine Höllenhunde. Und wenn es sein musste, würde sie auch gegen Adam kämpfen. Verdammt.

Der Dämon bekam ihn jedenfalls nicht.

Adam wehrte sich, sein Wille stand gegen ihren. Er bog ihre Arme weg und bohrte sich dabei mit den Fingern in ihre Haut.

»Siehst du, wie leicht das ist?«, sagte der Wirt, vermutlich zu Jacob. »Sie ist vielleicht seit zehn Minuten hier, und schon ist er fertig. Sieh dir an, wie sie sich bekämpfen.«

Jacob kicherte.

Talia wurde von blinder Wut ergriffen. So etwas hatte sie noch nie zuvor empfunden. Der Raum wurde pechschwarz. Ihre Haare wirbelten um sie, während die Schleier sich Schatten für Schatten um sie legten.

Gequält und voller Empörung holte sie tief Luft und schrie.

Es war ein krächzendes, jämmerliches Geräusch, das ihre Lungen in Brand setzte.

Der Wirt lachte unverhohlen.

Sie versuchte es erneut und legte alles Leben und alle Liebe in ein Geräusch, ein lang gezogenes Keuchen, das Schmerz und Sorge ausdrückte.

Immer noch nichts. Verdammt, einfach nichts.

»Hör auf damit, Talia«, fuhr Adam sie an. »Du verletzt dich nur noch mehr.«

Die Schatten tobten durch den Raum, dennoch schaffte er es, sich vorwärtszubewegen und zerrte sie einen Schritt mit sich auf den Dämon und seinen verhassten Kelch zu.

Schluchzend stemmte sie sich mit der Schulter gegen Adams Körper und tastete mit den Armen hinter ihm nach etwas, an dem sie sich festhalten konnte, mit dem sie sich seiner Kraft widersetzen konnte. Nach irgendetwas, das den Wahnsinn hinauszögerte.

Auf einmal spürte sie kühlen Stahl in ihrer Hand. Ein Griff oder ein Schaft, der zu dem Rohrsystem des Schiffes gehörte. Sie schloss die Finger darum.

Eine archaische Kraft strömte ihren Arm hinauf und durch ihren Körper. Da verstand sie.

Das war kein Rohrschaft. Der Schaft gehörte zur Sense ihres Vaters. Er reichte sie seiner Tochter durch die Schatten, die ihn mit ihr verbanden. Das Vermächtnis des Todes, das er ihr vererbt hatte.

Ein finsterer Jubel, eine dämonische Blutlust durchflutete Talias Mischlingssinne. Sie stieß Adam ein für allemal heftig zurück und wandte sich dem Dämon zu, wobei sie die halbmondförmige Sichel über ihrem Kopf kreisen ließ wie eine Wetterfahne, die einen Wetterumschwung verkündet.

Endlich bestimmte *sie*, woher der Wind wehte.

21

Nach Talias erstaunlich heftigem Stoß taumelte Adam rückwärts. Der Raum verschwand im Dunkel. Ohne Talias Berührung trieb er in einem Meer aus Schatten, es herrschte Totenstille, sein Orientierungssinn war außer Kraft gesetzt.

Diese sture Frau. Verdammt. Begriff sie denn nicht, dass das der einzige Weg war?

Doch für ihre neu entdeckte Stärke liebte er sie nur umso mehr. Als wenn das überhaupt möglich wäre. Wenn sie sich zwischen ihn und den Dämon stellte und den Todessammler dazu aufforderte, das Schlimmste zu tun, dann konnte sie allein überleben. Sie konnte fliehen, heilen und einen Weg finden zu schreien, um diesen Albtraum zu beenden. Vielleicht würden sie alle an einem strahlenden Morgen aufwachen, und alles war möglich.

Zuerst musste er sie von dem Schiff herunterbekommen. Es war vollkommen egal, was ihre Sicherheit ihn kostete.

»Talia!«

Plötzlich lichtete sich die Dunkelheit. Talia taumelte rücklings in Adams Arme. Ein fieser Hund zerrte an ihrem Korsett und hatte es auf ihren Hals abgesehen.

Adam schlug das Biest mit der Faust auf den Kopf. Es jaulte und riss sich los, während die beiden anderen Höllenhunde mit gefletschten Zähnen auf Talia zukamen.

Wie ein Blitzschlag sauste eine glänzende Klinge nach unten. Der erste Hund löste sich in dichtem schwarzem Rauch auf. Die anderen Hunde sprangen auf, um sich in geduckter Haltung mit angelegten Ohren und gebleckten Zähnen zurückzuziehen.

»Ruf die Hunde zurück!« Adam blickte zur Tür.

Der Dämon und sein Wirt waren verschwunden, die Zellentür stand halboffen. Der Kelch mit dem Erbrochenen des Dämons rollte über den Boden und verteilte den Teer in einem Halbkreis auf der Türschwelle. Adams Blick zuckte zu Jacob, aus dessen Gesicht jegliche Häme verschwunden war. Genau wie die Hunde stellte er sich darauf ein, zu kämpfen oder zu fliehen. Seine Augen hatte er auf Talia gerichtet, während sein Körper zuckte und er versuchte, ihren nächsten Schritt zu erahnen.

Talia.

Adams Blick glitt vom Schaft der herabhängenden Waffe hinauf zu Talias Hand. Er schluckte schwer und blickte in ihr Gesicht.

Ihre blasse Haut schimmerte alabasterfarben, ihre tiefdunklen Augen wirkten aufgewühlt, und die Schminke war verlaufen, was ihre feenhaften Gesichtszüge unterstrich. Ihre weißen Haare wehten und knisterten vor Energie, während ein Umhang aus durchsichtigen Schleiern auf sie herabfiel, der in einzelnen Bahnen um sie herumwallte und sich zu den Rändern hin in Nichts auflöste. Ihr Korsett war zerrissen, aber es sickerte kein Blut hindurch. Sie holte tief Luft, als sie erneut die Sense hob.

Eine Todesfee. Eine Schönheit. Und knallhart. Er hatte immer geahnt, dass so etwas in ihr steckte.

Talia hob die Waffe und ließ die Sense erneut in einem funkelnden Bogen nach unten schnellen. Die Höllenhunde tänzelten davon, gaben ein tiefes Knurren von sich und stießen laut bellend böse Drohungen aus.

Adam konnte nur raten, woher sie die Waffe hatte. Es war höchste Zeit, dass das Jenseits ihnen half. Aber er wollte sich nicht beschweren, nicht, wenn die Sense dem gehörte, an den er dachte. Nein, nicht wenn eine märchenhafte Waffe in der Hand einer Todesfee lag. Adam beschwerte sich ganz und gar nicht.

Damit kam er zurecht. Vor lauter Erleichterung war ihm beinahe schwindelig, vielleicht rührte das aber auch vom Blutverlust her.

Nur, dass Talia zu offen und ungeschützt dastand. Adam griff die Rückenlehne des Stuhls. Als Jacob nach vorn schnellte, um die Situation auszunutzen, hob er den Stuhl hoch und stieß zu. Ein Stuhlbein bohrte sich durch Jacobs Augenhöhle in seinen Schädel. Jacob krachte gegen die gegenüberliegende Wand und sackte zusammen.

Die Bewegung verursachte Adam ein heftiges Stechen in der Magengegend, dort, wo Jacob ihn als Nadelkissen missbraucht hatte. Adam presste eine Hand auf die Wunde. Das Blut quoll durch seine Finger.

Verdammt. Geister bewegten sich einfach zu schnell, und das Schiff musste gerammelt voll von ihnen sein.

In Segue war er milde in Sachen Selbstverteidigung gewesen. Damit war jetzt Schluss. Er musste Talia beibringen, wie sie ihre Flanke schützte. Wenn sie hier lebend herauskamen, würde er dieser Frau ein paar anständige Trainingseinheiten verpassen. Ein bisschen Selbstverteidigung reichte da nicht aus. Sie brauchte Kampftraining. Und er musste jemanden finden, der auf die Arbeit mit Messern spezialisiert war, eine Art Fechtmeister wahrscheinlich. Seine Banshee sollte nur das Beste bekommen.

»Verteile deine Hände gleichmäßig auf dem Schaft«, befahl Adam und ließ Jacob und die Höllenhunde dabei nicht aus den Augen. »Dann hast du mehr Kontrolle. Und nicht die Knie durchdrücken. Bleib auf den Ballen.«

Die Höllenhunde brachen in wildes Kläffen aus, das Echo hallte vielfach von den Metallwänden wider.

Jacob richtete sich auf der anderen Seite des Raumes auf. Verdammt. Geister genasen auch zu schnell.

Als Talia sich auf einmal nach vorne stürzte, blitzte die Sense erneut auf. Das Bellen der Höllenhunde verwandelte sich in ein durchdringendes Jaulen, und sie lösten sich in dunkle, schwefelige Rauchwolken auf.

Die Klinge schnellte wieder nach oben. Als hätte sie Adams Gedanken gelesen, schritt Talia nach vorn.

Los Los. Los. Sein Herz hämmerte im Rhythmus mit seinem inneren Monolog.

Talia hieb mit der Klinge nach unten.

Sie erwischte Jacob, der zusammengesackt auf dem Boden lag, sein Kopf kullerte leicht gegen die Wand. Sein Körper atmete hörbar aus und lag da, als wäre er bereits lange tot. Was sein Geruch bestätigte.

Und auf einmal war Adams Wunsch einfach so in Erfüllung gegangen. In seiner Brust löste sich ein Knoten, der ihm seit sechs Jahren die Luft geraubt hatte. Er atmete heftig aus und bekam vor Begeisterung feuchte Augen, als er allmählich begriff: Er hatte sich um seinen Bruder gekümmert, jedenfalls um das, was von ihm noch übrig gewesen war. Und jetzt war er frei. Adam wusste nicht, wie er Talia jemals dafür danken konnte, aber er würde es versuchen. Wenn es nötig sein würde, immer und immer wieder.

Talia drehte sich um. »Bist du okay?«

Zwischen ihren Brauen bildete sich eine Sorgenfalte. Sie biss sich auf die Unterlippe, die sich tiefrot färbte. Wenn sie lebend von diesem Schiff herunterkamen, würde er sich als Erstes bedanken, indem er diese Lippe küsste. Sie hatte für ihre Nerven herhalten müssen.

»Es ging mir noch nie besser.« Er blutete aus dem Bauch auf einem Schiff voller Geister, das von dem dämonischen Todessammler gelenkt wurde, doch es war wahr.

Wieder nagte sie mit ihren Zähnen an ihrer Lippe, wobei sie sein Lächeln erwiderte.

Ja, diese Unterlippe kam zuerst dran und dann vielleicht die hübsche Kuhle in ihrem Dekolleté. Diese Gruftis hatten sich bei den Korsetts garantiert etwas gedacht.

»Bringen wir das hier zu Ende«, sagte Talia, und die Heiterkeit verschwand aus ihrem Gesicht. Mit einer Hand griff sie den Schaft, die andere streckte sie ihm entgegen.

Als Adam sie ergriff, spürte er, wie sie an den Schatten zwischen der sterblichen Welt und dem Jenseits zog. Hinter diesen Schleiern lag der Durchgang, den man als Tod bezeichnete. Dunkle Magie durchströmte sie, bis jede Zelle ihres Körpers in der hereinbrechenden Dämmerung strahlte. Noch nie hatte sie diesen Grenzbereich so vollkommen umspannt wie jetzt.

Er trat an die Tür und spähte vorsichtig in den schmalen grauen Flur. Von ihm gingen diverse Türen ab, ansonsten war er leer.

»Pass auf«, sagte Adam und zeigte auf das Erbrochene des Dämons. Er wollte sich jetzt so weit wie möglich von dem Zeug fernhalten. Auch dafür musste er ihr dankbar sein. Von ganzem Herzen und immer wieder.

Sie schlichen den Flur hinunter und vernahmen polternde Schritte, stießen jedoch auf keinen Widerstand. Eine steile Treppe – beinahe eine Leiter – führte an Deck. Talia stieg zuerst hinauf und ließ ihn in pechschwarzer Finsternis zurück. Adam kletterte nach oben. Eine kühle Hand auf seinem Gesicht brachte seine Sehkraft zurück, und er erkannte das Schiff.

Adam hielt sie in der dunklen Kabine fest, legte die Arme um ihre geschnürte Taille und dachte über den nächsten Schritt nach.

»Wenn der Dämon schlau ist, hat er Geister neben den Türen postiert, damit sie uns fassen, sobald wir versuchen zu entkommen. Vermutlich verfügt das Schiff über eine Kommandozentrale. Ich würde ja um Hilfe rufen, aber es gibt niemanden mehr, den ich anrufen kann. Ich fürchte, wir sind die Letzten, die noch übrig sind.« Das war schwer zu glauben – alle Kräfte, die er zusammengezogen hatte, waren entweder vernichtet oder zerschlagen.

Adam spürte, wie Talias Körper von Lachen geschüttelt wurde.

»Ich habe keine Angst mehr«, flüsterte sie. »Ich sage dir, wir gehen durch diese Tür. Die Sense meines Vaters hat eine große Reichweite, größer als ich dachte. Das ist genug.«

»Bist du sicher?«

»Ja.« Talia löste ihre Hand aus der Umarmung und suchte erneut die seine. Sie drückte sie. Los.

Als Adam sich aufrichtete, um die Klinke herunterzudrücken und die Tür aufzustoßen, machte Talia sich bereit; dann trieb sie einen Sturm aus Schatten auf das Deck. Das ohrenbetäubende *Schopp Schopp* eines Hubschraubers zeigte ihnen, welchen Fluchtweg der Todessammler gewählt hatte, aber der Wind der Rotorenblätter war nichts verglichen mit dem Sturm ihrer Schatten.

Adam ließ ihre Hand los, sodass sie die Sense fest umfassen konnte. Sie wollte ihn nicht in der Dunkelheit zurücklassen und schob die Schleier beiseite, bis die Welt in Grautönen vor ihnen lag.

Ein Geist stürzte auf die Kabinentür zu und wurde für seine Dummheit zweigeteilt. Beinahe widerstandslos glitt das Messer durch ihn hindurch, sodass sie nicht lange aufgehalten wurde und sich ermutigt fühlte. Ein zweiter Geist trat hastig den Rückzug an, als sie und Adam das Deck betraten. Dahinter warteten noch Dutzende weiterer Geister.

Alle wichen vor ihr zurück. Es war ein berauschendes Gefühl – endlich wurde die Gejagte zur Jägerin. Und obwohl die Sense zu groß für sie war, schien ihr die flirrende Energie, die ihren Sinnen Kraft gab, genau richtig.

Hinter den zusammengedrängten Geistern stiegen der Dämon und sein Wirt gerade die Stufen zum Hubschrauber hinauf. Gleich würden sie sicher in den Himmel aufsteigen. Die Sense reichte weit, aber nicht so weit.

Die Fee in Talia sagte ihr eindringlich, dass sie jetzt handeln musste. Senseschwingend warf sie sich in die Menge aus Geistern. In ihrem Rücken fluchte Adam heftig, aber sie drängte weiter voran.

Sie ließ die Sense nach unten sausen und erwischte einen Geist an den Knien. Unter der Wucht des Schlages brach er zusammen und wurde mit weit geöffnetem Mund aus dem Leben gerissen.

»Links von dir!« Adams Stimme klang tief und wütend.

Talia wirbelte herum. Zwei Geister mit unmenschlichen Zähnen griffen sie an. Sie bekam Panik. Aus den Augenwinkeln nahm sie verschwommen wahr, dass Adam einen der beiden in den Bauch trat. Sie schwang die Sense in Richtung des anderen, der daraufhin zusammenbrach; dann wirbelte sie herum, um sich den ersten vorzunehmen und hieb direkt auf das riesige Maul in seinem Gesicht ein.

Adam legte den Arm grob um ihre Taille und riss sie plötzlich zurück. Die Klinge schwang durch die Luft, erwischte einen dritten Geist an der Schulter und beförderte ihn in den Tod.

Schwer atmend blickte Talia in Erwartung des nächsten Angriffs nach rechts und nach links. Aber die Geister zogen sich zurück.

»Sie gehen von Bord«, flüsterte Adam in ihr Ohr.

Talias Blick glitt zum Rand des Schiffes, wo tatsächlich ein Geist über die Seite ins Meer sprang. Das ergab durchaus einen Sinn: Die Geister mochten vielleicht ertrinken, aber sie konnten nicht sterben. In den Wellen kam Talia nicht an sie heran, ohne selbst zu ertrinken. Aber sie war hinter einem deutlich größeren Fisch her.

»Hierher!«, rief der Wirt. Er stand immer noch auf der obersten Stufe vor dem Hubschrauber.

Seine desertierende Armee beachtete den Ruf des Dämons nicht. Durchaus logisch: Jeder, der sich für die grausame Existenz als Geist entschied, war in erster Linie selbstsüchtig. So jemand riskierte nicht sein Leben für den Dämon, denn schließlich hatten sie genau dafür ihr Menschsein geopfert.

Talia schritt über das leere Deck auf die Stufen zu. Der Hubschrauber stand bereit; wieso waren der Dämon und sein Wirt noch nicht sicher an Bord?

Sie suchte nach Anzeichen für irgendeinen Trick.

Der leichenblasse Wirt wirkte überaus angespannt.

»Töte uns. Schnell. Bevor er mich ganz beherrscht«, keuchte der Mann mit menschlicher Stimme. Seine Hand, mit der er so fest das Geländer umklammerte, dass die Knöchel weiß hervortraten, zitterte, als die dämonische Schlange sich in sein Ohr drängte. Das verbitterte Gesicht des Wirtes verwandelte sich in eine schmerzverzerrte Grimasse mit weit aufgerissenen blinden Augen und angsterfülltem Blick. Zähflüssiger Teer füllte seine Mundhöhle und troff aus seiner Nase.

Talia begriff. Der Wirt hatte seine Lektion gelernt und eine letzte Entscheidung getroffen. Er widersetzte sich der gewaltsamen Übernahme durch den Dämon und wartete darauf, von der Sense erlöst zu werden.

»Bastard …«, fauchte der Dämon mit hoher durchdringender Stimme, als er die Kontrolle über den Mund des Wirtes zurückerlangt hatte.

Als Talia mit der Sense Schwung holte, spürte sie eine wundervolle Kraft in sich.

»… Hurenbrut …« Der Wirt hatte den Kampf verloren, ließ das Geländer los und kroch auf den wartenden Hubschrauber zu.

Die Kraft schmerzte wundervoll in ihren Muskeln und kribbelte in ihren Fingerspitzen. Todesfantasien tanzten durch ihren Kopf. Ihr Blut war in Aufruhr, und es verlangte sie danach, von dem Dämon lediglich einen Fleck auf dem Schiffsdeck zurückzulassen.

Mit Adam in ihrem Rücken näherte sie sich der widerlichen Kreatur aus Dämon und Wirt. Der Dämon hatte keine Chance zu entkommen. Es gab kein Versteck, und ihm blieb keine Zeit.

Talia sammelte die Energie, die sie für ihren Schrei benötigte, und ließ sie in einen großen Sensenschwung strömen.

Die Klinge wirbelte singend durch die Luft und zerschlug die widerliche Kreatur. Talia zitterte beinahe vor Entzücken über diesen wundervollen Mord.

Der Wirt jammerte, bis er tot war, während der Dämon sich teilte und seine schlängelnde Gestalt sich in einen länglichen Schatten verwandelte, bevor er sich genau wie seine Höllenhunde vollkommen auflöste.

Tot.

Einen Augenblick lang konnte Talia nicht atmen. Neben den aufsteigenden schwarzen Gasen wollte sie das auch gar nicht.

Dann zuckte die Wolke aus Dämonenrauch.

Talia sprang erschrocken zurück und stieß gegen Adam. Schützend legte er seinen kräftigen Arm um ihre Taille.

Aus der schwarzen Wolke schoss eine dunkle Hand hervor. Beinah genauso plötzlich verschwand sie wieder im Nichts. Bevor Talia nur einmal Luft holen konnte, tauchte der Arm erneut mitten aus den Schatten auf, als würde er gegen eine unsichtbare Macht kämpfen.

Talias Herz zog sich zusammen. Noch ein Dämon? Sie umfasste fester den Schaft der Sense. Sie konnte es schaffen. Ihre Muskeln bereiteten sich auf den Schlag vor und warteten darauf, dass das Wesen herauskam.

»Halt dich bereit«, murmelte Adam. In ihrem Rücken spürte sie, wie er den Körper anspannte.

Sie zog an den Schatten, der Quelle ihrer Kraft, so lange, bis die glänzende Sense über ihrem Kopf von Schattenschleiern umgeben war. Zog, bis … das Wesen aus seinem Gefängnis in die Welt kam.

Talia erschauderte vor Schreck, als sie begriff.

Das Wesen hatte glänzende, lange schwarze Haare und fiel, umgeben von einem Umhang aus wallenden Schatten, auf das Deck herab. Als es sich aufrichtete und sie aus seinen schräg stehenden Augen ansah, gab es keinen Zweifel mehr. Der Tod war ihr Vater.

Sie musterten sich eine ganze Weile. Unter seinem aufmerksamen Blick wogten die Schatten um sie.

Talia hob das Kinn und gab ihm mit pochendem Herzen seine Sense zurück.

Das Gesicht ihres Vaters war alterslos wie das eines finsteren Engels, und voll grausamen Mitgefühls. Sein Körper wirkte stark und gesund, obwohl er von den Schatten des Todes umgeben war … denselben Schatten, die sie umwaberten. Seine Stille wirkte anmutig, aber sie wusste, dass er schnell und brutal zuschlagen konnte und Schmerz und Leid hinterließ.

Kein Wunder, dass die Leute sich von ihr fernhielten.

»Du hast das Gesicht deiner Mutter«, sagte er schließlich. Wie dunkler Samt strich seine Stimme über ihre Haut.

Talia war tief berührt. Ihr fehlten die Worte.

Aber Adam fragte: »Ist es vorbei?«

Der Blick des Schattenmannes glitt von ihr zu Adam. »Das Verderben ist wieder dort, wo es hingehört.«

Ihr Vater wandte sich erneut zu ihr um. Der dunkle Strom umflutete ihren Körper, als wollten die Schatten sie in ihr Meer ziehen. Durch die dichten Wellen spürte sie den festen Druck von Adams Körper und nahm seine Gefühle wahr.

»Wie ist das überhaupt passiert?« Adams Stimme klang hart und fordernd, so heftig war der Schmerz über seinen Verlust. Talia wunderte sich, dass er dem Tod nicht mit der Faust drohte. Sie dachte an ihre Mutter, die bei ihrer Geburt gestorben war, an Tante Maggie, an Melanie, Patty und Custo. Alle waren tot.

Der Schattenmann senkte den Kopf, aber nicht voller Reue. »Ich habe die Schleier zwischen Leben und Tod geteilt, ohne dass man mich dazu aufgefordert hatte. Das Verderben ist entkommen und hat sich in der sterblichen Welt festgesetzt.«

»Du …? Wieso?« Adams Stimme war heiser vor Anspannung.

»Aus Liebe zu einer Frau.«

»War sie es wert?«, provozierte Adam den Tod.

Der Blick des Schattenmanns glitt erneut zu Adam. »Ist Talia es wert?«

Adam erstarrte, Wut … und noch etwas anderes stieg in ihm auf.

Talia hatte das Gefühl, mit der schrecklichen Erkenntnis, die alles andere überschattete, zu altern. Die Verbindung zwischen dem Schattenmann und ihrer Mutter – dieses Märchen – war zu einer Geißel für die Menschheit geworden.

»Diese Leute sind alle meinetwegen gestorben?« In den Schleiern war ihr gebrochenes Flüstern deutlich zu verstehen. Die Sense fiel klirrend auf das Deck. Wenn Adam nicht hinter ihr gestanden hätte, wäre sie vermutlich ebenfalls hingefallen.

»Hast du sie umgebracht?«, fragte der Tod mit unbewegtem Ausdruck in seinem schönen Gesicht.

»Nein, aber …«

Der Schattenmann hob eine Hand. »Dann bist du nicht schuld. Der Dämon ist *meinetwegen* in die Welt entkommen. Ich hätte mich ihm stellen müssen, aber man hat mich wegen meines Vergehens festgehalten.«

»Alle mussten sterben, weil …« Talia beendete den Satz nicht.

Sie schluckte die Worte hinunter. Wie konnte Adam sie jetzt noch lieben? Wie konnte er sie lieben, wenn derselbe Akt, durch den sie auf die Welt gekommen war, zugleich seine Familie zerstört hatte?

Talia richtete sich etwas auf und rückte einen Schritt von Adam ab, sodass sie ihn nicht mehr fühlen konnte. Die Schatten kamen ihr zu Hilfe.

»Die Kinder des Dämons haben ihre eigenen Entscheidungen getroffen. Nicht einmal das Verderben konnte sie dazu zwingen, sich ihm anzuschließen, wenn sie es nicht wollten. Für ihre Handlungen sind sie ganz allein verantwortlich.«

»Und die, von denen sie sich ernährt haben?« Die Bitterkeit in Adams Stimme war kaum zu überhören.

»Hinübergegangen. Sie sind, wo sie hingehören.«

»Und die Geister, die entkommen sind?«, setzte Adam nach.

»Sie müssen ebenfalls vernichtet werden, um die Seelen, die in ihnen gefangen sind, zu befreien.«

Talia zog die Schatten fester um sich, damit die kühlen Falten ihre Schmerzen betäubten, bis sie nichts mehr spürte.

»Bist du bereit?«, fragte der Schattenmann sie. Er hatte ihren Abstand zu Adam bemerkt und ihn richtig gedeutet.

Adam streckte die Hand nach ihr aus, stieß aber nur gegen Schatten. »Was meinst du?«

»Ich nehme meine Tochter mit nach Hause.«

Die Dunkelheit löste sich in schrille Farben auf, wie sie Talia bislang nur aus Träumen kannte. Dennoch kamen ihr die Töne bekannt vor. Musik erklang und erstickte den Lärm an Deck. Sie hörte ein Lied, das schön und zugleich traurig klang und in einer endlosen Schleife immer wieder von vorne gesungen wurde.

»Was? Du bekommst sie nicht!« Adam hätte ebenso gut den Wind anschreien können.

»Für deine beispiellose Hilfe«, fuhr der Schattenmann fort,

»garantiere ich dir Unsterblichkeit. Das, was sich die anderen gewünscht haben, aber ohne dass du so schrecklich Hunger leiden musst wie sie.«

»Du meinst ohne Talia«, vergewisserte sich Adam. »Nein. Hörst du mich? *Nein.*«

»Talia ist eine Todesbotin. Als solche gehört sie in die Zwielichtlande.«

»Sie ist eine halbe Fee, sie ist halb sterblich, und sie gehört *mir.*«

Bei Adams Worten drehte Talia sich zu ihm um. Sie beobachtete ihn aus ihrem dunklen Versteck. Adam war eindeutig anders als sie – in den Schatten war diese Tatsache ziemlich deutlich. Er war stark und wurde von seinem Willen getrieben. Und genau in dem Augenblick erstrahlte sein Wille so hell, dass er sie zwang, die Feenaugen zu schließen. Hell genug, um die Schatten um sie herum zu verdrängen. Hell genug, dass er ihre Hand finden und ergreifen konnte.

Durch ihre Handflächen strömte ein Energiefluss – ein Anker, eine Lebenslinie, eine Verbindung, die keinen Unterschied machte zwischen Fee und Sterblichem. Sie gehörte ihm, und er gehörte ihr.

Und er ließ sie nicht gehen.

Nachdem er sich so deutlich zu ihr bekannt hatte, war klar, dass er sie nicht für das Leiden seiner Familie verantwortlich machte. Im Gegenteil, Talia begriff, wie sehr er ihr vertraute, dass ihre Seelenverwandtschaft stärker war als alles, was sie erlitten hatten. Das war mehr als genug.

»Was immer du dir jetzt erhoffst, eure Verbindung kann nicht von Dauer sein.« Der Stimme des Schattenmannes war anzuhören, dass er aus eigener Erfahrung sprach. »Es wird die Zeit kommen, da Talia in den Zwielichtlanden bleiben und du hindurchreisen musst.«

Adam zog sie in seine Arme und hielt sie fest. Er war aus Fleisch und Blut, und er war sterblich, aber sie hatte sich noch nie in ihrem Leben so sicher gefühlt.

»Du hast schon einmal eine Grenze durchbrochen; wenn es so weit ist, wirst du sehen, dass wir dasselbe tun«, sagte Adam.

»Ich bin der Tod. Ich weiß, dass das nicht möglich ist.«

»Ich lebe und weiß, *dass* es möglich ist. Wir werden herausfinden, wie.«

»Ich gehe, wenn er geht«, erklärte Talia, »und *wohin* er geht.«

Traurig blickte der Schattenmann auf Talia und beugte sich wie ein einsamer alter Mann hinunter, um die Sense aufzuheben. Sie wirkte schwer in seinen Händen. »Ruf mich, und ich werde da sein.«

Ein Wirbel aus Schatten, und ihr Vater war fort. Der Gruß aus den Zwielichtlanden löste sich in glitzernde schwarze Meeresgischt auf, während das Deck des Schiffes von dem lauten Rattern der Rotoren erschüttert wurde.

Sie würde ihren Vater wiedersehen, wahrscheinlich schon bald. Der Dämon mochte zwar tot sein, aber es schlichen noch Tausende von Geistern auf der Erde umher. Seine Arbeit war genauso wenig beendet wie die ihre.

»Weißt du, ich bin mit alledem noch nicht fertig«, sagte sie an Adams Brust gelehnt. Und wahrscheinlich würde sie das auch nie sein.

»Dann bin ich es auch nicht«, erwiderte er.

Nachdem Adam sie bereits fest in den Armen gehalten hatte, eroberte er ihren Körper nun vollends. Er vergrub sein Gesicht in ihrer Halsbeuge und schmiegte sich eng an sie. Er verströmte Erleichterung, Entschlossenheit, Hoffnung und Liebe. Es war viel, und das mit überwältigender Intensität. So konnte es immer bleiben.

Aber sie befanden sich auf einem stinkenden Schiff, und er

war verletzt und blutete. Der Wind des Hubschrauberpropellers wirbelte durch ihre Haare.

Talia löste sich aus seiner Umarmung, schob sein Hemd nach oben und untersuchte die offene blutende Wunde. Es musste unglaublich schmerzhaft für ihn gewesen sein zu kämpfen. Sie brauchte etwas, um ihn zu verbinden, um die Blutung zu stoppen, bis sie Hilfe gefunden hatten.

»Zieh dein Hemd aus«, sagte sie. Es war bereits blutdurchtränkt und klebrig, aber es musste gehen.

Er ließ sie nicht aus den Augen, während er es auszog, und achtete nicht darauf, dass die Wunde durch die Bewegung noch stärker blutete. Er war blass und keuchte, aber der Blick aus seinen Augen wärmte sie durch und durch. Sie riss eine der Seitennähte des Hemdes auf, um es als Verband zu benutzen. Dann teilte sie den Stoff in zwei lange, halb durchnässte Streifen.

»Hast du irgendeine spezielle Vorliebe?«, fragte Adam. Mit seinen rauen Knöcheln strich er sanft über ihre Wange, und sie spürte, dass er im Begriff war, einen neuen Entschluss zu fassen.

Sie blickte von ihrer Arbeit auf. Seine linke Wange war geschwollen. »Bei was?«

»Unserer Reise. Die, die ich dir versprochen habe. An jeden Ort der Welt. Wohin auch immer.« Der arme Mann brachte kaum einen Satz zustande und plante bereits das nächste Vorhaben.

Talia wollte schon die Augen verdrehen, aber sie spürte, wie ernst es ihm war. »Irgendwohin, wo es ruhig ist«, antwortete sie. *Irgendwohin, wo du gesund wirst.*

»Nicht zu ruhig.«

Sie verknotete den Stoff über seinem Bauch, dessen Muskeln sich spannten, als er wieder die Arme um sie legte. »Irgendwohin, wo es friedlich ist.«

Er küsste sie leidenschaftlich, zu kurz, aber doch lange genug, um ihr erneut zu zeigen, wo sie hingehörte. »Mach dir deshalb keine Sorgen«, sagte er. »Ich kümmere mich um alles.«

Der angeschlagene Mann stützte sich schwer auf ihre Schultern, aber das sagte sie ihm nicht. Er strich mit dem Mund über ihre Wange.

»Ich nehme an, du weißt nicht, wie man einen Hubschrauber fliegt?«, sagte Talia in Richtung Himmel, während Adam sich zu ihrem Nacken hinunterbeugte. Auf einmal fühlte sich ihr Hals viel, viel besser an.

»Richtig.« Er hatte ihr Ohrläppchen entdeckt.

»Und hast du eine Idee, wo wir medizinische Hilfe bekommen?«

Er legte eine Hand um ihre Brust und verdoppelte ihren Herzschlag.

Er stöhnte.

»Obwohl ich mit deiner … hm … aktuellen Vorgehensweise durchaus einverstanden bin …« Er ließ seine andere Hand über ihren Hintern gleiten.

»Sollten wir uns zuerst … um … mhh … einen Arzt kümmern und diese … Sachen auf später verschieben.«

Er rückte von ihr ab und wankte. »Versprochen?«

Talia blickte ihm in die Augen. »Versprochen.«

Epilog

Der Schattenmann steht in einem verdunkelten Raum an dem Bett eines Großvaters. Die Luft riecht süß nach Tabak. Abgesehen vom Ticken einer Uhr ist es still im Haus, vor dem Fenster fällt weicher Schnee und hält Geräusche fern. Den Gang hinunter schläft eine Frau im Arm ihres Mannes. Ein Stück weiter befindet sich ein Kinderzimmer. Drei Generationen unter einem Dach. Bald sind es nur noch zwei.

Das Herz des alten Mannes schlägt unruhig. Der Schleier wird durchlässiger, damit er hinübertreten kann. Das ist der Gang der drei Welten: Jede hat ihren Platz – die Erde, die Zwielichtlande und der Himmel.

Es ist eine schmerzhafte Torheit, die Grenzen zu missachten. Das hat der Schattenmann selbst erlebt, ebenso wird es seiner Tochter ergehen. Die Zeit ist geizig mit den Todesboten, und das Stehlen wird streng bestraft.

Das Herz hört auf zu schlagen. Die Schleier teilen sich.

Eine Familie in diesem Haus. Das leuchtende Band, das ihre Herzen miteinander verbindet, kann nicht durchtrennt werden, nicht einmal von seiner Klinge, nicht einmal durch die große Entfernung zwischen diesem Haus und dem Ufer des Himmels. Obwohl das Familienoberhaupt hinübergeht, wird es weiter mit den Generationen verbunden sein. Und so entsteht über die Zeit eine Kette, deren Glieder durch Liebe verbunden sind.

Liebe.

Kathleen. Talia. Und Talias starker, törichter Mann, Adam. Er wagt es, die Gesetze zu verhöhnen, die die Grenzen zwischen den Welten regeln. Wie stur. Wie ignorant. Wie sterblich. Talia hat sich einen Träumer ausgesucht.

Sie werden es schon noch lernen.

Die Liebe ist keine Zauberei, die sich von einer Fee beherrschen lässt. Die Liebe gehorcht nicht dem Herzen einer Fee.

Außer vielleicht in dem Augenblick, als Talia in die Zwielichtlande gegriffen und die Waffe gefunden hatte, die sie am besten gebrauchen konnte. Dieses eine Mal hatte die Liebe die Oberhand behalten.

Der Schaft der Sense liegt kühl in der Hand des Schattenmannes. Eine große Seele steigt aus dem Leichnam des alten Mannes auf. Der Schattenmann dreht sich um, um ihn durch den Märchenwald der Zwielichtlande zu führen. Der alte Mann bleibt stehen, seine Aufmerksamkeit wird von den schlummernden Gestalten in den Räumen dahinter gefangen genommen.

»Sie sind so wunderschön«, sagt der alte Mann, und seine alterslosen Augen strahlen ehrfürchtig.

»Ja.« Aber mit den Gedanken ist der Schattenmann bei Talia und Kathleen.

»Ich werde sie wiedersehen.« Aus den Worten des Mannes spricht Überzeugung, und der Seelenring um sein Herz leuchtet.

Ja. Der Schattenmann schenkt dem alten Mann Zuversicht.

Wenn Talia Adams wegen in die Zwielichtlande eindringen konnte, konnte der Tod vielleicht auch in den Himmel eindringen.

Der alte Mann steigt in das schmale Boot. »Ich bin bereit.«

Durch den dunklen Wald und über das Wasser. Ein Gedanke bringt den Schattenmann an das Ufer des Himmels. Er hat diese Reise schon unzählige Male getan. Die Insel ist von einer schimmernden Mauer aus Licht umgeben. Ihre durchscheinenden Farben verbrennen seinen Umhang aus Schleiern und treffen auf seine nackte Haut. So ist es immer gewesen.

Der alte Mann steigt aus dem Boot. »Danke«, sagt er, aber sein Blick ist bereits auf den Himmel gerichtet, seine Freunde hinterlässt eine Spur aus goldenem Licht, während er sich der Mauer nähert. Er hebt eine Hand, um die Oberfläche zu berühren. Ein Schritt, ein Funken, und er wird hineingezogen. Von einem Zuhause in das nächste.

Auf der anderen Seite – *was*? Kathleen.

Dunkle Winde heben den Schattenmann von dem Wasser, das an die Küste schwappt.

»Kathleen«, ächzt er.

Namen wohnt ein Zauber inne. Konnte sie ihn hören?

»Kathleen«, ruft er noch einmal. Lauter diesmal.

Hinter ihm murmeln die Einwohner der Zwielichtlande.

»KATHLEEN«, schreit er. Seine Angst stößt gegen die leuchtende Mauer, wandelt die strahlenden Farben von Rosa und Lapislazuli in tiefes Purpur und blutiges Magenta, aber sie bleibt unverwundbar.

Der Schattenmann lässt die Sense in das Wasser sinken. Er wird immer schreien – wenn es sein muss, bis zu dem Tag, an dem die Mauer ins Meer fällt.

»He, du.«

Der Schattenmann blickt ein Stück links die Küste hinunter. Oben auf dem Rand der Mauer sitzt ein Engel – Feenhaare – Feenaugen, Haut wie heller Kaffee. Ein kürzlich Verstorbener.

»Ich tausche mit dir«, sagt Custo.

Dem Schattenmann fehlen die Worte.

»Willst du hinein oder nicht? Ich gehöre nicht in den Himmel und habe keine Lust, hier herumzuhängen, bis sie das herausfinden.« Der Engel blickt über seine Schulter.

Das Murmeln aus den Zwielichtlanden wird lauter, durchdringender, aber der Schattenmann achtet nicht darauf. Nicht mehr. Sie haben ihm bereits das Schlimmste angetan.

»Ja, ich will«, sagt der Schattenmann.

Custo grinst. »Komm zur Mauer.«

Der Schattenmann setzt einen Fuß auf die sandige Küste, jedes Sandkorn funkelt wie ein weißer Diamant. Er starrt auf die vielfarbige Mauer, und ein Gesicht erscheint. Custo. Custo hebt eine Hand, und der Schattenmann tut es ihm gleich. Sie strecken die Hände über den Rand. Eine Berührung, ein Funken …

Kathleen, ich komme.

Danksagung

Mein unendlicher Dank gilt meiner Lektorin Leah Hultenschmidt für ihre Unterstützung und ihren Enthusiasmus. Alicia Condon, von der an einem Januarmorgen dieser unglaubliche Anruf kam. Meiner Agentin Jessica Faust danke ich für ihre professionelle Beratung und eine aufregende Woche, die ich niemals vergessen werde. Und meinem Ehemann Matt dafür, dass er jeden Widerstand aus dem Weg geräumt und jedes Wort von jeder neuen Fassung so sorgfältig gelesen hat. Mom und Dad für ihre Liebe und ihre Unterstützung und meiner großartigen Schwester Deborah, von der ich das Schreiben gelernt habe, sowie dem Rest der Familie für ihre aufbauenden Worte und ihren wundervollen Humor. Mein Dank gilt Brian Anderson für seine detaillierten Informationen über Waffen und Kampfhandlungen. Jegliche Fehler gehen auf mein Konto. Natürlich danke ich meinen GNO-Freundinnen Jill, Jen und Jeni. Und schließlich meinen kritischen Kollegen und wundervollen Autoren von WriteSpot: Julie Ellis, Jo Gregory, Kathleen Grieve, Tes Hilaire, jj Keller, KC Klein, Lynette Labelle, Theresa Sallach, Jenn Thor und Dee Ann Williamson und meinen fantastischen Testlesern Kris Tualla und Nora Needham.